CONTENTS

「ある夏の午後、ゆったりと憩いながら、地平に横たわる山脈なり、憩う者に影を投げかけてくる木の枝なりを、目で追うこと」
——ヴァルター・ベンヤミン「複製技術時代の芸術」

「かつて斜面を飾る栗林や雑木林の光と陰との対照で感じていた美よりも、道が歩く人の努力の節約の跡を示して、斜面の裾の自然の形をなぞっているのが、美しく思われた」
——大岡昇平『武蔵野夫人』

プロローグ　一九四四年

1

祖父は僕に、覚えきれないほど多くの教訓を授けてくれたが、その授け方はいつも風変わりだった。この国でも有数の、美術品の優れた蒐集家だったから、その感性が年齢に比して若々しく、同時に、エキセントリックだったのも一因だろう。しかし、それ以上に、彼の自尊心が受け続けた苦しみが、彼をおのずから風変わりへと仕向けていたのだと僕は後年に気付いた。

それ自体もひとつの教訓に違いなかったが、祖父が僕に授けた最も大きな教訓は、背筋のよい人であれ、というものだった。優れた剣士が剣術の鍛錬のさなか、彼が握る竹刀を通じておのれの精神性を磨き上げていくように、祖父が言ったところの背筋のよさとは、すなわち、世間と向かい合う際の心の置き方で、我欲、卑しさや浅ましさとは無縁の佇まいを指していたと思われる。もっとも、まだ八つの僕には理解できないと判断したのか、あるいは、そうした態度は言霊で伝えられる類のものではないと考えたのか、祖父は物理的な手段で僕の姿勢を矯正しようと試みた。用いられたのは八畳の茶室だった。

使用人よりも早く起きるため、彼らはさらに早く起きねばならず、結果的に多くの者が睡眠不足に悩まされているということをこの屋敷のなかでただひとりだけ知らない祖父は、土曜の早朝に僕を離れの茶室へと連れ出し、客畳へ正座するよう命じた。命じると言っても、祖父は誰に対しても、それが使用人であろうと僕であろうと敬語で話し掛けるのだが、その声に含まれているのは、この世に生を受けてから今日まで、一切の不自由というものを知らずに生きてきた者だけが持つ無垢な余裕であり、老齢まで保たれた無垢さは傲慢とは無縁だった。

　母が当時の日本人女性にしては珍しく五尺七寸もあったおかげか、僕の背は八つの時点で小柄な祖父を追い抜いていたが、生まれつきの胃弱が原因で体軀は貧相このうえなかった。日増しに高くなっていく背丈を支えられるだけの筋力を持ち合わせておらず、物心付いた時には、体を折り曲げるように歩くのが癖になっていた。揶揄われるのには慣れていて、僕としては別段困ってはいなかったが、学校の先生が家に来た時、「せっかくお父上のような大人物の種が蒔かれても、土や水が悪ければ、あっという間に枯れてしまう」と言って母を叱責したことがあった。その日の夜、僕は母に「ろくに妻子にも会わず、たまに帰って来ても、若い女中と何かよからぬことをしている男など、初めから腐った種だ」とはっきり伝えた。代用教員風情の叱責など気にする必要はないということを伝えたかっただけなのだが、母は吸い止しの煙草を灰皿に置き、ずんずんと歩み寄ってくるや否や、僕の頰を思い切り張った。五尺七寸に見合う力強い一撃だった。

　茫然自失となって母の部屋を飛び出した僕は、玄関に蹲って涙を流した。痛みのせいだったのか、好意をはたき落とされたからだったのかは、自分のことながら今でも判然としない。その後、食事の準備ができたことを告げにきた母は、張り手をしたのと同じ手で僕の頭を撫でてから、盗み聞きしていたことだけを叱った。それきり、その話題が母と僕の間で持ち上がることはなかった。もしかしたら、ずっと気に病んでいた母が、とうとう祖父に相談したのかも知れなかった。母にとっては義理の父親であったが、滅多に父が帰ってこない我が家においては、父親の役目を果たすことができるのは祖父だけだった。

とは言え、ただ正座するよう命じられただけで、祖父は何の助言も与えてはくれなかった。茶室には時計がなかったが、物事の終わりを予想することだけは正確な幼年期の体内時計は、すでに一時間が過ぎているはずだと教えてくれていた。足の痺れはもとより、肩と腰が疲れを訴え、前に引っ張られるように姿勢が崩れ始めた。背後には祖父が佇んでいて、僕は頰を張った時の母の顔を思い出しながら、張り替えられたばかりの畳ではなく、ぼろぼろと剝がれ落ちて来そうな土壁を睨もうとしていた。祖父の息遣いを除けば、音らしい音は何ひとつ聞こえず、背筋を伸ばすことに集中すればするほど、体幹ではない他の感覚、特に嗅覚が過敏になる。最も強く感じたのは、土壁に染み付いているのであろう葉巻の匂い。外国人の来客があった時、父はいつもこの茶室を使っていた。靴を脱ぐ習慣がない外国人を気遣い、彼らを土足のまま畳に上がらせ、にわか仕込みの茶道を披露しながら葉巻片手に密談するのだという。そして、祖父は実の息子である父を咎めず、懇意にしている浅草橋《あさくさばし》の畳屋を呼んでは、汚れた畳を張り替えさせる。

「一体どう座れば、背筋がよくなるのですか？」

まさしく痺れを切らして、僕は訊ねた。背丈ばかりが育っていたが、その頃の僕は八つという年齢相応に幼く、背筋さえよくなれば、生じている様々な問題が一挙に片付くかも知れないと期待していたのだ。父は毎晩家に帰るようになり、押し殺したような母の泣き声が夜中に聞こえてくることもなくなるのだと。

「貴方の前に座って、正しい座り方を教えることは容易いのです。頭のいい貴方ですから、その真似をすれば当然、背筋の伸びた正座ができるでしょう。しかし、貴方が真に取り組むべきなのは、うわべを飾るような見様見真似ではありません」

振り返るのは失礼に当たると思い、土壁に目を遣ったまま、僕は「すみません」と声に出した。それ以上のことを口にしなかったが、おそらく祖父は、僕が習得すべきなのは方法や技術ではなく、精神の在り様だと言いたかったのだろう。背筋よくあろうとする心持ちがなければ、どれだけ座法を磨いたところで、日常の生活には決して反映されない。学ぶのよりも先に分かれ、という祖父の態度からは、技法だけでは説明することのできない精神的な美徳を鑑賞することに長けた審美眼の持ち主ゆえの、人間の佇まいに関する独特の美学のようなものが垣間見えた。

摺り足の音が聞こえ、祖父が茶室を出ていくのが分かった。すぐにでも正座を崩したかったが、誰かの目がないのを好機と捉えて休もうとする態度こそが、僕の貧相な体軀に象徴される惰弱さなのだろうと考え、痺れと痛みに耐えながら座り続けた。ただし、首を支えるのはもはや困難で、目に入るのはざらざらとした土壁ではなく、どこまでも均一な畳目だった。これが手縫いによるものだとは、到底信じられない。普段生活している別館の客室には、父がどこぞからもらってきたらしい上等なペルシャ絨毯が敷かれているが、同じ手縫いでも、ただ見栄えがいいだけで、均整の取れた美しさは畳の足元にも及ばなかった。眼下の畳目は僕に、去年の十月に母に連れられて見に行った明治神宮外苑《めいじじんぐうがいえん》競技場での壮行会を、そこで目にした戦地に赴く学生たちの隊列を思い出させた。尽忠報国の精神を体現した一糸乱れぬ凜々しい整列を眺めながら、僕はそこに加わる自分の姿を想像しようと努めていた。僕も同級生も、まだ戦争に行ける年齢ではなかったが、「徴兵検査では丙種がいいところだろう」というのが僕に対する揶揄の常套句だった。母から「お前は立派な学者になればいい」と言って慰められるたびに、僕は同級生たちの揶揄を思い出し、この体に押されている役立たずの烙印が悔しさの熱を帯びた。

祖父が戻ってきたのを悟り、慌てて背中と腹の筋肉に力を込める。自分では懸命に込めているつもりなのだが、細長い枝がよく撓《しな》るように、体はぐにゃりと曲がってしまう。ただでさえ少ない力も、上手いこと一箇所に留まってはくれず、四方八方に散ってしまっているらしい。ふざけているのではないと弁解しようとした矢先、ふたたび僕の背後へとやってきた祖父が「目を瞑《つぶ》ってください」と言った。口調こそ静かだったが、その内側で働いている鋭い意志の力のようなものを感じ取って、僕はすぐに目蓋を閉じた。暗闇のなかでは、より一層、葉巻の残り香が鼻を掠めた。

「いつまでこうしていればいいのですか?」

数分も経たないうちにそう訊ねた。周囲からは殿と呼ばれ尊敬されている祖父だったが、僕にとっては愛情深い好々爺で、決して言葉を返し辛いというわけではなかった。考えあってのことだとは分かっていたが、それを教えてもらわないうちは、最近習った故事で喩えるところの、象を撫でる盲人に等しい。他所の家で寝泊まりするような居心地の悪さを覚えながら、僕は祖父の言葉を待っていた。

自身の息遣いが耳に障り、口ではなく鼻で呼吸することを意識し始めていた時、丸まっていた背中に感じるものがあった。腰から肩に掛けて平行に伸びている二本の筋肉ではなく、ちょうどその間にある背骨に沿うように当てられていた。その時僕は、自分の背筋がまっすぐに伸びているのを理解した。これまでにやったことがない未知の動きに驚いた筋肉が、外部から導かれた形を受け容れ、自分のものとしようと躍起になっていた。初めて感じる熱が、全身を駆け巡っていた。もっともこれは、後年に得た知識、筋力という概念によって、いかにも現実的に説明しようとしているに過ぎない。本当に正しく言い表すのなら、その日まで背骨を持っていなかった不定形の軟体動物に、ぐさりと背骨が差し込まれたような感覚だった。人間が、その個人が、自分が人間であるという実感をその手で得るのは、果たしていつのことなのだろう。柔道や剣道など、誰の力も借りずに目の前の相手と戦わねばならない競技に幼い頃から邁進している男子であれば、おそらく、四つか五つのうちに、その片鱗に触れ始めるのだろう。僕の場合は、八つにしてようやく、数多の困難が待ち受けている遠路の始点に立ったのだった。

「治道《はるみち》さんは、背筋のよい人になってください」

祖父は言った。名前を呼ばれたことでつい振り返ってしまった僕は、祖父が流麗な手捌きで白鞘に刀を戻すのを見た。それで、背中に当てられていたのが刀の棟だったのだと知った。

「折れることのない、強い人になってください」

そう告げた祖父の声はどこか物悲しく、まるで、寒い朝に蘇る古傷の痛みを堪えているようでもあった。子供にはどうすることもできない、まだ僕の手の届かないところにある苦しみを。僕は膝の向きを変え、茶室を出ていく祖父に深く頭を下げた。背中に当てられていた硬さは消えていたが、その日を境に、僕の背筋のよさが変わることは二度となかった。

2

祖父は外を歩くことを好んでいた。散歩と呼ぶにしては時間も距離も長く、闊歩という言葉が大袈裟ではなく似合っていた。父の会社は数台の自動車を持っていて、そのうちの一台は家族用に宛てがわれていた。明治神宮外苑競技場に行った時も若い社員が運転してくれたが、それを断ってひとりだけ歩いて向かってしまうほどの健脚の持ち主だった。口には出さなかったが、祖父は自動車を嫌悪していた。東京という町を隅から隅まで知り尽くしていた祖父にとっては、邸宅の外を歩くのと、邸内の庭に出て池に放たれている錦鯉や梅の老木の様子を見て回るのとの間には、たいした違いはなかったのだろう。

姿勢の矯正をされてから数日後、僕は久しぶりに闊歩の助手を任された。少し前までは刀剣関係の友人や歌会の参加者を連れて歩いていたが、時勢が時勢だけあって、最近は使用人がお供をするようになっていた。コースは決まっていて、邸宅のある高田老松町《たかだおいまつちょう》を出ると神田《かんだ》川に沿って本郷《ほんごう》まで歩き、東京帝大のキャンパスを抜け、不忍《しのばず》池の方から上野《うえの》恩賜公園へと入る。明治維新の立役者である西郷隆盛《さいごうたかもり》の像には目もくれず、その像の裏手、日陰にひっそりと置かれている墓碑に手を合わせるというのが祖父の日課だった。気になって、「これは誰の墓なのですか？」と訊ねたことがあったが、祖父は答えてくれなかった。

往復で十二キロの行軍を終えて邸宅に帰った僕は、疲れのあまり腹が空かず、勉強をすると言って自室に戻った。その実は机に頬杖をついてうつらうつらとしていただけだったのが、小一時間ほど経って、使用人のひとりが「お勉強中のところ申し訳ございません」と畏まりながら入ってきて、祖父が呼んでいると教えてくれた。その時期、僕たちは敷地のなかにある別館に住んでいた。本邸は父が陸軍に貸し出していて、近衛文麿《このえふみまろ》や鈴木貞一《すずきていいち》など高名な軍人や政治家が訪れることから迎賓館と渾名されているらしかった。貸し出しが急に決まったこともあり、二階にある十二帖半と十帖の広い和室が、本邸から移動させた大量の美術品を置くための倉庫として使われ、祖父は一日の大半をそれらの品の手入れに費やしていた。

襖を開けると、奥の十帖の方に座卓が用意されているのが見えた。祖父はすでに上座に腰掛けていて、僕は勧められるのを待って座布団に正座した。祖父が口を開く前から、卓上に置かれている四本の刀に目が奪われていた。その頃はまだ、刀を一振り二振りと数えるということさえも知らなかったのだ。

先日見た白鞘ではなく、きちんとした拵えを身に纏った日本刀。いずれも、祖父がその生涯を懸けて蒐集した名刀で、迎賓館を訪れていた陸軍の将校が、わざわざ別館まで足を運び、「どうしても見せていただきたい」と祖父に懇願しているのを目撃したこともある。その気になれば接収することも容易かっただろうに、胸元に勲章を幾つも付けた立派な軍人が、ただ刀を見るためだけに祖父に頭を下げていたのだ。

僕の注意が卓上に向いているのを確かめると、祖父は右から順に一振りずつ、刀を鞘から抜いていった。鯉口を切る音が聞こえるのに合わせて、僕は無意識のうちに顔を伏せていた。自分のような若輩者には宝刀を見る資格がないと、幼い子供なりに考えたのだ。あの時代に教育を受けた者はみな、自分よりも高位の存在を前にする時に、自然と、御真影の前で取るような厳粛な態度を反復していたはずだ。

「過日、貴方の背筋に当てた刀がこのなかにあります」

鞘は傍らに置かれ、僕と祖父の前に四本の抜き身が並んだ。鍔と鋒の二点で支えるように机に置かれ、刀身が僕の方を向いている。刀を飾る時は差表で刀掛けに置くのが定石で、祖父がそれを持っていないはずがなかった。おそらく祖父は、僕が恐縮しないように、あえて乱雑な置き方をしてみせたのだろう。

「どれがその刀か、分かりますか？」

内緒話のように小さな声で祖父は訊ねた。今ならそれが、飛んだ唾が錆びの原因となるのを嫌ったからだと理解できるが、僕はその密やかさを、試されているのだと解釈した。

「背中に当ててもよいのですか？」

「しっかりと見れば分かります。見て分からなければ、分からないのと同じことです」

そう言われても、僕は茶室で、白鞘に収められていく刀をほんの一瞬眺めたに過ぎなかった。一応は訊ねてみただけで、背中があの刀の反り具合を記憶しているわけでもない。大人になった僕があの場にいれば、どれがあの時の刀だったのかだけではなく、四振り全ての出自を造作もなく言い当てられただろう。拵えを外され、茎《なかご》の銘を隠された状態でも、刃文と地鉄《じがね》を観察するだけで、いとも容易く刀工を判別できる。しかしながら、どれほど蓄えた知識も時を遡ることだけは叶わず、姿勢だけが立派になった痩せぎすの僕には、目の前にある日本刀が、どれも似たように見えていた。肥後守は持っていたし、包丁を扱ったことも何度かあったが、同じ刃物でも、それらを等倍に大きくしただけのものではないということは理解していた。日常生活で使われる一介の道具ではなく、東京がまだ江戸と呼ばれていた頃までこの国に群雄割拠していた武士たちの命であり、人を殺めるための武器であった。

畏れ多いという気持ちが消えたわけではなかったが、若さは自制を知らず、徐々に好奇心が湧き上がってきていた。祖父はすでに拝謁の許しを与えてくれている。僕は伏せていた顔を上げ、手前にあった一振りを凝視した。まず初めに見えたのは線だった。反り具合はどれも異なっていたが、日本刀の佇まいは、しなやかな曲線と冷徹な直線を一所に備えていた。本来は同居し得ないはずのふたつの要素が、互いを脅かすことなく、かと言っておもねることもなく、堂々と屹立している。矛盾めいた共存は、他にも見て取れた。たとえば、刃と棟がそうであり、夜空に浮かぶ星のように輝く刃文と、吸い込まれそうな暗さを湛えた地鉄がそうであり、そもそも刀は、灼熱のなかで焼かれたのちに水で冷やされることでその相貌をあきらかにしていく。

人間とは似ても似つかぬ姿形をしているのに、僕には刀が、ひとつの美しい肉体のように思えてならなかった。祖父と過ごした日々を思い出すことには、どうしても感傷が付き纏い、あの想いをそっくりそのまま取り出すことは難しかったが、自分の感情を再解釈することが悪徳でないのなら、僕はきっと、混じり合うことのないふたつの要素を平然と兼ね備えていた刀に、慈愛と憎悪を併せ持つ人間の心を重ねたのだろう。

おかしな言い回しかも知れないが、僕は結局、自分が最もなりたい姿をしている刀を選んだ。その刃先に触れてみたいと思う刀を、指差すことは躊躇われて、代わりに視線で指し示した。残りの三振りを洗練された手付き、刀剣愛好家特有の仰々しいものではなく、剣士のように実用的な所作で鞘に戻すと、祖父は僕が選んだ刀を手に取った。

「これは私が最初に手に入れた刀です。烏丸《からすま》家が所蔵する刀の手入れをしていた老人から刀剣鑑賞の手解きを受けた私は、十五歳の時に立ち寄った鑑定会でこの刀に偶然出会い、どうしても欲しいと思ったのです。当時の私は病気を理由に休学していた身で、烏丸家の家令が『この子はいつまで生きられるか分からないから買っておやりなさい』と私の父に助言してくれたおかげで、買っていただけたのです」

祖父は小槌に似た目釘抜きを使い、茎と柄とを留めている目釘を押し出した。柄は握ったまま、その手がもう片方の握り拳でトントンと叩かれ、固定されていた刀身がおもむろに浮いてくるのが分かった。刀から柄を外し、続け様に鍔と鎺《はばき》も外してしまうと、祖父はあらわになった茎を僕の方へと向けてみせた。その刀は無銘であった。

「戦勝祈願のために二振りの刀を神社に奉納した太田道灌《おおたどうかん》が、最後まで手放さなかった一振りだと言われています。銘こそありませんが、その作風からして粟田口《あわたぐち》、なかでも久国《ひさくに》の手によるものだと考えてよいでしょう」

太田道灌の名前には聞き覚えがあった。江戸城を築城した武将で、優れた歌人でもあったという。祖父も歌を詠むから、それで耳にしたのだと思う。粟田口や久国の方は、何のことかさっぱりだった。

「幼い私の我儘によって迎えたものですが、この刀は、烏丸家の繁栄を見守ってきました。私の弟が亡くなるまでは、彼の部屋に飾らせていました。土木建築請負業で身を立て、東京の発展に貢献し続けた弟に、道灌の姿を重ねていたのかも知れません」

祖父の弟、僕にとっての大叔父は、烏丸家の歴史においては異端児で、小学校を卒業するのと同時に土木の世界に足を踏み入れ、二十四歳の若さにして会社を興したらしい。本領安堵によって伝来の土地こそ守られたものの、財産の多くを失った烏丸家が没落の憂き目に遭うことなく旧家としての栄華を保つことができたのは、ひとえに、大叔父が興した烏丸組の成功の賜物だった。大叔父は志半ばで病死してしまい、会社は僕の父が、烏丸建設と名前を改めて引き継いでいた。

「貴方の父親も、幼い頃は姿勢が悪かったのです」

「あの父が、ですか？」

「ええ。貴方よりも悪かった。あれは私譲りで背も低かったので、蚤《のみ》と揶揄われていました」

耳を疑わずにはいられなかった。父は四尺三寸と背丈こそないものの、柔道で鍛えた体は分厚く、その背筋は、シャツの内側から鉄骨のように迫り上がっている。また、恰幅のよさに加えて、実際よりも大きく錯覚させてしまうような覇気も持ち合わせていたので、背の高い外国人連中に交じっていても不思議と見劣りはしなかった。そんな父が、丙種よりも酷い渾名で馬鹿にされていたとは、今の父しか知らない僕からは到底信じられない。

「あれにも、貴方にしたのと同じことをしました。海軍学校で気を著《つ》けの姿勢を訓練するのに鉄の物差しを使っているという話を聞いたのですが、我が家には鉄の物差しがなかったので、代わりに刀を使ったのです」

「……それで、父も今のようになったのですか？」

話の流れを考えれば当然そうなのだが、予想に反して、祖父が頷くことはなかった。祖父と父が不仲であることには、子供なりに薄々勘付いていた。学問で身を立てることを拒み、旧制高校へは行かずに大叔父の会社に入った父は、血縁の者であっても特別扱いはしないという大叔父の方針のもと、他の社員よりも厳しく育てられた。父もまた、自ら茨の道を進むことを望んだようで、陸軍から要請された工事のために大陸へ渡ることを志願し、幾度となく死線を彷徨った。父が帰国を命ぜられた時、病床にいた大叔父の胸中では、この頑固な甥が他の社員たちから二代目として認められるだけの信用を勝ち取れている、という判断が下されていたのだろう。つまり父は、祖父の風変わりな矯正法ではなく、自らの弛まぬ努力によって、醜く縮こまっていた背筋を伸ばしたのだ。

「あれは私の話には少しも興味を示しませんでしたが、ある時、この刀を見るなり『子供の頃に俺の背中に当てたのはこの刀だろう』と言ったのです。なぜ分かったのかと問うと、つまらないことを訊くなよとでも言いたげな顔で、『見れば分かる』と答えたのです」

そう述懐した祖父の顔付きは、張り替えられた真新しい畳を眺めている時のような寂しさを滲ませながらも、ほんの少しだけ、誇らしげであった。膝元から白鞘拵えを取り出した祖父は、慣れた手付きで柄を嵌めて目釘を差し、久国の刀をそっと鞘に戻した。僕から言い出すわけにはいかなかったが、当然持たせてくれるのだろうと思っていたので、味わうことになった落胆は相応に大きかった。

「この刀は烏丸家の守り神です。我が家を震災から守り、弟の会社を幾度も倒産の危機から救い、貴方の父親を無事に大陸から帰らせた。弟の病気が発覚したのは、本社を建て替えるからと言って、この刀を私に返した次の日のことでした。……治道さん、貴方がこの刀に報い続ける限り、この背筋のよい刀は貴方を守ってくれるでしょう。これから先の苦しい時代から、貴方と烏丸家を」

祖父がさらりと口にした苦しい時代という言葉に、僕は言い知れぬ不安を覚えた。ここのところ、本邸に軍人の出入りが増えていた。父に用があるということは、すなわち、何らかの密命が下されているということだったが、父がふたたび大陸へ渡る気配はない。だとすれば、工事は国内で行われていて、来るべき本土決戦に向けて軍備を増強しているに違いない。増強できるだけの余力があるのだから、戦況は有利なはずだ。その時の僕は、幼気にもそんな推測を働かせていたので、博覧強記であった祖父がこの国の未来を憂えたのを聞いて、足元がぐらぐらと崩れていくような気分にさせられた。

「日本はどうなるのですか？」

堪らずそう訊ねてみると、祖父は僕から視線を逸らし、目釘抜きを手にしたまま立ち上がった。床の間の手前に籐製の肘掛椅子が置かれていて、祖父はそこに腰を下ろした。振り返れば、その時すでに、祖父は膝の調子が悪かったのだと思う。それでも闊歩の習慣を止めなかったのは、今日が最後になるかも知れないと思えばこそ、墓参りを欠かしたくなかったのだろう。

「朝夕に音のみし泣けば焼き大刀の」

聞こえるか聞こえないかのか細い声で呟き、祖父は目蓋を閉じた。

利心も我れは思ひかねつも。

その歌が万葉集から引用されたものだと知るまでには、長い月日を要した。

午睡に入ってしまった祖父に一礼し、僕は部屋をあとにした。その日は曇りで、ガラス窓から日の光は差し込んでいなかったが、僕の目には、あの刀が反射した光が焼き付いているような気がしていた。祖父の不穏な態度よりも、自分が祖父の審美眼を受け継いでいるという事実に、密やかな興奮を覚えていたのだ。そしてそれは、ほとんど話したこともない父にも遺伝している。僕はその時、自分と父が紛れもなく親子であるということを、名前に共通する道という文字を除いて初めて認識し、これまでずっと憎んできた父に、怒りや蔑みを向け続けてきた父に、温かい情を抱いた。

一連の出来事を母に話すか迷ったが、男だけの秘密にしようと決め、ついに明かさなかった。しかし、いつも気難しい顔をしている僕が珍しく上機嫌だったからか、その日の母は、いつもより優しかったように思う。夕食を終えたあとは部屋に招かれ、付きっきりで勉強を見てくれた。母のしなやかな腕からはフランス製の香水の匂いがしていた。窓際に置かれていたラジオから玉音放送が流れるのは、それから一年半後のことだった。

第一部　一九五四年

1

左手は順手に、右手は逆手にして握り込む。

目一杯息を吸い込み、呼吸を止める。臀部を後方に突き出し、上体を前傾させていた僕は、床に置かれているバーベルを威勢よく引き上げた。軽く曲げていた背中がしっかりと伸び、床と垂直になったところで一旦静止し、重力に任せてしまうことなく、ゆっくりとバーベルを下ろしていく。床に着いたところで、ようやく息を吐ける。ふたたび肺を膨らませ、今の動作をもう一度繰り返す。背中の筋肉よりも先に握力に限界が訪れ、五回目を終えたところで、僕はバーベルから手を離した。あともう一回できそうな心持ちではあったものの、体の方が追い付かず、前回の記録との変化はなかった。ぐったりとしている僕に代わって、先にセットを終えた重森《しげもり》がバーベルを持ち上げてフックに戻してくれた。

「あともう一回が遠いね」

二十キロのプレートを外しに掛かっている重森に、そう声を掛ける。去年に購入されたばかりだというプレートは早くも汗で錆び始めていて、トレーニングが終わるといつも、手のひらや指が煤けるように汚れた。

「運動歴のない坊ちゃんにしては上出来だ。上背もあるんだし、今からでも何かやったらどうだ？」

「これが性に合ってるんだ。君こそ、戻らないのか？」

やっと落ち着いてきた僕は、急いでバーベルから二枚のプレートを外した。パワーラックの反対側にいる重森は、すでに作業を終えていた。

「おれの場合は馬が合わなかったんだ」

「村松さんも元は国体選手だったんだろう？　喧嘩とはいえ、それを投げ飛ばしたんだから、君はたいした才能の持ち主だよ」

「あいつは強くないさ。それに、喧嘩が強いくらいじゃ、今の時代は飯なんか食えない」

「プロレスをやれば、いくらでも食えるじゃないか」

薄い唇を閉じて苦笑いを浮かべた重森は、力道山《りきどうざん》の空手チョップを真似ている僕を横目に、出口を顎でしゃくった。トレーニング室は地下にあり、常に立ち込めている若い熱気も相まって、とにかく酸素が薄かった。一刻も早く外の空気を吸いたいのは僕も同じで、手早く着替えを済ませて階段を上り、僕たちは地上に舞い戻った。提げていたのは数冊の教科書が入っているだけの靴袋なのに、まるで重りのように感じられ、爽やかな外気を楽しむ余裕もなかった。筋肉が正しく疲労していることの証だったが、僕と同じ量のトレーニングを僕よりも重い重量でこなしていたはずの重森は、学生服の懐から取り出した煙草に火を点けている。彼曰く、きつい修行を終えたあとの一服は格別なのだという。スポーツマンとしては失格だが、重森はむしろ進んで、その道からドロップアウトしていた。郷里では名の知れたレスリング選手だった重森は、入部から一ヶ月もしないうちにレスリング部を去ってしまった。本人によれば、監督である村松氏との政治思想上の対立が原因で、それからは、大学生らしく酒や麻雀に明け暮れた。もっとも、村松氏の監督下に置かれるのが我慢ならないので辞めたというだけで、運動への意欲までは捨てていなかった重森は、自然とトレーニング室に出入りするようになった。そこで僕は、彼と出会ったのだ。

僕たちが入学するちょうど一年前、うちの大学には日本初となるボディビルディングのクラブが創設され、体を鍛えることに興味があった僕は見学に行こうと思っていたのだが、なかなか勇気が出ず、実際に足を運ぶまでに一ヶ月を要した。その遅れを取り戻すべく、毎日のようにトレーニング室に通い詰めていると、決まった曜日に鉢合わせする新入生がいることに気が付いた。耳が潰れた逞しい青年は、日頃の鬱憤を鉄にぶつけているかのような荒々しい所作でベンチプレスに励んでいた。その時僕は、彼の隣でスクワットをしていた。前の週にクラブの先輩から「君は細いので、まずは大きい筋肉を鍛えるといい」と助言され、フォームのレクチャーまでして頂けたのだが、僕はたった二十キロのバーベルを担いでしゃがむのにも難儀していて、創設されて間もないとは思えないほど筋骨隆々とした部員たちのなかにいるのが恥ずかしかった。それで、トレーニングの合間には、これみよがしに『文藝』なんかを読んでいた。

面倒な気取り屋と思われれば、面と向かって揶揄われはしないだろうと考えていたのだが、ある日、つかつかと寄ってきた重森が開口一番に「火野《ひの》葦平《あしへい》は読むか？」と訊ねてきた。僕と彼は互いに汗を流しながら、連載中の小説について意見を交わし、それ以来、会えば必ず話すようになったのだった。

「講義は？」

「今日はもうないよ」

「なら、飯でも食おう」

短くなった煙草を放り捨て、重森が歩き出す。トレーニングを終えても、最中に感じていた吐き気のような不快感は当分消えず、一、二時間は何も食べる気にはなれなかったのだが、この男はそうではないらしい。こういう部分ひとつとってみても、重森は僕にはない生き物としての強さを持ち合わせている。

「まだ腹が減ってないんだ」

「食わなきゃ、せっかくの運動が無駄になるぞ」

重森は都電の早稲田《わせだ》駅の方へと歩いていて、行き先には見当が付いた。五分ほど歩いたところで、「金城庵《きんじょうあん》」の青い暖簾が見えてくる。昼飯時で店内は混み合っていたが、ちょうどふたり出ていったので、僕たちは待つことなく席にありつけた。重森は悩むことなくかつ丼を注文し、僕は彼とは違う理由で、やはり悩むことなくもり蕎麦を頼んだ。

「浮かない顔だな」

「まだ疲れてるんだよ」

「いいや、違うね。心地よい疲労とは無縁の顔だ」

自分で思っているほどに自分のことを知っているわけではないという事実を認められる程度には、僕は大人になっていた。重森は勘が鋭いし、その勘が間違っているか否かをきっちりと確かめる執念の持ち主だったので、僕は早々に白旗を上げることにした。

「……昨日の昼に、兄に会ったんだ」

「おまえ、兄貴がいたのか？」

「兄と言っても、たかだか数日違いさ。それに、母親も違う。一緒に住んでもいないんだ」

余計なことを言ってしまったと、口にしてすぐ後悔した。父は数人の妾を持っていることを隠そうともしておらず、そんな男の名誉を守ろうというのではない。僕たち家族が咎められる謂れもなかったが、伴侶でありながら確固たる他人でもある母とは違い、紛れもなく血を受け継いでいる息子がその事実について自ら口にする時、まるで、その放蕩ぶりまで引き受けたような気にさせられるのだ。僕は父を蔑視していたが、それと似た色合いの視線を、とりわけ目の前にいる友人から向けられたくはなかった。

「会って、それでどうした？　何がいけなかったんだ？」

「向こうは僕の母を、何というか……、おそらく憎んでいるんだ。一応は母が本妻だからね」

「なるほど。待遇に差があったというわけだな」

「詳しくは知らないが、そうなんだと思う。学費くらいは出したみたいだけど」

　気遣いのつもりか、重森は僕に煙草を勧めてくれたが、早死にした大叔父が愛煙家だったのもあって、喫煙は絶対にしまいと決めていたので固辞させてもらった。

　あの奇妙な昼食会が始まったのは、僕が大学に入る少し前のことだった。祖父、烏丸誠一郎《せいいちろう》の葬儀から半年が過ぎていて、僕は祖父が遺した数多くの美術品の整理を手伝うことによって、どうにか悲しみとの折り合いを付けようとしていた。ＧＨＱは終戦の翌年、この国における武の象徴であった日本刀の没収を決定した。各地の名刀が海外へと流出してしまうことを恐れた祖父は、信頼の置ける刀剣愛好家を集めて会合を開き、反乱を想起させる武器ではなく、あくまでも優れた美術品として価値を認めさせることで、日本刀の所持を許可させることができるのではないかと考えた。迎賓館を訪れていた政治家たちとのパイプが依然として生きていたことと、イギリスに遊学していた経験のある祖父が英語に堪能だったことの二点が上手く働き、祖父たちの献身は見事に実を結んだ。一九四八年には、日本刀を後世まで守り続けていくための組織である刀剣保存協会が設立され、祖父は初代会長となった。今でも、協会の人間が頻繁に屋敷を訪れ、祖父の刀の手入れをしてくれている。祖父は遺書を書いていなかったので、僕も彼らも、これらの刀をどうすべきか処遇を決めあぐねていた。

　その日も僕は、本邸にある祖父の書庫に籠もり、蔵書の整理に勤しんでいた。懸命に辞書を引きながら、ドイツ語で書かれた本の題名を解読していると、妙に粧《めか》し込んだ母がやってきて、「出掛ける準備をしなさい」と命じられた。すぐに自室に戻って学生服に着替えた僕は、父の部下が回してきた車に乗り込み、何事かと戸惑ったまま銀座《ぎんざ》へと運ばれた。母の方は事情を知っているらしかったが、訊くことを一切許さないような、鬼気迫る面持ちをしていた。

車が停まったのは、「メイゾン・シド」というレストランの前だった。日本では数少ない本格的なフランス料理を出す店で、そこのシェフと父は戦前からの付き合いなのだと、あとで聞かされた。二枚目の若い給仕が案内してくれたのは奥まったテーブル席で、見知らぬ女性と青年が先に座っていた。一度挨拶をしたきり、母は能面のような顔で煙草を吸い続け、僕はと言うと、若い給仕が偶然を装って向けてくる好奇の視線に、顔を伏せて耐えていた。父は四十分ほど遅れてやってきたが、謝罪ひとつ口にすることなく、席に着くなり葉巻に火を点けた。そして、何口か吸ったのちに、僕の向かいにいた青年を指差して「お前の兄だ」と紹介した。

僕には姉がふたりいる。上とは六つ、下とは四つ離れていて、ふたりともすでに結婚して家を出ていた。父は僕の母が一向に長男を産まないので、業を煮やして愛人を孕ませることにしたのだが、何の因果か、ほとんど同じタイミングで僕と兄が産まれてしまった。僕に兄がいると教えてくれたのは上の姉だったが、直接聞いたのではなく、家を出ていく前日に母と口論しているのを盗み聞きしてしまったのだ。姉は父を「恥知らず」と呼び、自分と一緒に家を出るよう母を説得していた。母は今、僕の隣に座っていて、姉の説得は無意味に終わっていたが、あの晩の哀訴は僕に、父に対するさらなる嫌悪と、父が持つという別の家族に対する本能的な恐怖を植え付けた。忠臣二君に仕えずという言葉があるが、同じ男が別個の家族を同時に持つというのは、これから大人になって所帯を持っていくであろう僕からすれば薄気味悪く思える。それとこの男は、母の前に座っている女性の前では甘えた素振りを見せたりするのだろうか。

も、我が家にいる時と同じように、何かにつけて手を上げるのだろうか。僕が見たことのない側面が父に備わっていると考えるだけでも気分が悪くなってくるし、他所の家でも微塵も変わりなく傍若無人な振る舞いをしているという想像も、やはり、僕の胃をむかむかとさせた。運ばれてくる料理はどれも見栄えがよかったが、沈黙の苦みが口いっぱいに広がっているせいで、美味しいはずの食事からは何の味もせず、僕たちは課せられた義務を果たすように黙々と平らげ、「次の会議に向かわねば」という父の言葉を合図に解散した。

父にとっては、離れた池で飼っている二匹の鯉を、ふと見比べてみたくなり、同じところにぽんと放ったという具合の、ほんの気紛れだったのだろう。従って、僕と母があちらの家族と会うことはもう二度とないはずだと思っていたのが、奇妙な昼食会は、毎週の火曜日に必ず開催されることになった。先の惨事がお互いの息子の教育によくないと考えたのか、僕の母と兄の母は打って変わったように会話を繰り広げたが、本妻と妾の間に共通する話題はさほど多くはなく、また、何が相手を刺激するかも分からないため、ふたりは他愛もない世間話に終始していた。父は時折、やはりどうでもいい内容の合いの手を入れていたが、僕と兄は、まったく口を開かなかった。窮屈そうな手付きでフォークとナイフを動かしながら、兄は父と僕の母を暗い目で睨み、会がお開きになって全員が席を立つときに、その去り際に、僕をじっと見つめた。言い方を変えたのは、前者と後者で、彼の目付きがあきらかに異なっていたからだ。腹違いとはいえ兄弟としての情があったのか、あるいは、不誠実な父を持った息子としての連帯感を覚えていたのか、どちらにせよ、僕は確かめようとはしなかった。母から聞いた話では、兄は東京大学の工学部建築学科に籍を置いているらしく、もしかしたら、卒業後は烏丸建設に就職するつもりなのかも知れない。祖父が先手を打ってくれたおかげで進路に口出しをされず、父が蛇蝎の如く嫌う文学部に入れた僕としては、少し嗅げば父の匂いがしてくる領域に足を踏み入れるなど、まっぴらご免だった。

「分からないなあ。おれがおまえなら、今すぐにでも働かせてもらいたいがね」

かつ丼を頬張りながら、重森は言った。大抵の人間は、僕が烏丸建設の御曹司だと知るや否や、その態度を一変させてしまう。意地の悪い同級生たちは、落書きをしたノートの切れ端を壁に貼り出し、「治道殿に買ってもらって、立派な家を建てよう」と囃し立てるだけだったが、大人たち、とりわけ学校の先生が他の生徒がいないところで僕に見せる機嫌を窺うような態度には一晩中ナーバスにさせられた。僕の名が姓を飛び越えることは、この先も永遠にないのだと思うと、何をしても仕方がないような気分になる。

しかしながら、重森は僕の素性に対する興味と、僕自身への接し方を完全に切り分けているらしかった。腹の底を隠すのが上手いだけなのかも知れないが、彼が僕を、あくまでも普通の学生として扱い、友人でいてくれていることには随分と助けられている。

「身内だからって特別扱いはされないよ。それどころか、むしろ腫れ物扱いだろう。三代目は滅ぼすってよく言うからね」

「ヘマさえしなければ、クビにだけはならないはずだぜ。定年までの収入源が確保できるんだから、あとの時間は好きなことをし放題じゃないか。今時、そんな職場を探す方が難しい」

「そう言えば、君が何を志望してるのか、訊いたことがなかったな」

「少なくとも、プロレスラーじゃないことだけは確かだ」

こちらが言い出したことだと気付き、僕は軽く笑った。ボディビル・クラブの部員たちの大半はプロレス好きで、かくいう僕も、去年旗揚げされた日本プロレスの試合を観戦していたが、重森はまったく関心がないようだった。本を読むのは知っているし、トレーニング愛好家だというのも分かっているが、重森が何に興味があるのか、僕は少しも知らなかった。訊けば教えてくれるはずだが、僕は向こうが自然と話してくれるのを待つのが好きだったし、重森としても、そういう性分が気に入ったからこそ、わざわざ違う学部の僕とつるんでいるのだろう。

美味くも不味くもない蕎麦を啜っていると、徐々に食欲が出てきた。二、三十分ほどすれば、もっと腹が減ってくるに違いない。

「家業を継がないんなら、おまえは一体何をやるんだ？　作家か？」

「まさか。僕は読む専門だよ。下手の横好きで短歌をやるくらいだ。数年前に学芸員という資格が作られたのは知ってるか？　博物館の運営に携わる専門職なんだけど、僕はそれになろうと考えてる」

「悪いが初めて聞いたよ。となると、国立博物館で働くのか？」

「いや、資格を取ったからといって、誰もが希望する場所で働けるわけではないらしいんだ。博物館は全国各地にあるからね」

「そりゃそうだが、どうして博物館なんかに？」

「祖父の蒐集品をきちんと管理したいんだ。方々から、博物館なり美術館に寄贈してくれないかと頼まれているんだが、僕としては、祖父の愛した物品が散らばってしまうのは悲しいから、うちの敷地のなかに自前の博物館を作りたいんだ。学芸員の仕事は、その下準備になると思ってね」

祖父は生前、文化財保護委員会の委員を務めていて、東京国立博物館はその管理下にある。学芸員を志すようになったきっかけは、祖父と懇意にしていた数人の委員が葬式のあとで屋敷を訪れた際に、日頃から所蔵品を手入れしていた僕の腕を見込み、「その才能を文化国家のために発揮しなさい」と発破を掛けてきたことにあった。委員のひとりに頼みでもすれば口利きしてもらうことは容易いのかも知れないが、僕のなかには、自分の持っている知識は何もかも祖父から譲り受けた借り物だという意識がある。目利きひとつとっても、祖父が下す審判の基準を知っているからこそ、その基準に照らし合わせた評価を口にできるのであって、今の僕は単なる代弁者に過ぎず、美術の愛好家を名乗ることなど断じて許されない。この恥の意識を乗り越えていくためには、祖父の威光が及ばない場所で修行するしかないのだと考えていた。

「随分と具体的な野望があったんだな。ただの坊ちゃんかと思いきや、たいしたもんだ」

「具体的なものか。僕は一生を費やしたって、祖父のようにはなれっこないんだから」

「そう悲観するなよ。重りを持ち上げることに関しては、おまえの方が上だろうに」

重森がそう言ったせいで、僕は頭のなかでバーベルを担いでスクワットをする祖父を想像してしまい、あやうく吹き出しそうになった。すでに食べ終えていた重森は、爪楊枝を煙草のように咥え、厨房で天麩羅を揚げているご主人をぼんやりと眺めている。ぐにゃぐにゃと気の抜けた蕎麦を急いで平らげ、僕たちはお代を置いて「金城庵」を出た。

「君はもう帰るのかい？」

「ああ。その前に早苗《さなえ》にでも寄って行こうかな」

「あんまりのめり込むなよ」

「言われなくても。こちとら苦学生なんでね」

重森が名前を出したのは、南門の近くにある雀荘だ。僕を除いてボディビル・クラブの部員とはあまり交流していない重森の本拠地は、どうやらそちらのようだった。僕は麻雀をやらなかったし、ずぶの素人を真剣勝負の場に交ぜたくないのか、重森から誘われることは一度もなかった。

僕の家までは、キャンパスから歩いて十五分も掛からない。都電の早稲田駅からだとさらに近く、神田川を渡って少し進むだけで烏丸家の敷地が見えてくる。僕たちは店の前で別れたが、数歩もいかないうちに、重森が僕を呼び止めた。

「親父さんとはまだ冷戦なのか？」

そんなに気になっていたのかと驚きながら、僕は頷く。重森は野望という表現を用いて讃えてくれたが、心のどこかでは、父とはまったく違う人間になるための手段とも考えていた。

「祖父君の持ち物を守りたいなら、親父さんとは話を付けておいた方がいいな」

「どうして？」

「守れるようになる前に手放されちまったら困るだろ？」

「まさか。あの人は本気で天目茶碗に米をよそおうとした男だ。自分の興味が向かないものには、そもそも価値なんてないと思ってるんだよ。ガラクタの山のことなんか、気にも留めていないさ」

「ならいいんだがね。ただ、祖父君やおまえとは違って、家はなるたけ空っぽの方がいいと考える人間はいるもんだ。そういう手合いは、よく調べもせずに二束三文で売り飛ばしてしまう」

どうやら、重森は本気で心配してくれているらしかった。確かに父は、祖父の趣味、ひいては人生そのものを快く思っていないようだったが、烏丸家の家宝とも言うべき所蔵品に手を付けるほど愚か者ではないはずだし、第一、金にも困っていない。ましてや、刀剣保存協会や文化財保護委員会のお歴々も出入りしているのだから、その心配は杞憂だろう。僕は重森に感謝を伝え、あらためて帰路に就いた。彼の言葉は、ほどなくして予言として成就することになるのだが、その時の僕は、ひと匙の危機感すら抱いていなかった。

2

東京における進駐軍工事の大半を烏丸建設が請け負っていたこともあり、何かしらの便宜が図られたのか、終戦後も烏丸家の屋敷が接収されることはなかった。別館で暮らしていた僕と母、祖父は本邸に戻り、祖父が亡くなるまでの八年間、以前と変わりない生活を送った。相変わらず父は寄り付きもしなかったが、葬儀が終わり、祖父の関係者の出入りが増えたのと時を同じくして頻繁に帰ってくるようになった。まるで、嫌っていた人間が消えて清々しているかのような臆面のなさに、これまで以上の侮蔑と嫌悪を抱いたのだが、使用人がこっそり教えてくれたところによると、父は別館を改装して何かしらの事業に使う気でいるらしかった。その計画を練っているのか、父は本邸の客間に陣取っていることが多かったので、万が一顔を合わせてしまわないように、僕は使用人たちが使っている庭に面した出入り口から帰るようにしていた。本邸には各階に階段がふたつあり、そのうちの片方は、客間や食堂に素早く給仕するための動線として設けられている。その階段を使えば、厨房や使用人の部屋の前を通るだけで、家族の誰にも会わずに二階の自室まで辿り着けるのだ。

庭には寄らず、まっすぐ本邸に向かって歩いていると、ちょうど玄関扉が開いていて、内側に佇んでいる父の姿が見えた。足が勝手に動き、僕は車寄せの手前に植えられている目隠しの木立に身を隠す。父はシャツにサスペンダーという格好で、出掛ける時は必ずジャケットを着るから、客人を見送るために玄関まで来たのだと分かった。その読みは見事に当たり、父の背後から、サテンのように光沢のあるグレーのスーツに黒いネクタイを締めた男が現れた。三十歳そこそこくらいの若い男で、筒状のケースを肩から下げている。図面を入れるものだとすれば、建築家か何かだろうか。烏丸建設の社員にしては派手過ぎるし、そもそも父が、普通の社員を屋敷に招き入れることなどあり得なかった。旧知の間柄のような馴れ馴れしい握手を交わして男は去っていき、咥え葉巻の父はその背中を見送ることなく屋敷のなかへと戻っていった。

僕はその男に見付からないよう木陰に隠れ続け、彼がいなくなるのを待って、本邸の裏手へと回った。こちらの出入り口には、病院の受付に設けられているような小窓があり、その奥の部屋で寝泊まりしている使用人が庭師や配管工などの客人をなかに通す。警備の役割も兼ねているため、ここには最も歴の長い者が置かれていて、小窓を開けた僕を認めると、年嵩の使用人は優しげに微笑んだ。

「おかえりなさいませ。今日も何か召し上がりますか？」

この時間に帰ってくる時は、トレーニングを終えたあとだと知られているのだ。気遣いはありがたかったが、今日に限っては、彼が他の使用人を呼びにいってしまう前に訊ねておかねばならないことがある。

「さっきまでいらしていたのは誰ですか？」

「道隆《みちたか》様のお客様のことですか？」

「はい。烏丸建設の社員には見えなかったもので」

「申し訳ありませんが、私たちも教えていただいてはおらず、丁重にもてなすように、としか言われておりません。送って差し上げろとのことでしたので、今、別の者が車を出していますよ」

父は祖父の趣味が存分に反映されたこの屋敷を好いてはいないようだったが、上等な客間のことは最大限に活用していて、なおかつ、接客にも細心の注意を払い、聞き出した食事や酒の好みを使用人にも徹底的に覚えさせた。その父が名前を明かさなかったということは、身内にも知られたくない相手だったのだろうか。いつもなら社員に運転させるのを、使用人に送らせたというのも気になった。扉を開けてくれていたので、疑問の数々は一旦脇に退け、僕はひとまず本邸に入った。背中の疲労に襲われながら階段を上っていると、三階から下りてくる使用人とすれ違った。

「あら、坊ちゃん。お帰りなさい」

仄かな香水の匂い。母は父が馬鹿の一つ覚えのように贈り続けていたフランス製の香水を長らく使っていたが、実のところは気に入っていなかったのか、彼女に譲ってしまったらしい。母でない女性からその優しい匂いがするのに僕は今でも混乱してしまうのだが、ふと、違うことが気になって足を止めた。

祖父は各階に書斎を持っていたが、三階に関しては、その全てを祖父が占有していた。寝室と、眠れぬ晩に向かう書斎、そして、蒐集した美術品を置くための倉庫。過去に誤った手入れをされてしまったことがあるらしく、祖父は使用人たちに、浴室とトイレ以外には立ち入らないよう厳命していた。現在は刀剣保存協会の人たちが出入りすることもあるため、その戒律も自然と反故になっている。

「上の掃除ですか?」

「道隆様にお茶を用意したので、片付けていたんですよ」

さっきは見落としていたが、わざわざ振り返って教えてくれた彼女は、その腕に角盆を抱えていた。湯呑みがふたつ載っているのに気付いた瞬間、僕は靴袋を放り投げ、全速力で三階へと駆けた。階段を上がってすぐの部屋が所蔵品の倉庫として使われていて、この階の三分の二以上を占めているだだっ広い空間を無数の棚が埋め尽くしている。祖父の背丈に合わせて注文された木製の什器で、高さが五尺ほどしかないため、そのぶん数が多いのだ。棚板は簀子《すのこ》状になっていて、戸は付いていない。碁盤目状に並べられているおかげで、端から順に整理することができるのが特長だった。ざっと一周してみたところ、昨晩の記憶との相違は見受けられない。刀だけは動かしたような形跡があったが、全て揃っていたので、単に見せびらかしただけなのだろう。もしかしたら、あの若い男にも持たせてやったのかも知れない。袱紗が綺麗に畳まれたままということは、素手で触っていたはずなので、あとで手入れをしなくてはならない。

祖父の私室はこの奥にあり、茶を飲めるような場所はそこしかなかったので、断りもなく客人を入れた父に憤りを覚えながら扉を開けた。僕が強く望んだこともあり、祖父の私室は、何もかもがそのままの姿で時を止めている。祖父を慕っていた古株の使用人は、今でも定期的に寝具を洗濯してくれていた。いずれは片付けなくてはならないと理解していたが、当面は、この部屋に主人の息遣いを忘れさせたくなかった。部屋は引き戸で仕切れるようになっていて、庭に面している窓際の方には、書き物をするための机と、中国から取り寄せたという飾り棚が置かれている。棚としては奥行きが浅く、本来は巻き物を入れるのに使われていたらしいのだが、祖父はそこに、一振りだけ刀を納めていた。

粟田口久国の無銘。

烏丸家の守り神であり、祖父は烏丸家の人間以外には、その刀を見せようとはしなかった。生前に命じられたわけではなかったが、祖父の人生を受け継いだ者としての責務から、手入れこそ続けていたものの、刀剣保存協会の人たちに「拝ませて欲しい」と頼まれても、断腸の思いで断り続けていた。

この部屋に足を踏み入れた時からずっと脳裏に浮かんでいた厭な想像を振り払うように、飾り棚の戸を静かに開ける。中は空っぽで、白鞘に収められた久国は、隣に保管してあった拵えごと消え失せていた。

枕花の下で眠っている祖父を目にした時、深い悲しみに包まれたけれど、不思議と喪失感だけは覚えなかった。家庭というものを放棄した父に代わって僕を躾けてくれた祖父は、知識や教訓、思い出、僕の内側に永遠に残る形で、その愛を惜しみなく与えてくれた。それゆえに、たとえ命が失われたとしても、僕と祖父との間にあった結び付きは決して消えないと思ったのだ。何よりも、受け継いでいくと誓ったあの刀が、物的な縁として、僕の手元に残されていたのだ。

想像の再現に驚きは生じず、その代わりに、僕は今更になってようやく、喪失の苦しみに襲われることになった。ただし、この喪失は人間の死とは性質が異なり、あきらかに抗うことができるものだった。蝶番の軋む音さえ立たぬようにゆっくりと飾り棚の戸を閉めた僕は、厳かな足取りで祖父の私室をあとにし、倉庫を通り抜けるや否や、全速力で階段を駆け下りて、一階の客間へと飛び込んだ。

姉たちがいた頃は、誕生日を迎えた学友たちを呼んでは、ちょっとした舞踏会が開催されていた最も広い客間が、今は父がひとりで使う書斎兼応接室になっている。書斎は祖父のものが幾らでもあったが、父はそこを使うことを頑なに拒み、部屋の雰囲気には微塵も馴染まない白い化粧板の長机を山ほど運び込んで円卓のように並べている。現場一筋の父は、座る場所にもこだわりがないらしく、学校の教員室から持ってきたような安い椅子に、その大きな臀部をどうにか納めていた。背丈だけなら僕の方が圧倒的に大きかったし、ボディビルがもたらした筋肉の成長は、本気でやり合えば、いくらかはやってやれるのではないかという自信を与えてくれていた。

顔を合わせるなり、その腐った性根を否定するような一言を吐いてやろうと意気込んでいたのだが、客間へ入ってきた僕に気付いた父は、どうしてか口元を緩め、「もう帰ってたのか」

と呟いた。この男は僕に避けられているのを知っているはずだったが、あえて知らないふりをして、喜ぶようなさまを見せてきたのだ。たったそれだけのことで、ぶつけようとした憎しみが、あたふたと行き場を失ってしまいそうになる。この部屋をも侵し始めている葉巻の匂いを嗅ぎながら、僕は背筋を伸ばして父を見据えた。

「あの刀をどうしたんですか？」

「刀？」

「祖父の刀です」

振り返ってこちらを見ていた父は、ぎしぎしと椅子を軋ませながら体を動かして、僕の方へ向き直った。背の低さを忘れさせる体積の大きさは、人混みのなかに突っ込んでくる車のような迫力を備えている。歳を経ても尊大な性格は変わらず、むしろ磨きが掛かる一方で、その強引さに舌を巻いた財界人たちから「一番太刀の烏丸」と渾名されていると新聞で読んだことがある。

「部屋の飾り棚にあったのがなくなっていました。どこにやったんですか？」

「どこにやったって……。お前、親に対してその言い方は何だ」

「あの刀は烏丸家の守り神です。あれを守っていくのが僕の役目なんです」

遺言によって、誰が受け継ぐか指定されていれば、こんなことにはならなかったと歯痒くなる。烏丸家の男は短命なのだと、いつだったか祖父が口にしたことがあったが、死ぬ間際まで日課の闊歩を欠かさず、誇り高く生に挑み続けた祖父は、筆を取ってしまったが最後、死の運命を受け入れることになると考えたのかも知れない。浮世離れしていた祖父の、極めて人間らしい側面に思えた。

「勘違いしてるのかも知れんが、この屋敷は、烏丸建設の社長である俺の持ち物だ。土地も屋敷も烏丸家のものではあるが、他所の成金の手に渡りそうになったのを食い止めたのは先代だ。断じて、烏丸誠一郎の働きではない。……つまりだな」

つまりだな、というのは父の口癖だった。自分がこれから口にするのは、天地がひっくり返ったとしても変わることのない決定だと言い聞かせるように、その先を続けるのだ。父がこれを使う時は一切の反論が許されず、母は決まって涙を流していて、祖父は沈痛な面持ちで唇を結んでいた。しかし、今の僕はそうなってはいけない。

「屋敷のなかにあるものは自分のものだから、どうしようと勝手だと？」

「ああ、そうだ。話がそれだけなら、部屋に戻りなさい」

「あの若者に売ったのですか？」

僕がそう切り出すと、父の目付きは途端に険しくなった。口の堅い使用人たちにさえ素性を伏せていたのだから、あの客人との会合は、よほど知られたくない密会だったに違いない。

「……どうだっていいだろう。お前には関係のないことだ」

「関係ありますよ。あれは僕の刀でもあるんです」

「お前の刀？」

語気を強めた父は、長方形の灰皿で休ませていた葉巻に火を点けた。

「おかしなことを言いましたか？」

「お前も親父から聞かされたんだろう？　あれをどうやって手に入れたか。病弱な子供を不憫に思って、親が買い与えてくれたものだと。つまりだな、厳密に言えば、あの刀は烏丸家の持ち物ではあっても、烏丸誠一郎のものではない。もし仮に、俺があの刀を売り飛ばしたのだとして、お前が自分こそが正当な持ち主だと思うのなら、買い戻せばいい。……だが、それはできないだろう？　お前は一介の学生で、学費さえ自分の力で賄ってはいない。そんな身分の人間に、自分のものという考えなどあってはならないんだよ」

　息子との邂逅を喜んでいた笑みは消え失せ、ひとりの経営者として、烏丸道隆は告げていた。痛いところを突かれているだけに、すぐさま反論は思い付かない。父を嫌悪しながらも、その庇護下にあることをよしとしている僕は、どれほど鍛えようとも、肉体の全てが矛盾そのものだった。

「大体、刀なんか持ってどうするんだ。誰か斬りたい奴でもいるのか？」

「そんなわけないでしょう」

「なら、持たなくていいだろう。刀は武器だ。人間を殺すためにある。それを額縁代わりの台に載せて鑑賞しようだなんて、はっきり言って頭がおかしいんだ。親父も、親父のお仲間もどうかしてる。そんなに俺の家に来たいんなら、いい加減拝観料でも払えと言ってやらないとな」

　吐き捨てるように言い、父は手元のグラスを呷《あお》った。祖父たちは、アメリカ人に頭を下げる機会を得るために日夜奔走し、命乞いのような真似をしてまでも、日本刀を守り抜いた。その献身を、この国の歴史を築き上げてきた僕たちの象徴を、この男は嘲笑ったのだ。したり顔で洋物のウイスキーなんかを飲んでいるこの男は、祖父の息子でもなければ、僕の父親でもないと、自らの出自そのものを否定してしまいたくなる。

　背筋に当てられた刀がどれだったのかを言い当てた僕は、かつての父も同じ試練を与えられ、同じように看破してみせたのだと祖父から教えられた。そう語った横顔は誇らしげで、弟を慕い、本当の父親である自分を毛嫌いしている息子に、それでも祖父は、深い慈しみの情を抱いていた。だからこそ僕は、父と僕の間に、血縁という事実以上の何かが存在すると信じたのだ。そして、それは大きな間違いだった。

葉巻の匂いから一刻も早く逃れたくて、僕は足早に客間を出た。怒りに任せて父を殴ったとしたら、それこそ、あの男と同じ穴の狢になってしまう。父は母を殴る。彼女がその目的のためにこの屋敷に飼われているとでも言うかのように、当たり前に殴った。なぜかは分からないが、父は母を殴る時、いつも必ず他所行きの服に着替えさせた。そこには暗黙の了解があり、家に寄った父の機嫌が悪いのを察すると、母は自ら綺麗な服に着替え、しばらく部屋から出ないよう僕に言い付けるのだ。もし父の機嫌を損ねれば、この生活は取り上げられ、僕とともに路頭に迷うことになると分かっているから、母は一切の抵抗を見せなかった。家長である父と対立するというのは、そういうことだった。僕の気紛れで、母が長年耐え続けていた屈辱を台無しにするわけにはいかない。この怒りは、あの刀を取り返すための原動力にしなければならなかった。

　しかしながら、何から始めればいいか、皆目見当が付かない。あの若者の手に渡ったことは確実で、刀を入れていたと思しき筒状のケースは父が用意したものだろう。分かっているのはそれだけで、若者の正体は謎に包まれている。父が頑なに口を噤むということは、他所の女に関連する誰かなのかも知れないが、それを確かめる術はなかった。ただ、急がなくては、取り返す機会ごと失ってしまいかねない。

　僕は三階に戻り、祖父の私室に置いてある電話機を手に取った。電話帳で番号を調べて「早苗」に掛け、「重森君がいたら呼んで欲しい」と伝える。知恵と力を借りられそうなのは、彼しかいなかった。卓上に飾られていた磁州窯《じしゅうよう》の陶器を眺めながら、トレーニングをする際の呼吸、大きく吸い込んで止め、ゆっくりと吐き出すのを繰り返す。期待に反して、早鐘を打っている心臓が落ち着くことはなかったが、鼻にかかったような低い声が電話口から聞こえてくると、わずかではあるが安堵が訪れた。

「急にすまない。中断させてしまったね？」

〈抜ける口実ができて、むしろ助かった。それで、わざわざ雀荘に掛けてくるなんて、よほど差し迫った事情か？〉

「ああ、そうだ。……そうなんだが、いざ電話してみると、どう説明したものか。君の力を今すぐにでも借りたいと思って、居ても立っても居られずに電話帳を捲って、そこの番号を探したんだよ」

〈おれの力ってことは、金の用立てじゃないってことだけは確かだな〉

僕を解きほぐそうと冗談を口にした重森は、少し思案したのち、南門通りにある喫茶店の名前を告げた。早大生の溜まり場で、「早苗」のすぐそばだ。

〈席は取っておくから、歩きながら話をまとめろよ〉

「そうさせてもらう。恩に着る」

受話器を置いた僕は、着替える必要もなかったので、学生服のまま屋敷を飛び出した。来た道をそのまま引き返して、南門の方へと向かう。緑色のテント看板は通りのなかでも目立っていて、僕は「ぷらんたん」の扉を開ける。二階は満席だったが、運よく窓際の席を確保できたらしい重森が手を振っていた。差し込んでいる明るさに目を細めながら、腰を下ろす。重森は赤星の大瓶を飲んでいて、こちらが訊ねる前に「勝ち逃げしてきたんだ」と自慢げに言った。テーブルには、封の開いていないピースが山積みにされていた。僕はコーヒーを頼んだ。紅茶党の祖父がコーヒーを毛嫌いしていたので、大学に入るまで食わず嫌いならぬ飲まず嫌いしていたのだが、いざ口にしてみたところ、瞬く間に虜になってしまった。店内は学生ばかりで、試験の話や、休みにどこに出掛けるかなどが漏れ聞こえてくる。コーヒーが運ばれてくるのを待っていたようで、重森は煙草に火を点けた。

「それで、首尾よくまとめられたか？」

「とりあえずは順を追って話すよ」

父が我が家に正体不明の若い客人を招いていて、その客人に祖父の愛刀をやってしまった。烏丸家の守り神であるその刀をどうしても取り戻さなければならないが、祖父を軽蔑していた父が、刀のことなどどうでもいいと考えている以上、僕の独力でやるしかない。しかし、ひとりでは何も思い付けず、藁にも縋る思いで重森を頼った。熱を帯びた当事者である僕と、麻雀帰りの重森とでは、どうしても受け取り方に差が出てしまうので、事実だけを述べるのに徹した。重森は腕組みをして、耳を傾けていた。

「これで全部なんだが、分かってもらえたか？」

「ああ。十分だ。……先に訊いておきたいんだが、その若い男っていうのは、おまえの親父さんの隠し子じゃないよな？」

「とんでもないことを言い出すね。確かに父は、どこで妾を作ってるか分かったものじゃないけれど、僕が長男であることだけは確実だよ。あの男はあきらかに僕よりも歳上だったから」

「兄貴がいるだろ？」

「ああ、そうか。でも、ほんの数日違いだし、本妻の息子は僕だからね」

矛盾して聞こえるかも知れないが、兄弟がいるという事実は受け入れられたが、兄がいると考えることは僕には難しかった。家督云々にこだわるつもりはないが、長男は僕だ。そうでなければ、母が報われない。重森は「今のは忘れてくれ」と前置きしたうえで、話を続ける。

「親父さんとその男の関係は分からないが、あげたにせよ、売ったせよ、ふたりの間に合意があったのは間違いない。要は、お互いがすでに、所有権が移っていると考えてるってことだ。取り返すには、おまえが新たにその男と交渉を始めなくてはならない。……はっきり言うが、思っているよりも大変なんじゃないか」

「交渉ということなら、僕にも考えはあるんだ。もしも、あの男が刀剣の愛好家で、何らかの手段で父と知り合って家に来たのなら、まずはあの刀の出自を伝えて、取引をなかったことにしてくれないかと頼むつもりなんだ。愛好家なら、理解してもらえるはずだからね。それでも駄目なら、他の刀と交換する用意があると話す。粟田口久国とはいえ、無銘の刀には違いないから、より客観的な価値の高い刀との交換を申し出れば、考えてくれるはずだ。できれば避けたいけれど、あの刀を失うよりはましだ」

今の僕に思い付ける最善の手だったが、表情を曇らせた重森は即座に「無駄だ」と告げた。

「ふたりは他の刀も手に取っていたんだろう？　ということは、その男は、見比べたうえで祖父君の刀を選んでいるんだ。取り替えたり、取引をなしにしてくれなんて言って、素直に従ってくれるとは思えないな」

重森の指摘は僕を驚かせるばかりか、自分の口から倉庫の刀の件を話したにもかかわらず、そのことに思い至らなかった愚かさを恥じさせた。見比べた末というのは事実と判断していいはずだが、なぜあの男は、銘吉光《めいよしみつ》の短刀や銘助真《めいすけざね》の太刀ではなく、あえて無銘の刀を選んだのだろうか。紛れもない名刀ではあったが、約《つ》んだ地鉄や直刃《すぐは》の飾らない刃文は、派手なスーツを着こなしていた彼の好みとは思えない。父は、かつての持ち主であった太田道灌の話をしたのだろうか。もし、それを聞いて選んだのだとすれば、その感性には一目置いてもいい。

「なら、どうすればいい？」

「今は何を考えようとも机上の空論だ。まずは、その男の素性を知らないと」

「それが分かれば苦労しないさ」

「いいや、苦労はいらない。使用人が送り届けたってことは、その人に訊けばヤサは分かる」

ゆっくり味わおうとしていたコーヒーが、つい熱いまま喉を流れ落ちていく。紫煙を燻らせていた重森は、どうということもないという顔で僕を見ている。さっきもそうだが、当事者である僕が見落としてばかりなのは、この状況に前のめりになっているからではなく、純粋に頭の回転が鈍いのだろう。馬鹿にして然るべきなのに、少しもそんな素振りを見せない重森は、これまでに知り合ったどの同級生よりも機知に富んでいて、僕は彼にあらためて敬意を抱いた。

「ありがとう。戻ってきたら、すぐに訊いてみるよ」

「ああ。作戦会議はそのあとの方がいい。難しいとは思うが、今は落ち着いた方がいいぜ」

コップに赤星を注ぎ、重森はぐいと呷った。こちらの気持ちまですっきりとする飲みっぷりだった。用が済むなり帰るというのは、まさしく父のように傲岸不遜な振る舞いで、「もう一本くらい頼もうと思ってたんだが」と打ち明けた重森が、その実、三本目の大瓶を空にするまで付き合った。下宿先では飲酒と喫煙が禁じられているらしく、こうして外で満喫しておく必要があるのだ。親御さんにはレスリング部を辞めたと伝えていないため、しこたま飲むのは麻雀で大勝ちした時だけと決め、援助を打ち切られた時に備えて金を貯めているという。短い間ではあったが親しくなったレスリング部の先輩に紹介されてムスケルアルバイトもやったそうだが、肉体労働はトレーニングへの気力を失わせるため、重森は今、下宿先の娘さんの家庭教師をやっているという。その高給なことに驚いたものの、肝心の娘さんは頭がいいため、いつお役御免になるか分からないそうだ。

「路頭に迷いそうになったら、親父さんの会社で雇ってくれ」

「本気か？　間違いなく父は君を気に入ると思うけど……」

「半分くらいは本気だ。一本でも命綱があると分かれば、安心してふらふらできるからな」

山積みのピースを懐に詰め、重森は立ち上がった。学生たちの朗らかな喧騒を背に階段を下りて、喫茶店をあとにする。重森が「書くものはあるか？」と訊いてきたので首を横に振ると、彼は一旦店内に戻り、ビラか何かの切れ端を持って出てきた。

「下宿先の電話番号だ。念のために渡しておくよ」

急いで書いたにしても読み難く、上の飛び出た0が6なのか否かを訊ねてから切れ端を受け取った。明日は土曜日で、僕は講義を取っていなかった。重森はトレーニング室に行くのかも知れないが、僕は一日おきに体を休めることにしていたから、月曜日までは会うこともない。わずかに陽が傾き始めていたが、隣を歩く重森の顔は、夜を先取りしたような赤みを帯びていた。

3

東京に生まれて十八年も経つというのに、渋谷《しぶや》を訪れるのは初めてだった。東京を隅から隅まで知り尽くしていた祖父の闊歩には、当然ながら渋谷を巡るコースもあったようだが、僕の方に縁がなかったらしく、それを引き当てたことは一度もなかったのだ。

普段よりも早く起きた僕は、昨日あの男を車で送った使用人に声を掛け、「どこで降ろしたか覚えていますか？」と訊ねた。いかにも判然としない様子だったので、「あの人に渡せと言われたものがあったのだが、忘れていた。このままでは父に怒られてしまうから、こっそり送って欲しい」と付け加えたところ、使用人は心得たとばかりに頷き、「急いで用事を片付けるので、お部屋でお待ちください」と承諾してくれた。父の怒りの激しさを知らない者は、この屋敷にはいなかった。

幸い父は家におらず、今日は車が使われる予定もなかったようなので、使用人は僕の学用品を買いに行くという名目で車を出してくれた。嘘を吐くのは心苦しかったが、背に腹は代えられず、刀を取り戻したら一切合切正直に打ち明けようと決めた。

学習院大学の方へと出て、明治《めいじ》通りをひたすらに南下する。新宿御苑《しんじゅくぎょえん》と明治神宮、静かな緑地を過ぎると、途端に街並みが猥雑さを醸し始める。

「この辺りにはお詳しいですか？」

「誠二郎《せいじろう》様と道隆様の送迎で、こうして賑わうようになる前の寂しい時代から幾度となく来ております」

誠二郎は祖父の弟で、烏丸組の創始者だ。ふたりで来ていたということは仕事絡みだろう。関東大震災のあとで、青山《あおやま》と代官山《だいかんやま》に耐震構造の優れたアパートメントが建てられたが、あれに携わったのが父たちだということは、関心を欠落させようと努めている僕でも知っていた。

「彼とはどんな話をしましたか？」

「彼？」

「送って差し上げた方ですよ」

渡すように頼まれたと言っておきながら、相手の名前も知らないというのは不自然極まりなかったが、分からないものは仕様がない。

「それが、とても無口な方で、これと言って何も話しておりません」

「冷たい人でしたか？」

「いいえ、物腰は丁寧でしたよ。考え事をしているようでしたので、邪魔しないようにと思ったのです」

他人の車で運ばれている時、大抵の人間は寡黙になるし、礼儀正しく振る舞わない方がよほど難しい。つまりは、使用人の話は、男について考えるうえで何の役にも立たなかった。

渋谷の駅前を過ぎて、井ノ頭《いかしら》通りを進んでいく。こちらは何もしていないのに、わざわざ近寄ってきて「通行の邪魔だ」とばかりに車を睨んでくる男が何人かいた。使用人は彼らを刺激しないよう巧みに無視しながら、ここが宇田川町《うだがわちょう》で、この先にある建物の前であの男を降ろしたのだと説明してくれた。

「そこで停めていただけますか？」

「承知しました。車通りも多くはありませんし、私は下で待っております」

「場所が分かったので、もう大丈夫ですよ。子供じゃあるまいし、ひとりで帰れます」

バックミラーに目を遣った使用人は、細長い鏡越しに、僕と視線を合わせるべく躍起になっていた。そして、こちらにその意思がないのを悟ると、ややきつい声で「渋谷は治安がいい街ではありませんから、坊ちゃんを置いていくわけにはいきません」と言った。

「心配し過ぎですよ。背だけは高いもんで、学生だからと絡まれたりはしないはずです」

「だからこそ、生意気だと因縁をつけられるかも知れないでしょう」

どうやら彼は、本当に僕を待つ気でいるらしい。昨日ここで降りたからといって、あの男が今日もここにいるとは限らなかったし、仮にいてくれたとして、話がどう転がるかも分からない。万が一、こっぴどく決裂することがあれば、近くにいる使用人にその様子を見聞きされるかも知れない。屋敷にいる使用人は皆、名目上は烏丸家に仕えているが、祖父が亡き今は、我が家の当主も、彼らに給料を支払っているのも父で、実質的には父の使用人と呼んで差し支えなかった。使用人が知り得る僕の情報は、今回のような場合を除いて、ほとんどが父に筒抜けのはずで、僕が刀を取り返そうとしていると知れば、あの男は阻止に打って出るだろう。

「……ひとりじゃなければ大丈夫ですか？」

ふと思いつくことがあってそう切り出した僕は、「用事を済ませたら、友人と遊んでいこうかと思っていたんです。彼と一緒なら、待っている必要はないでしょう」と続けた。

「ご友人と言っても、その方も学生でしょう？」

「レスリング部で、元国体選手を投げ飛ばして肩を脱臼させた猛者です」

重森はすでに退部していたし、元国体選手というのは監督の村松さんのことだが、少なくとも事実しか口にしていない。ボディビルを始めたとはいえ、烏丸家の使用人たちにとっては、僕はいつまで経ってもひ弱な丙種で、逞しい友人が隣にいれば安心してくれるはずだった。

「どこかで待ち合わせなさっているのですか？」

「いや、下宿先の電話番号を聞いているから、喫茶店かどこかから掛けようと思っていました」

「では、私がお迎えに向かいます。ここまでお連れするので、そうしたら、おふたりで遊びに行かれるとよいでしょう」

彼なりの折衷案らしかったが、当の本人が今下宿にいるか保証はない。もっとも、迎えにいってくれている間は、何が起きようとも、その顚末を見られずに済む。その間に交渉を済ませてしまえばいいのだと考え、僕は使用人に重森の下宿先の住所を教えた。「武陽《ぶよう》興業株式会社」と看板が出ているビルの前で車は停まり、職業的な俊敏さで僕よりも先に降りた使用人が車のドアを開けてくれた。渋谷は危ないというが、この光景を見られる方がよほど危ないはずだ。

「ああ、そうだ。ひとつだけ覚えていることがございます。あの方はソフト帽をお持ちだったのですが、被らずに脇に置いていたのです。舶来品とお見受けする素晴らしい品でしたので、『素敵な帽子ですね』とお声を掛けましたところ、彼は『蓑《みの》よりかは、雨を凌《しの》ぐのにちょうどいい』とおっしゃいました。あれは、どういう意味だったのでしょうか」

僕にもさっぱりだったが、使用人はその共通点を喜ぶように微笑み、一礼してから車に乗り込んだ。ここから下宿のある西早稲田までは、車なら片道二十分も掛からない。勇ましさではなく、急がなくてはという焦りによって、僕はビルの扉を開けた。窓のない暗い階段を上っていくと、三階にあった一室に、表から見えるのと同じ金文字の看板が出ていた。入り口をノックし、背筋を伸ばして待っていると、少しだけ開いたドアの隙間から男が顔を覗かせた。スポーツ刈りで、柄物のシャツの上からブルーのスーツを着ている。

「どちら様で？」

「急に訪ねてきてすみません。僕は烏丸道隆の使いの者です」

「烏丸？　烏丸建設の？」

「ええ。昨日、こちらの方がうちにおいでになりましたよね？　その時に、伝えそびれてしまったことがあるようでして、それをお伝えに参りました」

「へえ。わざわざどうも。で、何を伝えれば？」

スポーツ刈りの男は、頭ふたつ分は下から僕の目をじっと見つめている。目や鼻、顔、体付き、どれを取っても丸っこく、子供の頃が容易に想像できるような外見だったが、喉を使い古したように掠れた声を聞いただけで、その内面に一切の愛嬌が備わっていないのを予感できた。僕が嘘を吐いていると判断すれば、容赦無く追い返されてしまうはずだ。

「直接お話しするよう烏丸道隆から言われているんです」

「誰に？」

「急いでいたので、お名前は伺っておりません。行けば向こうが分かるだろう、と」

ドアが閉められる音が存外に大きく、つい身震いしてしまった。怪しまれるのは当然だが、今の僕に、あの若い男の名前を知る手立てはなかったのだ。手立てのみならず、場合によってはもっと重要な勇ましさすらも持ってこなかったのだが、ここですっぽりと帰るような潔さもなく、消極的に、何かが起きることを祈りながら立ち尽くしていた。

　せめて、もう一度くらいノックすべきかどうかと悩んでいた僕は、今度はゆっくりと開いていった黒みがかった茶色のドアの向こう側に、あの男の姿を認めた。屋敷の前にいた時は細部まで観察できず、人相は曖昧だったが、特徴的なグレーのスーツと黒いネクタイは、昨日見たものとまったく同じだった。外国人のように鼻が高く精悍な顔付きで、青年将校のような凜々しさを纏いながらも、どこか女性的な印象を受けたのは、目元に品があったからだろう。僕よりは低いものの、それでも背は高く、突き合わせている顔に続いて、ドアノブを握っている彼の手の厚みに目が行った。何かの拍子に重森が、「漁師の息子とは喧嘩するな」と言っていたのを思い出す。物心ついた頃から網を引っ張っているので、手の筋肉が発達し、摑むのも殴るのも人一倍強いのだそうだ。それは機械的な運動によって鍛えたのではない、大自然に磨かれたタフネスであり、男の手には、その類の力強さが漲《みなぎ》っていた。

「烏丸道隆の使い？」

「はい。先日は挨拶もせずに失礼致しました」

「会っていたかな？」

「屋敷から出ていかれる時にすれ違っていました」

「覚えがないな。申し訳ない」

　目元から連想される通りの、やや高い声だった。男は疑う様子もなく、僕を室内へと招き入れてくれた。床には緑色の絨毯が敷き詰められ、充満している煙草の匂いも相まって、会社のオフィスというよりも邸宅の喫煙室のような雰囲気だった。並んでいる机こそスチール製だが、卓上ランプやガラス細工のような調度品が置かれ、壁際の書棚も本で埋まっている。スポーツ刈りを含めた四人の男が椅子に腰掛けていて、熱心な様子で帳簿か何かにペンを走らせている。三十を越える者はいないようで、全員が似通った青色のスーツを着ていた。たいした興味もないのか、彼らは僕を一瞥さえしなかった。

男はつかつかと歩き進み、隣の部屋に続いているドアを開けた。そちらは応接室のようで、黒い革張りのソファ二台がローテーブルを挟んでいる。

「座ってくれ。何か飲むかい？」

「いえ、お気遣いなく」

「烏丸道隆の使いに何も出さなかったんじゃ、礼儀知らずの誹《そし》りを受けてしまうよ」

冗談めかした口調で言い、男は壁際のキャビネットに向かっていく。戸棚にはステンドグラスが使われ、抽斗の取手には、凝った形をした真鍮の飾りがあしらわれている。おそらくはイタリア製で、祖父の好みではなかったが、趣味のいい家具に違いなかった。

「まったく、空にした瓶をそのままにするなと言っておいたのに。向こうの部屋から取ってくるから、少し待っていてくれるかな」

問い掛けながらも反応は待たず、男はドアを開けっ放しにして、応接室から出て行ってしまった。窓はひとつだけで、昼間なのにカーテンは閉め切られていたから、室内を照らしているのは柔らかい光を落とす電球が四つも五つも付いたシャンデリアだった。白壁には印象派の画風と思しき風景画が飾られている。セザンヌのようだが、複製だろう。来客の目を楽しませることにこだわりがあるなら、あの刀も飾られているのではないかという期待を持ったが、刀掛けやその代わりになりそうな台座は見当たらなかった。

足音に振り返ると、向こうの部屋で椅子に腰掛けていた男がふたりいて、さながら宝蔵門《ほうぞうもん》の仁王像のようにドアの左右に立つなり、カーテンの方に顔を向け、気を著けの姿勢をとった。

僕を驚かせたことに対する詫びのひとつもなく、そんな男たちが背後にいるのが不気味で、むしろこちらから「ここは一体何の会社なんですか？」と訊ねてみたが、ふたりとも、平然と僕を無視してみせた。ぞわぞわとした不快さを背中に感じながらも、振り返るのをやめて座り直し、こんなことならビルの前で張り込んで出てくるのを待てばよかったと後悔し始めた頃、戻ってきた男が向かいに腰を下ろした。足の付いたグラスと酒瓶を持っていた。

「スペイン人は朝から飲むそうだ。勤め人はこうはいかないね」

男は二脚のグラスを満たしながら、その酒がシェリーという名前だと教えてくれた。重森に付き合ってビールを飲んだことはあるが、僕はまだあの苦さを、苦さ以上の豊かな味わいとして感じ取れはしなかった。漂う匂いからして苦い酒ではなさそうだが、退廃とは無縁の僕は、飲酒への欲求も、そこで得られるという快楽にも、いまいちぴんと来なかった。

「どこの学生だ？」

「早稲田です」

「吉田ってのがいるだろ？　立端《たっぱ》はそこそこだが、負けん気が強いホッケー選手だ」

「生憎と、ホッケーは見ないんです」

「そうか。で、早稲田では、嘘を吐いて人様の会社に上がり込めって教えてんのか？」

上手な朗読者のように聴かせる声だったから、余計に、彼の思うところが僕の内へと染みていった。目元に品があるというのは確かだったが、肝心の目は、氷のように冷たかった。気分の浮き沈みに合わせて僕を叱る際に母の目付きが冷たいことはあったが、それとは根本的に異なっていて、本来は温かいものが冷えたのではなく、北極や南極に浮かんでいる氷塊のような生まれつきの冷気だ。男は煙草に火を点け、背後ではドアが閉められた。

「すみません」

「謝るのは、自分の罪を認めることだ。罪を認めた人間は、何をされても仕様がない」

男はグラスを傾け、うがいでもするように口内で酒を遊ばせている。僕を油断させるために一芝居打って部屋を出て、逃がさないように人を置いたのだろう。脅し文句は怖かったが、どうにか堪えられたのは、この男と父が何らかの利害関係にあると知っているからに他ならない。

「僕は烏丸道隆の息子で、治道といいます。どうしてもお話ししたいことがあったのですが、貴方の名前が分からなかったので、運転手をしていた使用人に頼んで、どこまで送ったかを聞き出したんです。……しかしながら、嘘を吐いたのは事実です。申し訳ありません」

「息子？」

男の素っ頓狂な声に、僕は深く下げていた頭をゆっくりと戻す。

「息子がいるとは聞いていたが、似ても似つかないな。大体、立端が違う」

「母が大柄なんです。それと、父が母に『とにかく牛乳を飲ませろ』と言ったので、幼い頃から四六時中飲まされていたのも一因かも知れません」

「たいした英才教育だな。俺の親父がくれたのは拳骨だけだったよ」

さほど面白くもないのに、男は声を上げて笑ったので、そうして欲しいのだろうと僕も笑い返した。気になって後ろを見ると、背後のふたりは仏頂面のままでいて、これは失敗したと思わずにはいられなかった。

「それで、烏丸建設の坊ちゃんが何の用事だ？　言伝ってのは出鱈目なんだろ」

「昨日、父から刀を受け取りましたよね？」

「ああ。それが？」

「あの刀を返して頂きたいのです」

握り締めた右の拳に、看取った時の祖父の手の感触を思い出しながら、僕は言った。訪問の目的としては思いも寄らぬものだったようで、男は眉を顰めている。

「それが親父さんの意思なら、息子の君ではなく本人が来る。だから、今のは君の意思、君の独断だな。俺から話をする前に、君が言いたいことを全部聞こう」

「父は祖父と折り合いが悪かったので、易々と手放したのかも知れませんが、あの刀は烏丸家の家宝なんです。亡き祖父が手に入れたもので、烏丸家の繁栄を見守ってきた刀であり、守り神なんです。値打ちを付けられるようなものではありませんし、ましてや、売り物でもないんです」

飴色のガラスの灰皿に煙草を、まだ半分しか吸っていないそれを押し付け、男はシェリーを飲み干した。その様は、素面では聞くに耐えないとでも言いたげな態度として僕の目に映った。

「君の言い分は分かった。しかし、あれは君の親父さんが俺に贈ったものだ。君の親父さんと俺の間では、ある取引が行われ、その見返りとして、親父さんは多額の金を払ってくれた。おまけも付けてね。言い出したのは向こうだが、もらってしまった以上は、あの刀も報酬に含まれている。返せと言う権利があるのは親父さんだけだし、俺の方には、返さない権利がある」

「うちには別の刀があります。どれも皆、認定書のある特別貴重刀剣です。父が贈った無銘の刀よりも値打ちがあります。返して頂けるのであれば、お好きなものと交換します」

「認定書だ？　そりゃ一体、何のことだ？」

刀剣保存協会は設立からしばらく経って、各地で鑑定審査を実施し、日本に存在する刀に対して格付けを行った。美術品としての価値や歴史的な意義、保存状態など、基準は多岐にわたるが、格付けが低いからといって価値のない粗末な刀というわけではなく、美術品として生き残っていく道を選んだ以上は避けては通れないやり方だったのだ。特に優れたものは特別貴重刀剣に分類されることになっていて、屋敷にある刀は、一振りを除いてそれに相当していた。

鑑定を行った協会員が初代会長に忖度したわけではなく、ひとえに、祖父が選んだ刀が例外なく最高の品々だったからだ。ただし、久国の無銘だけは、絶対に鑑定へは出さなかった。一連の事実を説明したところ、男はいかにも興味深いという感じで頷いた。

「素人目に見れば同じ刃物だったのが、その道の権威が価値を保証してくれるようになったってわけだ。ということは、認定書の付いた刀は高く売れるんじゃないか？」

「値札を付けているわけじゃありませんが、おっしゃる通り、目利きができない人たちからすれば、認定書のあるものなら安心して購入できるのでしょう」

「なるほど、勉強になったよ。それはそうと、もっといいものと取り替えてくれようって心遣いはありがたいが、お断りだ。他のも見せてもらったが、俺はあれが一番いいと思ったから選んだんでな」

何でもいいから刀が欲しいという手合いなら先の方法で丸め込めたはずだが、男が口にしたのは、僕が最も恐れていたことだった。堪らず、「どうしてあの刀がいいと思ったんですか？」と即座に訊き返す。男はどっかりとソファに背を預け、「よく斬れそうだったからだよ」と臆面もなく言い放った。

「それ以外に何がある？　女じゃあるまいし、顔で選ぶわけにはいかないだろ」

男は品のいい目元にぴったりの上品な笑みを作っていたが、背後から急に聞こえてきた下卑た笑い声は、その野蛮さこそが、僕の前にいる男にとっても本性に違いないと思わせた。沸《にえ》や映りなど、刀剣を理解するのに必要な観念を知らなかった頃の僕のために、祖父は刃文や地鉄の模様を人間の表情に喩えて説明してくれたことがあった。それゆえに、男の言葉は、僕を二重に不快にさせた。

「あれは、斬るためのものじゃありません」

「馬鹿言うな。よく斬れてこその刀だろ。押入れかどこかに寝かせておいて、生娘のように大切にしてましたなんて言ったら、刀工は泣いちまうだろうよ」

　まさしく父と似た、日本刀が人斬り包丁以外の何でもないという価値判断は、僕からすれば極めて偏狭な物の見方だ。ある物が、それが発揮できる機能という一側面しか美徳を認められないのだとしたら、この世は瞬く間に無味乾燥な場所に成り果ててしまう。あらゆる道を、そこに拡がる景色を歩いて味わうための旅程ではなく、車で通り過ぎる通過地点としか見做さない父たちの生き方は、僕なんかよりも遥かに効率的だろうけれど、果たしてそれは、人間らしい暮らしと呼べるだろうか。

「武士は、自らの心の弱さを斬るものとして、刀を持ち歩いたそうです。人の命を奪う道具を持ちながら、その鋭さを自分に対しても向けることで、自らを戒めたんです。つまり、本当に斬れるかどうかは重要ではないんです」

「だから、俺たち日本人は負けたんだろうよ。アメリカ人が自分に銃を向けるのは、自殺の時だけだ」

　その声にわずかな苛立ちの色を滲ませながら、男はシェリーを並々と注いだ。皮肉を用いることで、男は僕との間にはっきりとした断絶があるのだと示していた。返してもらうのは元より、取り替えてもらうこともできないとなれば、用意してきた策は全て尽きている。

「それで、話は終わりか？」

「どうあっても、無理なお願いですか？」

「あの刀は俺のものだ。手に入れたければ、違う契約が必要になる。せいぜい親父さんに頼むんだな」

「そもそも、父とどんな仕事をしてらっしゃるんです？　ここは一体、何の会社なんですか？」

僕の問いには答える気がないようで、男は悠然と煙草を吸っている。捨て台詞のひとつでも残して引き上げようにも、背後の男たちは今もなお僕を威圧している。このオフィスにいるのは小綺麗なスーツに身を包んだ男ばかりで、土木の仕事をしているようには見えなかったし、父が下請の業者を屋敷に呼ぶこともあり得なかった。そうなると、やはり女絡みなのだろうか。既婚者だと知らずにどこぞの女と関係を持ち、それが原因でこの男から金銭を要求されたと考えれば、父が頑なに隠すのにも合点がいく。この男を説得できない以上は、彼の言った通り、そもそも刀をやると言い出した父と交渉するしかない。

敵地で策を練っていることと、男が「帰りなさい」と言ってくれるのを待っているのでは、どちらの方が滑稽だろうか。自身の不甲斐なさに呆れ果てていた僕は、隣の部屋がにわかに騒がしくなったのを聞いて、はっと顔を上げた。男たちの怒声に、聞き覚えのある声が混じっていたのだ。

「どうした?」

「知り合いの声に聞こえたので」

「本当か? おい、こっちに連れてきてくれ」

男に命じられ、背後にいたひとりが部屋を出ていく。いがみ合う声の重なりは徐々に明瞭になっていき、スポーツ刈りの男に羽交い締めにされた重森が戸口に見えた瞬間、僕は思わず息を漏らした。

「こいつ、挨拶もなしに入ってきたんですよ」

「離してやれ。どうやら、連れらしい」

男は顎で僕を指したが、スポーツ刈りの男は僕がどうこうではなく、上官への従順さを披露するべく、あっさりと重森を解放してみせた。重森はスポーツ刈りの男を睨みつけてから、僕の方へと歩いてきた。数発は殴られたようで、顔が赤く腫れている。

「何ともないか？」

「あ、ああ。君こそ、大丈夫じゃないだろう？」

「気にするな。さっさと帰ろう」

道路が空いていたとしても、ここから西早稲田まで往復で四十分は掛かる。この部屋には時計がないため分からなかったが、どうやら、もうそんなに経っていたらしい。

「名前くらい名乗ったらどうだ？　あいつらが手を出したのは悪かったが、不法侵入とも言えるからね」

「おれは重森って者で、彼の友人です。彼の身内から、彼がここにお邪魔してると聞いて捜しにきただけで、あなたがたに迷惑を掛けるつもりはありません」

「そうか。俺は藤永《ふじなが》だ。その坊ちゃんの親父さんと仕事をしてる。お詫びと言っちゃなんだが、煙草でも吸ってくかい？」

白々しく煙草を差し出した藤永に、重森は首を横に振って応えた。数の上では依然として不利に違いなかったが、重森が隣にいるというだけで、僕はここを飛び出していける勇気を持つことができた。

「坊ちゃんはこの辺まで来ないだろう。駅まで送ってやろうか？」

「お心遣いだけ受け取っておきます」

わざわざ提案しておきながら、藤永の目はすでに、僕に対する興味を失っていた。複製のセザンヌでも眺めている方が、臆病者を見るのよりもずっとましなのだろう。重森とともに部屋を出ると、隣の部屋にいた連中は、僕ひとりでいた時とは違い、刺すような視線をこぞって向けてきた。

武陽興業株式会社のオフィスを出て、薄暗い階段を下りていく。外に出て、視界がぱあっと明るくなったのも束の間、僕は重森に頭を叩かれた。もっとも、本気の拳骨ではなく、兄が弟を叱る時のように気軽な手付きだった。

「おまえ、ひとりで行く奴があるかよ」

「僕の抱えている問題なんだから、そうするのが筋だ」

「確かにそうだが、相手を考えろ。屋号を見て分からなかったのか？」

そう言って重森は、ビルの看板を指差した。

「君は知ってたのか？」

「まさか、知らずに乗り込んだのか？　世間知らずもいいとこだぜ。あんな私企業みたいな屋号を掲げちゃいるが、あいつらは愚連隊だ。頭は松島って奴で、みんな武陽興業なんて呼ばずに、松島組で通ってる。渋谷の街で、松島を知らない男はいないんだ」

おそらく新聞で読み、その聞き慣れない言葉のおおよその意味は知っていたが、僕のそれは表層的な知識に過ぎず、実態の伴わない響きだった。品のいい調度品が並んだあのオフィスは、いかがわしい犯罪行為のために用意されたアジトだったということか。駅前の闇市が解体されてからも、渋谷は不良の溜まり場になっているという評判だったので、僕と渋谷との間に縁はなく、愚連隊のことも松島という男のことも知りようがなかった。「君が不良学生だったとは知らなかった」と茶化してみたが、重森は「たまに遊びに来るくらいだよ」と素っ気なく応え、煙草に火を点けた。

「この耳のせいで、たまに面倒なのに絡まれるから、しょっちゅう来るわけじゃないさ。おまえも目白台《めじろだい》に引っ込んでないで見聞を広めろよ」

「さっきの男、藤永っていうのも有名なのかい？」

「おれは知らなかった。詳しい奴に訊けば分かるかも知れないがね。ただ、松島組の幹部連中はお揃いのグレーのスーツを着てるっていう噂は耳にしたことがあるから、あの藤永っていうのは偉い奴には間違いないはずだ」

「それにしても、愚連隊なんかが、どうして父と関わりがあるんだろう？」

「金になることなら何でもやる連中だからな、取り立てとか、用心棒とか、その手の仕事を頼んだんじゃないか？　家に呼び付けたってことは、会社ではなく個人で頼んでいたのかもな」

「なるほど。またひとつ、父を見損なったよ」

「おれが行くまでに長いこと話してたんだろ？　どんな具合だった？」

「駄目だね。交換には応じてくれなかったし、手放す気はないらしい」

口に出して重森と共有することで、僕はようやく、溜め息を吐ける程度には、その事実を認めることができた。藤永という男の正体が愚連隊だと判明して、余計に気が滅入っていた。よく斬れそうという言葉も、彼らにとっては冗談では済まず、このままでは、あの刀が血を流すことになってしまうかも知れないのだ。

「次はどうするんだ？」

「どうもしないよ。できることはないと確かめに来たようなもんだった」

「刀があるかどうかは調べたか？」

「いや。応接室に飾られてはいなかったから、あそこにあるのなら、きっと隠してあるんだろう」

「それが分からないんじゃ、押し入るのも難しいな」

ぎょっとせずにはいられなかった。というのも、重森は明日の予定について話すかのように、さらりと言ってのけたのだ。冗談であってくれればいいと思ったが、一方では、刀を取り返すためには、それしか手は残されていないのだということを、当事者よりも真剣に考えてくれている友人の言葉によって覚悟させられた。問題は、取り返す意思があると藤永に伝えてしまったことだ。ああして姿を現さなければ、変わった趣味の泥棒で済んだだろうが、今からなくなれば、盗ったのが僕であることは火を見るよりもあきらかだ。愚連隊の人間がどんな仕返しをしてくるかは、一学生の僕には想像も付かない。

「それより、巻き込んで悪かったね。使用人が僕ひとりを置いていくのを嫌がったから、友人が一緒だから帰ってくれって頼んだんだ。君を迎えに行っている間に済ませるつもりだったんだけど、まさか、殴られるなんて……」

「おれを殴られ損にしたくなかったら、このまま付き合ってくれよ」

僕の背中をばんと叩いた重森は、駅とは反対方向に進み出した。ビルがあった井ノ頭通りから渋谷大映の前の通りに抜け、松濤《しょうとう》の方へと歩いていき、慣れた足取りで小路を曲がった重森に恐る恐る付いていった僕は、いつの間にやら、活気づいた繁華街に足を踏み入れていた。右手に映画館があり、その正面の通りには、同じくテアトル系列の映画館が左右にふたつも並んでいる。まだ昼下がりだというのに道は人でごった返していて、向こう側がどうなっているのか見えないほどだ。重森は僕に、この辺りが百軒店《ひやつけんだな》と呼ばれていて、喫茶店や飲み屋、映画館、文字通り百を超える店がひしめき合っているのだと教えてくれた。

「何か観たいものがあるのか？」

「阿呆か。野郎と一緒に映画館に行くかよ」

すれ違う人と肩がぶつかるのを気にも留めず、重森は手近な飲み屋を顎で指した。

「酒は得意じゃないんだ」

「得意かどうか、調べてもいないだろ？　トレーニングと一緒で、やればやるほど強くなるもんだ」

同級生の癖に先輩風を吹かし、重森は肩を組んできた。鏡を見ずとも、真っ青な顔をしている自覚はあったので、一旦は今日のあれこれを忘れさせようと気を回してくれたのだろう。友人の厚意を無下にはできず、僕は意を決して赤提灯の暖簾をくぐった。それよりあとのことは、まったく覚えていない。記憶を遡れるのは日を跨いでからで、朝日が昇り始めたくらいに、重森が僕を屋敷まで送り届けてくれた。

酒に頭をやられた僕は、着替えもせずに布団に倒れ込み、その日の夜まで寝入ってしまった。様子を見に来てくれた母は、起き抜けの僕を見るなり部屋から出て行ってしまい、そんなに酷い顔をしているのかと訝しみながら浴室に向かった僕は、ぼんやりと鏡を眺めた時に、額に口紅のような跡があるのを見付けた。母はしばらく口を利いてくれなかったが、三、四日ほど経つと、いつもの母に戻った。もっとも、自然に許してくれたのではなく、母が父にこの出来事を告げ口したところ、父が「面白みのない奴かと思っていたが、見直した」と言ったことが恩赦のきっかけになったらしい。その晩の父は珍しく上機嫌だったようで、母も大層喜んでいたと後日に使用人が教えてくれた。この一件を踏まえて僕は、人生の困難にぶつかった時、そこで生じる苦しみを一時的に、いや、望めば好きなだけ持ち越しておける快楽である酒には二度と沈没しまいと心に決めたのだった。

4

武陽興業株式会社、もとい、松島組を訪れてから二週間ほど経っていた。祖父の刀は取り戻せず、代わりに酒の味など覚えてしまった僕は、現実から逃げるようにトレーニングに没頭していた。針金のようだった体には、少しずつではあったが筋肉の膜が張り始め、ボディビル・クラブの先輩たちは、上級者がやるような細かい部位を鍛えるためのトレーニング方法を教えてくれるようになった。重森は風邪をこじらせてしまったらしく、ここのところ珍しく大学を休んでいた。学友の不在は僕を勉学にも駆り立て、レポートを書くために図書館に缶詰になったりもした。

それでも、三階の倉庫で収蔵品の手入れをするという日課だけは欠かしていなかった。藤永の件は僕ひとりの手には負えず、刀剣保存協会の人に相談すべきか悩んでいたが、いざ彼らが屋敷に来ると、祖父との思い出話に花が咲いてしまい、結局、最後まで言い出せなかった。それが昨日の話で、今日は土曜日だった。朝食を済ませ、部屋で石川淳《いしかわじゅん》の『普賢《ふげん》』を読んでいると、使用人がドアをノックしてきた。

「どうしましたか？」

「重森さんという方からお電話ですよ」

僕は読みさしの本を開いたまま机に置いて、一階へと下りた。電話機は三階にもあったが、祖父の私室にあるものだけは番号が違うのだ。西部劇風のスイングドアをくぐって書斎に入り、受話器を取る。

「もしもし、僕だけど」

〈休日に悪いね、坊ちゃん〉

耳に心地よい、やや高い声。掛けてきていたのは、松島組の藤永だった。

「騙して掛けてくるなんて、卑怯じゃありませんか」

〈騙して入ってきたのはお前さんも同じだろう。まあ、これでチャラってこったな〉

「この前のことは謝ります。それで、何の用ですか？」

〈何の用とは、これまた随分な言い草だな。お前さんの立派な父君が、うちの息子は外交的じゃないから心配だとこぼしていたから、ぜひとも外に連れ出してやろうと思ったんだがね〉

「結構です。ろくに家に寄り付かない父に、僕の何が分かるんですか？」

〈おいおい、おたくの家庭の事情なんか知らんよ〉

藤永は非難がましい口調で言った。父が彼に僕の話をしたというだけでも不愉快なのに、せっかくの休日を愚連隊の一味と過ごすなど、考えるだけでも蕁麻疹が出そうだ。

「とにかく、僕は用事があるので、せっかくのお誘いですがお断りしますよ」

〈いいのか？　刀を取り返したいんじゃないのか？〉

「……何と言いましたか？」

〈耳が悪くなる年頃じゃないだろ。刀を取り返したいんじゃないのか、と訊いたんだ〉

注意を惹き付けるように、藤永は一字一句をしっかりと発音してみせた。宇田川町にある事務所を訪れた日以来ずっと視界を覆っていた薄曇りに、晴れ間が覗いたような気がした。

あの刀の取引を反故にできるのは、父と藤永だけであった。父は経営者としての強情さから、藤永は愚連隊の幹部としての見栄から、一度交わした取り決めを無効にすることはあり得ないと思っていたので、まさか藤永の方から返却を言い出すとは。この二週間で、何か思うところがあったのだろうか。

〈で、どうなんだ？〉

「あの刀を返して頂きたいです」

〈よし、分かった。……お前さんの屋敷を出て左に歩いていけば、大通りに出るだろ？　そこに車を停めてあるから、電話を切ったらすぐに来い。俺は女の支度も待たない主義だ〉

どんな車かと訊ねたが、藤永はもう電話を切っていた。二階の私室に戻って学生服に着替え、僕は屋敷を出た。玄関ですれ違った使用人には「図書館に用事がある」と言っておいた。

角帽を被りながら、正門に向けて歩く。松や木斛《もっこく》はもちろんのこと、羅漢槙《らかんまき》の古木や、祖父のお気に入りだった矮鶏檜葉《ちゃぼひば》、健やかな庭木に囲まれた敷地。父の意向で敷地内にはアスファルトが敷かれ、閑雅な緑の景色に灰色が混ざって久しいが、それでもなお、風に揺れる枝の一本一本が瑞々しい。ここしばらく、鬱屈としながら鉄の重りと格闘していたからこそ、余計に晴れやかに感じられるのかも知れなかった。

藤永に従って大通りに出た僕は、行灯を点けたタクシーが停まっているのを見付けた。後部座席にふたり乗っていて、藤永たちだろうと思って駆け寄ろうとしたが、こちらには目もくれずに走り出してしまった。予想が外れ、どうしたものかと周囲を見渡していると、激しいクラクションが鳴った。僕の周りにいた主婦たちも、そのけたたましい音に辟易してそちらに目を遣ったが、車のボンネットに腰掛けて煙草を吸っている藤永の柄の悪さに、すぐに目を逸らしていた。顔見知りに目撃されることを恐れながら、僕は藤永に会釈した。紺色の外車は、迷惑になることなどお構いなしにバス停の前で停まっていた。

「それだけデカけりゃ、簡単に見付けられて便利だな」

「車の中に刀があるんですか？」

長い煙草を投げ捨てた藤永は、何も言わずに車のドアを開けた。乗り込め、ということだろう。ここにはないと答えてもらったようなものだった。チャラという言葉を鵜呑みにして、僕はまたしても騙されたというわけだ。

「行き先はどこですか？」

「知ってどうする？　乗らなきゃ始まらないんだぜ」

悔しいがその通りで、僕は身を屈めながら後部座席に乗り込む。運転席に座っているのは、重森を羽交い締めにしていたスポーツ刈りの男だった。今日もブルーのスーツで、幹部連中はお揃いでグレーを着ているとのことだったから、幾らか位が低いのだろう。車内には、母のそれとは違う香水の匂いが充満していた。やけに甘ったるく、そこに煙草の残り香が混じることで、いやらしい悪臭となっていた。藤永がドアを閉め、スポーツ刈りの男は車を出した。

「刀なら事務所に置いてるよ。そんなに恋しいなら、見せてやればよかったな」

「きちんと手入れはしているんですか？」

「手入れだ？　磨いたりしろってことか？」

「刀身が錆びないように丁子《ちょうじ》油を塗るんです」

「ああ、それなら心配ない。その何とか油じゃないが、ちゃんと塗ってるよ。綺麗なもんだ」

一体何を塗りたくっているのか、余計に心配になった。藤永は鼻歌を歌っていて、すぐにそれが『雪の降るまちを』だと聞き取れた。声が高いと鼻歌も上手になるようだった。僕は何も言わなかったが、藤永は弁解するように「ラジオが壊れてるんだよ」と呟いて、次の曲に移った。車は目白通りを進んでいて、信号の向こう側に学習院大学の正門が見えている。

「ひとつ訊きたいんだが、どうしてあの刀にこだわるんだ？　何本も持ってるんだろうに」

「亡き祖父の刀だからです」

「それは刀の説明だ。こだわる理由にはならない」

まっとうな指摘だったので、つい面食らってしまった。そして、藤永がどうしてそんなことを知りたがっているのか、という点に興味が湧いた。答え次第で、返すか否かを判断するつもりなのだろうか。

「祖父は僕に多くを教えてくれました。姿勢を、生き方を正してくれました。あの刀は、祖父が最も大切にしていた家宝なんです。僕は祖父に、あの刀を大切に守っていくと約束したんです」

耳は傾けているようだったが、藤永の冷え切った目は僕の方を見てはいなかった。しかし、車窓の外の景色を楽しんでいるわけでもなく、顔を前に向けて、じっと一点を凝視している。

「……納得できませんか？」

「いや、よく分かったよ」

それきり、車内に会話はなかった。目白駅を通り過ぎて、山手《やまて》通りに出た。落合《おちあい》から中野坂上《なかのさかうえ》までひたすらにまっすぐ走り、神田川に架かる長者橋《ちようじや》を渡ったところで、スポーツ刈りの男は顔に見合う荒いハンドル捌きで車を左折させた。しばらく進み、渋谷本町《ほんまち》の小路に入った矢先にブレーキが踏まれた。まず目に入ったのは、レール式の門扉だった。年季が入っていて、白色の塗装がすっかり禿げ落ちている。門扉の中央には幾重にも鎖が巻かれ、頑丈そうな南京錠が掛けられていた。

「着いたぞ、坊ちゃん」

藤永が降りたので、僕も反対側のドアを開けた。門扉の向こうにあったのはバラック建ての町工場で、こぢんまりとした佇まいのせいか、住宅地のなかにあるというのに、主張することなく、むしろ埋もれてしまっていた。やはり控えめな、小さな看板には鉄工所の文字があったが、シャッターは閉まっている。スポーツ刈りの男は鍵を持っていたようで、南京錠を開けて鎖を外し、錆びついた音を立てながら門扉を開けた。僕は藤永のあとに続いて敷地に入り、シャッターの脇に設けられていたドアをくぐった。外観から想像される通り、なかはさほど広くはなく、様々な工作機械があちこちに置かれていた。溶接に使うものくらいしか用途は分からなかったが、似たような骨董品を比べた時、手入れを怠っている方からは何となく生気が感じられないのと同じように、ここに置かれている工作機械はどれも長らく使われていないように見えた。

藤永は勝手知ったるという具合で、薄緑色の床を歩いていく。外にいる時は分からなかったが、工場の奥からは、金属を叩くようなカンカンという音が響いていた。音の出所は炉で、紺の作務衣を着た男が赤く熱せられた鉄を黙々と叩いていた。その傍には、鉄屑らしき物体が、まさしく山のように大量に転がっている。藤永はそのひとつを拾って、僕に寄越した。縦長の、コの字のような形をした十寸ほどの金属片で、ずっしりと重い。

「何ですか？」

「金だよ。いや、これから金に化ける原石だ。天野、あれを持ってこい」

天野と呼ばれたスポーツ刈りの男は頷き、炉からは離れたところに置かれていた木箱をまさぐった。そこから取り出されたのは、白鞘に収められた刀だった。白鞘には朴《ほお》の木を使うが、天野が手にしているそれは、久国のものとは色合いが異なっていた。藤永は刀を受け取り、横倒しにして鞘から抜いた。

目が釘付けになった。

その刀は、日本刀ではなかった。

身幅は広く、腰反りで、形状だけは似ていると言えたが、刃文もなければ地鉄の模様もなく、全てが均一で、やたらにぴかぴかと輝いていた。刃先は鋭いようだが、鋒もないので、のっぺりとした平面的な印象を受ける。鎬造《しのぎづく》りもお粗末で、それらしく見せるために樋《ひ》を深く彫って誤魔化している。折り返し鍛錬をせず、太い一枚の金属板を両側から削っていったに違いない。

白鞘に収められていたのは、日本刀を模した粗悪な刃物だった。

「刀が好きっていうのは嘘じゃないらしいな」

僕の反応を見た藤永は、感心したように言った。刀が勢いよく振られ、豪快な風切り音が鳴った。刀自体が軽いのと、樋が深いのが相まって、ああいう音になるのだ。

「切れ味はいいんだよ。どこでどう使うのかは知らんが、評判は上々だ」

「あなたが作ってるんですか？」

「作らせてるんだ。渋谷の駅前に屯してる若い連中のなかから、学徒勤労動員で飛行機工場とかに行ってた奴を探してきてね。飛行機の翼を作るよりは簡単だから、一週間かそこらで覚えられるよ。一日で五、六本は作れるんだが、それがあっという間に売れちまうんだ。ここを見てみろ」

向けられた柄には、外国人の名前らしきアルファベットが朱字で彫られていた。

「こっちに来てる兵隊連中が、国にいる自分の子供や友人にプレゼントするんだ。名前入りの日本刀なんて他じゃ買えないって、大喜びしてる。注文が殺到して、捌き切れないくらいだ」

「松島組は、刀を売って商売してるんですか？」

「数あるビジネスのなかのひとつさ。何かの役に立つだろうと言って、松島がこの鉄工所を買い取ったんだが、その時にふと思い付いたんだ」

「玉鋼はどこから調達してるんですか？」

日本刀の作刀に欠かせない高純度の鋼のことだ。大正時代に生産が途絶えていたが、戦時中に軍刀を製作するために、島根にある製鋼所が靖国《やすくに》たたらという名で操業し、再び生産されるようになった。終戦とともに靖国たたらは閉鎖され、以降、玉鋼は手に入らなくなってしまったと聞いていた。

「安く仕入れて高く売るのが、こういうビジネスの鉄則だ。そんなもんを使ってたら割に合わないだろう。俺たちが使うのは、そいつだ」

藤永の視線の先には、さっきの金属片があった。表面は錆びのせいですっかり赤茶色になっていて、こんなもので刀を作れば、当然、粗悪な一振りが出来上がるだろうと納得した。

「今のご時世、こんなに大量の鉄を仕入れるのも割に合わないんじゃないですか？」

「いいや、タダだ。そいつは鉄道のレールなんだよ。ちょいとばかし切断して、持って帰ってくる。廃線になった路線からなら楽勝さ。まあ、そうじゃないところからも持ってきてるが。レール一本で四十キロ、それを四キロに切り出すと、この刀一本分になる」

刀を返された天野は、商品とだけあって、慎重な手付きでそれを木箱に戻した。廃線になっていようと、鉄道会社の所有物であるレールを勝手に持ち帰るのは犯罪だ。それを材料に作刀し、アメリカの軍人に売り付けるなど、正気の沙汰ではなかった。そんな秘密を、わざわざ僕に話すというのも。

そのことに気付いた瞬間、炉の熱を浴びているというのに背筋が寒くなった。法律に唾を吐くような真似を平気でして金を稼いでいるこの男が、ビジネスのからくりをタダで話すわけがないのだ。藤永があえて本題に入るのを避けているような気がして、思い切って「今の話が僕の刀とどう関係があるんですか？」と訊ねた。作業台を椅子代わりにして腰掛けた藤永は、作務衣の男を呼び止めて鍛造を中断させた。

「お前さんにも一枚噛んでもらいたい」

「刀を作れってことですか？」

「いいや、それは他の奴の仕事さ。ああいう刀を買うのは、ソルジャーの連中だ。学のない奴らだから、切れ味さえ確かなら満足してくれる。売り付ける相手としては最高だが、如何せん、出せる金に限りがある。俺としては、もっと大金を払う奴らを相手にしたいんだ。……お前さんがこの前してくれた認定書の話があっただろ？　あれで閃いたんだ。中国人は刀に詳しい。

まあ、刃物は元々大陸から渡ってきたから当然だよな。アメリカ人でも、将校なんかは急に知識を付けてきてる。こっちの首相の名前もうろ覚えの癖して、片言でトクガワだ何だって抜かしやがる。そういう奴らは、歴史を感じられる刀を求めてる。そこで、お前さんの出番ってわけだ」

察しのいい方ではなかったが、それでも、藤永の言わんとしていることが薄々分かってきていた。どうやら僕は、間違った相手に余計な知識を与えてしまったらしい。

「古刀を集めさせるのも考えたが、それはそれで手間が掛かる。で、用意したのが、そこにいる男だ。広島生まれの刀工で、戦時中は軍刀を打ってた男だ。軍刀展覧会で賞を取ったこともあるらしい。叔父貴が巣鴨《すがも》プリズンで処刑されたおかげで一家は離散、バタヤで食い繋いでいたのを俺が拾ったんだ。こいつが、それらしい刀を作る。ぴかぴかの鉄定規じゃない、お前さんが見ても顔を顰めないような刀だ。もちろん、レール鋼を使ってな」

「無理ですよ。目利きを騙せるようなものは作れっこない」

「だから、認定書を合わせて売るのさ。日本屈指の目利きの集まりが押した太鼓判があれば、その価値を疑う外人はいない。喜んで大金を支払うって寸法だ。日本人の成金連中にも売れるだろう」

「認定書が保証する価値というのは、美術品としての日本刀の価値であって、売り物としての価値ではありませんよ。それに、実際に刀を見ればボロが出るはずです」

「お前さん、草薙《くさなぎ》の剣って分かるか？　三種の神器だよ。頭が八つもある大蛇を斬ったら、中から出てきたなんていう剣だ」

藪から棒に何を言い出すのかと訝しみながら、僕は頷いた。

「馬鹿言え。そんなもの、あるはずがない。後生大事に仕舞われていたのは、どこかの誰かさんが一生懸命カンカン打った剣だ。……だが、俺たちのご先祖さまは信じたんだ。それが草薙の剣で、皇位の象徴だと。人間っていうのは、みんなが信じてるものをそっくりそのまま信じてしまえるんだ。自分の目なんかは頼りにはならん。戦闘機を落とせると言われれば、空に向かって竹槍を突く。かと思えば、その一年後には竹槍なんか放り捨てて、民主主義だ何だと言って、外人が持ってきた憲法を崇める。外人も同じだ。あいつらは本気で、原子爆弾を落としたのがいいことだと思ってる。ピカドンで日本人の目を覚ましてやったと、本気で信じてるのさ」

スーツの懐に手を入れた藤永は、財布の中から千円札を取り出して、ひらひらと掲げた。

「これもそうだろう？　鼻紙にもならない紙切れだが、千円の価値があると保証されている。どいつもこいつも躍起になって、これを掻き集めようとしている。朝から晩まで必死に働いて、自分の時間を売り払ってこれを稼ぐんだ。誰かが価値を保証してくれてる紙屑をな」

擦られたマッチが角に火を点けると、紙の焦げる匂いを立ち昇らせながら、千円札はあっという間に燃えていった。それを火種に、藤永は咥えていた煙草に火を点けた。

「認定書があれば、このビジネスを一段上にできるんだが、そうなるかはお前さん次第ってわけだ」

「発行するのは刀剣保存協会です。亡くなった祖父は初代会長でしたが、僕はその孫というだけで、正式な協会員ではありません。幾人かと面識があるだけです」

「面識があれば十分だ。適当に理由を付けて会いに行って、あれこれ書かれる前の、まっさらな奴を盗んでこい。枚数は多いに越したことはない」

簡単なお使いを頼まれていると錯覚しかねないほど軽々しく、藤永は言ってのけた。しかも、恫喝するような声色ではなかった。命令しながらも、どこか僕の自由意思に委ねるような余白が残されていて、彼にしてみれば、あとになっても合意があったと言い訳できる、一種の商談なのだろう。

「できません」

「なら、刀は返ってこない」

そう言われるのを覚悟していたが、はっきり言葉にされると、心が抉られるように痛んだ。父との間がそうだったように、新たな取引が結ばれない限り、祖父の刀は藤永の元から動かない。認定書制度は、祖父たちの努力の賜物だった。それを悪用し、価値のない刀を売り捌くことは、祖父のみならず、日本刀そのものに対する裏切りであり、邪道に外れてまで取り返すことを、祖父は決して良しとしないはずだ。

「難しいのは分かる。……どうだ、最初は一、二枚でいい。どんな作りかさえ分かれば、あとは複製できるかも知れないしな」

僕の肩にそっと手を乗せて、藤永はそう囁いた。おそらく彼は、僕の「できません」が、あとひと押しで崩れ去る程度の硬さだと見抜いていたのだろう。

刀剣愛好家のなかに、祖父たちのことを悪様に言っている連中がいることは知っていた。武器ではなく美術品だと言い張ることは、自らを去勢するような愚行であり、日本人の魂を解する者ならば、最後まで逞しい刀として在り続けるべきだったと。その主張は、一から十まで理解できる。ただ、祖父がそう考えなかったはずがないのだということを、同好の士である彼らに、ひとりずつ会ってでも伝えたかった。祖父は高潔な人生の掉尾に、自身が最も愛したものに、その自己証明を自ら放棄させるという矛盾を強いてでも、日本刀という存在を守ろうとしたのだ。敗北の苦しみと、同胞から向けられる失望を一身に背負いながら、この国の将来に日本刀を残すために、その時点での最善の方法を取ったのだ。

稚拙な自己弁護であることは百も承知だったし、背負うものの総量は比べ物にならなかったが、奪われたものを取り戻すためには、そこで選ぶことができる数少ない手段について、平時のような正邪の判断を下すべきではないというのが、祖父の行動に対する僕なりの解釈だった。

「……すぐには渡せません。どこに保管されているのか、調べないと」

「ああ、そうだろう。期待して待ってるよ。手に入ったら、ここに掛けな」

折り畳まれたメモが、僕のポケットへ捩じ込まれた。用意してあったということは、この場で説き伏せられると高を括っていたのだろう。「家まで送ってやる」という藤永の言葉を合図に、運転手である天野がひとりで出口へと向かっていく。

「歩いて帰ります」

「一時間は掛かるぞ？　今更遠慮することはないだろう」

「歩くのが好きなんです」

好きにしろとでも言いたげに吸い殻を投げ、藤永も鉄工所を出ていった。

松島組のふたりがいなくなり、作務衣の男は鍛造を再開した。入賞するほどの刀工だったというその男と話がしてみたかったが、ここに僕などいないかのように、一心不乱の佇まいで炉に向き合っている彼を妨げるべきではなかった。エンジンの音が遠ざかっていってからも、僕はしばらくの間、振り下ろされる大槌が熱せられたレールを打つ音に耳を傾けていた。

5

巡り合わせというのは不思議なもので、よい時はとことんよく、外に出て、目に入るものをひとつ残らず撫で回したくなるほど清々しい気持ちにさせてくれるが、悪い時は、部屋に籠もって気が済むまで壁に枕でも投げ付けたくなる。それまではいくらでも会えていて、それが恵まれたことだというのをすっかり忘れ、いざ会いたいと思った時には、はじめから縁など存在しなかったかのように、ほんの数分も会えなくなってしまう。鉄工所に連れて行かれた日のちょうど前日を最後に、毎週金曜日には欠かさずやって来ていた刀剣保存協会の人たちの出入りがぱたりと途絶えていたのだ。

不穏な予感があって、あえて素知らぬ風を装って電話を掛けてみたところ、彼らはまったく別の理由で忙しくしていた。協会はこれまで注力していた事業、古刀の管理だけではなく、新たに、現代の刀工が打った刀が出展され、それらに賞を与える新作名刀展なる展覧会を行うことになり、その準備に追われているのだという。応対した男性は、烏丸家を訪問できていないことを詫びるのとともに、新作名刀展は生前に祖父が発案したもので、ようやく実現に漕ぎ着けたのだと教えてくれた。生きている間にその念願を叶えられなかったことを関係者全員が悔やんでいると言われては、返す言葉もなかった。開催の暁には、ぜひとも招待するとのことだったので、「それまでにも何か力になれないか」と申し出てみると、彼は「気持ちだけでもありがたい」と温かく断ったあとで、「勉強になるだろうから、いつでもいらしてください」と言ってくれた。というのも、刀剣保存協会の事務局は東京国立博物館のなかにあり、彼らは僕が学芸員を目指していると知っていたから、気を遣ってくれたのだろう。社交辞令を真に受けても罰が当たらないのが学生の特権で、僕はすぐさま、事務局を訪ねることに決めた。

屋敷から上野恩賜公園までは、祖父に連れられて幾度となく闊歩したコースだったが、大学の講義が終わってから行くとなると閉館時間を気にする必要があったので、高田馬場《たかだのばば》まで歩いてから、山手線《やまのてせん》で上野駅へと向かうことにした。祖父の知人が松坂屋百貨店の外商部にいて、ふたりが込み入った話をしている間、七階の映画館で暇を潰していたこともあったが、松坂シネマはつい数日前に閉館してしまったらしい。烏丸建設が工事を受注できなかったことから、父が松坂屋を嫌い、髙島屋を好いていたのを、ふと思い出した。

公園口を出て、以前よりも行き交う車の量が増えたなと思いながら歩いていた時、ごく自然に形成されていく歩行者の列の先に、見知った背中が見えたような気がした。学生の後ろ姿など似たり寄ったりだが、常人よりも広い肩幅や、詰襟さえ持ち上げかねない僧帽筋の膨らみで、その人だと分かることもある。こういう場面では、上背があるというのは便利に働き、時折謝りながら人混みを掻き分けて進み、階段を上っている重森に横から声を掛けた。こちらを向いた重森は、驚きのあまり、踏面の狭い階段を踏み外した。重森は感情の起伏に乏しいわけではなかったが、その表出のさせ方については意識的にコントロールしているような節があったので、僕は彼が狼狽する様を初めて目撃することになった。

「具合はもういいのかい？」

「ああ、酷い風邪だったよ。下宿先の娘さんが看病してくれたんだが、こっちは熱に魘《うな》されてるのに、分からないところがあるから教えてくれって、病人に鞭を打つんだ。そのせいで長引いたんだろう」

こんなところで出会すと思っていなかっただけのようで、その話し振りは、至って元気そうだった。頰の辺りの肉が削げ落ちているのに災難の跡が見て取れたが、元来が痩せっぽちの僕とは違い、ちゃんと食べればすぐ元通りになるはずだ。

「おまえがここにいるってことは、博物館に用事か？」

「正確には、そのなかにいる人たちに会いに行くんだ。祖父が会長をしていた日本刀の団体があってね、その事務局が博物館の一室を借りているんだ」

「盗まれた刀絡みか？」

重森の勘のよさにはいつも助けられているが、今だけは憎たらしかった。

「ちょっとした相談をしようと思ってね」

「おれが寝込んでいる間に、何か進展があったんだな？」

「いや、そういうわけじゃないんだが……」

認定書の話をすれば、正義感の強い重森は反対するに決まっている。藤永の商談を受けるという邪道を進むからには、無事に刀を取り戻すまで、重森には何も話すべきではなかった。歯切れの悪さから何かを察したのか、重森はそれ以上のことを訊ねてはこなかった。

「そういう君は何をしに来たんだ？」

まだ体が快復していないのか、重森の歩く速度はやけに遅く、僕は歩調を合わせた。もはや名所と呼んでも差し支えなく、西郷隆盛の像の周りには、いつも人集りができている。着流しにサンダルを履いた、いかにもひょうきんそうな顔をした青年が銅像と同じポーズを取って注目を集めていたが、その足元にいる白い毛玉のような日本スピッツは、周囲の人間全てを敵と見做して甲高い声で吠え続けている。敷物もなしに地べたに座っている浮浪者たちは、その様子を遠巻きに眺めていた。煩《うるさ》がっているわけでもなければ、羨望するわけでもなく、自分には少しも関係のないもの、幼児向けの紙芝居でも見せられているような、ぼんやりとした眼差し。彼らの多くは空襲で家を失った人々だと聞いていた。隣にいる重森は、僕と同じものに目を向けているようだった。

「……野暮用だよ」

どうやら、歯切れが悪いのは僕だけではないらしい。

西郷隆盛の像の裏手には、木立に囲まれた墓碑が建っている。生い茂る枝葉が陰を作り、その陰の大きいあまり、人気者となっている銅像とは異なり、こちらに寄り付く人は皆無だった。そもそも、昼間に公園に来る人たちは、目一杯に陽気を浴びたいがためにここを歩くのであって、明るいうちから夜のような静けさに包まれている墓碑のことなど、仮に気付いたとしても、さっと通り過ぎてしまう。ひっそりとした空気は、はじめからそれを意図して建てられたようにも思えた。この場所に確かにあるのに、もうすでに忘れ去られているような寂しさ。

晩年の祖父は毎日、その墓碑の前に佇んでいた。手は合わせず、ただ胸の内で語り掛けるように、しばらくの間、目を瞑っていた。覚えていたいと願えば願うほど、脳裏に描かれる幻想と実際にあった姿とが分離していくものだが、それゆえに、あの懐かしい光景をふたたび、この目で見られる日が来るなどとは考えたこともなかった。小さな石段を上り、重森は墓碑の前に立っていた。偶然迷い込んだようには見えず、これこそが、彼が野暮用と称して伏せた目的なのだと分かった。重森は懐からピースを取り出し、萎《しお》れた花が置かれている壇に供えた。学生が手向けられるものとしては最上の品だ。

「僕の祖父も、よくここに来ていたな」

並ぶのに気後れして、少し離れたところから声を掛ける。

「おまえの祖父君が？」

「うちから歩いてここまで来て、その墓碑を訪れるのを日課にしていたんだ。道中で花を摘んでね」

石壇の左右に灯籠が置かれ、小さな階段の先にふたつの墓碑が鎮座している。手前のそれは抱えられそうなほど小さなもので、その奥にあるのが、「戦死之墓」と記された立派な墓石だった。目の悪い人が遠くから眺めれば、小さな方は、墓碑ではなく供え物か何かに見えてしまうかも知れない。後年にきちんとした墓碑が作られるまでの間に合わせとして用意されたものなのだろうか。

「一体誰の墓なのか、君は知ってるのか？」

「彰義隊だよ」

積年の疑問に、重森は容易く終止符を打ってくれた。彰義隊は、戊辰《ぼしん》戦争で新政府軍に敗れた幕臣たちによって結成された。江戸城が無血開城したあとも、寛永《かんえい》寺を拠点に徳川家への忠義を貫き続け、上野戦争で全滅した。その経緯は学んでいたものの、ここに彼らの墓碑があることは知らなかった。よりにもよって、西郷隆盛の像の背後に置かれているというのは、意地の悪い皮肉に思えてならない。

「おまえの家族が縁者なわけがないよな？」

「烏丸家の先祖は家康に近侍していたよ。でも、明治維新の時には、あっさりと新政府に鞍替えして、そのおかげで領地だけは守られたと聞いてる」

「その末裔の祖父君が日参していたっていうのは、果たしてどういう理由なんだろう」

独り言のように呟いた重森は、軽く一礼してから、墓所を出たところにあるベンチを指差した。電車で来ているぶん、時間の余裕はあった。自分自身について語るのを嫌っている重森は、この場所の力を借りることでしか打ち明けられない何かを、ずっと胸に秘めていたのだろう。

青年の秘密とは、当人にとっては世界の終わりではあっても、他人からすれば笑ってしまうような些事であるということがほとんどだが、僕は青春を、あるいは友情というものを、その人の杞憂のために奔走してやるものだと考えていたし、他ならぬ重森が、その思想をすでに体現してくれていた。

ベンチは椋木の下にあり、木陰を出ても、また木陰に入ることになった。下宿先の娘さんが介抱してくれていた間は、その目を盗んで一服しにいくことも叶わなかっただろうから、重森は待ち侘びたように煙草を咥えていた。気の利いた探り方は思い付かず、僕は端的に尋ねることにした。

「墓参りが目的だったのかい？」

「そんな大層なもんじゃないさ。見ておきたかったってだけだ。……おれは会津《あいづ》の生まれでさ、東北の人間が東京に馳せ参じるとなると、最初に着くのは上野駅なんだ。下宿先への挨拶やら何やらで忙しくて、あの時は乗り換えるだけだったから、今日こそはこの辺りを歩き回ろうと考えてたんだ。白虎隊《びゃっこたい》を、会津藩を滅ぼした西郷どんの顔も拝んでおきたかったしな」

「会津の人は、今でも薩長《さっちょう》を憎んでるのか？」

「どうだろう……。自分が直接何かされたわけじゃないから、これといって思うことはないというのが、おれの意見だよ。おれの親父はそうじゃなかったけれども。親父は『東京で一旗揚げるまでは帰ってくるな』とうるさくてね、向こうで変な苦労をしないようにと、おれに東京の話し方を教え込んだんだ。訛るのを聞いたことがないだろ？　馬鹿なことをやらせるもんだと思っていたが、一定の成果は出たってわけだ」

久しぶりの煙が応えたのか、重森は途中で何度か咽せた。

「ところが、入学早々にボロが出た。村松が因縁を付けてきたんだ。レスリング部の歓迎会で、酔ったあいつが下戸の新入生に酒を飲ませようとしていて、それを諫めたのが発端さ。郷里から送らせたとかいう焼酎の瓶を片手に、『お前の田舎には、米を薄めたような不味い酒しかないだろう』と突っ掛かってきてな。おれにしてみれば、あいつがどこの生まれだろうが関係ないんだが、いざコケにされてみると、どうも気分が悪い。それで、あいつに恥をかかせてやろうと思って、数日後の練習の時に部員全員の前で投げてやったんだ。あれくらいで怪我するほど軟弱だったとはね」

「それが君の退部の真相か。しかし、村松さんとやり合ったのは随分前のことだろう？　どうして、今になって来てみようと思ったんだ？」

「十日も高熱を出してみろ、否が応でも、自分の来し方行く末について考えたくなる。誰かの口から伝わる前に、レスリング部を放り出されたことを親父に報告しないといけなかったしな。それで、一旗揚げるに相応しい場所なのかを真剣に考えるために、ここに来たんだ。彰義隊の副長も、群馬かどこかの田舎出身だったろ？　それが、義のために命まで捧げた。……本当に、それに値する土地なのかと思ってね」

「東京にある大学に進学したというだけで、君は別に、東京に奉公しているわけじゃないよ。その考えは、些かセンチメンタルに傾き過ぎてる気がするね」

「東京に奉公というのは、言い得て妙だな。おれの郷里の人間も、村松も、昔のことをよく覚えてる。戦争のことを、誰が負けて、誰が勝ったのかを。しかし、東京の人間はそうじゃない。賊軍の大将の銅像を嬉しそうに眺めてるだろ。あんな最期を迎えたが、それでも、西郷隆盛は維新の立役者だった。……そうやって、都合のいいこと以外は上手く忘れるんだ。次の戦争に向けて一致団結するためにな。ところが、彰義隊の墓となると、誰も見向きやしない。彼らは、東京にとって都合の悪い存在だから」

「都合が悪いというのは、どういうことだい？」

「東京って街は、戦勝国に追いつけ追い越せで懸命に走り出した文化国家の中枢だ。行き着く先がどこになるかは分からんが、常に前を向いてなきゃいけない。ここで死んだ人間になんか、いちいち構っていられないんだ。彰義隊は、墓石にその名前を記すことさえ認められなかった。慶喜《よしのぶ》のために、江戸のために最後まで戦ったのに。……会津の人間が最初に見る東京っていうのが上野戦争の舞台で、空襲で家を失った浮浪者たちがそこに身を寄せてるんだから、何とも言えないな。元は地下道かどこかにいたのを追い出したんだろう？　なあ、家族や住処がなくなったのは、その人の責任なのか？　それを負うべきなのは、その人たちなのか？」

　あくまでも冷静に、重森は詰問した。もっとも、彼の提起は開かれていて、その矛先は過度に限定されてはいなかったが、ここで生まれ育った人間として、僕はその厳しい命題を突き付けられる相手になる必要があった。重森は直接その言葉を使わなかったが、彼は戦争責任について問うていた。日本は、いや、そう言い換える時点で、すでに僕も責任を放棄していて、僕たちは将来を考えるというお題目を唱えることで、過去に何があったのか振り返ることを一旦脇に退けた。それどころか、机の下に落とし、足蹴にしてうんと遠ざけた。その存在が巧妙な手段によって忘却の彼方へと追いやられているのは、何も彰義隊だけではないのだ。

「大学にいると、先生方も他の学生も、みんな前を向いていて感心するよ。この国をよくしようと本気で考えているんだ。こっちの生活に馴染んでないからか、どうしてもおれは軽蔑してしまう。後ろや下を向かずに生きていくなんてのは、何か大きいことを成し遂げられるんだとしても、よっぽど恥ずかしいことなんじゃないかってな」

「つまり君は、埋められた過去と話すために、この墓所に来たんだね」

「おれなんかじゃ若輩者過ぎて、何も応えてはくれないさ。……だからこそ、おまえの祖父君と話をしてみたかったよ。一体、どういう考えで、毎日花を供えていたんだろうな」

　江戸に殉じた隊士たちの御霊は、新政府軍に鞍替えした烏丸家の血族に、僕にとって東京そのものであった祖父に、何を語りかけていたのだろう。人間的な弱さに訴えかける類の感傷を忌み嫌っていた祖父は、死という現象を、ある物語の締め括りとして配置することも、その英雄的な結末を賛美することもよしとはしなかった。その道徳心が、日本刀を武器としてこの国に殉じさせることを拒み、助命させる道を歩ませたのだ。老人に特有の執着に囚われることなく、常に未来を意識していたはずの祖父に後悔があったと考えることは、かくも眩しい思い出に暗く濃い影を落としてしまう。

「まあ、麻雀とトレーニングに明け暮れている盆暗の戯言だな。聞き流してくれて構わない」

「抵抗なんじゃないか？」

「抵抗？」

「何に対してかは分からないけれど。強いて言えば、我先にと駆けていって、その足で後ろに泥を掛けても謝らない連中に。……僕もそうだ。父の意向を無視して文学部に入ったのも、たぶん、それが理由なんだ」

愛も、憎悪も、未来を語る口を持たず、あらゆる関係は、現在進行形と過去形でしか説明できない。にもかかわらず、僕はその時、その基本的な原則を破り、重森という男との仲が未来でも続いていることを幻視したように思った。だが、幻想とは、最も美しく言い換えた期待であり、分かち合うために使われた抵抗という言葉は、僕と重森とでは、まったく違うものを指していた。彼の場合は、時代の流れに対して。僕は、自分の弱さに対して。

「自分が落ちこぼれるだけじゃ、何のサボタージュにもならんさ」

そう言って重森は、歯の生え変わる前の子供のような屈託のない笑みを浮かべた。根元まで吸った煙草の火を靴の裏で揉み消し、吸い殻をポケットに仕舞うと、重森は博物館のある方に目を遣って、「引き留めて悪かったな」と呟いた。

「せっかくだし、一緒に来るかい？」

「そうだな。……それも悪くないが、おれはアメ横でも覗いていくよ」

重森が深く座り直したのを見て、僕はここで彼と別れることにした。ここまで快復していれば、来週からはトレーニング室で会えるはずだ。寒桜も銀杏も咲いておらず、園内は今頃が一番見応えのない時期で、道行く人たちは足を止めることなく目的地を目指している。もう少しすると、紫陽花が見られるようになる。上着がいらなくなるほど暖かくなれば、不忍池の蓮や西郷隆盛の像の近くのアメリカデイゴが満開になり、彼岸花が夏の終わりを告げる。ふたたび上着を手にする頃には、紅葉が色付くのを楽しめるようになっている。ここに来れば、年中、植物を楽しむことができる。僕たちは、ここで死んで行った者たちの亡き骸を踏み締めながらも、足の裏に心地よい疲労以上の何かを感じることなく、季節が移り変わるのをしたり顔で愛でている。

竹《たけ》の台《だい》噴水を通り過ぎると、茶褐色の瓦屋根を載せた大きな建物が見えてくる。雄大な建築には違いなかったが、どこか攻撃的な雰囲気を纏っているそれは、博物館というよりも、巨大な武道場のように思える。耐震に優れた鉄筋コンクリート造で、まだ帝室博物館と呼ばれていた時期に鳥丸建設が施工したものだ。ここで働くことになったとしても、ある意味では父が作った庇の下にいて、独立を果たせたか否かには疑問が残るだろう。

家族連れを先に行かせ、正門から入る。着飾らない外観とは打って変わり、このエントランスホールは訪れるたびに息が漏れるほど美しかった。目の前の大階段は吹き抜けになっていて、下からでも、城や神社仏閣のような升目に組まれた天井を見ることができる。升目の一部にはガラスが使われ、陽光の柔らかさをそのままに採り入れていた。腰ほどの高さの手摺りは大理石で、そこに設置された照明器具のガラスには細かい模様が彫り込まれている。踊り場のステンドグラスも相まって、僕はこの玄関口を、西洋の古い教会のような神秘的な空間と見做していた。数百年前の品々を展示しているのだから、永遠を飾る場所に相応しい荘厳さを備えるのは当然なのかも知れない。

僕は近くにいた職員に声を掛け、「刀剣保存協会の人を呼んで欲しい」と頼んだ。壁の大時計を見上げながら待っていると、ちょうど五分ほど経って、後ろから「治道さん」と呼ばれた。祖父の知人で、理事をやっている石塚さんという方だった。祖父と一緒に渡英したこともある仲で、僕もお世話になっていた。傑出した歌人でもあり、祖父が主催する歌会では何度も金賞を取っている。

「この前電話をくれたみたいだね」

「はい、他の方が案内してくれました」

「その時は席を外していたから、申し訳ないことをした。生前に誠一郎さんが連れてくるとばかり思っていたんだけど、もしかしたら、真面目に働いている姿を見られるのが少し気恥ずかしかったのかも知れないね」

歳が近いのもあって、石塚さんは祖父を、殿という敬称ではなく名前で呼んだ。僕にとっても、祖父とは烏丸誠一郎であり、その優しい響きは、冷静な記録になり始めている記憶に、熱い血を通わせてくれる。

「仮住まいだから、たいしたお構いはできないけど、よければ見ていってよ」

石塚さんに続いて階段を下りる。二階は展示室なので、修復室や収蔵庫など、博物館の業務に関連した部屋は地下にあるらしかった。立ち並んでいるそれらのひとつに「刀剣保存協会」というプレートが掛けられていて、石塚さん自らドアを開けてくれた。鼻先をくすぐった丁字油の匂いは、ここが刀を扱う場所であるという密やかな符牒だった。なかは七畳半ほどの広さしかなく、事務机と椅子、書棚だけの質素な事務所で、石塚さんは「いずれは自前の建物を持つので、それまでの辛抱だ」と弁解するように言った。半分は、僕ではなく祖父に対してだったに違いない。

「展覧会の準備をなさってるとお聞きしました」

「うん、それも新刀のね。現代の刀工たちに光を当てていかなければ、日本刀という文化は、いずれ途絶えてしまう。私は彼らに、誇りを失って欲しくはないんだ」

「戦争が終わって廃業された方は多いのですか？」

「平和憲法の下では、刀を戦前の国家と結び付けて毛嫌いする人は少なくないからね」

軍刀の恐ろしさが今でも鮮烈に刻み込まれているからこそ、祖父たちはあえて、日本刀は美術品であると訴えたのだ。石塚さんと話したいことは幾らでもあったが、ここに来た目的を忘れてはいけない。

「認定書もここで作っているんですか？」

「そうだよ。ほら、ちょうど」

散らかっている事務机の方へと僕を招いた石塚さんは、カッターマットの上に置かれていた水色の紙を示した。認定書には、まず、その刀の銘が書かれていた。「当協会において審査の結果、特別貴重刀剣として認定する」という一文に続いて、審査が行われた日付、刀剣保存協会の会長の印鑑、最後は刀の持ち主の名前。左側には、押型が貼り付けられている。墨を使って和紙に茎を写し取ったもので、認定を受けたのがその刀であると証明する手段として用いられているのだろう。

「堂々たる見た目ですね」

「そう言ってもらえると嬉しいが、誠一郎さんは反対していたんだよ。これが一般化すれば、人々は刀ではなく、この紙を見るようになってしまうと」

認定書を手に取りながら、石塚さんは苦々しげに言った。その紙は想像していたよりも遥かに多弁で、日本刀を、日本人の精神の発露を、何かしらの交換可能な価値へと置き換えてしまう。藤永はこれを利用したがっている。鉄道のレールで拵えた紛い物の刀を、立派な日本刀であるとでっち上げるための証書として。心臓がバクバクと鳴っているのを自覚しつつ、「偽物が出回ったら大変なことになりますね」と訊ねてみると、石塚さんは認定書の右上を指差した。見落としていたが、数字が書かれている。

「分類番号が振ってあって、そこにも印を押している。押型も二部作って、片割れはこちらで保管しているんだ。照らし合わせればすぐに分かるようになっているよ」

刀剣界にとっては吉報だが、僕は途端に頭を抱えたくなった。分類番号を偽ることはできないので、認定書を偽造しようと思ったら、この部屋にある台帳の方にも細工をする必要がある。認定書を机に戻していた石塚さんは、僕から視線を外して俯いていた。幾ら何でも企みが露見するはずはなかったが、石塚さんほどの人なら、僕の態度から不審な、背信の気配を察知してもおかしくはないと思えた。おもむろに事務机の抽斗を開けると、石塚さんはあらたまったように「渡すなら今しかないのだろうね」と言い、そこから取り出された封筒を僕に渡した。

「これは？」

「誠一郎さんの刀の認定書だよ。誠一郎さんはいらないとおっしゃっていたけれど、協会の誰もが、『殿の御刀を差し置いて、認定をするわけにはいかないだろう』と言うもんだから」

封筒の口を広げ、そのうちの一枚を確かめた僕は、貼り付けられている押型が銘吉光の短刀の茎であるのを見て取った。屋敷を訪れていた協会の誰かが、手入れの最中にこっそりと写し取っていたのだろう。

「誠一郎さんは、美は絶対的なものだと常々おっしゃっていた。一目見て分からない者には、一生掛けて学んだとしても、本質は分からないとね。実際、彼の審美眼は本物だったから、その通りなのだと思うよ。……しかし、美が絶対だとしても、美を取り巻く環境は、世界は、決して絶対ではない。そういう世界で、美が消えてなくなってしまわないためにはどうすればいいのか。私なりに考えた末の、苦肉の策だよ。どうか、手元に置いて欲しい」

懇願するのではなく、罪を贖うように深々と頭を下げた石塚さんの前には、僕が愛した好々爺ではなく、雲上人であった殿の幻影が屹立していたのだと思う。やめてくださいと頼んだが、石塚さんは、しばらくの間そうしていた。

「祖父に代わって、ありがたく受け取らせていただきます」

「感謝するよ。実を言うと、この日が来るのが怖かったんだ。誠一郎さんが亡くなったことを本格的に認めてしまうようでね。自分も棺桶に片足を突っ込んでいる歳なのに」

「石塚さんには、祖父の分まで長生きしてもらわないと困ります」

「そう言われると、責任重大だね。……まあ、精一杯足掻いてみるよ」

これから出掛ける用事があったらしく、僕は石塚さんと一緒に国立博物館を出た。帰りは歩こうと決めていたので、上野駅まで見送ることにした。道すがら、「学芸員になる気はまだあるのか？」と訊ねられ、僕は良心の呵責を覚えながらも頷いた。つの付くうちから僕を知っている石塚さんは、まるで孫に接するように顔を綻ばせ、「暇ができたら、今度はうちに遊びに来るといい」と誘ってくれた。

雑踏に消えていく石塚さんの背中を見つめながら、僕の手はしっかりと封筒を抱いていた。仕舞われている水色の紙は、彼らが果たそうとした義の結晶であり、その決意が如何に尊いものか十分に理解しているはずなのに、震える指先が触れたそれは、燃やせば瞬く間に焦げていく紙幣と同じ、無節操な肌質をしているように思えてならなかった。

6

同席している父の愉快そうな表情を一度も目にしたことがなかったので、別々の池に飼っている鯉を見比べるのにも、いい加減飽きてきた頃合いかと思っていたが、僕の予想に反して、「メイゾン・シド」での昼食会がおしまいになる様子はなかった。言い出しっぺの癖にほんの一瞬しか顔を出さないということも少なくなかったが、僕の学校の行事にも、入院した母の見舞いにも、祖父の墓参りにさえ来られないほど忙しいらしい父が、なぜだか、この昼食会にだけは必ず姿を見せた。テーブルを囲んでいる誰もが、ここで過ごさなければならない一時間を苦痛に感じていたはずだが、母は強しという言葉通り、僕の母も向こうの母も、車を降りて店内に入り、お開きになってふたたび車に乗るまで、片時も笑顔を絶やさなかった。

しかしながら、毎度の無理が祟ってしまったようで、母は昨晩から高熱を出していた。父が不機嫌になるのを恐れて「このくらいなら大丈夫だ」と気丈に振る舞っていたが、多少の医学の心得がある使用人が、医者に判断を仰がずとも、休んだ方がいいのはあきらかだと止めてくれたおかげで、今日の昼食会には参加しないことになった。

あらぬ誤解を招かぬよう、「メイゾン・シド」に着いてすぐ母の病状を伝えたところ、兄の母は過剰に思えるほど悲しそうな顔をして、「一刻も早い快復を願っています」と言ってくれた。胸の内では、本当なら自分だって熱を出したいと思っているに違いなかったが。彼女は気を遣って色々と話をしてくれたが、僕と彼女たちは、お互いに違う世界で生きてきたようで、どんな話題も嚙み合わなかった。歯車になってくれることを期待して、彼女は積極的に兄にも意見を求めたが、兄は適当に相槌を打つだけで、ほとんどの時間を、自分の手元をじっと眺めることに充てていた。年長者の自分がいるせいでお互いが緊張すると判断したのか、兄の母は脈絡もなく突然に「外の空気を吸ってくる」と告げて席を離れて行った。その後ろ姿に目を遣った時、彼女の背丈がうんと高く、もしかしたら、母よりも高いかも知れないということに初めて気付いた。

食事は終わっていて、二枚目の若い給仕が事前に頼んでいたコーヒーを運んできた。兄は外した眼鏡をテーブルに置いて、懐から煙草を取り出した。

「吸うんですね」

「まあ。君は？」

「僕はやってません。誠二郎さん、父の叔父が早死にしているのは知っているでしょう？　愛煙家だったと聞いているから、自重しようと思ってるんです」

「早死にが決まっている家系なら、吸っても吸わなくても関係ないだろう」

鬱陶しそうに言い、兄はマッチを擦った。父の顔は、四角形からほんの少しばかり角を削ったような形をしている。頑固者のレッテルを貼られやすい人は、得てしてそういう顔立ちをしているので、身近にいる融通が利かない人のことを考えれば、想像しやすいと思う。鍛えていて首がほとんどないので、「大箱の上に小箱が載っている」と陰口を叩かれているらしいのだが、目の前に座っている兄の輪郭は、その逸話を思い出さずにはいられないくらいに父と瓜二つだった。目が大きいのと、眉山のない一直線の眉は、向こうの母に似たのだろう。屋敷の使用人たちは皆、「道隆様のお子様たちは三人とも奥様に似た」と口を揃えて言っていたが、僕の目の細さと、捲れ上がったような下唇は、紛れもなく父から遺伝したものだった。

「……先延ばしにしていましたが、あの話をしませんか」

僕がそう切り出すと、兄はテーブルに両肘をついて、ぐっと身を乗り出した。好みではないのか、コーヒーに口を付ける様子はなかった。

「あの話というのは、烏丸道隆のことだね」

「分かりますか」

「俺たちの間に、他に話すことはないだろう。……いや、悪かった。話すべきこと、と言い直すよ」

僕は二、三度軽く頷いて、気に病む必要はないと言外に伝えた。たった数度のやり取りで、彼がペシミスティックな人間であることは分かっていた。しかし、薄着で南極に置き去りにされれば、どんな暑がりでも暖炉が恋しくなるように、この異常な場においては、彼の態度の方が正しかった。

さて、切り出してみたはいいものの、何から話せばいいのかは、まるで見当が付かない。僕と兄には、性に奔放で道徳心に欠ける父を持つという陰鬱な共通点があったが、僕の母は正妻であり、向こうの母はそうではなかった。その差異は、絶対に越えることのできない壁として、僕と彼らの間に聳え立っている。

「父を憎んでいますか？」

兄と僕とを結び付けている父なる存在について語ることは、僕にとっては、憎しみについて語ることと同義だった。少なくとも、その定義に差し挟めるような異論はないと確信していたので、それを聞いた兄が意外そうな顔をするとは思ってもみなかった。

「憎んでいるかだって？　君がそれを俺に訊ねるのか？」

「どうして驚くんですか？　父の傲慢さに苦しめられているのは、僕もあなたも同じでしょう」

「言わせてもらうが、君は具体的にどう苦しんでるんだ？」

兄はひどく乱暴に灰を落とした。精神的な苦しみというものは、具体的な言葉で説明してしまえる代物ではない。それらを別の形で表現しようという葛藤が、文学や芸術を発展させていったのではないか。

「あなたは違うのですか？」

「違うものか。俺はあいつを憎んでるよ。心の底からね。……でも、君はそうじゃないだろう。そうじゃないというよりも、君はそうであってはならないんだ」

「僕は父を憎むべきではないと？」

「そう聞こえなかったのなら、ちゃんと言い直してもいい。君にあいつを憎む資格はない」

言い返すのよりも先に、僕はまず、兄を見つめることにした。というのも、兄に対して、自分の言葉を御し切れない人間という印象を抱いていたからだ。公平な話し合いを続けるためには、目付きや態度など、言葉の外側で彼の真意を示しているサインを観察し、それらを含めたうえで、どこまで許すべきかを判断しなくてはならない。だが、兄は僕を見つめ返したりはせず、むしろ避けるように顔を伏せていた。テーブルはすっかり片付けられていたので、その大きな目はコーヒーカップの黒い液面に向けられていて、そこに立つさざなみが、彼が小刻みに体を揺すっているのだと悟らせた。

「あなたの言いたいことは分かるつもりです。まだ庇護下にあって、金銭的な恩恵を受けている分際で、父を憎むことは道理に反していると思っているんでしょう？」

「それだよ。俺は別に、道理の話なんかをする気はない」

「じゃあ、何だって言うんですか？」

「先週ここで何を食ったか、君は覚えているか？」

どうしてそんなことを唐突に訊ねたのか、理解に困った。ここに来る時は義務だと思って食べるようにしていたので、店には申し訳なかったものの、いちいち覚えてはいない。僕がそう返すと、兄はわずかに顔を上げ、人を小馬鹿にしたような笑みを覗かせた。

「そうだろうと思っていたよ。先週出たのは鴨だ。俺の知っている鴨は、小汚い水辺で虫を啄《ついば》んでいる野生の鳥なのに、俺が実際に食べたのは、刃を滑らせる必要のないほど柔らかい肉だった。それを、君と君の母親は至極つまらなそうに食べていたよ」

「父に無理やり付き合わされているから、味わう気分になれないだけです」

「それは違うな。ここで味わう必要がないんだろう。初めて会った時に、君たち家族がこういうところに何遍も来たことがあるんだと、すぐに分かった。微塵も緊張していなかったし、自分の家で寛いでいるような雰囲気さえあったからね。食事が始まっても、当たり前のように淡々と食べ進めるだけで、何も感じていないようだった。だが、俺たちはそうじゃない。あんなに美味いものを食べたのは生まれて初めてだったから、放心してしまっていたんだ。……ずっと、そうだった。ここに来るたびに、この世にはこんなにも多様な食材があって、才能のある料理人が腕によりを掛けることで、頬が落ちそうなほど素晴らしい料理になるのだと感動させられるんだ。母とふたりきりで来ていれば、延々とその話をしていられるはずだ」

　短くなった煙草を火種に、兄は新しい一本に火を点けた。

「でも、ここにいる限り、そんな幸せは許されない。すぐに惨めさがやってくる。暗記した作法を思い出しながら、何か間違えていやしないかと冷や汗を掻きながら、必死になってこの店に溶け込もうとしている俺と母の前には、料理の説明を飽き飽きしたような顔で聞き流す君の母親と、フォークとナイフを自在に使える君が座っている」

「これまでに、父と一緒に出掛ける機会はなかったんですか？」

「飼い方の違いだろう。君たちのことは連れ歩くが、こちらは小屋だけ与えて知らん顔というわけだ。あるいは、釣った魚には餌をやらないという言葉もあるね」

父の生活の全貌を知る術はなかったが、妾がいて、その女性に子供を作らせたと知った時点で、それこそ一人の社長が複数の会社を持つのと同じように、僕の与《あずか》り知らないところで、まったく別の家族が演じられているのだとばかり考えていた。しかし、事実がそうではなかったからこそ、兄の憎しみは父のみならず、正妻の家族にも向けられている。

「だからと言って、僕と母を責めるのは筋違いでしょう。それに、あなただって父から学費を援助されていると聞きました。それはどうなんです？　どう折り合いを付けているんですか？」

「援助とは考えていない。責任を取ってもらっただけだ。母の人生を狂わせた責任をね。大体、俺は今までに何ひとつとして、あいつから受け取っちゃいない。学費が初めてだ。それも、卒業したらあいつの会社で働くという条件で支払ってもらっている。君が何を学んでいるのかは知らないが、俺にはそれを決める自由さえなかった」

思い立ったようにコーヒーを啜った兄は、みるみるうちに顔を歪ませていき、持ち上げていたカップをソーサーに戻した。そして、反対の手に持っていた吸い殻を沈めた。

「俺はあいつが憎い。それなのに、母はあいつを愛している。そのことが最も辛いんだ。母にとっては、一瞬でもあいつと過ごせるこの時間が、まさしく人生の糧なんだ。……もし、君たちがあいつに何か言って、この食事会をなくしてしまったら、母は深い悲しみに暮れることになる。そのことを肝に銘じておいてくれ」

おそらく兄は、僕の母の不在を仮病と受け取ったのだろう。僕がそうであるように、彼らもこの奇妙な昼食会を楽しんでいないのだとばかり思っていたが、他人同士が同じ考えに至るためには一種の前提のようなものが必要不可欠で、兄と兄の母が僕たちとは違う人生を歩んできているということを、未熟な僕は勘定に入れていなかった。確かに、兄には父を憎む資格があったが、果たしてそれが、僕の苦しさを否定する根拠になるのだろうか。情念とは、比較したり、その大小によって優劣を付けられるようなものではないはずだ。

一体どこまで空気を吸いに行っていたのか、ふらりと戻ってきた兄の母は、椅子を引いた給仕が去るのを待って「ふたりで話はできたかしら？」と言った。兄の母は常に、僕に対しておもねるような喋り方をするので、いつにも増して白々しく聞こえた。兄は彼女と相談した内容を僕にぶつけたのだろうか。敵意を表明しながらも、この昼食会を打ち切りにしようとは考えないで欲しいというのは、愛する母を慮っての哀訴が先にあったものの、それだけでは済ませたくないという彼の本心が棘のように飛び出た結果だったのだろうか。たった数日の違いだが、先に生まれたというのは事実なので、敬意を払って彼のことを兄として扱っていたが、一方の彼が、僕のことを不躾に「君」と呼んでいた時点で、そこに織り込まれた敵意を察知すべきだったのだ。

僕が冷めたコーヒーを飲み終えた頃、父がやってきた。例によって遅刻を詫びることはなく、兄と兄の母に近況を訊ね、たいして変わりがないのを確かめると、部下に支払いを済ませるよう言った。お決まりの感謝の言葉を伝えてふたりは店を出て行ったが、その声の強張りも、真相を知った今では違って聞こえた。僕は兄を目で追おうとして、途中でやめた。父は僕と母をいつも同じ社員に送迎させるのだが、どうしてか、今日は彼の姿がなかった。

「これから大学か？」

父が僕の隣に腰を下ろしたので、慌てた給仕がコーヒーと茶請けを運んでくる。昼食会のあとは講義があると再三伝えていたが、覚える気などないのだろう。僕が頷くのを見るなり、父は頭を掻いた。

「知ったような口を利くつもりはないが、大学の授業っていうのは、一度や二度休んだからといって吊るし上げられるようなものじゃないんだろう？」

「まあ、そうですね。今のところは皆勤賞ですから」

「真面目なのは大いに結構だが、どうだ、今日は俺に付き合ってみないか」

分刻みで動いている父が、わざわざ座って話をするばかりか、気を遣うような言い方をしたものだから、僕としては眉を顰めずにはいられなかった。不審がられるのは承知していたようで、父はすぐに「見せたいものがあるんだ」と付け加えた。

「勉強と思えばいい。文学者なら、どんなことでも肥やしになるだろう」

学費を出しているのは父なので、当然、僕の時間を奪う権利もあるわけだが、その父がやけに誠実に、僕の意思を尊重するような態度を取った理由を知りたかったので、僕は「分かりました」と応えた。兄との一悶着の直後だったことも影響していて、父という人間を深掘りしてみたくなったのだ。まだ湯気が昇っているコーヒーを喉を鳴らしながら一口で飲み干すと、父は席を立った。

店の外には白色の社用車が停まっていた。普段僕と母を迎えに来るのとは別の車で、移動中に読んでいるのか、十数紙の新聞が後部座席に積み上げられている。それらを運転席の社員に渡し、父は僕が座る場所を作った。車が出るなり、父は葉巻に火を点け、少しだけ窓を開けた。

「兄の母も長身でしたね」

すんなりと嫌味が出たことに、自分でも感心してしまった。

「外人なら、あれくらいは普通だ。フランス人には小さいのもいるが、イギリス人の女は誰も彼も背が高いんだ。大抵の日本人は子供に見えるだろう。見掛けにこだわるのはくだらないことだが、世間にはくだらない人間の方が多い。国際的な商談の場でも、日本人は小さいというだけで一人前扱いされず、まともに取り合ってもらえないこともある。つまりだな、背は高いに越したことはない。お前も、お前の兄も、俺に似なくてよかったよ」

「子供の背を伸ばすために、母のような女性を選んだんですか？」

「そうは言ってないだろう。……思うに、お前は物事を一面的に、かつ悪いように考えるきらいがあるな。身内ならまだいいとして、外の人間にそういう言い方をするのは慎むように」

「説教が目的ですか」

「説教されずに育つ子供は不幸だ。貧乏なら嫌でも学ぶが、放任主義で育った金持ちは一番悲惨だ」

銀座を出発した車は日比谷《ひびや》の方へと向かっていて、父は運転手に「日比谷公園の手前で曲がってくれ」と指示した。

父が日々何を考えて生きているのか、僕には少しも分からなかった。母だけは違うかも知れないが、会社の人間や父を取材する記者たちも、きっと、似たような感想を持っているだろう。猛スピードで突き進む機関車に何を訊ねても返ってくるのは汽笛だけで、重森の言葉を借りれば、父こそ、前だけを見て走っている人間の代表格だった。烏丸建設を、敬愛する叔父から受け継いだ会社を大きくしていく。東京の街を、自分の会社が建てたビルだらけにしていく。その飽くなき開拓精神に、底なしの色欲が共存している。

「どこを走っていても、何となく見覚えがあるだろう？」

口の端から煙を吐きながら、父は訊ねた。

「ええ、この辺りも祖父と一緒に歩きました」

「親父ほど東京の地理に精通した人間は他にいなかった。建設省にも詳しいのは何人かいるが、親父には負けるよ。俺も子供の頃は散々連れ回された。道楽者の暇潰しに付き合わされるのはうんざりだったが、その経験が今になって活きてくるとは思わなかった」

後の部分はともかく、父が祖父を褒めるのを聞いたのは初めてだった。それにしても、活きてくるというのはどういう意味だろう。訊ねてみると、父は組んでいた足を下ろして、僕の方へ体を向けた。

「たとえば、百貨店が新店を建てるとするだろう？　そこには莫大な金が掛かる。新しい店というのは、それだけ期待もされる。これまでと違うことをやらねばならんからね。目玉にするために、まだ日本に来ていない海外の店を誘致したりなんてすれば、それにも金が掛かる。その金を回収するためには、当然、売り上げが見込める場所に建てなくてはならない。そう考えて、誰もがこぞって盛り場に建てようとする。しかし、盛り場というのは、すでに他の店のおかげで栄えているから盛り場であるわけで、客の取り合いは熾烈を極めることになる。しぶとく戦い続けるのも手だが、違う場所に建てるのもいい。これから発展していく土地、まだ田畑が残っている安い土地、そこに列車が通るようになれば、自然と人は集まり、消費が生まれる。そこにアパートメントを建て、病院を建て、学校を建て、百貨店を建てる。こうやって、新しい経済圏が生まれていくんだ。誰も彼もが血眼になって、どこが次の盛り場になるのかを探している。そこで、俺の出番というわけだ。これからどこが発展していくか、何をどこに建てればいいか、適切な助言をしてやるのに、東京の知識が随分と役に立つんだ」

　言語ではなく感覚的な理解を好む父にしては、明瞭で分かりやすい説明だった。知識のない僕のために、平易な言い方を選んでくれていたのだろう。祖父がそれを知ることは最後までなかったが、父は父なりのやり方で、自らの父親から与えられた資産を使っていた。もしかしたら、父の感覚的な理解というのも、無意識のうちに祖父から受け継いだものなのかも知れなかった。

このまま行けば日比谷濠だ。太田道灌が最初に築城した江戸城を徳川慶喜が明け渡したことで、江戸幕府は終焉を迎え、江戸は東京になった。そして、明治天皇が入城されることで、あの場所は皇居となった。車は皇居の前を通らず、父に言われた通り、日比谷公園の手前で左折していく。ここにはかつて伊達《だて》家の上屋敷があり、祖父と一緒によく来ては、色付いた銀杏の巨木を楽しんだものだった。まだそこに思い出が残っているような気がして、僕は美しい公園を眺めていたが、隣にいる父の視線は、それとは反対側の帝国ホテルに向けられていた。武家屋敷のような威容を備えた、それでいて洋風の趣もある風変わりな宮殿のような外観は、完璧な左右対称の具合が、そこはかとなく平等院鳳凰堂を彷彿とさせる。インペリアルの名を冠するに相応しい優美なホテルで、屋敷に泊めてしまうため祖父の客人がここを利用することはなかったが、公園に寄った帰りに、祖父が長らく足を止めて興味深そうに観察していたのを覚えている。わざわざ前を通らせたということは、父も気に入っているのだろうと思いきや、その横顔はひどく険しかった。

「いつ見ても呆れるよ。……まさしく狂態だ。本当に危険な建物だ」

「何が気に食わないんです？」

「これだけ広大な敷地を占めておいて、このホテルには幾つ客室があると思う？　たったの二百七十だ。東京という狭い土地には、これから何百万、何千万という人間が増えていく。それなのに、これほど利便性の高い土地に建っているホテルが小学校程度の人数しか収容できないなんていうのは、人を小馬鹿にしているとしか思えんね」

「海外の裕福な客人が訪れるんですから、外観や内装にこだわり抜いたうえで、ぎゅうぎゅうに詰め込むのではなく、ゆったりと過ごせるように人数を減らしているんでしょう」

「快適さと収容人数の両方を取ることはできる。……ここはそうではない。はじめから放棄している。土地を無駄遣いしていいと考えている人間たちの仕事だ。配慮に欠けた愚行だよ」

「大地震にも耐えた立派な建物だと聞いています」

「土建屋の息子があんな出鱈目を信じているのか？　今に見てろ、二十年、いや、十年と待たずに建て替えることになるぞ」

振り返っても見えないくらいまで離れてもなお、父の横顔から苛立ちは消えなかった。歴史的な価値を持つであろうホテルの施工が烏丸建設に回ってこなかったことに対する腹いせなのだとしたら、あまりに矮小過ぎるように感じられた。狭く煙たい車内に、不愉快そうにしている人間と一緒に閉じ込められていると、こちらの精神まで参ってくる。目的地があるなら、あと何十分我慢すればいいのか知りたかった。僕は父ではなく運転手に「どちらへ向かっているのですか？」と訊ねたが、彼が何か言おうとする前に、父は大声で「着くまでは分からんでいい」と遮った。

「僕を驚かせたいんですか？」

「そういうつもりじゃない」

「なら、教えてくれてもいいでしょう。何を見せてくれるんですか？」

依然として苛立ちで肩を揺らしながらも、その問いに関してだけは、父は途端に口籠もってしまう。よほど後ろ暗い何かがあるのかと、ますますもって疑念を強めざるを得なかったし、この男の考える粋な計らいが僕にとって好ましいものであるはずもない。潮見坂《しおみざか》を上っていた車は、道沿いに住宅が広がる六本木《ろっぽんぎ》通りへと出ていた。

「烏丸誠二郎は、人間の評価とは、その人が何を建てたかで決まるのだと言っていた。……この場合の建てるというのは、必ずしも建築に携わるということではなく、より観念的な、その手で何を作り上げたかという意味だろう。少なくとも、俺はそう解釈している」

それなりに長かった沈黙を破り、父は言った。迷っていた道から抜け出たというよりは、一本道を行ったり来たりした末に、ようやく前進する気持ちになったという方が適切なはずだ。

「俺が美術の愛好家だの評論家だのを好かんのは、連中は優れた品を愛でれば、それで自分にも箔が付くと勘違いしているからだ。その逆も然りで、ああだこうだと文句を垂れては、自分の言葉に力があると思い込んでいる。実際には、彼らは何も作り上げていない。寄生する一方で、世の中に寄与しない」

「大叔父を引き合いに出してまで、祖父を馬鹿にしたいのですか？」

「何？　親父のことなんかどうだっていい。俺が言いたいのは、どうやって他人を評価すればいいのか、ということだ。たとえば、お前が大学で何かを書いたとするだろう。それを読んだとしても、門外漢の俺には良し悪しなど分かりはしない。しかし、その筋の権威ある人たちがお前の文を絶賛したとしたら、それがお前にとっての正当な評価ということになる」

「価値の判断を他人に委ねることをよしとするなら、評論家や美術愛好家を非難できなくなりますよ」

「委ねてなどいないさ。文学など何の役にも立たんからね。すかすかのホテルと同じで、いたずらに人心を惑わす狂態だ。しかし、そうであっても、自分の手で何かを作り上げるという一点は評価に値する。……つまりだな、お前がこの先何をしたいのかは知らんが、自分が何をしてきたかをパッと見せられるようにならなくちゃいけない。日本人は長いこと、内にある美しいものを誰かが評価してくれると思って生きてきたが、そんな傲慢な振る舞いはもう許されないんだ」

人間が、彼が何を成し遂げたかで評価されるべきだという大叔父の考え方には多少なりとも賛同できるが、先代の思想を独自に発展させた父のそれは、観念的という言葉を持ち出しておきながらも、ひどく物質主義的な考えに思えてならなかった。僕に言わせれば、何もかもが目まぐるしく変わっていく時代だからこそ、外見ではなく内側をしっかりと見通せる目を養うべきであるし、その眼力は、肉体的な作業だけでは決して身に付けられない。

「あなたが何をおっしゃりたいのか、僕にはまだ分かりかねます」

「お前は物事を一面的に考え過ぎると、さっき言っただろ？　興味を持てないものには一切目を向けないというのは、親父がお前に影響させてしまった悪癖だ。それを矯正するために、俺の仕事を少しばかり見せようと思ってな。何を建てたか、だよ」

僕と同じ矯正法を受けていながらも、父は祖父の介在を拒み、あくまでも独力で蚤のような背筋を伸ばしたという。その父が、今度は僕を矯正しようというのか。

都電と並走していた車は宮益坂《みやますざか》の途中で停まった。「降りた方が見やすいだろう」と言って、父はドアを開けた。車が通り過ぎるのを待って、僕も外に出る。父は目の前にあるビルを見上げていて、咥えている葉巻もそれに合わせて角度が傾き、さながら煙突のようになっていた。白粉を塗ったように白いそのビルは、足元からでは全貌を捉えきれないほどに高く、周囲から浮いているというか、子供の群れのなかにひとりだけ大人が交じっているような決まりの悪さを抱えていた。

「東急よりも目立つだろう。十一階建てで三十一メートル、七十戸も住宅がある。四人家族で住んでみろ、ここだけで帝国ホテルと同じ人数が暮らせるんだ。東京都が分譲しているんだが、なかなか値は張るよ。一部屋で百万円もするんだから、一握りの金持ちしか住めない」

集合住宅というものに縁がなかった僕には、この縦に長いビルのなかで営まれている暮らしというものを想像するのが難しかった。腕を持ち上げた父が、ビルのちょうど真ん中あたりを指差す。

「五階までは店舗だの事務所だのが入って、そこから上が住居になっている。下駄履き住宅というやつだ。これはよろしくない。道路に近い階を嫌がる住人が多いから店にしてしまえということなんだが、住まいとしての心地よさが下がってしまう」

「これも烏丸建設が建てたんですか？」

「俺は下駄履きは好かないが、先を越された悔しさはあるな」

声こそ掠れているが、少年のように素直な言い方だった。先を越されたということは、これは父たちが建てたものではないのだろう。

「ここに住む人たちは、地面から遠く離れて、庭もない生活を送るんですか？」

「農業もしないのに、庭なんかいるものか。大人は他所に働きに出て、子供は学校で遊ぶ。日本は狭いし、東京はもっと狭い。社会的な生活を営むのには十分な住居だ」

「社会的な生活とは何ですか？　まったく同じ部屋が幾つも詰め込まれてるだなんて、およそ人間的とは思えませんが……」

「芸術的な発想だな。選民的と言ってもいい。大量に住居を建てるためには、まず規格というものを揃えねばならん。庶民の住まいに、千差万別は必要ではないんだ。小さな面積により多くの人間を良好な状態で収容できるようにする。それこそが、都市住宅に携わる者の責務なのだ」

空に挑むように聳え立つ白いビルを、まるで、自分なら張り合うことができるとでも言いたげにきっと睨み付け、父は車に戻っていく。僕が乗るのを待って、父は運転手に「四谷《よつや》」と告げた。

「渋谷には、ああいう住宅が増えていく。……渋谷だけじゃない。東京のあらゆる場所に、高層の住宅が立ち並ぶようになっていく。手に入れるためには懸命に働かねばならないが、いずれは、サラリーマンにも手の届く金額になる。生涯長屋暮らしだった町人が、頑張り次第で一国一城の主になれるんだ。これほど素晴らしいことは他にないだろう」

建築の専門家が断言するのだから、高層の住宅が当たり前のように乱立し、あのビルの異質さは、少数派が多数派になるという変化の潮流のなかに消えていくのだろう。しかしながら、全てがああなってしまうというのは、どうにもおぞましい光景に思えてならない。自然界にそぐわない無機質な色で塗られた背の高い箱が大挙して空を覆ってしまえば、地上からは遠くの景色を見ることができなくなる。効率的に人間を収容する建物だけが、街を歩く人間の視界を占めることになってしまう。

「空は誰のものでもないはずでしょう」

「その通りだ。だからこそ、これから分け合っていけるのだ。狭い土地を広くすることはできないが、上に伸ばすことはできる。今はくだらない法律のせいで三十一メートルまでしか伸ばせないが、いずれは規制も緩和することだろう。……上に、さらに上に、拡大していくんだ。そうすれば無限に使いようがある。いくらでも人を住まわせられる」

「そうだとして、空の住人たちは、その地に愛着を持てるんですか？」

「そんな必要はない。土地を区切って高層の住宅を建て、そのなかに、さらに区切られた部屋がある。そこが一個の世界だ。彼らは自らの仕事と家族に集中し、隣室の住人とさえ交流を持たずとも暮らしていける。真に独立した人間になるんだ。新しい時代に即した責任を持った逞しい人間が、部屋の数だけ、住宅の数だけ存在するようになる。これからやってくる住宅の時代に、東京が遅れを取ることがないように、粉骨砕身で建築に邁進していくのが烏丸建設の使命だ」

「開拓精神は立派ですが、東京の景観はどうだっていい、というふうに聞こえますね。江戸の街は富士山や東京湾を眺望して、風情を満喫することができた、文化的に洗練された都市だったそうです。その歴史を、紛れもなく同じ場所に住む人間が壊そうというんですか？」

「人間は景観のために生きているのではないし、土地というものは、そこに生きる人間のために存在する。景観を気にするのは美術の愛好家だけだ。人間に、社会に対して何の責任も負わない連中など、浮世絵でも抱き締めながら飢えて死ねばいいさ。人間の暮らしより優先されることなど、何もないんだ」

僕の反論が癇に障ったのか、父は語気を強めた。

「親父のおかげで、俺は嫌というほど東京を知っている。武蔵野《むさしの》台地のなかで、どこの地盤がより固いか。水害が起こりやすいのはどこか。どこに空き地があって、どこに人を住まわせるべきか、全て分かっている。……その知識を活用して、住宅を建てていく。何の努力もせず、ただ生まれ持ったというだけの資産を独占する金持ちどもの東京を、これでようやく、庶民のための街にすることができる」

握った拳を振り回し、父は確固たる決意を表明してみせた。

今走っている青山《あおやま》通りも、やはり、祖父の闊歩で幾度も通った道で、男子が赤子の頃に感じていた母の温もりを忘れないのと同じように、僕と父の頭には、祖父とともに踏破した東京の起伏や植生が奥深くまで刻み込まれている。武蔵野の原を熟知した祖父は、全ての場所に歴史を見出すことができた。僕と祖父は、幽かに残っている景色から過去を復元することを夢見ながら、かつてそこに暮らしていた人々に思いを馳せたものだった。僕にとって東京は追憶の故郷だったが、父はそれを、実存によって完膚なきまでに塗り潰そうとしている。思い出すという行為には余白が不可欠で、何も浮かんでこないほど徹底的に隙間を埋めてしまう。その野望を、しかしながら、父は他者のためだと嘯《うそぶ》いている。父のような経営者は、取り繕うことに長けていった結果として、もはや本音と建前とを区別することが困難なはずだが、父の全身から発散されている激しい熱は、先の決意が本物であることの証左だった。この国では、高い建物というのは、あくまでも見上げるものでしかなく、天守閣でさえ常に住まうものではなかった。背が低く生まれた父は、その条理に抗うような高さを万人に与えようとしている。

車は速度を緩めて、赤坂《あかさか》御用地の外側を走っていた。右手には弁慶《べんけい》濠が、江戸城を警護する目的で作られた外堀が見えている。僕が物心ついた頃には、すでにボート場が設立されていて、今も子供を連れた父親が必死の形相でオールを漕いでいる。

四ツ谷駅を過ぎて外堀沿いに進み、一本入ったところで停まった。囲いで覆われた一帯からは工事の音が響き渡っている。作業衣を着た男たちが水筒を片手に休憩を取っていて、印半纏の背中には、烏丸家の家紋である鶴の丸が染められていた。

「ここにも住宅が建つんですか？」

「五階建てなので高層ではないがね。二十八戸と贅沢な使い方をするが、この国では初めてとなる民間が分譲する集合住宅だ。竣工すれば、ここの話題で持ちきりになるだろう。だが、俺からすれば、まだ小さいし、まだ低い。もっと大きく、もっと高くせねば」

囲いの向こう側に質量の気配はなく、まだ足元を固めている段階のようだったが、父の目にはすでに、完成した住宅が見えているのだろう。あるいは、ここだけではなく、通り過ぎた全ての土地に。

「僕に子供ができる頃には、どこもかしこも箱だらけになってしまいますね」

「外観の良し悪しを考えるのは、けちな評論家のすることだ。東京は、より多くの住処を必要としている。そして、そこに住む人間の活動こそが、都市に色合いを与える。なぜ、それが分からない……」

その視線を未来に搦め捕られていたせいか、父の声は僕を責めたのではなく、かと言って自らに言い聞かせるのでもなく、彼の企みを理解できない人々を心から憐れんでいるようだった。社長が到着したのに気付いたらしい社員が駆け寄ってきていて、「倅《せがれ》を屋敷まで送れ」と告げ、父は降りていった。自分の仕事を見せたいというのは、家長としてだけではなく、男としての背中を見せることと同義であり、僕が大学生になり、幾らかの知識と分別を身に付けた年頃になったと判断した父は、家庭のなかで支配するのに留まらず、ひとりの人間として尊敬されたいという思いに突き動かされたに違いなかった。

同じ教育を施されながらも、父と僕はまったく違うものを志向していた。痛みを忘れ去っていく街を高層の建物が埋め尽くし、誰にも関心のない人々がそこに暮らす。その景色を祖父が見たら、果たして何と言うだろうか。

7

看板の金文字が、薄暗い廊下にあっても忌々しく輝いている。武陽興業株式会社を訪れるのはこれが二度目で、最後でもあった。ノックすると、電話で約束していた通り、藤永がすぐにドアを開けた。彼の氷のような目は、僕が口を開くまでもなく、僕が脇に抱えていた封筒を瞬時に見定めた。

「早かったな」

「電車で来て、渋谷駅からは走ってきましたから」

「そうじゃない。認定書を手に入れるのがえらくスピーディだったことに感心してるんだ。電話が掛かってきた時は、やっぱり無理だから勘弁してくれと、泣き付かれるんじゃないかと思っていたよ」

人払いでもしたのか、事務所には藤永しかいないようだった。奥にある一際立派な黒檀の両袖机は、彼らの頭領である松島という男の席と見え、卓上に置かれている鳥籠のなかで、九官鳥か何かが止まり木に摑まって休んでいる。藤永は応接室に入り、ソファに腰を下ろした。体を深く沈めているのに、一切音が立たなかった。

「さっそく見せてもらおう」

「刀を返してもらうのが先です」

「威勢がいいのは嫌いじゃないが、自分の立場を弁えない奴は早死にするぞ。お前さんの友達は、その点じゃ百点満点の受け答えだった」

早死にが決まっている家系なら、吸っても吸わなくても関係ないという兄の言葉が脳裏を過ぎったが、自分を痛めつけるのは容易いし、さしたる勇気も要らないだろう。

「取引をしたいのはお前さんだ。俺は別に、乗っても乗らなくても構わない。商人じゃないからな。売りたいから売るし、買いたいから買う。どちらの場合も、値段は俺の好きなようにするし、譲歩はしない。そのことを弁えたうえで、次に何をするか決めるといい」

ローテーブルの中央に置かれていた灰皿を端に寄せてから、藤永は煙草に火を点けた。この男は他人を操るのに優れていたが、権力によって従わせる権力者とは別種の能力で、海外の小説で描かれる羊飼いを思わせた。彼らは羊を操るが、実際に羊を追い立てるのは牧羊犬で、当の本人たちは涼しい顔でパイプでも吹かしている。この部屋においての牧羊犬は、いつ現れるか分からない手下や、どこかに隠されている凶器、もしくは、彼のなかにある暴力性、何にでも喩えることができた。僕が誂《あつら》えられた場所に封筒を置くと、藤永は吸い掛けの煙草を灰皿に押し付け、封筒の中から認定書を取り出した。一面にびっしりと穴が開きそうなほど丹念に読み込んでいる。

「この貼り付けてある紙っぺらは何だ？」

「押型と言って、墨を使って和紙に茎を写し取ったものです。認定を受けたのがその刀であると証明するために貼り付けられているんです。二部作って、片方は刀剣保存協会の方で保管していると聞きました」

「なるほど。それが右上の番号と連動してるってわけだ」

こちらから教えるまでもなく、藤永は分類番号の仕組みを看破していた。

「分類番号は偽れませんから、書類を偽造するとなれば、刀剣保存協会の台帳にも細工をしないといけないんです。僕はそれがどこにあるか知りませんし、仮に分かったとしても、出来るわけありません」

「紙は似たものが手に入る。印鑑を真似るのは簡単だし、この押型ってのも、手先が器用な奴を使えば作れそうだ。お前さんの言う通り、問題は通し番号だな。外人相手には、番号のない認定書でも構わないだろう。書式にまで詳しい奴は、そういないだろうからな。……しかし、日本人相手となると話は変わってくる。愛好家の世間は狭いから、調べられれば、すぐに見抜かれちまう」

「無理なんですよ。この制度には、刀剣保存協会の威信が懸かっているんです。彼らは不正が起こらないように注意を払っています」

「そうだな。偽造は危ない橋かも知れん」

意外な一言だったが、投げ掛けられた言葉を借りるのなら、思っていたよりも早いという驚きに過ぎなかった。藤永は刀を取り戻そうとする僕の信念を軽んじ、放っておけば諦めるはずだと高を括っていた。しかしながら、彼の方には何の信念もなかった。認定書のことを知り、金を稼ぐ好機と思ってあれこれと画策してみただけで、難しいと分かればあっさりと手を引いてしまうのだ。

「本物を作った方が手っ取り早いな」

銘吉光の短刀の認定書をローテーブルに置いて、藤永は品のいい笑みを浮かべた。

「……どういう意味ですか？」

「認定書を出してやるってことは、どこかで実際に刀を鑑定するんだろ？」

「ええ、審査会が行われています」

「そこに協会の人間が来ていて、そいつがどの程度偉いのかは知らんが、審査をするわけだ。で、その結果如何で認定書が発行される。……なら、そいつさえ抱き込んじまえば、正式な認定書が手に入るな。確かめられても問題ない、正真正銘の認定書が」

こうしてソファに座っていなければ、恐怖のあまり後ずさりしていたはずだった。藤永が口にしたのは、単なる偽造よりも数段悪質なやり方だ。偽物が出回るぶんには、然るべき人が鑑定会で目を光らせたり、定期的に書式を変更するなどの対応を迫られるだけで済む。けれど、相応の価値を持たない刀に対して認定書を発行するというペテンに内部の人間が手を貸したとなれば、刀剣保存協会の信頼が根本から揺らいでしまうことになる。これまでの認定に対しても疑惑の目が向けられ、制度自体が崩壊しかねない。

「抱き込むって、こんな悪事に加担するような人間は協会にいませんよ。理事には元軍人や警察の方もいらっしゃいますから、脅そうだなんて考えは賢明じゃありません」

「表の看板を見なかったのかい？　俺たちはヤクザじゃない、私企業だ。世間様に顔向けできるようなやり方もする。協会の連中っていうのは、たいして稼いではいないんだろ？　銀行員と一緒で、職場ではお宝を扱ってはいても、家はすっからかんなんて奴もいるはずだ。そういう奴に大金を握らせたら、どうなるかな」

「誰も彼もが自分と同じ拝金主義者だと思ってるんですか？」

「坊ちゃんは金に困ったことがないから、金で転ぶ奴の気持ちなぞ分からんだろうよ」

そう言って、藤永は煙草を吸った。愚連隊は不良学生や復員兵の集まりだと新聞で読んだが、学生には見えない藤永は、それでは後者なのだろうか。

「どいつを選ぶかは、お前さん任せにはできない。実際に足を運んでみないとな。審査会がどこで開催されるかは、調べれば分かるだろう。……あとはこっちの仕事ってわけだ。仕組みが出来上がるまでは、番号のない認定書を作ることにしよう。こいつは預かっておく」

「取引は成立ということですか？」

藤永は何も答えず、煙草を吸い終えて立ち上がった。肩を叩かれたのは「付いてこい」という合図で、従属と意思の境目のない羊のように応接室を出ると、藤永は部屋の壁際に設置されている書棚の引き戸を開けていた。中身を想像するのも憚られる茶色の紙袋がぎゅうぎゅうに詰め込まれている下段の左側には、忘れもしない黒い筒状のケースが立て掛けられていた。思わず伸ばした腕の、その手首を、藤永が待ち構えていたかのように摑んだ。骨が軋みそうなほどの凄まじい握力に、顔の筋肉までもが歪んでいく。

「認定書を使って稼がせてもらう。その見返りとして刀を返す。それが、取引の内容だ」

「約束が違います」

「いいや、違わない。俺はそう決めていたし、お前さんは言質を取らなかった」

喧嘩をして敵う相手ではなかった。劣っていたのは、腕力だけではなく、それを実際に振るうための攻撃性だった。もし僕が全力で体当たりしていたら、あのケースに触れられたかも知れない。そして、僕はそうしなかった。重りを持ち上げ、幾らか筋肉を蓄えた僕の体は、藤永を憎んでいながらも、彼を傷付けられるだけの刃を持たなかった。こちらが右腕を完全に脱力させてからも、藤永はしばらくの間、僕の手首を全力で握り込んでいた。お前は俺に降参したのだという事実を、じんじんと痺れるような痛みごと残そうとして。

「刀はどこへも行かない。これで一安心したろう。あとは、俺が事を進めるのを待てばいい」

女子供に言い聞かせるような穏やかな口振りだった。僕はまたしても間違いを犯してしまった。藤永に刀を返す気など毛頭なく、認定書を使っての荒稼ぎを終えたら、今度は別の食い扶持を考え出して、手伝うよう迫ってくるはずだ。返してもらえるという希望を餌にして、永遠に僕を働かせるつもりなのだ。

「大事にしているのは分かったから、もう少し辛抱しろよ」

胸の内を読んだように、藤永は僕の肩を叩いた。意図したものではなかったのだろうけれど、彼の手のひらからは先ほどの暴力の余韻が感じられて、大きな音に驚いた鳥が狂ったように籠の中を飛び回った。

「いつもは寝ずの番がいるんだが、今日は箱根《はこね》で宴会なんだ。俺はあとから行くと言ったんでな」

事務所を開けていたのは僕のためで、用が済んだのだから、さっさと出て行けということだろう。僕は半から負け犬になり、尻尾を巻いて事務所をあとにした。昼頃から雨が降ると使用人に言われていたが、水辺を歩く時のような湿り気と、灰がかった曇り空が広がっているだけで、地面は少しも濡れていなかった。雨が、それも、大雨が降っていて欲しかったと思いながら、涙を隠すように角帽を目深に被る。こんなにも追い詰められた気持ちは、生まれて初めてだった。僕はあまりに世間知らずで、認定書さえ渡せばどうにかなると考えていたのだ。あの刀は僕のものだと日頃から強く主張しておかなかったことがそもそもの原因であり、そのことを認められない自分を慰めるために、僕は父や藤永に対しての憎悪に縋り付いているに過ぎなかった。

僕は誰かに、事の次第を全て打ち明けたかった。全てを聞いたうえで、「お前はどうしようもない奴だ」と言って欲しかった。他人に向ける憎悪で自らの愚かさを忘れようとしたように、他人から向けられる侮蔑によって、自らの弱さと向かい合うことから逃げたかった。反省も、あるいは成長も、常に孤独のなかでしか達成し得ないのだから。

その相手はひとりしかおらず、僕は赤い屋根の電話ボックスを探して入り、重森の下宿先に掛けた。出たのは若い女の子で、おそらくは、重森が家庭教師をしているという娘さんだった。重森君を呼んで欲しいと頼むと、彼女は困ったように「わたしの親がお遣いに出している」と告げた。そこまで長くは掛からないと言われたので、掛け直すと伝えた。外に出た僕は、どこかへ行く気分にもなれず、ボックスにもたれ掛かって時間を潰すことにした。四人ほどが入れ替わり立ち替わり電話を使い、受話器を持ち上げるまでは「こいつは何をしているのか」と怪訝そうな目を向けていたのに、電話を終えて出ていく時には、聞き耳を立てていたかも知れない僕のことなどすっかり忘れて溌剌とした足取りで去っていくのを、角帽の鍔《つば》の下から憂鬱とともに眺めた。頃合いだと思ってふたたび掛けてみたところ、今度も娘さんが出て、今度は「呼んでくる」と言ってくれた。目蓋を閉じて、廊下をぱたぱたと駆けていく彼女の後ろ姿を想像しながら待った。喉が渇いていたせいで、僕を呼ぶ声が聞こえているのに、すんなりと喋り出せなかった。

〈おい、いたずら電話か?〉

「……僕だよ。すまない」

〈どうした？　懲りずに酒でも飲んだか？〉

「懲りずにって意味じゃ当たってるよ。ねえ、少しばかり話せないか？」

〈下宿してる身だから、長電話は難しいんだが……〉

「今渋谷にいるんだが、どこかで落ち合えないかな？　用事があるんなら、夜までも待つよ」

　押し付けがましさに閉口した重森は、ややあって、「あの時、上野で何かあったんだろ」と言った。ある時は助けを求め、ある時は構ってくれるなとそっぽを向いたのだ、我儘な態度だと責められて当然だった。

〈井の頭線のガード下に「ロロ」って喫茶店がある。道玄坂《どうげんざか》寄りの路地の角だ。そこで話そう〉

「……いいのか？」

〈お代はおまえ持ちだ〉

　もう彼に不義理はしないと誓って、電話を切った。井ノ頭通りをそのまま下っていき、ひとまず渋谷駅を目指した。ハチ公前広場には、何かしら面白いことが起きるのを期待しながら屯している者と、待ち合わせをしている者が入り交じっていて、どちらかを見分けるのは難しかった。学生服とスーツも半々で、松島組の下っ端連中に出会すのが怖く、顔を伏せてやり過ごすことにした。路地の角なら分かりやすいはずなのだが、いくらガード下を歩き回ってみても、お目当ての店はなかなか見付からない。そこで、一旦道玄坂を上り、東宝劇場の前で煙草を吸っていた二人組の男性に道を尋ね、教えてもらった通りに引き返してみたところ、アルファベットで書かれた縦文字のサインに出会うことができた。「ロロ」は随分と垢抜けた喫茶店で、近くに劇場が多いせいか、業界人らしい雰囲気の男性が三人ほど集まって、ひそひそと話している。店の主人は白いスーツに蝶ネクタイを合わせた五十代ほどの紳士で、奥の席に腰掛けた僕がコーヒーを頼むと、恭しく、それでいて気取ったところのない丁寧な所作で豆を挽き始めた。

本は持ってきておらず、席を離れて新聞を取りに行くのは億劫だった。煙草があれば、こういう時に手持ち無沙汰にならないのだろう。時折聞こえてくる笑い声は、過度な静けさを望んでいなかった僕にはちょうどいい雑音で、僕はコーヒーを飲みながら、主人がコップを磨く様子をぼんやりと見つめて過ごした。時を忘れられるほど寛いではいなかったが、さほど待ったという実感はなく、僕の左に座った重森は、灰皿を手元に寄せながらオレンジスカッシュを頼んだ。

「ビールじゃなくていいのかい？」

「そうしたいのはやまやまなんだが……。このあと娘さんを教えないといけないんで、一から十まで聞く時間はなさそうだ」

「刀は返ってこない」

重森がマッチを擦るのを待って、僕は言った。口を動かさないまでも、彼が来るまでの間に、はっきりとそう言えるよう練習していた。

「松島組のあいつと、あれから話したのか？」

「初めて会いに行った時、刀の話をしている最中に、僕がぽろっと認定書のことを教えてしまったんだ。刀剣を管理する団体が発行しているお墨付きみたいなものと思ってくれていい。藤永はそれに食いついて、商売を持ち掛けてきた。認定書を偽造できれば、安い模造刀を高値で売り付けられるから、一枚持ってきてくれないか、ってね。……僕はまんまと渡してしまったんだよ。それで終わると思っていたら、今度は、儲けが出るまでは返さないと追い払われたんだ。刀が返ってこないばかりか、僕のせいで刀剣保存協会に迷惑が掛かってしまう」

涙は出なかったが、友人の前で醜態を晒したくないという安っぽい見栄を、この期に及んで気にしていたことを殊更に恥ずかしく思った。中頃の席に座った常連客らしき老人と話をするために、カウンターのなかにいる主人がすっと遠ざかっていく。いつにも増して低い声で、重森が「取り返そう」と囁いた。

「無理だよ。刀はあいつらの事務所にあるんだ」

「見たんだな？　どこにあった？」

「応接室の手前の部屋があったろう？　あそこに書棚があって、その下段に仕舞われていた」

「鍵は？」

「掛かっていなかった」

「なら、忍び込めばいい」

事務所のドアには鍵が掛けられているはずで、僕は首を横に振った。それに、藤永はさっき、いつもは寝ずの番がいると言っていた。何せあそこは松島組の本丸なのだから、泊まり込みで守っている者が二、三人はいるのだろう。盗みに入るのを発見されたら、次は殴られるだけでは済まない。

「じゃあ、盗品があると通報するのはどうだ？」

「藤永が父に電話をすれば、それで解決してしまう」

重森は頭の回転が速いが、思案に費やせる時間が倍以上だったので、この件に関してだけは僕の方が先を行っていて、彼が何を思い付こうと、僕のなかには、それを一蹴できる反論と根拠があった。僕はもうすでに刀を取り戻すことを諦めていて、誰かに宣言することによって、それを確実なものにできると考えていた。

「ひとつだけ方法がある」

「やめてくれ。僕は君に、何か考えてもらおうと期待していたわけじゃない」

声が大きくなっているのを自覚して、コーヒーを喉に流し込んだ。

「馬鹿げたことをしたと告白して、正直な評価を下して欲しかったんだ。お前は愚かだと、君にそう言って欲しかったんだ」

「そうだな。……愚かだ。周りを見回しても、こんなに愚かな男はいない」

角帽を脱いだ重森が、体を傾けて下から覗き込むように僕を睨み付けた。ところが、その目は爛々と煌めいていて、僕は用意していた複数の感情を放り出し、あらためて混乱を探さなくてはいけなくなった。

「なら、もっと愚かになってもいいはずだぜ」

8

講義で顔を合わせる同級生やボディビル・クラブの先輩方、レスリング部の部員たち、果ては彼らの友人知人に至るまで、ありとあらゆる学生と話をし、めぼしい数人が挙がったところで名簿を作った。捜し出せた順でやっていくことに決め、六号館の教室から出てきた学生に「話がある」といって声を掛け、大隈《おおくま》講堂の前まで案内した。もっと静まった場所の方がいいだろうと思っていたが、雰囲気が大事だという重森の案を採用したのだ。その学生を階段に座らせ、僕と重森は彼を囲むように立った。

「怪しい商売の勧誘じゃないだろうね？」

「違うとも。あんたは彼の祖父を知っているか？」

重森が顎で僕を指すと、彼は首を横に振った。

「彼の祖父は烏丸誠一郎といって、日本でも屈指の美術愛好家として名高いお方だ。美術界への貢献はたいしたもので、陛下から勲章を授与されたほどだ。そのお方が今、集められているものがある」

手筈通り、その先は僕が続ける。

「先の戦争で使われた武器、軍刀や拳銃を蒐集していらっしゃるんです。将来、僕たちの子供や、その孫たちの世代は、戦争の記憶というものを忘れていくかも知れません。そうならないために、今日の平和の礎を築いた先人たちがいたことを教えていくために、僕の祖父は、戦争にまつわる物品を展示する施設を作ろうとしているんです」

彼は半信半疑の面持ちで僕の説明を聞いている。どうして自分がここに連れて来られたのかも分かっていないが、僕や重森がそうであるように、学生というのは好奇心旺盛なので、自分のなかに納得が生まれるまでは帰ったりはしない。

「あなたのお父上は将校として復員されたとお聞きしました。復員兵は皆、連合軍に武器を取り上げられましたが、大事に持ち帰った方も少なくないという噂です。もし、お父上がそれらをお持ちでしたら、ぜひとも買い取らせていただきたいんです」

「それらっていうのは、軍刀か拳銃ってことか？」

「ええ。軍刀は何振りかお譲りいただきまして、今は拳銃を探しています」

「確かに父は将校だったけれど、戦時中の話は家族にはしないからなあ。もし家にあるとしたら、どこかに隠してるんだろうが、それを買いたいっていうのは……」

重森から勧められた煙草を断り、彼は思い切ったように言った。

「だいたい、悪いが眉唾もんだ。何かよからぬことを企んでるんじゃないのか？　そもそも君たちは、本当にうちの学生か？」

疑いを持たれるのは予想していて、重森は彼に学生証を見せた。実況見分が行われている隣で、僕は学生証とともに、懐に仕舞っていたあるものを取り出す。彼の注意は僕の手元に向けられていて、用心深く興奮している彼の目の前で、僕はゆっくりと共箱を開いていく。つられたように彼もあんぐりと口を開けていたから、耳を塞いでいたとしても、彼が息を漏らしたのが分かったと思う。

「それは本物かい？　いや、本物を見る機会なんてないから、どうなのか……」

「おい、畏れ多くも疑うのか？」

僕は慣れない咳払いをして、食ってかかろうとする重森を制止した。

「祖父が陛下から賜った勲一等瑞宝《ずいほう》章です。八咫《やた》の鏡を模した鏡に赤色の連珠。長きにわたってこの国に尽力した者に贈られる勲章です」

彼の興奮が最高潮に達したのを確かめ、静かに共箱を閉じた。祖父の倉庫から勝手に持ち出していて、咎める者はいなかったが、自分で自分を咎めないのなら、僕はあそこに出入りする資格を失うだろう。

「それで、家に拳銃はありそうか？」

「そうだな。……力にはなりたいんだが、あるともないとも言えない。父に聞いてみてもいいんだが、確約はできない」

「構わない。もしあったら、この番号に掛けてくれ」

重森からメモを受け取ると、学生はぺこりと頭を下げて、僕たちの前から去っていった。僕が手にしている名簿に目を通した重森は、ささっと鉛筆を走らせ、今の学生の名前を斜線で消してしまった。

「駄目かな？」

「期待しない方がよさそうだ」

僕たちは、正確には僕は、拳銃を手に入れようとしていた。あの日、重森が「ロロ」で提案したのは、あまりにも馬鹿げていて、愚かな僕にはぴったりの作戦だった。それは、夜が深まるのを待って、あの事務所の窓に銃弾を撃ち込むというものであった。

株式会社を名乗っていても、連中の正体は愚連隊で、数々の悪行の報いとして、それと同じ数だけ敵を抱えている。本丸に銃弾が撃ち込まれれば、敵の誰かが襲撃してきたと思い込み、何人が寝泊まりしているかは分からないが、総出で反撃しに行くはずだ。よもや、一介の学生がぶっ放したなどとは夢にも思わない。その隙に事務所へ忍び込んで刀を取り返すのだが、あとでなくなったことが判明すれば、犯人は僕以外にはあり得ないので、別の刀とすり替えておく。拵えは諦めるしかないが、背に腹は代えられない。

問題は、肝心要の拳銃をどうやって手に入れるかだった。祖父は銃器を好まなかったので、収蔵品のなかには見当たらなかったし、父が持っているはずもない。闇市で買うことを考えたが、重森は大反対した。銃の密売となればヤクザの領分なので、そこから足が付いてしまうかも知れないという理由だった。ではどうするかと悩んでいる時に、僕がふと思い付いたのが、復員兵が持ち帰った拳銃を用いるという奇策だった。

それからは、とんとん拍子に話が進んだ。あくまでも、資料的な価値を持つ物品として集めているという体裁を取り繕い、信憑性を持たせるために祖父の威光を借りることにした。勲章を持ち出すのはさすがにやり過ぎだと思ったが、その効果は覿面《てきめん》だった。むしろ、共箱を開けるまでは、誰も信じてはくれなかった。名簿には九人の名前があり、さっきのが四人目だった。

「一度休憩を挟むか？」

「僕が会いに行くから、君は休んでいてよ」

「いいや、乗り掛けた船だし、沈むまでは付き合うさ」

僕と重森は奇妙な熱に浮かされていた。僕に関して言えば、もうどうにでもなれと捨て鉢になっていたのかも知れなかった。悲壮な進撃を続けた僕たちの前に砲弾が落ちたのは、六人目の学生に説明をしている最中のことだった。塚原という法学部の三年生で、重森は「早苗」で見たことがあると耳打ちしてくれたが、向こうは見覚えがないようだった。口上にも慣れてきていて、僕は奇術師さながらに勲章を見せたが、塚原はどうにも興味がなさそうで、「これは駄目だ」と重森と顔を見合わせた矢先、塚原はじれったくなったように口を開いた。

「拳銃ならあるよ。しかも、ぼくが持ってるんだ」

「持ってるってのは？」

「欲しいと言ったらくれたんだ。そういう親なんだよ。まあ、外に出て撃ったりなんかしないと分かっているからね。部屋に飾って、たまに手に取っては、嫌いな誰かを思い浮かべて引き金を引くのさ」

人差し指を曲げる動作を繰り返しながら、塚原は陰険な笑みを浮かべた。

「本物だよな？」

「ああ、ブローニングだ。日本は格好いい銃を使っていたもんだね」

拳銃拳銃と言ってはいるものの、僕にとってそれは、いわば架空の存在めいた馴染みのない曖昧な言葉であり、その空虚な願望が、塚原の指の動きと、ブローニングの名前によって確かな輪郭を得たことで、体中の神経が途端に張り詰めていった。これまでとは違って慎重に進めなければならず、僕と重森は次の一手を長考していたのだが、何と塚原の方から「買わないか？」と切り出してきた。

「譲ってくれるんですか？」

「譲りはしないよ。買ってくれるんだろう？　値段次第だが、売ってもいいよ」

「貴重な品なのに、いいんですか？」

「君の祖父の志に感銘を受けた。……というのは冗談で、実を言うと金に困ってるんだ。ぼくは麻雀を嗜むんだが、ここのところ負けが込んでいて、四方八方に借金があるんだ。ぼくの親は話が分かる大人だけど、賭け事にだけは理解がないからね。それで、幾らで買ってくれるんだい？」

僕が言うのも何だが、塚原という男は、たいした放蕩息子のようだった。学生服を着ずにシャツ一枚で過ごしているのも、賭け金代わりに差し出したか、質屋に入れたのかと思わせる。こんな男に大金を渡してしまっていいのか分からないが、この機会を逃すわけにはいかないのも事実だ。

「五千円でいかがですか」

「へえ、悪くないな。……ただ、もうちょっとばかしくれても罰は当たらないんじゃないかい」

「七千円はどうです？」

「一万円で譲るよ」

「あんた、欲張り過ぎやしないか？　勤め人の月収だぞ」

すでに台本はなくなっていて、重森は真剣に声を荒らげた。

「そのくらいの価値はあると思うんだけどね。まあ、無理だと言うなら仕方ないね」

立ち上がろうとした塚原の肩を押さえ、その場に留まらせる。刀を取り戻せると考えれば、塚原の欲深さなどは、たいした問題ではなかった。

「それで構いません。で、いつ渡せますか？」

「入り用だからね、本当は今すぐ取りに帰ってもいいんだけど、なにぶん、物が物だから……。明日なんかはどうだろう？」

「分かりました。ここで受け渡ししましょう」

「時間は今くらいでいいかい？」

全員で一斉に時計塔を見上げ、今が昼の二時半であることを確かめ合った。商談がまとまったと早合点していた僕を他所に、重森は「弾もあるんだろうな？」と訊ねた。

「一万円は大金だぜ。当然、付属品もなきゃ困る」

「五、六発はあったかな。装塡するわけにはいかないから包んで渡すよ。その代わり、君の家に寄贈させたと一筆書いてくれないか？　そうすれば、親に知られても問題ないからね」

ひらひらと手を振って、塚原は早大通りをキャンパスとは反対方向に歩いていった。まだ声が届きそうなところにいるというのに、重森は「臨時収入があると分かったから、あの阿呆は雀荘にでも行くんだろうよ」と吐き捨てた。嫌悪感を抱くのも無理はないが、信用ならない博奕打ちであるからこそ、塚原は立派な父から譲り受けた拳銃を金に換えてくれるのだ。階段に腰を下ろし、重森は煙草を咥えた。

「実際に手に入るとは、これっぽっちも思っていなかったんだ。……正直言うとね」

「悪いがおれもだ」

導火線が燃えていくように、少し経ってから、僕と重森は声を上げて笑った。腹の底から愉快な気持ちになったのは、果たして、どのくらいぶりだっただろう。

「刀が戻ったら、おれもお祖父様の墓前に手を合わせるよ」

「そうしてくれ。前々から、君のことを紹介したかったからね」

「で、いつやる？」

「明日手に入るなら、その日のうちにやってしまいたい。先延ばしにすれば、僕のことだから、怖気付いて取り止めにしかねない。それに、明日は平日だ。人通りも少ないと思う」

突貫工事になることを覚悟してくれていたのか、重森はあっさりと頷いた。ここから先のこと、つまりは、手に入れた拳銃を使って具体的にどうするかについても、ある程度はすでに話してあった。彼に協力してもらうのは、いや、友人を犯罪計画に巻き込むのはここで終わりにしたかったが、首尾よく終えるためには、どうあっても最低ふたり必要になる。

「……夜遅く、松島組の事務所が入っているビルの前で、通りに誰もいなくなるのを待つ。誰にも見られていないのが分かったら、ちゃんと狙いを定めて、窓に弾を撃ち込む。そうしたら、連中が大慌てで降りてくる前に隠れる」

「その時点で二手に分かれた方がいいな」

「そうしよう。片方は素早く逃げて、駅前でタクシーを拾って、出来る限り遠くに行って銃を捨ててくる。もう片方は事務所に忍び込んで、刀をすり替えて逃げる。そのあとはどうする？」

「落ち合ったりはしなくていいだろう。変に一緒にいない方が好都合だ」

大隈通りの方からやってくる競走部の学生たちを横目に、僕は頷いた。万が一目撃された時のために、変装でもしておいた方がいいんじゃないかと提案してみると、重森は同意して、背広を着ることを勧めてきた。犯人は学生ではなかった、そう思ってもらえるからだ。父が普段着ていないものを適当に拝借して、使い終えたら洗濯室に放り込んでしまえばいい。

「決行までは下宿で待つよ。時間が来たら、適当に理由を付けて出る。通行人の記憶に残りたくないから、タクシーを使う。悪いんだが、前もって軍資金をくれ」

「ああ、僕もそうするよ。拳銃と刀を持っているわけだから、下手にうろつくのは命取りだ」

お互いに目を光らせ、躓きかねない石をせっせと取り除いてはいたが、ふたりの間に転がっている最も大きなそれには、触れないどころか、視界に入っているにもかかわらず、見えていないふりを決め込んでいた。荒唐無稽な作戦を企てる高揚感は、生じていた悲しみや自責の念を押し戻すばかりか、あらゆるネガティブな考えを閉じ込める蓋として機能していた。ところが、実現可能になった今だからこそ、それらは泡のように底から浮かんできて、内側から、小さな力で蓋を揺らしている。決行の時間が近付くのにしたがって、水泡は徐々に大きくなっていき、いずれは……。

「もし失敗したら、僕たちは……」

「考えるのはやめておこう。他に方法があれば、こんなことはしなかった。そうだろ？」

頷き返す代わりに、僕は重森の肩にそっと手を置いた。無謀に無謀を重ねた突貫工事は、どこで失敗するかなど、始めてみるまで分からないし、どこで失敗するか次第で僕たちの命運は大きく左右される。ふたりでいれば、このことを考えずにはいられないので、どちらかが言い出したわけでもなく、自然と解散することになった。僕は屋敷に帰り、普段通りに本でも読んで過ごそうとしたが、これっぽっちも集中できなかった。結局、夕食の時間が来るまで内庭に寝転がり、食後は、快復した母に付き合ってレコードを聴いた。母はアメリカで流行しているらしいロックンロールという音楽を好んで流していたのだが、彼らの狂騒をもってしても、僕を明るい気持ちにすることはできなかった。僕の隣で曲に合わせて体を軽く揺らしている母からは、懐かしさを帯びた、あのフランス製の香水の匂いがしていた。使わなくなり、使用人にあげてしまったのではなかったか。そう訊ねると、母は「お前は些細なことを覚えているのね」と感心し、「気が向いたから、また使ってみたくなったの」と言って、僕の頭をぞんざいに撫でた。白い手首から振り撒かれる優しい匂いは、浮き足立っている僕の心を、ほんの少しだけ落ち着かせてくれた。

9

結論から言えば、塚原は欲深いだけではなく、狡猾な男でもあった。もっとも、そのふたつは近い席に座っていて、何かの拍子に話すことがあれば、たちまちに無二の親友になる。塚原が拳銃の受け渡しを翌日にしたのは、図書館に行って調べ物をする時間が必要だったからで、二時四十分に大隈講堂の前に現れた彼は、開口一番に祖父の命日と葬儀の会場を諳んじてみせた。僕たちの目的が平和の記念館を作ることではないと見破りながらも、彼はあの陰険な笑みを覗かせ、「それでも売ってやる」と言った。口止め料のつもりか、もう一万円を要求して。

重森は激昂して、塚原を村松氏と同じか、それよりもひどい目に遭わせかねない勢いで掴み掛かったが、塚原には博奕ではなく商人の才能があり、僕が切望していた品をきちんと持参していた。藤永の件の二の舞はご免で、僕は塚原に、二万円で拳銃を売り渡すと確約させたうえで、重森には、取引の当事者ではなく立会人兼証人になってもらうことにして、私有財産の大半を取り崩すために屋敷へ戻った。不幸中の幸いなのは、塚原は愚連隊ではなく、一応は法曹を志す学生だったので、拳銃を売買した事実が明るみに出ては不味かったし、この件をネタに、あとになってから僕を強請《ゆす》ることは自らの破滅をも招くと理解していた。「取引を終えたら、このことは忘れよう」と言い出したのも向こうだった。

僕は二万円を渡し、塚原からずっしりと重たい紙袋を受け取った。指紋を拭き取ったらしいぴかぴかのブローニングは数冊の『少年画報』で挟むように隠してあって、三発の銃弾は新聞紙に包まれていた。最後にもう一度だけ、重森と待ち合わせの時間を確認し合った。僕は講義をサボタージュして自室に籠もり、悪寒めいた全身の震えと格闘しながら、日が沈むのを待った。

今の精神状態では、平静を装うことも、それらしい言い訳を考えることも難しかったので、使用人たちに気付かれないように、内庭に面している一階の喫煙室の窓から出ることにした。同じ理由で正門ではなく西門を選び、時折後ろを振り返りながら大通りまで歩き、祖父の部屋の電話を使って事前に呼んでおいたタクシーに乗り込んだ。行き先を伝えるまではよかったのだが、誤算だったのは、四十過ぎと思しき運転手が、下世話な好奇心ではなく人柄のよさに起因する話し好きで、あれこれと詰問してきたのだ。こんな時間に渋谷に向かう若者がいれば、訊ねたくなるのも無理はなかったが。怪しまれないよう努めなくてはならなかったが、僕の心臓はすでに破裂寸前で、自分でもわけが分からぬまま、前に重森から聞いたことがある「代打ち」という言葉を使ってしまった。要は、助っ人として呼び出されて麻雀を打ちにいくという出任せだったのだが、どうやらこれは正解だったらしく、運転手は大層喜んで、あれこれと麻雀の話をしてくれた。麻雀のことはさっぱりだったので、適当に相槌を打つしかなかったが、「いざって時は、その竹刀で卓をめちゃくちゃにするのか?」と言われた時は、いっそ車から飛び降りたくなった。と言うのも、僕は白鞘が入った帆布の竹刀袋を持っていたのだ。背広を着てはいたが、父のものなので少しも体に合っておらず、袖は短いし、ズボンの丈はもっと短かった。極め付きは、懐に拳銃を隠していたので、僕は紛うことなき危険人物だった。

井ノ頭通りに入り、武陽興業株式会社を幾らか過ぎたところで停めてもらった。お互いが来るまでタクシーの中で待っていようと打ち合わせてあったので、運転手には、少しばかり車内に居させて欲しいと頼んだ。運賃を上乗せすることを条件に、彼はその時間を煙草休憩に充てることにしてくれた。ライトを消した一台の車が通り過ぎていき、ちょうど、僕たちの前で停まった。僕は釣り銭を受け取り、気のいい運転手から「快勝してきな」と励まされ、タクシーを降りた。重森は濃灰色の背広に身を包んでいた。

「調子はどうだい？」

「最悪だな。……こんなに足が竦むのは、生まれて初めてだ」

僕は重森に白手袋を渡した。美術品を整理する際に使っているもので、このあとで捨てる銃に指紋を残さないために、僕は屋敷から着けてきていた。真新しい予備の、もしかしたら祖父が買っていた一回り小さなものを持ってきてしまったのか、重森は手間取りながら白手袋に指を押し込んだ。

「君でもそんな気持ちになるんだな」

「ああ、スポーツじゃ心は強くならんよ」

重森は煙草を咥えたが、はっとした様子で懐に戻した。どうしたのか訊ねると、現場の近くに落ちていた吸い殻から犯人を突き止めたという新聞記事を思い出したのだそうだ。

夜中の一時を過ぎていて、こんな時間に外を徘徊するのは初めてだった。革靴ではなく運動靴を履いてきていたが、足元が妙にぐらぐらとするのは、その違いによるものではないはずだ。通りに人の姿はなく、この並びは事務所が入ったビルがほとんどだったから、窓の明かりは一様に消えていて、あのビルも例外ではなかった。

「留守か？」

「いや、入り口に停まっている車は彼らのだよ。眠っているんじゃないかな」

あれが藤永の持ち物なら、彼もなかにいるのだろうか。乾いた暗がりのなかで顔を寄せてきた重森は、「もうおれたちの間に、気障《きざ》ったらしい決意表明は不要だろう」という具合に唇を固く結び合わせていて、彼が頷くのを合図に、僕は懐からブローニングを取り出した。遊底から螺子《ねじ》の一本に至るまで、それを構成する全ての部品、要素、ひいては設計の理念までもが、他の一切を思慮することなく、効率的な殺人のために機能する凶器は、死の重みを感じられるかと思えばそんなことはなく、やはり効率を、使い勝手を追求した結果として、驚くほどの軽さで僕の掌中に収まっている。トレーニングが中頃に差し掛かると、ダンベルの握る部分には徐々に体温が伝わっていき、他人行儀だった重たい鉄が心を開いてくれるように思えたのだが、ここに来るまでの間、ずっと胸元で温められていたはずの拳銃は、今でもなお恐ろしいまでに冷え切っていた。

素人の僕が三階の窓を狙うためには、通りの反対側からではなく、窓の真下で構える方が確実だと考え、ビルの入り口から大股で十歩ほど離れたところに立った。右手でしっかりと銃把を握り、その上から包み込むように左手を添え、頭上の窓へ向けて腕を高く上げる。手前にある照門から銃の先端の照星を覗き込み、一直線になったそれらが、四角形の窓の中央を射貫くように狙いを定めた。あの窓は松島の机の背後に位置していて、たとえ今は座っておらずとも、彼を害する意図をもって放たれた凶暴なメッセージとして受け取られるはずだ。

目一杯息を吸い込み、呼吸を止める。スクワットでしゃがみ込んでいく時のように足腰に力を入れる。人差し指を引き金に掛け、そして、撃った。まず、目の前で鳴った轟音が強烈な耳鳴りを引き起こした。がくんと両腕が揺さぶられ、こんなに小さい物体が僕を振り回せるのかと、啞然とせずにはいられなかった。目の端に尻餅を付いた重森が映り込み、その表情を確かめる前に、彼が指で上を差し示しているのが分かった。上過ぎたのだ。頭の中にキーンという音が響いていたものの、窓が割れる音まで掻き消してしまったとは思えなかった。発射に合わせて動いた遊底は、右手の親指と人差し指の間の肉に食い込み、鋭い痛みを生じさせていた。その痛みが、かえって僕を現実に押し留めてくれていて、先ほどよりも少し下を狙い、もう一度引き金を引いた。その凄まじさを、今度はあらかじめ覚悟していたからか、僕の耳は銃声を、それが銃によるものだと分かる音を聞き取り、着弾したそれは、何かが破裂する甲高い音を連れてきた。窓ガラスの右側、人間で言えば心臓のあたりに小さな穴が空いていて、夜闇のなかで、どうしてそんなにはっきりと見えたのか、僕の期待が都合のいい幻を見せてくれたのではなく、室内の電気が点いたのだと遅れて分かった。

「ボヤッとするな！」

僕の手からブローニングを奪い、重森が駆け出す。松島組の連中は銃撃犯を見付けるために、窓を開けて身を乗り出すかも知れない。大急ぎで事前に目を付けていた右隣のビルに入り、父親の風変わりな信条のせいで背が高く生まれたことを悔やみながら、エントランスのなかに置かれているゴミ箱の背後に隠れた。耳を澄ませずとも怒声が聞こえてきた。お互いのビルの壁に阻まれて、階段を駆け降りる音までは届かなかったが、外に飛び出した彼らが車のドアを開けてエンジンを掛けたのは、ここからでもよく分かった。向こうは周囲に目を光らせているはずなので、少なくとも、走り去った車が井ノ頭通りから出ていくまでは隠れ続ける必要があった。銃声が聞こえたので怖くなって避難したという言い訳は、僕が背負っている竹刀袋を正当化してはくれないので、松島組だけではなく、このビルの住人にも見付かりたくなかった。

頃合いだと判断して表に出た僕は、窓に目を遣って人気がないのを確かめ、銃弾を撃ち込んだばかりのビルに忍び込んだ。階段を上って三階に着くと、期待していた通り、武陽興業株式会社の入り口は開け放たれていた。電気も点いたままで、やはり犯人を捜そうとしたのか、窓も全開になっている。ここを二度訪れていて、どちらの時も見落としていたが、どうやら右側にも部屋があったらしく、そこが宿直室なのだろう。もぬけの殻とはいえ長居は無用で、すり替えのために用意した竹刀袋を肩から下ろし、僕は書棚の引き戸を開けた。押し込まれている紙袋からは、封の開いていない煙草の山が覗いていて、そこにあるはずの黒い筒状のケースは見当たらなかった。

宿直係の彼らがどこまで行ったのかは見当も付かないが、銃声が二発も響いたとなれば、誰かしらが通報していてもおかしくはなく、駅の周辺を警邏している巡査か、あるいはワシントンハイツからMPが来るかも知れない。そうだとしても、危険を冒して侵入したのだから、サイレンが聞こえてくるまでは徹底的に家捜しすべきだと思う一方で、ここに刀はないという直感が、持ちたくもなかった忌々しい確信が生まれていた。計画が露見しているはずがなく、藤永はまったく別の理由で、刀をどこかに持って行ってしまったのだ。ここにお前の大切な刀があると、まざまざと見せ付けられたのを僕は計画の要にしたのだが、あの男は何も知らぬまま、いとも容易く僕を出し抜いてしまったのだ。終わってみれば、僕は無人の部屋の書棚を開け閉めするためだけに銃弾を撃ち込んだのだ。愚連隊の事務所で、窓から入ってくる、人気のない通りを吹いてきた誰の肌にも触れていない新鮮な夜風を感じるためだけに。

10

朝早くに使用人が僕の部屋に来て、一睡もしていない昨日のままの頭を様々な可能性が駆け巡った。彼は伝令に過ぎず、その向こうで、誰が僕を呼んでいるのかを。一階の窓から屋敷に入った僕は、泥棒さながらの忍足で自室に戻っていた。脱いだ背広はまだ部屋にあって、機を見て洗濯室に放り込む予定だった。朝帰りに気付いていたとして、使用人が僕を咎めることはないし、仮に父に密告していたとしても、こんなに早く呼ばれるとは思えない。やって来ているのが警察なら、もっと騒ぎになっているはずだが、先祖代々が連綿と築き上げてきた烏丸家の威信に敬意を払い、静かな訪問というものを心掛けてくれたのだとも考えられた。屈強なＭＰの姿を思い浮かべなかったのは、最悪の事態を想像する時、僕たちは常に、耐えられるぎりぎりまでしか考えようとしないからだ。相手が誰であろうと、引き摺られていくよりは、自分の足で歩く方が恐怖は紛れるので、僕はドアを開けねばならなかった。

「どうしましたか？」

「坊ちゃん！　具合でも悪いのですか？」

顔どころか、全身が土気色をしているはずで、僕たち家族の変化を、それがどんなに些細なものであれ、見て取ることを生業にしている使用人は、当然のように心配してくれた。僕は少し迷ったのちに、「大変な課題が出て、夜通し取り組んでいたんです」と答えた。

「無理をなさってはいけませんよ。それで、お客様がお見えになっています」

「何方です？」

「ご友人だそうです。先ほどお電話があって、すぐ近くまで来ているから治道君を起こしてくれ、と」

重森だ。彼もまた、無事に逃げ果せたのだ。途端に嬉しくなったが、祝い事の風船が、その日を過ぎれば萎んでいくように、その気持ちは生じた瞬間が最も大きかった。合わせる顔がないどころか、僕のために命懸けで行動してくれた彼に、あまりにもお粗末な結末を話し、落胆と失望、そして怒りを覚えさせることになるのだ。

「すぐ着替えるので、客間に通しておいてください」

「それが、東屋に向かうとおっしゃっていました。以前いらしたことがある方ですか？」

重森が屋敷を訪れたことはなかった。東屋の話をしたかどうかも定かではないが、「いつか錦鯉を見に行きたい」と言われた記憶はある。井伏鱒二《いぶせますじ》の小説について語り合った際に、会津では鯉の養殖が盛んに行われていたと教えられ、その時に庭の池の話をしたのだ。一旦ドアを閉めようとした矢先、使用人の彼女が急に声を潜めて、「朝食の前に風呂に入った方がいい」と告げてきた。

「なぜです？」

「その、お煙草の匂いがしますから」

なるほど、彼女は火薬の匂いを煙草のそれと取り違えたのだろう。学生服に着替えたが、角帽は壁に吊るしたまま、一階に降りて正門を出た。日差しの強い、けれども気温はそう高くない、この時期らしい過ごしやすい朝だった。チューダー様式の外観を採用しながらも、二階と三階に広い和室を持つ、和洋折衷の洋館が本邸を名乗ってはいるものの、執拗なまでに舗装された道を東側に進んでいくと、あれは元々は華族の屋敷だったのだと示す生き証人さながらに、格調高い池泉回遊式の日本庭園が姿を現す。祖父が生きていた頃は、舟の上での歌会が定期的に開催されていたが、今となっては、庭師が最低限の手入れを施すのと、家族が持ち回りで錦鯉の世話をするくらいで、その蒼然とした景色を日常の彩りとして楽しむ者はいなかった。

陽の光が木々に当たって散らばり、黄みがかった緑の輝きが、砂利道を歩く僕の視界に、糠雨のようにきらきらと降りかかる。東屋までの途上には、祖父が僕を鍛えたあの茶室があり、顔を伏せなければ、その前を通り過ぎることはできなかった。

池のなかへと迫り出すように飛び石の上に建てられている東屋は、初めて訪れた客人が口を揃えて言うように、まさしく水に浮かんで見えた。屋根が日差しを遮り、足元には涼しさが流れ、そこに人がいるとは露も知らず、錦鯉の隊列が呑気に近くを泳いでいく。誰の目にも風光明媚な場所で、庭や草木に関心のない母でさえ、夏の暑さが耐え難いものになると、ラジオや雑誌を片手に涼みに来たりしていたし、僕が幼かった頃は、ここでよく姉たちと遊んだものだった。飛び石の近くは透き通っているが、そこから、さらに奥へと視線を向けていくのにつれて、池の水面は、周囲に生い茂る木々の緑の、そこから抽出された最も美しい色味を映し出すようになる。揺れる水面が光を受けると、その微細な動きは、ガラスに刻まれた模様のようにゆらゆらと浮かんだ。水面に投影された緑の濃淡と、池底から浮かび上がるような鉄っぽい青色が混じり合い、そこに、築山と枝垂れ柳がもたらすぎざぎざとした影が加わることによって、池を横断するような一本の線が形成されていた。僕の目にはそれが、匂口の深い、華やかな片落ち互《ぐ》の目のように見えた。自然的な偶然が生み出した雄大な刃文は、屋根の内側にも反射していて、茅葺きの空を小さな星で満たしていた。腰掛けていた藤永は、火の点いていない煙草を指に挟んだまま、池に見惚れていた。サテン地のスーツは柔らかい光を浴びて、一層滑らかさを増していた。

「確か、出歩かずとも他所の景色を楽しめるように、こういう庭を作ったんだろう？　……なるほど。こんなに見応えのある庭が家にあるんじゃ、坊ちゃんが籠もりきりになるのも頷ける」

藤永はいつも一定の声色を使い、僕に話し掛ける時と、部下に何か命じる時のそれに区別がなかった。どこへ行こうと、誰と話そうと、彼がどう振る舞うかは変わらず、我を通す力が極めて強いのか、その場に溶け込むのに長けているのか、もっとも、そのふたつに僕が思っているほどの差はないのかも知れない。彼が来た理由は分かっていた。本丸を攻められたとなれば、仕返しに行く先は、相手の本丸以外にはあり得ない。

「どうして僕だと分かったんですか?」

「さあ、どうしてだろうな。俺にも分からんよ。こっちからも訊くが、どうして温室育ちの坊ちゃんに、あんな大それたことができた?」

「分かりません」

「だろうな。世の中、案外そんなもんなんだよ」

藤永はライターを取り出し、ポケットに手を入れるためにジャケットの前が少し捲れ、ぶら下げられている黒い牛革のホルスターが覗いた。

「……松島のところに連れて行くんですね」

「渋谷に移ろうって言い出したのはあいつなんだよ。俺とあいつと、あと数人、まだ会社を作る前は新宿や銀座にいてな。そっちが窮屈になったのと、アメリカの物資を横流しするのに、ワシントンハイツが近い渋谷がうってつけだったんだ。奴らが怖くて日本の警察の立場も弱いから、あれこれやり易いのもあった」

藤永は「座れよ」と促すように、腰掛けを指先で叩いた。距離を空けて、僕はゆっくりと腰を下ろした。

「気に入ったよ。渋谷の街は生命力に溢れてる。有象無象が得体の知れない商売で必死に成り上がろうとしてる。どいつもこいつも、負けてねえって顔してるんだ。日本は負けたが、俺はそうじゃねえ、ってな。空襲で焼かれたおかげで、強い雑草が生えたんだ。だから、案外こういう景色を見せられた方が、戦争に負けたんだってことを思い出しちまうのかも知れないな」

軍の施設がなかったおかげか、目白台の周辺は空襲の被害に遭わなかった。こと生活に関しては、僕たち家族が戦争の傷跡に悩まされているとは言い難かった。

「気付いてるのは俺と松島だけだ。もっとも松島は、違うんじゃないかと思ってるだけで、お前さんのことは何も知らない」

「違うって、何が……」

「今朝の三時頃、天野たちが廣山組の若いのを攫《さら》ってきたんだ。前にうちのと揉めたことがある奴だ。夜通し痛めつけたんだが、知らぬ存ぜぬを突き通してる。拳銃の在り処なんぞ知らないって抜かすんだ」

顔を上げると、こちらに流れてくる紫煙が目に染みた。一体、何の話をしているのだ？　拳銃を手に、彼らの事務所へ銃弾を撃ち込んだのは僕だ。

「廣山組とは賭場云々で前から揉めててな。奴らにしてみれば、新参者の方が稼いでるのが面白くないんだろうよ。松島が世話になっている人が廣山組の総長と懇意にしてるから、表面上は穏便に付き合ってる。うちの若いのが殴られても、ぐっと堪えてやった。……松島も俺も、目の上のたんこぶと思ってた。いっそ殴り込んでくれれば、大義名分ができて、連中を抹殺してやれるのにと、ずっと思ってたよ」

足元から水音が立ち昇り、姿は見えないものの、錦鯉が跳ねたのが分かった。広がっていった波紋が陽光を浴び、白い輪となってここからでも見えるようになった頃、僕は藤永が何を目論んでいるのかを合点した。敵対しているヤクザが銃弾を撃ち込んできたということにしてしまい、その復讐として動けば、彼らの世界における道理が一応は通る。案の定、藤永は「銃はどこに捨てた？」と訊ねてきた。

「巌《いわお》橋の下に投げました。紙袋に包んで」

「神宮前《じんぐうまえ》だな。昨日の今日じゃ、流れてないだろう。雨じゃなくてよかった。……昨日の今日といえば、お前さんの父上から俺に、近々お怒りの電話が来るだろう」

「父が？　なぜです？」

「これから、ちょっとした抗争が始まる。勝つのは俺たちだし、名前を売ることにもなるが、そうなると、お前さんの父上は迷惑することになる。結果的に、俺たちを動かせなくなったってわけだ。今後もご贔屓にしてもらいたかったんだが、仕方がない。大会社の社長さんだから、金を返せなんてケチなことは言わないだろうがね」

藤永が口にしていることを微塵も理解できずにいたなかで、彼は出し抜けに身を屈め、足元に置いていたらしい何かを取り上げることで、僕の困惑に、さらに混乱を上塗りしてみせた。

「窓の修理費と九官鳥の代金は廣山組から回収することにするよ」

そう言って、藤永は黒い筒状のケースを僕に寄越した。漁師のような分厚い手は、呆気なくそれを放した。

「九官鳥？」

「弾が当たって、鳥籠が倒れたんだ。その拍子に留め具が外れたんだろう。窓を開けた時に飛んでいっちまった。外に出ているのに気付かなかったし、それどころじゃなかったしな。今頃は、渋谷の空で鴉の仲間にでもなってるんじゃないか」

煙草を飛び石に放り捨て、藤永が立ち上がる。

「渋谷には当分近付くな。誰が見てたか、分かったもんじゃないからな。お前さんの友人にもちゃんと伝えておけよ。馬鹿は大勢いるし、金のために馬鹿になる奴はもっといるが、友情のために馬鹿ができる男はそうそういない」

「返さない手もあったでしょう。少なくとも、父は返せとは言わないはずです」

歩き始めた藤永の背中に、僕は思い切って言った。この男も、僕と同じで一睡もしていないはずだ。昨日のまま今日を迎えていて、昨日から持ち越した問題を解決するまでは、眠りに落ちることはあっても、新しい一日は訪れない。明日どころか、今日さえも。

「……僕がやったことが利益になったから、それが僕との取引になったってことですか？」

やってもいない罪で、その廣山組の若者は殺されるかも知れない。ひとりだけでは済まされず、さらに多くの血が流れ、虐殺の先で、松島組は渋谷の全権を握ることになる。僕はまんまと、その計略に利用されたことになる。

「信じた道を走った。……走って、走って、それで、いきなり道が消えた」

藤永は足を止めていた。

杉のように引き締まった背中だった。

「道どころの騒ぎじゃない、手元にだって、何も残らなかった。ただ、それでも俺たちは生きてた。生き残れなかった奴らよりはましだと思って、また走り出した。日本人の本能がそうさせたのか、それとも、いつの間にやらガソリンを入れられただけなのか、俺には分からん。お前さんにだって分からないし、総理や天皇にだって分からん。その刀に訊けば、答えてくれるかと思ったんだがな」

静かに呟き、藤永はふたたび歩き出した。もう二度と引き留めることの許されない歩みだった。もし街で出会すことがあるとしても、そのすれ違いに何も起きることはない。刀を取り返すまでの間だけの縁だったのだから、僕と彼とを結び付けるものは、もはや、どこにも存在していなかった。しばらくすれば、この件を重森との語り草に、一種の武勇伝にできるかも知れないし、そうでなくとも、教訓として覚えておく必要があったが、藤永という個人のことは風化していくはずだし、風化してしまうということは、いずれは忘れ去りもするだろう。そういう形の、結実しない人間関係というものを初めて持った僕は、今はまだ熱く煮え滾っている藤永への憎しみが、いずれは、その時期に憎しみを抱いていたという事実さえも思い出さなくなるのだと、そう考えるだけで奇妙な寂しさに襲われた。利益だけを追い求め、誠実さに背を向けた商売に邁進する藤永を侮蔑したはずの僕は、それが金銭でないにせよ、違う何かを追い求める限りは、その基準によって、他者とも隔てられていくのだろうか。それが、消えてしまった道を歩くということなのだろうか。
円形の蓋を外すと、ケースの中には房紐で結ばれた拵え袋と白鞘が収められていた。取り出した白鞘を下に向け、柄を摑み、ゆっくりと引き抜いていく。鋼の先を見るのは、ほんの一寸ほどでよかった。僕の手は、粟田口久国を握っていた。それは祖父の刀であり、烏丸家の守り神であった。

夏季休暇が始まり、大学が休みになる二日ほど前のことだった。新聞は読むが、毎日ではなく気が向いた時に読むという具合だったので、その記事を読んだのは偶然だった。偶然でないのだとしたら、毎朝新聞の一面を飾っていた記事の、びっしりと印字された文字のなかに、無意識のうちに烏丸建設の名前を見付け、吸い寄せられたのかも知れなかった。そこには、生活給の格差撤廃を含む賃金交渉を求めた労働争議は数時間に及び、組合はついに、烏丸建設の経営陣から有利な条件での合意を引き出したと書かれていた。労働争議の妨害やスト破りにヤクザや愚連隊が動員されるのは周知の事実であったから、おそらく父は、この日のために藤永たちと取引を結んでいたのだろう。空回りだった僕の愚行は、無闇矢鱈に何周も走り回った先で、父の悪辣な計画を打ち砕いていたのであった。

第二部　一九六三年

1

派手に遅刻をやらかした僕を、「現実というものが厭になってくると、起きるのも遅くなっていくものですから、毎日の学業が面白くて仕方がない君たち学生は、寝坊なんかするべきではありませんよ」と言って叱責したのは、英語の講義を受け持っていた寺澤という先生だった。人生の大半を向こうで過ごしたという寺澤先生は、自分のことを黒い瞳のイギリス人だと思っている節があったが、発音はさほど上手くはなく、その癖、自らの英語に絶対の自信を持っていて、僕たちを矯正することに人生の喜びを見出しているようだった。彼のおかげで、僕はやたらに尊大で古風な言い回しと変な発音を身に付けてしまい、卒業してから英語を使う機会に恵まれた時、ちょっと喋る度にアメリカ人から揶揄われるという憂き目に遭った。あの時だって、決して寝坊したわけではなく、具体的に何だったかは覚えていないが、家の用事に駆り出され、やむを得ず遅れて行ったのだ。とはいえ、卒業してから大分経つというのに、事あるごとに寺澤先生のあの説教を思い出すのだから、彼は優れた指導者ではなかったが、味のある人物には違いなかったのだろう。

　しかしながら、現実を遠ざけたいがために寝床にしがみ付いていたものの、結局は起きねばならないと諦めた時に、またしてもその説教を思い出したというわけではなかった。階下から、内庭から聞こえてくる子供たちの声は、人間的な活動を想起させることはなく、手足の生えた衝動が叫びながら走り回っていると表現した方がしっくり来る。毎日が楽しくて仕方がない彼らは、限りある一日というものを目一杯に使うために、起きるのも早いのだろう。結構なことだが、毎朝やられては敵わない。

まだ六時にもなっていなかったが、すっかり目が覚めてしまい、寝返りを打っている間に脱げてしまっていたらしいバスローブに袖を通した。フランスへ旅行した時に、ホテルの部屋に用意されていて、はじめはタオル地の浴衣などナンセンスだと思ったのだが、いざ使ってみると、その寝心地の良さに感動してしまい、以来ずっと愛用している。外国人用のものなので僕の体格にも合っていたし、きちんと前を締めれば、この格好のまま屋敷を歩き回れるというのもいい。母は何も言わなかったが、浴衣のまま部屋の外へ出ることを許さなかった祖父が見たら、「はしたない」と一喝したことだろう。

はしたない姿で一階まで下り、書斎の脇にあるドアから内庭へと出た。椎《しい》の木に囲まれた芝生はバスケットコートほどの広さで、姉たちが家を出てからは、ここで茶会が開かれることもなくなり、一階の広い客間と同様に、手入れをする使用人たちを無意味に疲労させるだけの場所になっていた。軒下はタイル敷きで、僕はそこにベンチプレス台を置いていて、晴れた日には芝生を眺めながらトレーニングに勤しんでいた。そういう経緯で、長いこと半ば僕の庭になっていたのが、今は亀の甲羅を模した砂場だの、プラスチック製の滑り台だのが置かれている。それらの遊具にはもう飽きたのか、ボールを投げ合って遊んでいる子供たちは、僕が現れたのに気付いてはいるようだったが、挨拶しないどころか少しの興味も示さなかった。挨拶とは敬意が生じさせるもので、つまるところ、僕は彼らから敬意を持たれていないわけなのだが、その状態で説教をして、どの程度の効果が見込めるのかというと、腹の内では舌を出しながら気のない挨拶をされるのが関の山で、いよいよ根本から正さなければならないと思っていたところ、窓の向こう側に人影が見えた。なかに戻って廊下を進み、喫煙室まで辿り着くと、下の姉、陽子《ようこ》がソファに寝転んで煙草を吹かしていた。子供たちがそうだったように、僕には目もくれない。

「何とかならない?」

脅かされでもしたように顔を上げた陽子は、声を掛けたのが僕だと分かるなり、それまでは何もなかった蒼白に、ささやかな笑みを張り出してみせた。どうやら、無視を決め込んでいたわけではなく、考え事に耽っていたせいで本当に気付いていなかったらしい。

「何とかって?」

「あの子たちだよ。元気なのはいいことだが、騒がし過ぎやしないかと思ってね。上の子は来年から小学校だろう? それにしては、落ち着きがないというか……」

「まだ六歳よ。それに、ここで騒いで一体誰が迷惑するって言うの?」

「もう六歳とも言えるね。迷惑に関しては、あえて言わないつもりだったんだけど」

出来る限り穏便に話を進めたかったのだが、幾ら言い方を取り繕ってみたところで、実際にどう感じているかを看破されては元も子もない。僕は親切のつもりで、同時に、兄弟としての敬意を持って接しようとしていたが、陽子は溜め息の代わりに煙を吐き出し、「嫌なら出て行けばいいじゃないの」と呟いた。

「そういうわけにはいかないさ。僕はこの屋敷で……」

「じいじいの美術品を管理しないといけない、でしょ。ご立派だこと。わたしだってね、戻ってきたくなんかなかったのよ」

大きな物音が聞こえてきて、話し始めてから数分も経たないうちに口論に突入し掛けていた僕と陽子は、驚くという単純な反応を共有することによって、どうにか骨肉の争いを回避した。陽子の背後、すなわち窓の向こう側で、ちょうど槍玉に挙げられたばかりの弘《ひろし》が両腕にボールを抱えてにんまりと笑っていた。彼がふたたび窓にボールを当てようと投球の構えを見せた瞬間、陽子は煙草を灰皿に置き、慌てて駆けていった。僕はテーブルに近付き、吸い殻を何度か擦り付けて火を揉み消した。

三ヶ月ほど前、陽子は何の連絡も寄越さず突然に屋敷へ帰ってきた。赤ん坊の頃に一度だけ見た弘は六歳になっていて、その隣には、初めてお目に掛かる幼子がいた。僕と母に「今日からここに住む」と宣言した陽子は、早くも屋敷の使用人たちを駆り出し、プラスチック製の滑り台を含む大荷物を運び込ませた。客間と食堂、書斎には不自由しないが、ドアの付いた個室となると二階にしかなく、「何があったのか聞き出してみるから、少しの間、空けてあげてくれないか」という母の要望で、僕は二階の部屋を引き払い、三階にある祖父の私室へと引っ越すことになった。いずれはそうしたかったし、古株の使用人からも引き継ぎを勧められてはいたものの、若輩者のうちは畏れ多いと固辞していたので、思いもよらぬ形で念願叶ってしまった。母の熱心な聞き取りによって、単なる家出ではなく、陽子は離婚したらしいということだけは分かったのだが、その理由や、これからどうするつもりなのかなどは頑なに語ろうとしなかった。僕は九年ぶりに陽子と一緒に暮らすことになったのだが、上の姉、温子《あつこ》のことは好いていたものの、男勝りというか、気性の荒い陽子のことは苦手であり、向こうも向こうで、どうやら僕を快く思っていないというのが言動のひとつひとつから明らかになった。面と向かって「お前がとっくに家を出ているとばかり思って戻ってきたのに」と言われたし、一体何を吹き込まれたのか、彼女のふたりの子供も僕とは口を利こうともしなかった。

というわけで、愛しい我が家が安住の地ではなくなったとなれば、当然家の外に意識が向き、つまりは仕事に精が出るということになるが、貴重な睡眠時間を削られては、それも立ち行かなくなってしまう。陽子があの様子なので母から注意してもらう他なかったが、娘の離婚に自分まで思い詰め、夜中まで起きていることが増えた母は、毎朝の騒動を物ともせずに眠っている。話をしようにも、一緒に買い物や映画に行くなど、陽子はわざとらしく母の時間を独占していて、母は母で、孫の相手が楽しいのか、すっかり絆《ほだ》されている。

使用人室に寄り、朝食は部屋に運んで欲しいと伝えた。もう一眠りしたら、いよいよ、寺澤先生の説教通りの現実が厭な人間になってしまいかねないので、三階に戻ってすぐ背広に着替えた。姉たちが来てからは、叩き起こされることで生じたこの時間を読書に充てていた。これから出勤する男が読むべきものではなかったなと苦笑しながら、大江健三郎《おおえけんざぶろう》の『性的人間』を読み終える頃に朝食が運ばれてきた。厚めに切られたトーストに、胡椒を効かせたスクランブルエッグ、塩漬けで熟成された豚のロースハム、あとはサラダと果物というのが僕のお気に入りの献立で、それらを平らげたあとに熱々のコーヒーを飲み干せば、さて仕事に邁進しようかと思える程度には心が安らいだ。

僕がこれから向かう会社、すなわち烏丸建設の本社は神田にある。様々な行き方を試してみたが、屋敷から目白駅まで歩いて、山手線に乗るのが一番楽だった。駅までは二十分ほど掛かるので、特別に急いでいる時は車で送ってもらうこともあったが、普段は腹ごなしも兼ねて歩くようにしていた。神田駅に着いてからは、皇居の方へと五分ほど進めば、神田警察通りに大きな影を落とす立派な社屋が嫌でも見えてくる。色気のない巨大な箱は、自らをオフィスビルと称していて、そこで働くことによって箱を箱たらしめる共犯者のひとりになると思うと、暗澹たる気持ちにさせられたが、丸《まる》の内《うち》のオフィス街を通らなくていいだけまだましなのだと考えるようにしていた。仲《なか》通りは道幅が拡張されて車通りが倍増し、気取った顔をすることが新時代の礼儀だと考えているようなサラリーマンたちが練り歩く歩道の頭上には、空を流れゆく綿雲を眺めることも、あるいは、遠くの山々に思いを馳せることも許さない、立ち並ぶビルの城壁が築かれ、景色の消え失せた街というものが誕生した。赤煉瓦造りで統一され、造り手の意に反して淫靡な雰囲気を放っていた一丁倫敦《いっちょうロンドン》と呼ばれていた頃の方が、よほど愛着が持てた。

烏丸建設の本社は九階建てで、僕の働いている広報課は七階に位置していた。社内全体を見通す必要がある部署だからという理由で総務課と同じく上階を宛てがわれていて、エレベーターを使うことは元より、こんなにも地面から離れた場所で一日を過ごすことにも、いつまで経っても慣れそうになかった。広報課の部屋には十人ほどがいて、僕が挨拶をすると、ぽつぽつと声が返ってきた。人数が少ないのは、広報課が創設されて間もない部署であったからだ。去年まで、社内報の制作は総務課の仕事だった。対外的にも、ちょっとした冊子のようなものを作っていて、写真家を雇って工事の様子や竣工した建物の写真を撮らせ、設計を担当した建築士が書いた概要と併せて掲載していたのだが、一般的な雑誌とはあきらかに性質が異なり、得意先や、発注を検討している顧客たちに配布するための見本という意味合いが強かった。総合工事業者である烏丸建設の顧客と言えば、国か都か、そうでなければ名だたる大企業ばかりで、何か報せるべき事柄があれば彼らにだけ報せていればよかったのだが、オリンピック開催に端を発した好景気のあとに、その揺り戻しが来るであろうことを予期していた父は、これから成長していく中小企業はもちろんのこと、現状では顧客と見做されていない市井の人々、住宅の購入を夢見ている勤め人たちや、働き口を探している若者たちに烏丸建設の存在を周知させていく必要があると考えていた。父はその旺盛な開拓精神を土地だけではなく人間そのものにまで拡大し、彼らの頭の中にもビルを建てようとしていたのだ。そういった経緯で、総務課からは社内報の業務が切り離され、新たに広報課が創設された。課長には都の総務局に勤めていた男性が引き抜かれていて、僕は今年の四月からここで働いている。

　学芸員の資格を取って卒業した僕は、最後まで淡い期待を抱き続けたものの、東京国立博物館に勤務することは叶わなかった。指導してくれた先生から「これで駄目だからずっと駄目というわけではなく、チャンスはまた巡ってくるが、経験を積まないことには登用される見込みは薄いだろう」という助言を頂き、都内にある他の博物館に就職口を求めることを決意した。次に希望していたのは青山にある根津《ねづ》美術館で、祖父とも交流があった根津嘉一郎《かいちろう》氏の蒐集物、仏画や紙本墨画などの絵画をはじめとして、日本刀や刀装具を含む数々の美術品を展示するために建てられた私立の美術館であり、祖父の博物館を作るという計画を達成するための手本になると思ったのだが、やはり、こちらも狭き門であった。

　そこに至るまでの紆余曲折は、たいして語るべきこともなく、喚き散らしたり、枕を濡らしたりすることはなかったが、朝から晩まで気分が苛立ち、寝床に入ったら途端に悲しくなるという日々の繰り返しで、採用試験の結果に一喜一憂するのも馬鹿らしくなっていた矢先、僕は吉祥寺《きちじょうじ》にある井の頭自然文化園で働けることになった。自然文化園という名前からして、自然文化について行われた研究を集積した資料館なのだと思っていて、その分野に明るくはなかったものの、こと東京の自然となれば人並み以上に詳しいという自負があったので、多少なり役に立てるだろうと息巻いていた。ところが、その場所の正体は動物園で、学芸員として採用された僕は、飼育員がやるような仕事ではなく、各々の動物の展示方法や飼育法について一から勉強することになった。井の頭自然文化園には、上野の動物園からやって来たゾウのはな子だの、国内では珍しいダチョウだのがいて、興味があると言えば、ちょっとした世話もさせてもらえた。緑に囲まれた長閑な職場は、近代的な喧騒を好まない僕にとって申し分のない環境ではあったが、異国から来た動物たちの繁殖について詳しくなっていくことは、祖父との約束の成就から着実に遠のいていくことを意味していた。僕はそこで二年働き、ふたたび募集に応募したが、残念ながら希望していた国立博物館には移れなかったので、「引き続き働いてくれないか」という申し出を承諾し、もう二年だけ動物たちと関わり合いを持つことにした。

必ずしも資質や能力の欠如によって選ばれないのではないと分かってはいても、こう何年も箸にも棒にも掛からないとなると、一方的な、伝える術のない好意が、段々と嫉妬や憎しみのようなどす黒いものへ変貌してしまう。四年働いた職場を去り、屋敷に籠もって塞ぎ込んでいた時、刀剣保存協会が間借りに終止符を打ち、自前の施設、すなわち、博物館を作るという話を耳にした。認定書の一件で彼らに申し訳ないことをしたという罪悪感があり、石塚さんたちとは疎遠にしていたので、そのことを教えてくれたのは学生の頃に実習で訪れた博物館の方だった。具体的な時期は決まっていないようだったが、こうして話が出たということは、五年十年先ではないだろうと考えた僕は、自宅で勉強に勤しみながら、開館の日を首を長くして待つことに決めた。好意がそうであるように、決意もまた、自分の外に及ぼすことのできる影響は皆無に等しく、これと言った進展もないまま一年ほどが過ぎた頃、父から「折り入って話がある」と言われ、赤坂の「千代新」という料亭に呼び出された。

父は一番太刀の烏丸の異名通り、僕が腰を下ろすなり、「烏丸建設に就職しないか」と打診してきた。そこで初めて、広報課を創設するという目論見を聞かされた。これまでとは違い、外に向けて発信していくためには、土木畑で育っていない人間の視点が必要不可欠で、文学部を出ている僕なら文章もすらすら書けるだろう、ということだった。僕の第一声は「ノー」で、当然ながら「他にやりたいことでもあるのか」と訊ねられ、僕はいよいよ腹を括るために、祖父の私設の博物館を作りたいと打ち明けた。一笑に付されるのを覚悟していたのだが、父はあくまでも真剣な表情で、「それがお前の最終目的なら、博物館勤務はむしろ遠回りだ」と断言した。

「会社を作りたいから、どんなものか体験するために、まずは会社員になってみるという考え方は、筋が通っているように見えるだろう。しかし、見えるだけだ。これがミソなんだよ。兵卒というのは、土嚢を積むだの、銃の手入れだの、目の前の仕事をひたすらにこなすのが役割だ。命じられた作戦の全容など知らなくていい。そうやって地道に働いても、悲しいかな士官にはなれない。どうしてかと言うと、士官は士官学校から来るからだ。無論、将軍にもなれっこない。それと同じで、会社員の身分では、会社が何をしていて、社長が何を考えているのか、何十年も掛けないと分からん。あるいは、最後まで分からんままかも知れん。……つまりだな、会社を作りたいのなら、会社を作ればいいんだ。右も左も分からなくても、社長になってしまえば、案外、他所の社長が目を掛けてくれる。艱難辛苦の先輩として、腹を割ってくれるもんだ。俺は詳しいことは知らんが、博物館だって、きっとそうだろう。作りたきゃ、まず作ればいい。作れるだけの金があれば、その匂いを嗅ぎ付けた連中が、向こうの方から関わりたいと言ってくる。そいつらの良し悪しを見極めなくてはならないんだが、それに関しちゃ、俺も教えてやれる。はっきり言ってやるが、お前に必要なのは博物館を作る金だ。お前にはそれがないし、学芸員なんかの給料じゃ、まとまった金が貯まる頃には、お前が親父の年齢になっているだろう。だが、もし、烏丸建設が後ろ盾になったらどうだ？　どこかに会社の記念館でも建てて、その別館として、創業者の身内の博物館を作るというのは、そう大それた話じゃないと思うんだがな」

好色で知られる父が、顔立ちの整った女将と、彼女が注いでくれた酒に目もくれずに演説するのを、僕は呆気に取られて聞いていた。この男は、僕の長きにわたる夢想を実現可能にする方法を一瞬にして、しかも、僕が烏丸建設で働くという方向に持っていくような形で考えてみせたのだ。およそ美術というものを毛嫌いしていた父が、蒐集家であった祖父の思いを受け継ぎたいという僕の熱意に理解を示すはずはなかったが、おそらく父は、その具体的な内容ではなく、僕が実際に何かを作ろうとしているという点を評価したのだろう。自らの目的ありきとはいえ、胸の内では蔑んでいるものを足蹴にしなかった父の公正さには、あらためて一目置かざるを得なかった。

大学に入る時点で、将来に何があろうと父の会社でだけは絶対に働くまいと思っていたし、父を心の底から憎んでいると豪語していた兄が、ちゃっかりとそこに収まっているのを軽蔑していた。しかし、若者としての貴重な五年間を浪費していた僕は、清らかな手段というものもまた一種の夢想であり、その滑稽な夢想が、果たすべき計画を永遠に夢想のなかに押し留めているのだということを理解していた。それに、便宜を図ってもらいたいとは言わないまでも、あれだけ学芸員になるよう背中を押してくれていた文化財保護委員会の人たちが、実際には何の手も差し伸べてくれなかったことに、その冷淡さに失望していた。偉大な祖父とは打って変わり、できの悪い孫だと見下していた若造が、根津美術館に負けないくらい立派な博物館を作ったら、彼らはどんな顔をするだろう。鬱屈とした日々が育てたルサンチマンが推進剤となり、僕は父の提案に乗って、烏丸建設の広報課へ就職することになったのだった。

とはいえ、ずぶの素人が紛れ込んでは不味かろうということで、半年ほどは、土木本部の本部長である滝川さんという方に連れられて、都内の工事現場を見学して回った。僕は保護帽を被り、この青二才は何をしに来たのだという作業員たちの視線をひしひしと感じながらも、杭工事や基礎工事の説明を頭に叩き込んでいった。建築用語の辞典や設計図書の読み方、建築学科の学生が読むような本も取り寄せ、屋敷に帰ってからも建築の勉強に勤しんだ。数学が不得手な僕には構造力学などはさっぱりで、同じく表現として文学に通ずるものがあるル・コルビユジェの著作を読み耽ったが、彼の思想がこの国にも伝播した結果として、色気のない箱ばかり作られるようになったのかと思うと、同業者が抱くような敬意を、僕が彼に持つことはなかった。

広報部は総務課から移ってきた人が大半であり、彼らは引き続き社内報を作っているので、僕は課長の下について、父が言うところの「新しい広報」を考えることになった。聞こえはいいが、縁故採用に相応しい閑職と捉えることもでき、建築学科を出て建築士の資格を持っている兄とは違い、栗鼠《りす》の繁殖に専門性を持っていた僕は、「社屋で溝鼠《どぶねずみ》でも育てられたら困る」と陰口を叩かれていた。

課長となら外様同士で仲良くやれるかと思いきや、こちらもなかなかの曲者だった。多部さんという四十半ばの男なのだが、これがかなりの美男子で、都庁では大層優秀だったという前評判もあったため、きつく当たられるのではないかと危惧していた僕は、思いもよらぬ形で裏切られることになった。どんなことでも如才なくこなせそうな洗練された風貌の持ち主にもかかわらず、多部さんは平気で居眠りしていて、何を話し掛けられても「うん」としか言わない。仕事はしない癖に帰るのは誰よりも早く、飲み歩いている姿を他の社員に目撃されているものだから、外見が抱かせる好印象や前評判は、ものの数日で覆ってしまった。そんな男と顔を突き合わせ、烏丸建設を世間に知らしめる施策を考えるのが僕のビジネスだった。多部さんの席は僕の斜向《はすむ》かいで、彼は一日中、腕を組んで居眠りしている時でさえハッカの飴を口に入れているので、僕の背広にまでハッカのつんとした匂いがこびり付いた。総務課から来た社員が気を遣って社内報の仕事を回してくれていて、僕は校正の真似事をすることで、どうにか存在理由を保とうとしていたのだが、大学で学んだのは文学であって、高等教育を受けていない社員でも読めるような機能性を優先した平易な文章には、どうにも愛着が持てなかった。十月からは、ずっとこんな日々が続いているのだから、起きるのが遅くなって当然であろう。

例によって今日も、言い回しに些細な変化を付ける作業に腐心していたのだが、退勤間際に一本の電話が掛かってきた。取り次いでくれた社員が「早稲田の方だそうで」と言ったので、一体誰だろうかと思いながら受話器を取ったところ、電話の相手は関根と名乗り、競走部の監督を務めていると自己紹介した。ついさっき屋敷に掛け、使用人からここの番号を教えられたのだという。

「それで、どういったご用件でしょうか」

〈ご相談させていただきたいことがあるのですが、明日、お会いできませんでしょうか？〉

ボディビル・クラブの部員たちとは今でもたまに連絡を取っているし、卒業生としてクラブに寄付金も払っていたが、競走部には知人がおらず、自覚している縁はなかった。

「何時頃でしょう？」

〈昼の二時頃はいかがですか？〉

「その時間だとまだ会社におりまして、退勤するのが五時頃なので、そのくらいだと不都合ですか？　目白まで来てくださるのであれば車でお迎えに上がりますし、他の場所が宜しければ、そちらに出向きますよ」

〈いえ、会社に伺いますので、そちらでお話しさせてください〉

「大変申し訳ないんですが、僕はこの歳で新入社員でして、私事で離席するというのはどうにも……」

〈私は烏丸建設にお勤めの烏丸さんに相談がしたいのです〉

会社員としての僕に何か頼もうだなんて、他の誰かと間違えているのでなければ、担がれているとしか思えなかった。もっとも、関根さんは屋敷に掛けたと言っていたし、身分もあきらかにしている。どちらも、あとで調べれば嘘かどうか分かる事柄だ。

「……分かりました。それでは、二時にお越しください」

そう伝えると、関根さんは恐縮し切ったように感謝の言葉を並べた。相談事があると言うだけで、肝心の内容を少しも口にしないのには何か事情があるのだろうから、あえて追及はしないでおいた。

「ひとつ伺いたいのですが、僕の家の番号は、何方からお聞きになりましたか？」

〈毎朝新聞の重森さんです〉

そうですか、と応えたような気がしたが、実際に声に出せていたかどうかは判然としなかった。予期せぬ懐かしい名前に、喜びよりも、ここでそれを聞く驚きの方が勝ったが、受話器を置いてからしばらく経って、重森がまだ僕の屋敷の電話番号を覚えてくれているのだということに気付かされた。彼とは、随分長いこと会っていなかった。

2

昨日のうちに借りておいた応接室で、二、三ヶ月分の新聞を読み返しながら、待ち合わせの時間が訪れるのを待った。関根さんの名前は陸上競技に関連したスポーツ記事のなかに簡単に見付けられて、オリンピック強化本部長の織田幹雄《おだみきお》氏の推薦を受け、コーチとして招聘されているると書かれていた。彼自身も、かつては優れた長距離選手だったらしい。

上司である多部さんにも声を掛けていたが、「終わったら教えてくれ」と言うだけで、同席する気はないようだった。あれでは早晩クビになってもおかしくはないが、こうして応接室は押さえておいてくれたので、頼まれ事をすっぽかすほどの盆暗ではなかった。

　十分ほど早くやってきた関根さんは、来るべき祭典を象徴するような深紅のネクタイを身に付けていた。手土産は赤坂にある「塩野」の羊羹で、僕はコーヒー党ではあるものの、洋菓子というものをほとんど受け付けなかったので、もし重森から事前にそれを聞き出していたのだとすれば、たいした熱の入れようだ。記事には四十三歳と書かれていた関根さんは、髭のないつるんとした顔立ちのせいか、実際の年齢よりも五歳は若く見え、所作が遅いわけではなかったが、何となくのんびりとした雰囲気の持ち主だった。柔道家やレスリング選手の強豪には、いかにも荒々しい顔付きの男が多かったが、こと陸上競技となれば、こういう外見の選手の方が忍耐強いのかも知れない。関根さんに席を勧め、僕も腰掛ける。

「急なお願いだったにもかかわらず、こうしてお時間を作っていただき、本当にありがとうございます。何と言いますか、非常に頑丈そうな建物ですね」

「医者の不養生じゃありませんが、土木の会社ですから、その本社ビルが模範にならなくてどうするということで、機能性に優れた建物になったというわけなんです。まあ、受け売りですがね。……それで、重森君から僕を紹介されたというのは？」

「経緯を話しますと、まずはじめに数人の同級生に相談をしまして、そのうちのひとりが毎朝新聞で働いているのですが、彼が『部下に重森君というのがいて、顔が広いので有名だから、力になれるんじゃないか』と言ってくれたんです。それで、重森さんに連絡を差し上げたところ、まっさきに挙げてくださったのが烏丸さんの名前だったんです」

「彼は僕のことを何か言っていましたか？」

「ご学友で、一緒にボディビルをされていたと伺いました。もっとも、こうしてお会いすれば一目瞭然ですが……」

関根さんは口に出して褒める代わりに、僕のことを好ましい視線で上から下まで眺めた。十八歳になってからトレーニングを欠かしたことはなく、大会こそ出てはいなかったが、傍から見ても鍛えていることが分かるくらいには、盛り上がった筋肉が背広に隠されることなく主張している自負があった。おまけに、二十五歳を過ぎた頃から突然に太りやすくなり、僕の体重は九十キロを前後していた。

重森が僕を「学友」と紹介してくれたことに安堵を覚えずにはいられなかったが、他人には面倒な説明を省くものだから、実情は、つまりは彼の心情は違っているとも考えられた。真の友情とは、費やした時間やお互いを隔てている物理的な距離などを含めた関係性の濃淡などには左右されないものだと僕は考えていたが、それが独善的な思い上がりであるということ以上に、重森と疎遠になっている現状を予期させるような兆しは、すでに学生時代に見受けられて、その事実を認めたくないだけだったのかも知れない。

あれほどウィットに富んだ情に厚い男を世間が放っておくはずがなく、重森は二年生になってから爆発的に人気者になった。気の置けない友人になることを熱望する学生たちが、まさしく列をなしていたが、当の重森は驕ることもなく、あの鷹揚な態度に微塵の変化もなかったので、ますますもって人気に拍車が掛かり、彼を取り巻く流行が途絶えることはなかった。交友関係が広がっても、重森は相変わらず僕と親しくしてくれていて、「彼の友人なのだから、こいつもさぞかし素晴らしい奴なのだろう」と近寄ってきた連中は、すぐに失望して、「お前がいると彼が迷惑する」と痛罵してきたり、あるいは、僕の出自と結び付けたうえで「重森氏には秘めたる企みがあって、その成就のために、こんなつまらない男と一緒にいるのだ」と吹聴する不届き者も現れた。重森がそういう連中を叱り飛ばしてくれていたことは知っていたが、僕は彼らではなく、それがあまりにも筋違いで、信義に悖る行為だと自覚しながらも、屈辱と自己嫌悪とをもたらした責任の所在を重森に求め、ふたりの間にあった親交を疎ましいとさえ思い、僕の方から離れていった。ごく少人数ではあったが、学部にいる学芸員志望の学生たちと知り合いになり、彼らと過ごす時間が増えていったのもその頃で、重森と会うのはトレーニング室だけになり、近況を確かめ合うこともせず、当たり障りのない世間話で気まずさを和らげるような位置へと互いを後退させたまま僕たちは卒業を迎えた。

勝手な憶測で、重森は政治の道を志しているのではと踏んでいたのだが、彼は毎朝新聞の記者になり、二年目にして妻を娶《めと》った。その相手は何と、彼が学生時代に下宿していた先の娘さんで、向こうの一目惚れだったそうだ。彼女はまだ大学生だったが、彼女の両親は重森の人格を信頼していて、「彼ならば問題ない」と送り出した。上司が太鼓判を押したように、重森は顔の広い男であったが、娘さんとの共通の知人となると、ひとりを除いて他におらず、「結婚式で挨拶をしてくれないか」という連絡が久しぶりに来て、そこから彼との縁が戻ったように思った。彼は関西の支局に赴任していたので、休日の夜に長電話をするのが、日がな一日動物と語り合っていた僕のささやかな娯楽になった。

重森からの連絡がぱたりと途絶えたのは、僕が待つことを止めて、烏丸建設に就職したのを報告してからだった。父を嫌悪し、違う人生を歩むのだと豪語していた僕が、結局は安易な道に流れたことを軽蔑されたのだろう。その拒絶の正当性は、他ならぬ僕自身が最も理解していた。重森は道義的な正しさを持ち上げ、頭上に挙上したまま止めておけるだけの精神的な筋力を持ち合わせている。そして、僕にはそれがなかった。

「……それで、相談というのは何なんでしょう？　まだ何も教えていただけていないので、かえって身構えてしまっているんです」

僕がそう切り出すと、関根さんは申し訳なさそうに頭を下げ、「電話越しに説明すれば、にべもなく断られると思った」と率直に打ち明けてくれた。百聞は一見にしかずという具合に彼が鞄から取り出したのは『陸上競技マガジン』で、折り目の付いている頁が僕の前に置かれた。アンツーカーに立つ坊主頭の青年の写真が見開き一杯で載っている。

「彼をご存じですか？」

「いえ、失礼ながら、陸上競技には疎いものですから」

「彼は高橋昭三《たかはししょうぞう》という長距離走者でして、この雑誌は五年前のものですが、当時から将来を期待された素晴らしい青年です。高校二年生から陸上競技を始めて、たった一年で全国高等学校総合体育大会陸上競技大会の五千メートル部門で三位になった逸材です。この写真は、その時のものです」

　ということは、僕が今目にしている高橋青年は十八歳ということだが、彼は童顔で背も低く、関根さんから教えてもらわなければ、もっと幼い少年だと思っていたはずだ。背景に表彰台があったので、その写真は走り終えたあとで撮られたものに違いなく、汗だらけの高橋青年は引き締まった顔をしていたが、三位の栄冠を勝ち取っているというのに達成感を味わっているようには到底見えなかった。ライバルを讃え合うような笑顔を浮かべている選手たちのなかで、あどけない顔の少年だけが、修羅のような険しさを背負い、ぐっと天を仰いでいる。写真でさえこうなのだから、その場にいたカメラマンは、若芽が放つ瑞々しい精気にすっかり魅入られて、一位の選手ではなく彼を被写体に選んだのだろう。

「高橋君は群馬の南牧《なんもく》村の生まれで、実家は四代続く農家だそうです。二番目の兄に誘われて陸上競技を始めた彼は、高校卒業してからも地元の建設会社に入って競技を続け、六十一年の駅伝では区間新記録を出したりと、相変わらずの活躍を見せてくれました。しかし、左膝の調子が悪く、その年の終わりに大きな手術をしまして、そこからは、リハビリを経て復帰して、また調子が悪くなってはリハビリをして、という苦しい日々が続きました。それでも懸命に頑張り、去年の十月に行われた日本陸上競技選手権大会では好成績を出して、日本陸上競技連盟からオリンピック強化指定選手に選出されたのですが、そこで、何と言いますか、また困難に直面することになりまして……」

「困難というのは、大怪我ですか？」

「いえ、彼ではなく、彼がいた建設会社の方です。業績が悪化しているなかで、応援したい気持ちに変わりはないものの、これ以上実業団を維持することは難しいというので廃部が決まったんです。高橋君以外に成績のいい選手がいなかったことや、彼の手術費用だけではなく、その後の整体だの理学療法だのでかなりのお金が掛かっていたようですから、仕様のないことだと思います」

「なるほど。それで、彼は今どちらに？」

関根さんは急に口籠もり、適切な言葉を探すように、日が差している窓の方を見遣った。

「……口下手な青年でしてね、『移ってくれてもいい』と言ってくださった会社の方を紹介しても、彼が黙って俯いているのに気を悪くして、相手が翻意してしまうということが二、三度あったんです。有志でカンパを募って、彼をオリンピックまで押し上げようという話も出たのですが、『乞食のような真似はできない』と強く撥ね除けられてしまいました。今はうちの大学や八幡製鐵の練習に交じっています。貯金を切り崩して治療費に充てているようですが、それもすぐに尽きてしまうはずです」

ここまで言われて、僕はやっと、関根さんの相談の正体と、なぜ重森が他にも頼れそうな人を数多く知っているなかで、まっさきに僕を紹介したのかを理解した。そのことは、僕をいい気分にはしなかった。

「お力にはなりたいですが、生憎と、うちはスポーツ実業団を持っていません。これから作るにしても、うんと時間が掛かるはずです。関根さんは、僕が社長の息子だから直談判できると期待したんでしょうけれど、あれは、そんな簡単に説き伏せられる人間ではありません。父が嗜んでいた柔道なら違っていたかも知れませんが、こと陸上となると、興味を持つかどうかさえ……」

食い下がられたら困るので、わざと失礼な言い方を選んだのだが、関根さんは話の途中から慌てたように首を横に振っていた。

「正直に申し上げて、彼にお金を出して欲しいというお願いではありません。……しかしながら、実業団を作って欲しいというわけではないのです。そもそも、重森さんは、烏丸さんのことを社長の息子さんとして紹介してくださったのではないんです。私がそれを知ったのは、連絡先を聞く段になってからです」

「では、重森君は何と言っていたんですか？」

「さる高名な企業で広報をやっている友人がいて、彼なら上手い方法を考えてくれるはずだとおっしゃっていました」

すでに口に含んでいたコーヒーは、九年前、ガード下の喫茶店で大それた作戦を提案してくれた重森の、緊張を押し殺した笑みを僕に思い出させた。恩ばかりで何ひとつ返せていないのに、さらに謝るべきことができてしまったのだ。けれども、広報と陸上選手は、どのように結び付くだろうか。

「実業団でないのなら、僕たちの会社が彼の、その、後援者になるということですか？」

「それなら、高橋君も納得するんじゃないかと思っています」

「どちらにせよ、前例がないことに変わりありません。オリンピックの強化指定選手に選出されたとおっしゃっていましたが、彼はオリンピックに出られるんですか？」

そう訊ねられるのを待っていたかのように、不安そうにしていた関根さんの顔が、ぱあっと明るくなった。他人のことでこういう顔をできる人は信用に値する。

「間違いなく出られます。むしろ、オリンピックでこそ本領を発揮すると確信しています」

「種目は？　やはり五千メートルになるんですか？」

「本人は五千メートルか一万メートルを希望していますが、私としてはマラソンに転向させたいのです」

「マラソン、ですか」

思わず鸚鵡返しにした僕に向かって、関根さんは力強く頷いてみせた。祖父の闊歩は、僕が知る限りでは最大で三時間に及ぶことがあったが、幾ら健脚と雖《いえど》も老人の歩速を考えれば、進んだ距離は十四キロほどだったはずで、その三倍近い約四十二キロを走り続ける過酷さは想像することも難しかった。消費されるエネルギーは莫大で、選手たちは自らの生命を燃やしながら、そう易々とは終わりを見せてくれない、彼方まで続くようなコースを黙々と進んでいくのだが、僕は見開きの写真を見つめ、高橋青年が顔を歪めながら東京の道路を走る姿を脳裏に描き出そうとしていた。強い日差しの下を、オリンピックのために整備された道路を、手術を乗り越えた膝が颯爽と駆けていく様を、沿道に押し掛けた数百人の観客が固唾を呑んで見守っている光景を。宿題を丸投げしたのか、ここまで読んでいたのかは見当も付かなかったが、もし後者なのだとしたら、重森は関西修行の間で聡明さにより一層磨きを掛けたらしい。

「お話は分かりました。ひとつ、僕に考えがあります」

「本当ですか？」

「ええ。もっとも、何せ平の身分ですから、実現できるかどうかはここでは申し上げられません。急を要すると思うので、明日にでも話してみます。よろしければ、この雑誌をいただけますか？」

深々と頭を下げた関根さんは、「高橋君が載っている号は他にもあるので、すぐに持ってくる」と言ってくれた。「どうせなら、写真ではなく実際の彼に会ってみたい」と返したところ、練習場所に来てもらえればいつでも会えるし、夕方以降なら連れて行くこともできるとのことだった。早稲田にいるなら、屋敷から歩いて見に行けそうだ。進展があり次第連絡すると伝えて会合を終えた僕は、練習を見に戻るという関根さんをエレベーターまで見送り、急いで広報課に戻った。多部さんは腕組みをして、自分の目蓋の裏に異常がないかを確かめていた。僕は肩を揺すって彼を起こし、会議室を使い終えたのと、新しい広報のやり方が見付かったかも知れないと話した。多部さんはまだ夢見心地で、きちんと聞いているかどうかは疑わしかったが、「明日にでも社長との会議を設けて欲しい」と付け加えると、あっさりと了承してくれた。怒鳴り散らすこともなければ、あれこれとケチを付けたりもしないため、彼は案外いい上司なのかも知れなかった。

僕はまだ尻に馴染まない事務椅子に腰を据え、ハッカの匂いに辟易しながら、ノートに考えをまとめた。屋敷に帰ったら重森に電話しようかと思ったが、退勤の時刻まで悩み抜いた末に、今はまだ止めておくことにした。この企画が上手くいった暁には、彼の家にでも押し掛け、祝杯と称して酔い潰れるまで飲み明かそう。

3

父は会社の内外を問わず、陳情に訪れた人々の列を持っていて、彼の剛腕を必要としない会議には、秘書の男性か、昔はよく母と僕が乗った車の運転手をしてくれた腹心の安元さんを代わりに出席させていた。それほど多忙な男だったので、「明日にでも」という僕の希望は些か無茶なものであったが、何事にも凪はあるようで、長くとも十分というのを条件に、父の貴重な時間を頂戴することに成功した。最上階の会議室は、赤を基調にしたアラベスク模様の絨毯と長方形のシャンデリアで飾られた成金趣味の空間で、父は上座に陣取り、おしゃぶりを離さない赤子のように葉巻を愉しんでいた。いや、ここでは烏丸道隆と呼ぶべきなのだろう。多部さんが何をどう伝えたのかは分からなかったが、部屋を占める円卓は、右側には重役と思しき貫禄のある四人の男性が座り、左側には秘書と安元さんと、烏丸建設の家老たちが勢揃いしていた。これにはさすがの僕も恐れ入る他なかったが、父の背後に兄の直生《なおき》がいるのを見て、体に広がり始めていた緊張に、敵愾心という御しやすい感情を糊塗することができた。兄はひとりだけ座らず、ポケットに両手を突き入れ、壁に背を預けている。多部さんは遠慮なく腰掛け、僕がその隣に立ったままでいると、父は葉巻の先っぽで、秘書と僕とを結ぶように指し示した。一橋出の秘書は稲妻に打たれたように立ち上がり、ＮＨＫのアナウンサーのような滑舌で話し始めた。

「驚かせてしまったかも知れませんが、広報課の今後については、社長だけではなく、役員の皆様も注目していまして、ぜひとも参加して話を聞いてみたいということになったのです」

縁故採用された息子の顔を拝みに来たというのが実情でなければいいと思いながら、僕は重役たちに向けて一礼した。秘書は広報課の課長である多部さんに進行役を委ねようとしたが、カラコロと音を立てて口内からハッカの匂いを撒き散らしている多部さんは、堂々たる態度で「烏丸君に一任している」と発言した。手柄を横取りする気はないが、どんな不始末も自分の責任ではないという意思表示で、人前で話す経験に乏しかった僕は、こういう時に誰を見据えればいいのか分からず、とりあえずは比較的穏やかそうな顔をしている重役に視線を置いておくことにした。

「新しい広報の仕方を考えろというので、烏丸建設を広く認知させるためにはどうすればいいのか、広報課に就職してから毎日のように頭を悩ませてきたのですが、これと言って何も思い浮かびません。それで、椅子に座っているだけの給料泥棒になるくらいなら、いっそ駅でビラでも配った方がためになるんじゃないかと思っていた矢先、とある方が訪ねてきたんです。関根さんというオリンピックに向けてコーチとして招聘されている方で、学生時代の知人を介して僕を紹介されたそうなんですが、彼は僕に、とある選手に目を掛けてやってくれないかと相談してきました」

用意してきた『陸上競技マガジン』を多部さんに渡し、重役たちに回覧してもらった。

「その写真の青年は、高橋昭三君という二十三歳の陸上選手で、オリンピック強化指定選手に選出されるほどの逸材だそうです。出場すればメダルを取れる可能性があるようなのですが、彼が所属する建設会社が、経営不振に伴って実業団を畳んでしまったらしく、現在は貯金を切り崩して練習に励んでいます。大怪我の後遺症で、今でもうんと治療費が掛かるのです」

「まさか、実業団を作ろうなんて話じゃないだろうね？」

「いいえ、少し違います。烏丸建設が社を挙げて彼の後援者になってはどうか、と考えたのです」

大黒様のようなふくよかな頰をした重役は、それらはどう違うのかと言いたげに首を傾げている。誰しもが同じ疑問を抱いているのが彼らの態度から伝わってくる。

「彼、高橋昭三君に、生きた広告として、烏丸建設を宣伝してもらうのです。僕たちは宣伝を行ってくれたことに対する見返り、いわば出演料として、彼の生活費や治療費などを肩代わりする。あくまで経済的な援助であって、実業団を持つのとは違います」

「陸上選手が何をどうやって我々を宣伝できるんだね？　アサヒビールみたく、京《きょう》マチ子に安全帽でも被ってもらってそれをポスターにした方がずっと目に留まるんじゃないか？」

重役のひとりが小馬鹿にしたように言い、室内は賛同の嘲笑に包まれていったが、最終的な意思決定者である父は、未だに反応を留保し、話の続きを待ち構えている。

「件のコーチは、高橋君をマラソン選手へ転向させることを考えているようです。オリンピックへの出場が決まれば、彼は都内をコースにした約四十二キロを走ることになります。ほとんどの種目が体育館やグラウンドで行われるなかで、マラソンだけが、えいと外へ飛び出し、東京の街を駆け抜けるんです。オリンピックを観る人たちは、選手だけではなく、街自体をも眺めることになります。……ここで一旦、マラソンのことは脇に置いておいて、東京の街について素人目線の愚見を申し上げたいのですが、思うに、僕のように建築に疎い凡人が昨今の東京の景観を楽しむことができないのは、構造上の問題なのではないでしょうか。たとえば、見知らぬ大人たちに取り囲まれた子供は、極めて居心地が悪く、自然と下を見つめるでしょう。あとになって思い出せるのは、せいぜい彼らの足元くらいで、各々の顔など見ないし、区別なんてできやしない。それと同じなのです。高いビルの群れ、そう捉えてしまうのです。ひとつひとつに何かしらの個性があったとしても、自分と地続きだと意識できないのだから、感じようがない。人間の感性は、垂直性とは馴染まないのです」

自分たちの領分に言及されたことで、重役たちはにやけるのを止め、代わりに、審判するような厳粛さで耳を傾けていた。

「対して、マラソンというのは水平な運動です。僕たちのいる地面を延々と進み続ける。それをＮＨＫのカメラは粛々と追い掛けるわけです。選手たちの後ろ側には、ビルが立ち並んでいて、そのなかには当然、烏丸建設が建てたものもあるでしょう。観客たちはマラソンを通じて、水平性と垂直性が融合した景色を見ることになるのです。そして、僕たちは高橋君というマラソン選手を広告塔にすることによって、彼が走る東京を作り上げているのは我々だと訴えかけることができるのです。彼のユニフォームに烏丸建設の名前を印字するのはもちろん、先ほどおっしゃられたように、ポスターも作りましょう。ただし、ビール片手ではなく、建築中のビルの前を走っている写真を使うんです。竣工までひたむきに頑張り続ける、建築もひとつのマラソンですから」

「万が一、金メダルでも取れれば、我々の名前も売れるということかね？」

「ええ、そうです。実業団ではなく、後援者として彼を支えていたことを大々的に広めれば、会社の印象もよくなります。一種の慈善事業と考えてもいいかも知れません」

　京マチ子の冗談で僕を笑い飛ばそうとした重役は、今聞いたことを吟味するように腕組みしている。というのも、烏丸建設はすでにオリンピックに関わっていて、返還されたワシントンハイツの跡地に国立の競技場が作られることになり、第一体育館の施工を受注していたのだ。集合住宅に注力したい父は乗り気ではなかったようだが、建設省の人間から「丹下《たんげ》健三《けんぞう》が設計をすることになった」という情報がもたらされ、建築学科の後輩である兄が「この仕事ができたら死んでもいい」と嘆願したことで実現した。父が興味を示さないので、一級建築士である兄は烏丸建設側の代表として、丹下氏が設計の拠点にしている研究所に出入りしていると聞いていた。

「想像してください。烏丸建設が作り上げた代々木《よよぎ》競技場を出発した高橋君が、都内を駆け回り、また帰ってくるんです。世紀の祭典のために新しく作られた競技場というのは、まさしく、復興の象徴です。そこでメダルを取ることがあれば、これ以上の宣伝がありますか？」

目の端に重役のひとりが頷くのが見えたが、秘書や安元さんは、自らの意思を悟らせることが不利に働くのを恐れ、父の出方を待つように俯いていた。これ以上続きはないと判断したらしい父が葉巻を置くと、僕を含めた全員が姿勢を正した。父はわずかに振り返り、「お前はどう思う？」と兄に意見を求めた。

「俺は反対ですね」

「ほう、理由は？」

「金の無駄だからです。文学部出なだけあって、水平性だの何だのとそれらしい理屈を並べるのは上手ですがね、治道君は自分が恵まれた立場だということを理解していないようです。その理屈を、マラソンと建築が結び付くというのを、果たして、観る人々が理解するとは思えません。要するに、効果がまったく期待できないんです。大勢の人に見せたいというのなら、駅の構内にでも広告を出せばいいでしょう。中吊り広告なら、もっと安く済むかも知れない」

すぐさま抗議の視線を向けたが、兄は壁にもたれたまま、「取るに足りない戯言に耳を貸すな」とでも言うように、僕以外の全員を順々に眺めていた。彼の口の回りをよくしていたのは私怨に違いなかったが、悔しいことに発言の内容自体は痛いところを突いているうえに、僕は反論できるだけの根拠を持ってきていなかった。思い付きとはそういうものであり、ここから改善を重ねていくのが道理であって、彼のように叩き潰すことだけを目的にした悪意ある討論者は想定していなかったのだ。

「私からもいいですかね」

その声は隣から発せられていて、飴を転がして給料をもらっている多部さんが発言の許可を求めていた。父が頷くと、多部さんは組んでいた足を下ろし、少しばかり背筋を伸ばして座り直した。

「たとえば、東京駅の一日の乗降客数というのは約七万五千人です。構内に広告を出せば、七万五千人が見てくれるかと思いきや、そう上手くはいきません。私もそうですが、みんな急いで歩いていますし、あれこれと考え事をしているものだから、熱心に広告を見てくれる人は少ない。中吊りだってそうです。車内では本なり雑誌なりを読みますから。それに、十日間広告を出せば七十五万人の目に留まるかと言うと、それも違う。通勤とは、決まった人が決まった場所に行くことですから、日を跨いでも同じ人を数えることになるんです。その点、オリンピックはどうかと言うと、ＮＨＫにいる知人の話では、民放も含め、視聴率は六十パーセントを超える見込みだそうです。日本の人口は約九千六百万人ですから、五千七百万人近い人がオリンピックを観るというわけです。駅の広告とは比べ物にならないでしょう？　それを、若者ひとりの世話をしてやるだけで宣伝ができるんですから、むしろ、極めて安いぐらいです。陸上選手なんだから、車を欲しがるなんてこともないでしょうし」

最後に付け加えられた気の利いた冗談には、いつも仏頂面の秘書でさえ口元を綻ばせていた。具体的な数字は毛布のようなもので、兄が手懐けようとした猛獣たちは、多部さんが取り出して、さっと掛けてやった毛布の温かさに、すっかり心を奪われていた。彼らは、多部さんは課長なので、部下の顔を立ててやるために「一任している」と言っただけで、実際には、きちんと相談が行われていて、見兼ねて助け舟を出したと考えているはずだ。感心しているのは僕も同じだったが、僕のそれには多分に驚きが含まれていた。こちらの話を聞いているかどうかも判然としなかった多部さんは、昨晩のうちに、説得に必要そうな情報を調べておいてくれていたのだ。完膚なきまでに打ち負かされた兄は、窓の方を向いて素知らぬふうを装っていた。意見を求められたから適当に答えただけだという、いかにも中立的な立場を気取ってはいたが、その肩は小刻みに揺れていて、それが彼が苛立っている時の癖だということを僕は密かに把握していた。

「よく分かった。……今日のところは解散としよう。多部さんと彼だけは残ってくれ」

父は不思議な言い回しで僕を指した。勅令が下り、まっさきに出て行ったのは兄で、重役たちものそのそと退出し、最後に秘書がいなくなると、父はこちらまで歩いてきて多部さんの隣に座った。

「あんたも人が悪いな。先に言ってくれれば、あいつも恥を掻かなかっただろうに」

「そんなつもりじゃありませんよ。後学のためにお伝えしたまでです」

「そういうのを、世間じゃ人が悪いって言うんだ」

にやけた顔で多部さんの肩を叩いてから、父は僕の方を見遣った。

「あいつも別にお前が憎くて言ったわけじゃない。会社を思ってのことだ」

「分かっていますよ」

「ならいいんだ。……それで、俺としては、ぜひ進めてもらいたい。陸上競技のことは分からんが、必要なものは手配させよう。住むところにも困ってるなら、どこにでも住まわせてやろう」

つつがなく運んだことは喜ばしかったが、さほど意外ではなかった。即断即決が父のやり方であり、上手くいくなら全てが通るし、一蹴されれば、何をどう改めても無理だろうと覚悟していた。兄に意見を求めたのは、重役を差し置いて口を出せる立場なのだと感じさせるためだろう。その癖、彼がいないところで僕の提案を採用するのだから、たいした教育法だ。

「さっきの話じゃ、カメラマンが必要になるだろう？　いつも使ってるのがいるはずだから、あとで知らせよう。予算は付けるから、その辺りは多部さんがやってくれ。まあ、別にお前を信用してないわけじゃないんだが……」

歯切れが悪くなった理由は分かっていたので、僕は頷いて、その話題を飛ばした。半ば周知の事実とはいえ、父も多部さんの前で陽子の前夫の話はしたくないのだろう。

「とりあえずは、高橋君に会いに行って、後援者になることを伝えてきます。話を持ってきたのはコーチですから、もしかしたら、彼自身は乗り気ではないこともあり得ますからね」

「その時は、お前がちゃんと説き伏せろよ」

父はそう厳命し、太い葉巻を咥えたまま会議室を出て行った。壁掛けの時計は、僕たちが入室してからちょうど十分が経ったのを知らせていた。お偉方の目がなくなり、多部さんは片側の肘掛けに体重を預けるだらしない座り方をしていて、その姿はいつも通りなのだが、僕は初めて、多部さんが前職で優秀だったという話を信じる気になった。多部さんがいなければ、僕の提案は兄によって葬り去られていたはずで、僕はあらためて感謝を伝えた。心からの感謝だったが、多部さんは、どうってことないという具合に手をひらひらとさせた。

「それにしても、皆さんが陸上に興味がなくてよかったよ」

「どうしてですか？」

「マラソンのスタート地点は代々木じゃなくて、千駄ヶ谷《せんだがや》の方の競技場だからね」

多部さんの言い方は僕を辱めなかったが、言い出した張本人である僕が、最も重要な部分を調べもせず、得意げに演説をしてしまったのかと思うと、昔から自覚している詰めの甘さが一向に改善していないのを深く恥じなければならなかった。

関根さんに報告したかったので、僕は広報課へ戻り、昨日取り次いでくれた人から番号を聞き出して、さっそく電話を掛けた。首尾よく運んだと伝えたところ、直接顔が見えずとも、彼が感極まっている様が伝わってきた。鉄は熱いうちに打てというので、「これから伺えないか」と訊ねたが、関根さんの方にオリンピック関連の会合に出席するという予定があったため、別日にして欲しいと頼まれた。

必要経費の見積もりは彼らと会ってからでないと出せないので、僕は昨日に引き続き、高橋君を起用した広告について、その詳細を検討することにした。退勤の時間になり、オフィスを出て、ちょうど一階に降りてしまったエレベーターを待っていた僕は、この時間になるといつも煙のように消えてしまう多部さんに呼び止められた。

「君、妻子はいるんだっけ？」

「いえ、まだ独り身です」

「まだなんて言わんでも、男は独り身が楽でいいよ。それなら、少し付き合わないか？」

これまでに、多部さんが人を誘うのを見たことがなかったので、僕の驚きは新鮮そのものだった。歳上の男性から、酒を酌み交わす相手として認められた嬉しさもあったので、「お供させてください」と返し、僕たちは連れ立って会社を出て、神田駅まで歩いた。どこに向かうか任せていると、多部さんは南口のガード下の方へと進んでいて、その辺りに何やら怪しげな飲み屋街があるのは知っていたものの、訪れてみようと思ったことはなかった。東京駅の側へ出ると、ガードを支える煉瓦造りのアーチの麓《ふもと》、軒の上に横一列で室外機が並んでいるという奇妙な光景が目に入った。その下には、やはり看板が幾つも並んでいて、引き戸の隙間からは炭火の匂いが漂ってくる。

多部さんがすっと開けた引き戸の向こうは、サラリーマンでごった返す活気付いた飲み屋かと思いきや、その先に石畳の通路が伸びていた。右手には店と呼ぶにはあまりにも心許ないカウンターがあり、板一枚でそれらを区切ることによって、表の看板や室外機と同様に、別個の店が横並びになっていた。一軒一軒は、肩をぶつかり合わせて三人くらい入れるかどうかの狭小ぶりで、通路の天井に明かりはなく、店の照明だけが光源になっているので、暗いところがあれば、人がぎゅうぎゅう詰めになっているのだと分かった。渋谷の百軒店をさらに圧縮したような噎せ返るような臭いは、学生時代に何度か経験した闇市の熱波を思い出させた。多部さんが暖簾のない店にふらっと入り、図体の大きい僕が隣に並ぶと、それだけで店は札止めになった。店主は割烹着姿の老女で、多部さんを認めるなり、この場所がそうであるように、秘めたる歴史を感じさせる鋭い眼光の持ち主だったが、多部さんが誠という名前なのは知っていたが、もちろん僕がそう呼ぶことはなかった。

「マコちゃんの息子さん？」

「違う違う。会社の人さ」

僕が会釈すると、老女は意外に白い歯を見せて笑い、まだ頼んでもいないのに目の前に二本の大瓶をどんと置いた。多部さんは僕のグラスにビールを注ぎ、自分の分は手酌し、ぐっと一口で飲み干して、またすぐに注いだ。信じ難い速さだった。

「よく来られるんですか？」

「まあ、たまにね」

老女は「毎日寄っておいて、たまにも何もないだろ」と茶々を入れ、焼き鳥の串が何本か載った皿を突き出した。提案が上手くいったので、何か話したいことでもあるのだろうと思っていたが、多部さんはすいすいとグラスを傾けていて、特段そういうわけでもなさそうだった。

「お子さんはお幾つなんですか？」

「二十幾つだったか。大学を出て、どこかしらで働いているよ」

「どこかしら?」

「前に妻から聞いたんだが、近頃は思い出せないことが多くてね」

多部さんは二本目の大瓶と焼酎の水割りを頼み、それらを交互に飲んだ。失礼を承知で「息子さんと不仲なのか」と尋ねてみると、彼は首を横に振り、「そういうわけじゃないよ」と答えた。

「何と言うか、機会のようなものを持てなくてね。仕事仕事で、家庭のことまで頭が回らなくて、どうにか覚えていることを話してみても、それはとうの昔の出来事で、彼の関心は、とっくに他へ移っている。そういうのが何度も続いて、向こうも私もすっかり諦めている」

「社会に出た今の息子さんなら、多部さんの苦労が分かるでしょう?」

「私はそれを待っていたのかも知れないね。子供の相手をするのが面倒で、大人になってくれるのを待っていたんだ。妻も息子も、そのことを分かっているんだろう。ふたりにとって私は、甘くなってから寄って来て柿を突く鴉みたいなもんだ」

自嘲しても卑屈に見えないのは、単に多部さんの顔立ちが整っているからではなく、彼がどこか他人事のように語っているからなのだろう。

「烏丸君は結婚する予定はあるのかい?」

「いえ、そろそろ相手を見付けねばとは思っていますが……」

「ひとつ、助言をしよう。自分の帰りを待ってくれるような人を選ばない方がいい」

がつんと言ってのけた多部さんは、さながら大砲を冷やすように、焼酎の水割りで口内を湿らせた。

「どうしてです?」

「大抵の人間は、生涯を尽くされるほどの器量じゃないからね。むしろ重荷だ。それに、他者に尽くすと言うのは、ある意味で、自分の考えを放棄するということなんじゃないか。仕事を終えて帰ったとして、今度は家で、また別の采配を振らなくてはならない。そうなると、頭も体も休まらない」

「贅沢な悩みに聞こえますがね」

「何か趣味か、習い事でもいい、仕事をしているのが一番いいんだが、自分の世界というものを持っている女性と結婚しなさい。そういう人なら、君の世界をも認めてくれる。そうじゃなきゃ、君の世界に別の人間が越してくることになる。その人が君の世界を気に入らなくて、あれやこれや変えてしまおうと言い出したら、君はどうする？」

水割りを空にした多部さんは、老女がおかわりを作っている間にビールを飲み干した。結婚生活ではなかったものの、自分の領土が侵略されるという点において、陽子が戻って来てからの屋敷のことを考えずにはいられなかった。比べていいものかどうかは分からないが、家に帰りたくない多部さんの気持ちは十分に理解できたし、そういう理由で彼は毎晩飲み歩いているのだろう。「参考にさせていただきます」と返して、僕もビールを口に運んだ。酔気もないのにすぐ赤くなってしまう僕と違い、これほど一気呵成に飲んでいるというのに、多部さんの顔色は微塵も変わっていなかった。

「まあ、どこかで妥協しないといけないんだよ。何事もね。最も辛いのは、妥協を許せないような強い人が、これ以上は難しいと悟った時だ。だから、早めに妥協する方がいいんだが、若い人には酷な話だろうね」

不穏さを孕んだ多部さんの忠告は、「あんたも若い癖に生意気だ」と老女に窘められたことによって、酒場という混沌のなかに容易く溶けていった。それから僕は、都庁で働いていた時のことや、父に引き抜かれた経緯などを多部さんに訊ねたのだが、のらりくらりと躱《かわ》されてしまった。一杯だけ焼酎をもらい、体の内側から火照りを感じ始めていた頃、腕組みをした多部さんが大きく前後に揺れ出した。目蓋も閉じ掛かっていて、呼んでも「うん」と応えるだけで、このままでは、いつひっくり返ってもおかしくはない。自らの不調や疲労を訴える牛馬と違い、さっきまで涼しい顔をしていたのが突然に倒れてしまうという駱駝《らくだ》の習性を、ふと思い出した。むしろ地面に座らせてやった方がいいのかと悩んでいた僕に、カウンターから身を乗り出した老女が「先に帰んなよ」と告げた。

「マコちゃんはね、いつもこの調子。ちょっとしたら、また目を覚まして飲むんだから」

「しかし、置いていくわけにはいきませんよ」

「子供じゃあるまいし、いいさ。迷惑掛けたって思うんなら、また来てよ」

ならば、ここまでの精算をしようと財布を取り出したが、老女は萎《しな》びた細い腕でそれを押し返してきた。「先輩に恥をかかせるもんじゃない」と言われてしまったものだから、僕は頭を下げて、来た時よりも暗い通路を引き返した。多部さんはあと数時間は先送りにするのだろうけれど、僕はこれから家に帰るし、家に帰れば陽子とその悪童たちが待ち受けていて、明日も早くから起こされるに決まっている。家庭人の苦労を一足先に味わってしまったせいで、僕は結婚というものを大いに恐れていた。

ほろ酔いで屋敷に着くと、夜番の使用人が電報が届いているのを教えてくれた。刀剣保存協会の石塚さんが倒れたという連絡だった。

4

石塚さんの自宅は平河天満宮《ひらかわてんまんぐう》の近くにあり、訪問する前に、桜田濠《さくらだ》の前を少しばかり散歩した。井伊《いい》家の上屋敷こそないものの、二代目歌川広重《うたがわひろしげ》が描いた錦絵と変わらない風景を拝むことができ、烏丸建設の重役たちを懐柔するための方便につい僕自身まで染まってしまいそうになっていたが、こうした江戸の景観を保全していくことこそが、都市を発展させる力を持っている企業が果たすべき使命なのだ。意志のある者が、その強い意志をもって遺そうとしなければ、あらゆる美徳は際限なく肯定される進歩という竜巻に呑み込まれ、跡形もなく忘却されてしまうということを、祖父は僕に、その生涯を通じて教えてくれていた。

石塚さんが暮らしていたのは洋風の邸宅で、蒐集家らしく、敷地の中に大きな土蔵を備えていた。奥様は他界していて、銀行勤めの息子さんとその家族が同居している。彼が刀剣保存協会に連絡し、そこから僕へ電報が届いたというのが経緯だった。倒れたのは昨日の午前で、すぐさま病院に運ばれ、適切な処置と幾つかの検査を受け、夜には退院したという。石塚さんの書斎は二階にあり、昨日の今日では動くのも辛いだろうと考え、客間ではなくそちらに伺いたいと事前に伝えてあった。

書斎に入ると、仄かな香の匂い、おそらくは沈香が焚かれていて、石塚さんが香炉にも凝っていたのを思い出した。僕は部屋まで案内してくれた息子さんの奥様に「ご家族で召し上がってください」と、新宿高野に持って来させた果物の籠詰めを手渡した。葡萄に林檎、ザボン、小ぶりなメロンなどが載っていて、持ち手にはリボンが巻かれている。彼女がいなくなるのを待って、石塚さんは「随分前に遊びにいらしてくださいと言ったけれど、まさか、こういう形になってしまうとはね」と言った。卓上には青磁の香炉が置かれていた。

「入院なさらなくて大丈夫なんですか？」

「こういうのはね、周りの方が大袈裟に騒ぎ過ぎるんだよ。この歳になれば、どこもおかしくない方がおかしいんだ」

冗談めかして言った石塚さんの視線の先には、握り手がくるりと湾曲した薄茶色のステッキが立て掛けられていた。

「この部屋も、元は畳敷きだったのを七年前に洋室にしてしまってね。正座するのも一苦労になってしまったから。机の場所だけは変えていないんだ。誠一郎さんがいらした時、窓を背に文机に向かう姿がね、正座しているんだけども、惚れ惚れするような佇まいだったのを昨日のことのように覚えてるよ」

「祖父はよくこちらに？」

「散歩の途中なんだよと言って、寄ってくれていたね。平河天満宮は道真公《みちざね》を祀っているけれど、建立したのは太田道灌だから、誠一郎さんはそれで贔屓にしていたんじゃないかな」

太田道灌の話は繰り返し聞いていたが、平河天満宮にお供したことは一度もなかった。祖父の書斎は全て洋風で、石塚さんは知らないはずだが、休憩には肘掛椅子を、寝具にはベッドを愛用していたので、正座と聞いて脳裏に浮かぶのはあの茶室だった。祖父の正座が客観的にも優美な姿勢であるという事実は、その直系の後継者である僕を誇らしい気持ちにしてくれた。

「ここへ来て、書き物をしていたんだ。何も持たずに歩く人だったから、道中に思い付いた短歌なんかを、こうね。歌会始で披講される前に、ここで覗いてしまったこともあった。吉井君にその話をしたら、ご利益のある文机を使わせてくださいよ、なんて言われて、歌人が何人も押し掛けてきたんだ」

「その時の紙は、まだ残っていますか？」

「それがね、最後に来てくださった時に『処分して欲しい』と言われて、私としては保管しておこうと思ったんだけど、そのあとも何度も電話で『ちゃんと捨ててくれたか』と念押しするものだから、礼儀には代えられないと、断腸の思いで処分したんだ。治道さんに見せられるように残しておけばよかった」

長らく気に病んでいた様子だったので、僕は首を横に振った。習作を見られたくないというのは、何とも祖父らしい奥ゆかしさに思えた。

「こうして訪ねてきてくれるのは嬉しい限りだよ。仕事も忙しいだろうに、せっかくの休日を老人の見舞いで潰させてしまうなんて、歳は取るもんじゃないね」

「そんなことはありません。まだ所帯も持っていませんし、時間は有り余っています」

「今は道隆さんの会社にいるんだろう？　どうだ、もう慣れたのかい？」

石塚さんがあまりにさらりと訊ねたので、びっくりするのを隠すことができなかった。烏丸建設に就職する旨を教えた相手は重森だけで、その時点で疎遠にしていた石塚さんには、当然知らせていなかった。僕が気を悪くしたと考えたのか、石塚さんは「勝手に調べてしまって申し訳ない」と前置きして、続けた。

「ずっと気にしていたんだよ。屋敷に寄ったり、電話を掛けたりはしないまでも、せめて、手紙くらいは出そうと思っていたんだけど、治道さんにも色々と事情があるだろうから、重荷に感じて欲しくなかったんだ。ほら、いつ頃からか、鑑定会にも来なくなったから」

若者の無作法を咎める年長者ではなく、ひとりの友人として寂しがるような口調だったのは、石塚さんはきっと、僕が刀剣に対する興味を失ってしまったと思い込んでいたのだろう。取らぬ狸の皮算用であったし、鼻を明かしてやりたいという、必ずしも明るくはない決心が動機の一部を成していたのだが、祖父の友人であった石塚さんにだけは打ち明けるのが筋だと思い、僕は彼に、父の会社に入ることにした理由を洗いざらい説明した。眉間に皺を寄せて僕の話を傾聴した石塚さんは、やがてぽつりと「そうだったのか」と呟き、揺らした体の反動を利用するように安楽椅子から立ち上がって、壁一面を埋めているスチールの書棚を検分し始めた。

「亡くなる半年ほど前かな、誠一郎さんがやって来て、『机を貸してくれ』と言うんだ。珍しく鞄を提げていた。ああでもないこうでもないと、三、四時間ほど滞在していたんだ。その時に忘れていったものを、こっそり取っておいたんだよ。忘れ物だから、処分して欲しいと頼まれた分には含まれない。……というのは屁理屈かな？」

そう問い掛けた石塚さんの手は、まだ鮮やかさの失せていない青色のスクラップブックを開いていて、僕はソファを離れ、刀剣を鑑賞する時にそうするように、唾を飲んで呼吸を最小限に留め、その対象物に敬意以外の一切が触れてしまわないよう注意を払いながら、彼が向けてくれた頁を眺めた。全ての字が縦の軸線に貫かれているかのような精緻な配置を特徴とする達筆は、紛れもなく祖父の字だった。

「さびしさに　うつろひにけり　山吹の」

「そう、上の句だけなんだよ。気になって訊ねようとしたんだけれど、もしかしたらこれは、誠一郎さんの辞世の句なんじゃないかと思って、やめておいたんだ。治道さんなら知っているんじゃないか？」

「いえ、祖父は遺書を遺しませんでしたから」

「そんなはずはないよ。あの時、誠一郎さんは歌以外にも何か書いていたからね。君の前ですべき話じゃないが、相続のことをきちんと考えていたはずだ」

訝しむ視線が僕を見上げているのには気付いていたが、僕はまだ、祖父の書から目を離せずにいた。祖父が遺書を遺さなかったという事実をもたらしたのは、他ならぬ彼の息子だった。葬儀に始まった、烏丸家の家督にまつわる煩雑な手続きに関しては、父が多忙の合間を縫ってどうにかしたのだろうと早合点していた。遺書が存在していたのならば、祖父の性格からして、身内のことを外に出すのははしたないと考えていたはずなので、前もって父に渡したに違いない。そして、父はそれを握り潰した。自分に不都合なことが書かれているのを知った父は、内容を隠すのではなく、存在そのものを抹消したのだ。僕は父に対して、不義を働く男ではあるものの、人間としての公正さだけは持ち合わせているという評価を下していた。それは僕にとって、この上ない譲歩であり、同時に、現時点で与えることのできる最大限の賛辞であったのだが、父は僕をまんまと裏切ってみせた。烏丸道隆は、自らの損得のためならば、祖父のことで僕に嘘を吐ける人間だったのだ。

「持っていきなさい。君が持っているべきだよ」

「……いえ、石塚さんが大事にしてください。祖父もそう望むはずです」

自分の手元に置いておくのが躊躇われたというのが本心だったが、失われた祖父の意思を持ち出せば相手は引き下がるしかないし、僕の卑怯さは、代弁者たる孫という特権的な立場で語ることを、相手の心を傷付けてしまわない状況において自身に許していた。腕時計に目を遣ると、頼んでいた迎えの来る時間になっていたので、僕は石塚さんに「そろそろお暇《いとま》させていただきます」と伝えた。石塚さんは恭しく頭を下げ、「博物館の完成を楽しみにしている」と言ってくれた。体に障《さわ》ってはいけないから、玄関まで見送るというのは遠慮してもらい、僕は石塚さんの自宅をあとにした。門口から出るのに合わせて近付いてきた車に乗り込み、次の目的地へと向かう。

戸山町《とやまちょう》にあったグラウンドは、僕が大学を卒業する前年に工事が行われ、そこに早稲田大学記念会堂が建立されることになった。そのため、競走部の学生たちは、以前は陸軍の練兵場があった戸山公園かどこかで練習しているのだろうと思っていたのだが、関根さんによれば、その年にできた東伏見《ひがしふしみ》のグラウンドを使っているとのことだった。ふらりと見に行けると考えていたので、とんだ誤算だった。見学の日程を決めようとしていた折に電報が届き、僕は朝一で関根さんに電話を掛け、石塚さんを見舞ったあとで伺いたいと伝えていた。明日に競技会を控えた高橋君は、ウォーミングアップ程度の軽い練習しかしないらしく、顔合わせをするにはうってつけの日であった。

青梅《おうめ》街道をひたすら一時間ほど走り、石神井《しゃくじい》川を渡ると、おそらくあれだろうというグラウンドが見えてきた。敷地まで乗り付けるのは品がないように感じられ、少し手前で降ろしてもらい、徒歩で向かうべくコートを羽織った。空は雲ひとつない快晴で、赤土色のアンツーカーは対比となって鮮やかに、そこを駆け回る人間の皮膚のさらなる内側、血の巡る肉そのもののように見えた。

学生の頃、講義が終わったばかりの大教室で、同級生から議論を吹っ掛けられたことがあった。長瀬という棒切れのような学生で、彼が横光利一《よこみつりいち》を口汚く罵ったのを僕が咎めたのが発端だった。彼は批判の手段に、僕という個人を解体することを選び、「ボディビルというのは自然的な運動とは言えず、ナルシシズムそのもので、体操や陸上の選手のような機能的な肉体こそが真に美しい」と述べた。僕は「生まれ持った弱い肉体を恥ずかしいと思わず、そこに安住する者こそナルシシストだ」という持論で応えたうえで、「そもそも肉体の機能性とは何なのか」を問うた。すると、長瀬氏は自信満々の様子で、「目的意識の有無であり、君がいたずらに膨らませている体にはそれがない」と断言してくれた。そこで僕は、議論の発端、すなわち彼が横光利一を毛嫌いする理由に立ち返り、「なるほど、目的を達成するための機能性を賛美するなら、君は零戦をも賛美しなくてはならないね」と言った。僕が好かれていたかどうかはさておき、長瀬氏は敵の多い人物だったので、成り行きを見守っていた学生たちは、僕の痛烈な皮肉に拍手を送ってくれて、長瀬氏は顔を真っ赤にしながら大教室を去っていった。

あれ以来僕は、機能的な肉体というのを蔑称のように捉えていたのだが、こうして選りすぐりの選手たちを眺めていると、その言葉以外に相応しいものはないのではないかと思えてくる。細いという事実を否定することができないが、棒切れの長瀬氏のような、ないゆえの細さではなく、極限まで削ぎ落とされたがゆえの厳然としたシャープさであり、レーシングパンツの裾から覗いている筋張った足は見事に筋肉が発達している。僕は陸上競技について、距離によって種目が分かれている程度の知識しかなかったが、こと走るという行為が、スポーツとして切り取られる以前から人類の歴史を形成している、原初の運動であるという理解を持っていた。文明の有無や、その発達の度合い、そこで用いられた道具などの違いはあれど、人間は、何らかの形で常に獲物を追い掛け、あるいは、逃げていた。走ることは生存の基礎であり、交易という概念が誕生してからは、地点間の移動をも意味するようになった。そこに速度という指標が持ち込まれることで、ふたりの人間は競争を覚え、彼らに栄誉を与えるために競技が作られた。メニューとしての差別はあるのだろうけれど、上半身と下半身にまったく違うトレーニング方法があるボディビルと違い、陸上競技の練習に走る以外の方法はなく、おのれの肉体を酷使することでしか鍛えようがない。そして、競い合いはするものの、闘争心を直接的にぶつけ合う格闘技とは違い、あらゆる感情を推進力にして、足を止めそうになる自分と戦う精神的なスポーツだ。

僕は二百八十メートルのトラックの外側、革靴の底が砂粒を踏む地面に佇んで、学生たちの練習をしばらく見学していた。短距離走が使う番になったのか、長距離のそれよりも肉付きのいい選手たちが、ピストル代わりの手拍《てばたき》を合図に出走していく。前に前にと跳躍していく彼らは凄まじい回転数と力強いストライドを両立させ、足だけではなく腕も振っているのに、二百メートルを走り切っても、ほとんどフォームを乱していなかった。ゴールしてからも、その姿勢を保ったまま数メートルを行く様は、完全に停止するのに距離を必要とする自動車のようであり、勝敗が決しても油断を許さない武道の残心のようにも思えた。息を整えた者から順に計測者の元へと集まり、ノートを覗き込みながら何か話している。その横顔には笑みが浮かび、年相応のあどけなさが見て取れた。あの青年たちは、鎬を削り合う全力疾走を、ほんの少しだけ休んでからふたたび行うのだろう。タイムを縮め、レースで一位になるために、あれほどの苦行をひたすらに繰り返すのだから、障害物のないのびのびとした環境に思えるグラウンドは、その実、残酷な数字に支配された適者生存の世界なのだろう。踏むべきゴールが見えぬ場所にあり、たとえ途中まで一位だったとしても、あとで抜かれてしまえば何もかも全てが無駄になるマラソンは、陸上競技のなかでも、さらに過酷なものに思えてならなかった。旋風の吹き荒れる戦場に見入っていたせいで、臙脂色のジャージを着た男性が近寄って来ているのには何となく気付いていたが、それが関根さんだということは、声を掛けられるまで分からなかった。

「わざわざお越しくださって、ありがとうございます」

「こうしてちゃんと見学するのは初めてですが、いや、凄まじいものですね」

「よかったら、走ってみますか？　着替えなんかは私のをお貸ししますよ」

「いえいえ、体が重くて、みっともない走りを披露することになります」

関根さんは笑ってはいけないと考えたようで、僕の冗談は不発に終わった。

「お電話でもお伝えしましたが、本当に、何とお礼を言ったらよいのやら……。お会いしたばかりで、不躾なお願いでしたのに、こんなにも早く実現していただけるなんて、まさしく夢のようです」

「僕はたいしたことはしていませんよ。お金を出してくれるのも会社ですからね。マラソンも建築も、ゴールに向かって進み続ける点で同じだと言ったのが効いたんだと思います」

机上の空論というか、我ながら欠点の多い出任せだったが、関根さんは、それがその場限りの賛同でないことを示すように注意深く頷いた。

「マラソンは、よく人生にも喩えられるんです。山あり谷あり、思っているよりも長く、思っていたよりも短く、最後の最後まで何が起こるか誰にも分かりません。……ただ、歩みを止めなかった者だけが、ささやかな栄光を手にすることができる。だから、魅力的なんです」

グラウンドの外周を長距離の選手たちがジョギングしていた。ジョギングと言っても、僕ならものの数分で脱落する速さで、一団が間近に来ると、細いという形容は愚かしい間違いであり、骨が筋肉の鎖帷子を纏っているような印象を受けた。あるいは、皮鉄《かわがね》に包まれた柔らかい心鉄《しんがね》だろうか。日本刀は、強度の違う鋼を組み合わせて作られることで、折れることのない柔らかさを持ちながらも鋭い切れ味を誇るという比類なき矛盾を実現する。その全身を刀身に、刃音をシューズの音に変え、彼らのしなやかな筋肉は空気を裂いていく。

「それで、高橋君にはもう伝えたんですか？　本人が了承しないことには……」

「ええ。実業団に入るのではないと説明したのですが、いまいちぴんと来ていないようで、烏丸さんと直接話をしてみたいと言うんです。お手数なのですが、お願いしてもよろしいですか？」

「もちろんです。僕が彼でも、似たようなことを言ったと思います」

僕が来る前に打ち合わせていたのか、関根さんが手招きをするなり、トラックの内側で体操をしていたひとりが立ち上がり、短距離走者たちを先に行かせてから小走りでこちらにやってきた。背丈は、ほんの五尺ほどだろう。よく日に焼けていて、小僧という言葉が似合うその青年は、廃部になったという件の建設会社の名前が書かれたゼッケンを着ていた。左の脇と裾には拙《つたな》い手付きで繕った跡があった。関根さんは高橋君に、「こちらが烏丸建設の烏丸さんだ」と言って僕のことを紹介してくれたのだが、彼は礼儀としての会釈に優先して、眉を顰めてみせた。何が気になったのかは自明の理であったので、「社長の血縁者なんだよ。ただそれだけのことで、僕はただの平社員だ」と教えると、高橋君は得心したように頷いた。

「すでに聞いているとは思うが、関根さんから君を紹介されたんだ。実業団がなくなってしまったので、新たに後援者になってもらえないか、とね。僕たちの会社としては、ぜひとも応援させて欲しいんだが、君の気持ちを聞かないことには何も始められなくてね」

「お気持ちはありがたいですが、見ず知らずの方の金子は受け取れません」

「そんな言い方をするもんじゃない！」

温和そうな関根さんでも、怒気を帯びればこんなに迫力のある声を出すのかと呆気に取られつつ、僕は「まあまあ」と宥めに掛かった。高橋君も算盤を弾いているはずで、あれこれ切り詰めているとはいえ、現状が長続きしないということは理解できている。肝心なのはその点で、そうだとしても彼は、独力で成し遂げたいと思っているのだ。歳を取るほど、矜持に抜け穴を見付けるのが上手になっていくものだが、彼は若く、まだその術を知らない。

「高橋君の言いたいことは分かるつもりだ。実業団というのは、要するに、机に向かう代わりにスポーツをする会社員だよ。それと比べると後援者というのは、タニマチのような、いかがわしい響きに聞こえるだろうね。江戸時代には、武将たちがこぞってお金を出して能楽を支えたものだけど、君はそういうのを、あけすけな言い方をすれば、乞食みたいだと思うんだろう？」

「はい、思います」

「僕たちの会社は、君にお金を払う。食事だの治療費だの、靴代だの、君が必要とするものを全て肩代わりする。建設会社なので、住むところも貸すつもりだよ。……けれども、ただで渡すというわけじゃない。高橋君には会社の宣伝に協力してもらいたいんだ」

　僕を見上げている高橋君の怪訝そうな顔付きが、一段と険しくなる。

「宣伝、ですか？」

「オリンピックに出れば、日本中が君の勇姿を見ることになる。君は有名人になる。その君に、烏丸建設を世間に広めるのを手伝って欲しいんだ。ポスターに君を使ったり、作業員を激励する様子を撮影したり、重役を引き連れて都内を走るなんてのもいい。結論を言えば、生きた広告として働いてもらいたいんだ。その対価として、僕たちは資金を提供する。後援という名を借りてはいるが、これは一種の契約というわけなんだ」

　やり方は幾つかあったが、僕は『陸上競技マガジン』に載っていた写真から、高橋君の人柄を想像し、最も誠実な方法だけが彼の心に訴えるだろうと考えていた。咀嚼する必要がないほどに簡単な説明で、俯いている高橋君が承諾するか否かについて考え込んでいると思った僕は、「時間が欲しいだろうから、返事は後日で構わない」と伝えた。しかし彼は、思いも寄らないようなことを口にした。

「写真は絶対に撮らなくてはならないのですか？」

「まあ、ポスターを作るためには撮らなくてはならないけど、どうして？」

「写真は恥ずかしいんです」

　深い事情があるのかと勘繰ってしまったので、少しばかり間を置いて、僕は口元を緩めた。高橋君の眼差しが真剣そのものだったから、余計に微笑ましく感じられた。

「オリンピックに出れば、嫌でもカメラに慣れるさ。心配なら、こっそり撮らせるよ」

僕の返答を聞いて、高橋君は小さく頷いた。大袈裟な首肯の胡散臭さを嫌っていた僕は、納得のいくまで検討が行われた末のような神妙な頷きが、今の部分に対してではなく、全体への了承のような重みを伴っているのを感じ取った。関根さんが気を利かせて、「これから先はどうしましょうか？」と訊ねてきた。

「まずは会社に言って、正式な契約書のようなものを作らせます。一応、ご両親にもお話ししておいた方がいいかも知れませんね」

「ああ、そちらは私の方でやっておきますよ」

「では、よろしくお願いします。月に幾らほど必要か、概算でいいのでお知らせください」

関根さんはこれまで以上に深々と頭を下げ、高橋君もそれに倣った。高橋君はすでに練習を終えていて、先ほどまで行っていた柔軟体操が済んだら、あとは明日まで休養を取るらしい。関根さんが「戻っていいよ」と告げたが、高橋君はその場に留まり、発言を許可されることを待つように、目を合わさないまでも、その視界に僕を収めていた。

「訊いておきたいことがあるのかい？」

「何とお呼びしたらよろしいですか？」

名前は伝えたはずだがと思い、ややあって、彼の気の回りように感心した。おそらく、烏丸建設の烏丸さんと呼ぶのでは、僕に不都合があると考えたのだろう。彼は二十三歳で、僕とは五つ離れている。兄弟くらいの差だったが、僕と彼では背丈が二回りほど違うし、彼が幼く見えるのもあって、それ以上の隔たりがあるように思える。けれども僕は、対等な立場での契約を結ぼうとしているからには、不必要な、過度な敬意を持たれたくなかった。彼は一流の競技者であり、僕が直接的に何かを与えるわけではないのだ。

「治道さん、と呼んでいただけるとありがたいな」

「分かりました」

早口に応え、高橋君はグラウンドの方へと駆けていった。呼ばれてから戻っていくまで、彼の気を著けの姿勢は一寸、いや、一分も崩れることがなかった。関根さんは、遠ざかっていく高橋君の小さな背中を、慈愛に満ちた目付きで見守っていた。オリンピック選手団のコーチをしているとはいえ、元来は早稲田の監督である彼は、学生でもない彼に、なぜここまで入れ込んでいるのだろうか。後援者になるからには、その理由も知っておかねばならないと考え、僕は訊ねることにした。

「高橋君に目を掛けるのは、彼の記録が素晴らしかったからですか？」

「私が初めて彼を見たのは、彼が陸上競技を始めたばかり、高校二年生の終わりの競技会です。確かに才能に恵まれている選手だとは思いましたが、群を抜いて、というわけではありませんでした」

「なら、他に何かあったんですか？」

「レースの前に、ジャージを脱ぐでしょう？　高橋君は脱いだそれをぱんぱんと横に広げて、念入りに皺をなくしてから、四つに折り畳んで綺麗に積み重ねていたんです。その所作を目にして、ふと、自分の心が濁っているような気分になったんです。私は学生たちを引率した海外遠征で、外国人たちが効率的な練習をしているのを見て以来、少しでも彼らの記録に追い付くために、彼らの真似をさせようと必死になっていました。スポーツを科学的に解明しようとする、極めて合理的な態度のことです。ちょうどそんなことばかり考えていた時期だったので、戦の前でも作法を忘れない、高橋君の武士のような振る舞いに感銘を受けたんです。ああいう人間にオリンピックの舞台に立って欲しい、そう思うようになりました」

関根さんの語り口は、価値のある品が仕舞われている抽斗を開けるような慎重さを伴っていたが、恐る恐る取り出しているのではなく、むしろ堂々としていて、その手を衝き動かす親愛の情は、他者の尺度を必要とせず、自分が認めている最も美しい価値というものが、絶対に壊れることがないと知っているのだ。

高橋君が三位になった写真を撮られたのと同い歳の頃、僕は一時的に、愚連隊の幹部をしていた男と関わりを持った。あの男は僕に、信じていた道というものが消えて、それでも歩いていかねばならなかったと述懐した。この国の未来に関して、彼は予言者ではなく体現者に過ぎず、あれから九年が経ち、新たな三種の神器を与えられながらも、使わずに仕舞っておける平和主義や民主主義よりも、実践的な資本主義に傾倒していくことを選んだ日本は、敗戦国であっても手にすることができるメダル、すなわち、経済大国になるべく走り出した。その凄まじいまでの速度に付いていくことができないでいる落伍者が僕だったのだが、僕よりも若い高橋青年は、それとはまったく異なった道を歩んでいるように思えた。陸上競技に留まらない走者であった関根さんが、過去の美徳の幻影を高橋青年に見出したように、僕もまた、彼の進む先に興味を抱いていた。

5

陽子が子供たちを連れて戻ってきて、僕が最初にしたのは部屋の明け渡しだったが、その次にやったことといえば、三階にある所蔵品の倉庫に扉を取り付ける工事だった。元々は屋根裏だった空間を丸々使っていたため、ある程度は大掛かりな扉が必要になり、床と天井に長いレールを這わせて横開きの戸を付けるのが、そこまで見栄えを損ねないやり方だというのが、僕が相談を持っていった業者の弁だった。工事自体は二日ほどで終わり、床と似た色の木材で拵《こしら》えてもらった両開きの引き戸は、鍵と後付けの南京錠によって、二重に施錠することが可能だった。三階に通じている階段はふたつあり、使用人たちが使う階段を上ると僕の私室の横に出るので、鍵がなくとも倉庫に入れるのだが、姉たちの部屋に近い階段から行くと、圧迫感のある引き戸に阻まれることになる。陽子が母とともに頻繁に外に連れ出していたことや、母が「危ないから近付いてはいけないよ」と言ってくれていたおかげで、しばらくは、三階が子供たちの探検の対象となることはなかった。

しかし、ある時ふたりが観劇に行き、騒ぐかも知れない子供たちに留守番を強いた日があり、彼らは詐病を使って巧妙に使用人を遠ざけると、母との約束を破って階段を上ってしまった。そこで高く聳える引き戸と頑丈そうな南京錠を目にした子供たちは、得体の知れない何か、退屈な日常に新しい刺激をもたらしてくれる何かが向こうにあると思い、「鍵を外して欲しい」と駄々を捏ねたのだった。使用人たちは断固として首を横に振ってくれたようだが、陽子は自らの子供に我慢をさせない方針で、その苦情は、数日経って僕の耳に入るところになった。屋上で風呂上がりにコーヒーを楽しむのが僕の冬の日課になっていて、さすがにバスローブ一枚では寒いので、その上からコートを羽織るようにしていた。腰掛けている揺り椅子は自分ひとりのために用意したものなので、座れる場所は他になく、陽子は扉の内側から僕を呼び付けた。

「なかで話さない?」

「ここが好きなんだよ。静かでね。最近は、めっきり静けさを楽しめる機会も減っているから」

「嫌な言い方をするのね。何がそんなに気に入らないの?」

「誤解して欲しくないんだけど、一緒に住むことを嫌だと思ってはいないよ。家族だからね。ただ、家族だとしても守るべき礼節はあるはずだ」

「礼節ね。なら、わたしの子供を盗人扱いするのは、礼節を欠いているとは思わないの？」

あきらかに苛立った声だったが、僕はそう来たかと、思わず膝を打ってしまった。意を決してこちらにやって来た陽子は、セーターでは凌げない寒さを紛らわせようとして煙草を咥えたが、風が吹くのでなかなかライターが役に立たず、僕は見兼ねて立ち上がり、大きい図体で風除けになった。

「走り回らずとも、うっかりぶつかってしまうことなんて、子供には珍しくないだろう？　それで壊してしまったら、彼らも悲しい気持ちになるだろうと思って扉を付けただけなんだ。盗まれるだなんて、考えたこともないよ。これは祖父のための措置であって、姉さんの子供たちを侮辱する意図はまったくないということだけは分かっていて欲しい」

「あそこを管理してくれって、あんたがじいじいから頼まれたの？」

「はっきりと言われたわけじゃないよ。祖父がそういう性格だったのは姉さんも知ってるよね？　晩年は僕が代わりに手入れをしていたし、その意思を受け継ぐのは当然だ」

「つまりは、勝手に所有権を主張してるってことね。……おかしいと思ったのよ。大体、じいじいは遺書を残さなかったんでしょ？」

僕の傍で体を縮こませている陽子が、呆れたように言った。

「誰に聞いた？」

「パパ以外に誰がいるって言うのよ。わたしのことやあっちゃんのことが書いてあるかどうか気になって、お葬式の時に訊ねたの」

あっちゃんというのは、上の姉の温子のことだ。兄弟のなかで陽子だけが、父をパパと呼んでいた。幼い頃からずっとそうで、父もそう呼ばれることに気をよくしていた。母に似て大柄で、髪型や化粧、衣服、装飾品、何もかもが派手好みだった陽子は、アメリカ人の子供に交じっても引けを取らないので、娘を連れて行くことがプラスに働く機会が訪れると、父は決まって陽子をお供させた。陽子と父はお互いに、家族のなかで自分たちが最もよく似ていると、早い段階から理解している節があった。ふたりは強欲で、なおかつ、それを押し通せるだけの胆力も持ち合わせていた。いつだったか母が、陽子は欲しいものを買ってもらえるまで頑として動かない子だったと、今だから許せる逸話として話してくれたことがあった。陽子は泣きもせず、喚きもせず、ただ一点を、手に入れたいものを見つめ、自分の思い通りになるまで何時間でも待ったのだという。彼女は折れなかった方が最後には勝つというのを、四歳の時点で熟知していたのだ。そのことを踏まえれば、向こうが見たいと騒いでくれる分、彼女のふたりの子供は、子供らしく素直に育っていると言えた。

「遺言のこと、姉さんは変だと思わなかった？」

「変？　どうして？」

「祖父は当主として、これから先の烏丸家のことを案じていたはずだ。なのに、それを伝えずに亡くなるなんて、不自然じゃないか？」

「不自然なもんですか。じいじいは自分のことしか頭になかった人よ。まあ、それが若さの秘訣だったんだろうけど」

「馬鹿なことを言うなよ。祖父がどれだけ刀剣のために尽力したか、姉さんは知らないんだ」

「あら、それって、つまりは自分が好きなもののためでしょう？　いい機会だから、じいじいのことをよくご存じのあんたに教えてもらいたいんだけど、じいじいは他に何をしてくれた？　パパがママをぶつのを止めたことがあった？」

陽子が吐き出した薄煙は風に流されて、僕の目の前で夜霧のように広がっていく。

「……一体どうすればよかったのか、育て方を悔やんでいたはずだよ」

「自分の失敗、でしょ。あの人は、何もかも自分の人だったの。だから、自分が死んだあとのことなんか、どうでもよかったのよ」

「何をどう思うかは個人の自由だけど、僕の前で祖父を侮辱しないでくれ」

ここに来たのは寛ぐためであって、人を見る目もなかった癖に、世間を隅から隅まで見通せていると勘違いしている愚か者と不愉快な議論をするためではなかった。残っていたコーヒーを一気に飲み下し、揺り椅子から立ち上がる。

「近いうちに、祖父の蒐集品を展示する博物館を作るんだ。別館を使うことになるから、そうなったら三階は空くし、姉さんたちで好きに使えばいい。僕は向こうに寝床を作るよ」

そう伝えて、先になかへ戻った。僕の私室はすぐ近くにあったので、体を冷やし過ぎる前にベッドに入ることができたのだが、陽子の言ったことが胸に引っ掛かり、すぐには寝付けなかった。去来したのが憤りだけだったのなら、目蓋を閉じて押し込めていれば、時間がそれを冷ましてくれる。そして、そうはならなかったのは、彼女が僕の心に疑念という火を点したからだった。祖父と父は親子なのにまるっきり違う人間で、先祖返りなる言葉があるように、僕は祖父に似たと思っていたのだが、そもそも蒐集家とは強欲でなければ務まらないし、美術を愛でているという大義名分が、その欲を美しく見せていた。何のための蒐集だったのか、何に対して美徳を感じていたのか、どうして刀を愛していたのか、存在理由を曲げてまで延命させようとした真意は何だったのか、僕のなかで燃え上がった疑念は、それに答えてくれる祖父は、もうこの世にはいない。しかし、答えを垣間見ることができる方法が、ひとつだけ残されているかも知れなかった。遺言が握り潰されていたのなら、父だけはその内容を把握している。

あの男が二十歳になったばかりの愛人を囲っていることは、本社に勤めるほとんどの社員が知っている、いわゆる公然の秘密であった。その愛人は東映のニューフェイスに選ばれるくらいの美人だが、芝居の才能と熱意の両方に欠け、わずか数週間で女優を辞め、ふらふらと銀座かどこかで飲み歩いていたのが父の目に留まり、ひとつかふたつの公序良俗に反する行為の見返りとして、荻窪《おぎくぼ》にある新築マンションの一室を贈与されていた。父が運転手に「荻窪」と言えば、向かう先は愛人のところで、おそらくは今晩も同衾しているはずだった。有事に備えて知っていた方がいいと考えた僕は、少し前にその家の番号を秘書から聞き出していた。

ベッドを抜け出して電話機へ向かい、手帳に控えていた番号に掛けたところ、電話は繋がったのだが、一応は受話器を取っているらしい相手はうんともすんとも言わなかった。「道隆氏を出してくれ」と頼むと、若い女の「えー」という声がしたような気がして、僕は同じ台詞を、さっきよりも大きな声で繰り返した。何度か繰り返していると、電話の向こうで物音が立つのが聞こえた。

〈……誰だ？〉

「僕です。治道です」

覚えている限りでは、父は布団で寝るのを好んでいたから、隣には若い女が横たわり、枕元にでも電話機が置いてあったはずで、父が彼女に取り繕ったような優しい声で「ちょっと向こうに行っていなさい」と言ったのが分かった。

〈俺がここにいるのを誰に聞いた？〉

「そんなことはどうでもいいでしょう」

〈どうでもいいって、お前、今何時だと思ってるんだ？〉

「まだ日付は変わっていませんから、非常識過ぎるというわけでもないですよ。それで、急いで確認したいことがあって電話したんです」

〈お前の仕事のことなら、秘書に任せてある。いちいちの仔細を俺に言わんでもいい〉

「違います。私的なことです。祖父の遺言状についてお聞きしたいのです」

〈今更、何を聞くことがある？〉

「遺言を残さなかったと言っていましたが、あれは嘘だったんじゃないですか？」

どうやら、僕が掛けるまで本当に寝入っていたようで、苛立ってはいるようだが、いつもと比べれば取るに足らないほど弱く、臆せずに追及することができた。

〈……どうして俺が、そんな嘘を吐く必要があるんだね？〉

「あの祖父が、屋敷に残される収蔵品の扱いについて、何も指定することなくこの世を去っただなんて、辻褄が合わないんです。どういう類かは分かりませんが、祖父の遺書には、あなたに不都合なことが書いてあった。それを僕や他の誰かに知られるのを恐れて内密に処分したのではないか、僕はそう考えているのですが、別に、この件であなたを告発しようっていうんじゃないんです。僕はただ、祖父の最後の言葉を知りたいだけなんですよ。もしそうなら……」

〈いいか。同じことを二度言うのほどくだらないことはないんだが、お前があんまりにも強情だから、仕方なしに、もう一度だけ言ってやる。……烏丸誠一郎は遺書なんぞ残しちゃいない。どうしてそうだったのかは知らん。あれは、最初から最後まで、何を考えているのか分からん小男だった〉

僕が「知人の家で何か書いていたはずだ」と言った時には、すでに電話は切られていた。あそこまで意地になるということは、本当に遺書がなかったのだろうか。それとも、僕が思っている以上に大きな、生みの親の死を冒瀆してでも守りたいような秘密が、そこに暴き出されていたのだろうか。僕の推測は、やはり後者に傾いていたが、父が犯人なら自供による解決は期待できず、他の手段で調べるしかないのがはっきりとした。不安への処し方として、できることが見付かれば一旦は落ち着くというのが僕の昔からの性《さが》で、乱雑に捲られた肌掛け布団に包まり、そのまま一眠りして朝を迎えた。

今日は日曜日だが、予定がひとつ入っていた。ちょうど先週に行われた競技会で、高橋君は素晴らしい結果を出し、見事一万メートル走のオリンピックの代表に選ばれていた。その壮行会をやるので、ぜひとも来てくださいと、関根さんから連絡をもらっていたのだ。壮行会は夜の六時半に始まるそうなので、それまでにあれこれ済ませておくために、僕は朝早くから活発に動き始めた。言うまでもないことだが、陽子の子供たちが僕の早起きに一役買ってくれていた。まず、開店の時間に合わせて新宿の紀伊國屋に行き、ごっそりと本を購入して、「栄寿司」で寿司を摘《つま》んでから屋敷に戻り、引き戸が付いたことで博物館らしさが増した倉庫に籠もって刀の手入れをした。暗くなり過ぎるとプレートを入れ替える際に見辛くて危なっかしいので、日がやや傾き始めるのに合わせて内庭に出て、ベンチプレスやアームカール、上半身のトレーニングに勤しんだ。シャワーを浴び終える頃には、ちょうどいいくらいの時間になっていた。

高橋君の希望で、壮行会は高田馬場にある「葉隠」という居酒屋が選ばれていた。屋敷からは二十分程度の距離で、使用人が車を出そうとするのを断って、徒歩で向かうことにした。場所は前もって地図で確かめていて、神田川沿いを歩いて面影《おもかげ》橋を渡り、明治通りをまっすぐ進んでいくと、早稲田通りとぶつかるところに「本日貸し切り」と書かれた紙が表に張り出された件の店があった。

引き戸の向こうでは、すでに賑やかな宴会が始まっていて、青年たちは座敷に腰を下ろし、年嵩の男性たちはカウンターに集っている。前者は早稲田の学生や実業団の選手たちで、後者はオリンピックの関係者たちなのだろう。部外者は少し遅れて参加した方がいいと考え、一時間ほど経ってから着くようにしていたのだが、カウンターにいた関根さんがすぐに気付いて、隣に座っていたオリンピック強化本部長の織田幹雄さんと引き合わせてくれたのちに、僕のことを高橋君がいる卓へと案内してくれた。選手たちは大方の事情、鳥丸建設が高橋君のスポンサーになるという話を知っているようで、関根さんから僕を紹介された彼らは「なるほど、これが」という面持ちで頷き、陸上競技とは無縁の男を快く迎え入れてくれた。僕は高橋君の隣に腰を下ろし、道中で冷えた体を熱燗で温めたいと思っていたものの、彼の前にどんと置かれているのを見て、同じくキリンビールを頼むことにした。

「遅くなってしまったが、選出おめでとう。君が凄い選手だというのは知ってはいたけれど、いやはや、本当にオリンピックに出るんだね」

歯の浮くような褒め言葉は好かないだろうと思って、素直な感想を伝えてみたのだが、高橋君はこちらを向くこともせず、黙って頭を下げた。お下がりと思しき、ややぶかぶかとしたジャージは彼の年齢をさらに数歳引き下げていたが、薄口のグラスを持つ姿は妙に様になっている。関根さんがビールを注いでくれて、僕たちは改めて、高橋君のために乾杯をした。

「一万メートルか。そんな距離を走り続けるなんて想像もできないよ」

「八月のニュージーランド合宿でも、高橋君は世界記録を上回るタイムを出していたんです」

僕の向かい側に座っていた菊池君という選手が教えてくれた。彼は八幡製鐵の選手で、競技会では高橋君と首位の座を争う実力者であり、オリンピックでの活躍が期待されているのだと、『陸上競技マガジン』の最新号に書かれていた。

「その後、膝の調子は何ともないのかい？」

「何事も気の持ちようですから」

「快調ということかな？」

「申し分ないと思います」

あまり触れられたくない事柄だったのか、高橋君は遠回りな答え方をした。後援者として彼の怪我の状態は把握しておきたかったが、何よりも、その好成績っぷりが彼の快復を証明していたし、仮に不調だったとしても、彼はそのことをひた隠しにし、その状態における全力を出そうと奮闘するはずだ。高橋君が自ら歩みを止めない限りは、こちらからあれこれと心配するのは止しておいた方がよさそうだ。

隣の卓から「どうぞどうぞ」と言って、刺身やら煮込みやらが回ってくる。食事は一通り済んでいるようで、今はどこも、じっくりと飲む番になっているらしかった。

「酒はよく飲むのかい？」

「こういうお祝い事の時だけです」

「まあ、練習に支障が出てはいけないからね。その代わり、今日はうんと飲めばいい。こういう費用も、うちが賄うつもりだ」

「いえ、自分は嗜む程度ですから」

「酔うほど飲むのを見たことはありませんが、たぶん、彼には酒豪の気がありますよ」

菊池君が口を挟むと、高橋君は「そんなことはない」と真正面から否定した。何となくだが、彼は以前に酒でこっぴどい失態を演じたことがあるのではないかと思った。若いうちは、羽目は外せても、記憶までは無くせないので、その時の恥ずかしさがブレーキとなって酒量を制限させている。そんな印象を抱いてしまったのは、何を隠そう僕自身が、もう二度と飲むまいと決めて禁酒を実行していた時期が一年ほどあったからだ。

「食事は何が好きなんだ？」

「好き嫌いはありません」

「立派な心掛けだけど、好物のひとつくらいはあるだろう？」

「刺身です。故郷ではあまり食べませんでしたが」

それを聞いて、高橋君は群馬の生まれだと関根さんが言っていたのを思い出した。じろじろ見ては失礼なので、ビールを注ぐ際に盗み見ていたのだが、高橋君は一瞬たりとも気を休めずに背筋をぐっと伸ばして座っていた。ずっとこうなのか、それとも、僕が来たから緊張しているのだろうか。

「祝いの席なのに質問ばかりですまないね。……変に思わないで欲しいんだけど、君のことをもっと知りたいんだ。というのも、僕は運動がからっきしで、ろくにやったこともないから、オリンピック選手なんていうのは雲の上の存在に思えるんだよ」

「その体で何もやっていないなんて嘘でしょう？」

菊池君の言葉に、彼の両隣にいた大学生の選手たちも同調するように頷いた。

「一応、ボディビルはやっていたんだ。運動というよりは、体作りのつもりだけどね。体が細いのが悩みだったから、見栄えをよくしたかった、なんていう邪《よこしま》な考えだよ。自分本位な鍛え方だ」

陽子の言ったことは、僕のなかでまだ尾を引いていた。関根さんによれば、高橋君が陸上競技を始めたきっかけは、上の兄に誘われたことだったそうだ。家族、とりわけ兄弟に影響を受けるというのは、男子にとってはよくある話ではあるが、生業にまで昇華させたとなれば、さらに大きな動機が介在していて然るべきだ。端的に「陸上競技の何が楽しいのか？」と訊ねてみたところ、高橋君はわずかに残っていた山吹色のビールを飲み干して、グラスを置いた。やけに力の籠もった置き方だった。

「いや、答えたくないならいいんだよ。酒の肴にしようってつもりじゃない」

「考えたこともなかったので、どうお答えすればいいか分からないんです」

酒気とは無縁の真剣な声色は、空気をぴりぴりとさせる類の緊迫感を滲ませていて、せっかくの場が静まり返ってしまうことを危惧したらしい関根さんが、あえて笑いながら「楽しくないのかよ」と茶化した。

「走っている最中は楽しいと思っています。しかし、こうして走っていない時に、どこが楽しいのか説明しろと言われても、何を言えばいいのか……」

「僕の場合は、トレーニングの最中なんかは、こんなに辛いことはもう二度としたくないと歯を食いしばるんだが、終わってみれば達成感があって、あの清々しさが僕をまたハーフラックへと向かわせるんだけれど、君の場合はその逆らしいね」

高橋君が頷いたのを見て、僕は続ける。

「僕からしたら、走るという行為はこのうえなく辛い。足も横腹も痛くなるし、できうる限り避けたいと思う辛い行為だ。他に楽しいことが幾らでもあっただろうに、なぜ君は走ることを選んだんだ？」

「辛いと思ったことは怪我だけです」

「ということは、最初から楽しかったのかい？」

「兄と一緒に山を登り降りしたのが、最初に走った思い出です。うちが持っている山で、幅の広い小川を越えた先にあります。傾斜は険しくて、雨が降るとしばらく地面が泥濘《ぬかる》むんです。その山で、何度も競走をしました。段々走るのに慣れて、追い越せるようになると、お前は本格的にトラックをやった方がいいと兄から言われました」

「なるほど。君の陸上競技は、トラックではなく山道から始まったのか。どちらが得意だった？」

「トラックは周りに何もなくて、ただ走ることだけに専念できるのが好きです。山道を走るのは、周りの景色がどんどん過ぎて行って、自分が前に出て行くのが分かるという点が好きです」

「じゃあ、速く走って記録を出すのは？」

「前よりも速く走れたら嬉しいですが、特別こだわったことはありません」

「話を聞くに、君は確たる目的がなくとも、常人がそこに至るための、血の滲むような努力自体を楽しむことができるというわけだ。まったくもって稀有な資質だよ」

称賛を送らずにはいられなかったのだが、当の本人は、よく分からないというふうに首を傾げている。あらゆる偉業のなかで最も高潔なものとは、道を作ることに他ならない。それは必ずしも物理的な道のみを意味せず、どう歩むべきかという指標であり、大きな道を失って日々右往左往している日本人が何よりも渇望している導きであった。人生の最後に、将来のために道を作ろうとした祖父は、名前にその一文字を採り入れることによって、父と僕がその理想の体現者になることを願ったが、僕はあくまでも、祖父が歩んだ道を踏み固めているに過ぎなかった。

そして、高橋青年は道を作れる男だった。目的がなくとも走破してしまえる強靭な脚力と精神が、それを可能にしている。道なき道を指標なしに幾らでも走れる才能の持ち主であるがゆえに、僕には彼が、むしろ常人以上に目的を必要としているように思えた。冴え渡る名刀は、たとえ折れにくいとしても、抜き身で振り回すのは危険で、収める鞘がなくてはならない。彼の器量に見合うだけの崇高な目的だけが、彼の身を守ってくれるのだ。それがオリンピックなのかどうかは、僕なんかには到底分からなかったが。

「ひとつ、厭なことを訊こう。オリンピックに出るのは怖いかい？」

「スポーツマンとして、至上の栄誉ですよ」

ややや顔を赤らめた菊池君が代わりに答えてくれた。

「しかし、重圧は相当なものだろう。勝てば官軍負ければ賊軍の世界だ」

「日本が世界に勝てるかもしれない機会なんです。それを背負えるというのは、身に余る光栄です」

「殊勝な態度だけど、僕としては本心が聞きたいな。僕はオリンピックの関係者じゃないし、ましてや、政治家でもないんだから。高橋君はどう思ってる？」

興奮したように話す菊池君から、唇を真一文字に結んでいる高橋君の横顔へと視線を移す。記録にこだわったことはないと言っていたが、満足を覚えはしないというだけで、悔しさはきっちりと感じていたはずだ。でなければ、三位に入賞しているというのに、あれほど厳しい顔で天を仰いでいたことの説明が付かない。彼はその小さい背中に修羅を背負っている。

「……自分は、怖いと思ったことはありません」

「一度も？」

「はい、一度もありません」

大胆不敵ながらも、それでいて驕りのない、清らかな川の流れのような一言だった。僕の知らない真実があって、彼にはそれが見えていた。もしかしたら、その真実は、まだ若さに由来する無鉄砲さを持ち合わせていた頃の僕が必死になって追い求め、その対岸に辿り着きはしたものの、結局は蜃気楼のように浮かび現れる屈折した幻であると見做してしまったものかも知れない。あるいは、まったく別種の盲信かも知れない。僕は彼の凄絶な無垢に心からの羨望を抱き、月ではなく太陽のような、自ら燃え上がる眩しさには目が眩むほどだった。自身に課した限度が訪れていたのか、高橋君は薄口のグラスに藍染のコップ敷きで蓋をしてしまい、湯気の立つお茶を啜っていた。体を冷やさないように、という意図もあるのだろう。

「油断しないで下さいね、烏丸さん。彼はそのうち、寿司が怖いだのステーキが怖いだのと言って、それでは確かめてみようと思った烏丸さんを罠に掛けるつもりですから」

関根さんが冗談めかして言うと、高橋君は眉を顰めて「そんなつもりはありません」と抗議した。菊池君や他の選手が「いや、蟹が怖いんだろう」「女はどうだ？」と代わる代わる囃し立て、座敷は温かな笑いに包まれていった。他の実業団に入るのを断られたと聞いた時は、ぶっきらぼうな、運動競技の世界を肩をそびやかして歩くエリート然とした性格を想像していたのだが、実情はまるっきり違った。歳こそさほど変わらないものの、皆が彼のことを弟のように可愛がっていた。危うい鋭さは、誰しもが持っているものではないし、望もうが望むまいが次第に丸く擦り減ってしまうのだから、僕がそうであるように、関根さんたちもまた、彼のことを羨ましいと感じ、突き進んでいく彼の後ろ姿を見守りたいと思っているのだろう。僕は彼の精神が、兄が屁理屈だと一蹴した、水平性と垂直性の融合を実現させてくれるはずだと考えていた。そして、多くの日本人が、全てではないかも知れないが、僕が考え出した理念を受け取ってくれるだろうという確信もあった。

これ以上は無粋だったので、僕は質問攻めを控え、彼らが話すのに聞き入りながら酒を飲んだ。学生たちの多くは田無《たなし》の寮住まいで、終電の時間が近付いてきた頃に壮行会はお開きとなった。店の外は、暑がりの僕には薄手のコート一枚でちょうどいい気温で、ジャージの高橋君からすれば肌寒いかも知れなかったが、「このまま走って帰ります」と言い出しかねないほど、その立ち姿は常在戦場という言葉を連想させた。

「いい店だね。学生の頃には知らなかったよ」

高橋君に声を掛けながら、僕は「葉隠」の看板を指差した。

「祖父も愛読していてね、僕も中学生の頃に読んだよ。あくびを我慢する方法で、額を撫で上げるのがいいと書いてあったな。半信半疑で実践するんだけど、これが意外と効果覿面なんだ」

返事はなかったが、鋭い視線を感じて隣に目を遣ると、信じ難いものを見たというような目付きで高橋君が僕を見上げていた。

「どうした？」

「自分も愛読しています」

「そうか。それで、この店が気に入ったのか」

「競走部の練習に交ぜてもらえると言われて、グラウンドが東伏見にあるのを知らなくて、高田馬場に行ってしまったんです。その時に、たまたまこの店を見付けました。自分の家は農家ですが、父が愛読していて、高橋家の子供は『葉隠』で文字を覚えます」

それを聞いて、彼の恐怖を排する態度に合点がいった。武士の志を持った田舎生まれの若者が、東京の祭典のために死力を尽くしているのだ。彰義隊の副長だった天野《あまの》八郎《はちろう》も、確か、群馬の生まれだった。凜然とした彼の所作は、幼い頃から叩き込まれた奉公の精神と死生観の賜物なのだろう。

「どう生きるべきか、どう死ぬべきか。……それらは表裏一体ではあるけれど、後者を考えるには、僕も君も些か若過ぎるよ」

祖父の死について再考していたからこそ、思わず口を衝いて出た。やはり、高橋君は何も答えず、線のように細い月をじっと見上げていた。

6

なるべく練習場所に近い方がいいだろうということで、東伏見のグラウンドと吉祥寺駅の中間地点にあるマンションの一室を、高橋君に無償貸与することになった。最上階の角部屋を充てがったのは、出来る限り静かな方が身も心も休まるはずだという僕の考えが採用されたからで、最上階と言っても五階なのだが、窓から下を覗き込んだ高橋君は「もっと低い階にできませんか」と狼狽えていた。

オリンピック選手となったことは、高橋君の生活に、その胸中はどうあれ、あまり影響を与えていないようであった。スポーツ記事を担当する記者たちが訪れるくらいで、彼は淡々と練習に励んでいた。予算のことは多部さんに任せていたので、出勤を免除された僕は直接東伏見へ向かい、コーチの関根さんに調子を訊ねたりしながら、高橋君の様子を仔細に、ルポライターさながらに書き留めていた。烏丸建設お抱えのカメラマンには「動く人間を撮るのは苦手なんです」と断られたようで、そのバーターとして彼の知人が寄越されることになったと、父の秘書が連絡してくれた。弟子といっても、歳は僕とそう変わらない軟派な雰囲気の男だったが、いざグラウンドに着けば、人が変わったように真剣に写真を撮り始めた。元々、オリンピックに関わる仕事がしたいと考えていたらしく、今回の依頼は彼にとって渡りに船だったと言えた。時折三脚の位置を変えながら、トラックを走る高橋君を丹念に撮影していたカメラマンは、ふと何かに気付いたようにカメラから顔を上げ、ぽつりと漏らした。

「やはり、外を走るのを見てみたいね」

「ここじゃいい写真は撮れませんか?」

「そういうわけじゃないけれど、スポーツ記事に使うんじゃなくて、広告でしょう？　それなら、彼の魅力を活かした方がいい」

「魅力というのは？」

「あんなに小さいのが、他の選手をぐんぐん置いていくんだもの、その突出具合が分かるように、周囲には比較になるような背の高い木々や建物が並んでいた方がいい。集団から外れて、孤独になって走っているところを撮りたいね」

失礼な言い方をするものではないと思う一方で、カメラマンの情緒的な感覚は、僕が高橋君に見出していたのと同じものをしっかりと捉えていた。ただし、孤独ではなく、孤高と形容した方が適切だろう。開会式までにポスターを作ることになっていたので、遅くとも年明けには、実際にビルや建築現場の前で写真を撮ってもらうことになる。土木本部から候補地が上がって来次第、カメラマンにそれを渡し、どこがいいかを決めさせる算段になっていた。僕らの会話など露も知らずに黙々と足を動かしている高橋君のことを「もっと近くで撮りたい」と言うので、練習が一段落するのを見計らって、彼にカメラマンを紹介することにした。昼飯でも一緒すれば、写真を撮られるのを恥ずかしがっている高橋君でも幾らか打ち解けてもらえるのではないかと期待したのだが、女の話題で親睦を深めようとした軟派なカメラマンに、高橋君は少しも好意を抱いてはくれず、何日経っても、その作戦が上手く運ぶことはなかった。さすがのカメラマンも匙を投げてしまい、結局、遠くから自然な姿を撮ろうということになった。

陽子が散々振り回したせいか、母は体調を崩しがちになり、自室からも出られない日々が続いていた。烏丸家の掛かり付け医が往診に来てくれていて、彼の見立てでは、大病などではなく、環境が変わったことによる不調ということだった。伏せっているのは気の毒ではあったものの、不幸中の幸いとでも言うべきか、母はちょうどいい時期に具合を悪くしていた。あまりにちょうどいいので、母だけが無意識のうちに、不吉な予感のようなものに罹患していたのではないかとさえ思えた。

基礎工事は夏に終わり、代々木の第一体育館には足場が組まれ、コンクリート工事が行われていた。メタボリズムを標榜する丹下健三氏を師と仰ぐ兄の直生と、オリンピックに向けた建設ラッシュに沸き、ホテルと集合住宅に注力したい父は、同じ会社にいて、同じ建設の世界に身を置きながらも、あきらかに違う道を歩もうとしていた。多忙の身を癒すのは休息だというのは僕のような凡人の発想だが、非凡な父はさらに予定を組み込むことで、刺激によって自身を活性化させようとしていた。どういうことかと言うと、あの昼食会が復活することになったのだ。場所の選定は秘書に任されていたようで、烏丸建設が施工した丸の内にあるパレスホテルが舞台となった。帝国ホテルで修業し、東京會舘に長らく勤めていたシェフが総料理長をしているというのが食通の間で話題になっていたのだ。

僕と兄が就職するのに合わせて昼食会は自然消滅していたから、兄の母と会うのは実に六年ぶりだった。こちらからは母が出られないので、僕ひとりで気不味い空気を堪能するしかないと腹を括っていたのだが、どうやら、僕に内緒で話が行っていたらしく、母の代理として陽子が出席することになった。父という人間を、その好色さを含めて完全に嫌悪していた温子なら、母に対する裏切りに加担している妾のことも当然軽蔑したはずだが、母と父を同じように愛するという、道義に反したことを平然とやってのけていた陽子は、まるで親戚に接するような朗らかさで彼らに接した。兄の母も、嫁に出ていた娘と久しぶりに再会したように、瞬く間に陽子と打ち解けた。予想外だったのは、あの兄までもが、陽子に柔らかい表情を向けたことだった。はじめからそうあるべきだったかのように、僕を除いてひとつの家族であったかのように、陽子たちは手の込んだ料理に舌鼓を打ちながら昼食会を楽しんだ。僕はカメラマンとの打ち合わせで会社に寄らねばならなかったので、兄と兄の母を先に行かせてから、陽子を車まで送った。

「やけに楽しそうだったね」

「そう、じゃなくて、実際楽しかったわよ」

「母さんの気持ちを考えたら、そんなふうに楽しむのはおかしいと思うけど」

「昔から、水を差すのが得意だったわね」

使用人が車のドアを開けて待っていたが、陽子は足を止めて、僕の眼前に指を立ててきた。

「あんたって、ママがどうだの、じいじがどうだの、自分が言いたいことを人のせいにして、わたしに罪悪感を覚えさせようとするのね。自分の意見を言ったらどうなの？　仲間外れが面白くないんでしょ？」

「仲間になりたいだなんて思ったこともないね。彼らも父の被害者で、その一点に関しては同情している。でも、彼らと会うこと自体が母さんにとっては重荷なんだ。父の気紛れで一度は終わったんだ、また終わることを心から祈ってるよ」

「どうして再開したか、分からないの？」

「気紛れだよ。それ以外に何があると思うんだ？　父に聞きでもしたのか？」

「……呆れた。本当に分からないのね」

そう言い捨てて、陽子は素早く車に乗り込んだ。僕は使用人にパッと目配せをして、ドアを閉じようとしているのを待たせた。

「何が言いたいんだ？」

「パパはきっと、あんたと直生さんをきちんと繋げておきたいのよ」

「嫡子と庶子を？　どうして父がそんな気を回す必要があるんだ？」

「あんたが会社を継げるような器じゃないから、代わりに妾の子を教育したんでしょ。パパが死んだら、彼が会社を引き継ぐわ。その時、あんたがお払い箱にされたら可哀想だから、今のうちに情を植え付けておこうと考えたに決まってるじゃない」

本当は平手打ちでもしたかったのだろうが、陽子は内側から乱暴にドアを閉めることで僕を拒絶し、使用人は顔を伏せるように一礼して、運転席へ戻っていった。後部座席で横柄にふんぞり返っている陽子は、どういうわけか勝ち誇ったような顔をしていたが、彼女はとんだ思い違いをしている。僕は目的のため、一時的に烏丸建設に身を寄せているのであって、陽子の元夫と違って、何の熱意もなく、しかしながら欲は深く、がたつきのない椅子にしがみ付こうとしているわけではなかった。博物館さえ建てられれば、そこからは袂を分かって自分の力でやっていくつもりで、兄が何をするつもりなのか、一体どんな考えで憎悪している男の会社に身を寄せているのかなど知りたくもなかったし、関係もなかった。第一、兄が社長になることがあったとしても、彼は烏丸家の人間ではないのだ。水よりも濃い血が僕と彼に、他人では済まされないという因果を与えているに過ぎなかった。

不愉快極まりない昼食会は、それからも毎週火曜日に開催された。僕のいないところで陽子がどんな出任せを言うか気掛かりだったので、欠席裁判にならぬよう仕方なく参加し続けた。もっとも、僕の心からの祈りは早々に聞き届けられ、十一月五日に再開したそれは、四回目の二十六日を最後にふたたび中止となり、その後は二度と開かれなくなったのだが、僕の悲痛な叫びに耳を貸したのは、慈悲に満ちた神ではなく、醜悪な魂を持った悪魔で、昼食会をなくして欲しいという僕の願望を、あまりにも倒錯した形で叶える代償として、他の全てを完膚なきまでに破壊し、僕のことを打ちのめした。

師走に入るなり、前途洋々だった烏丸建設に暗雲が立ち込めた。各所の建築現場に右翼団体が街宣車で乗り付け、工事の妨害をし始めたのだ。若い作業員には血の気の多い者も多く、小競り合いになって警察沙汰へ発展することもしばしばだったのだが、その原因は意外なところにあった。

東京の発展に尽力してきた烏丸道隆は、オリンピックへの奉仕が後押しになったのか、毎年十一月に行われる新嘗祭《にいなめさい》に招待されることになった。やんごとなき旧家に生まれながらも、家の金を一銭も使わず、身ひとつで烏丸組を起こした烏丸誠二郎の跡を継いだ自分が、幾度の困難を乗り越えて会社を拡大し、遂にはその功績を陛下に讃えられ、拝謁の機会まで与えられたというので、父はいたく感激していた。その時に注意しておけばよかったと深く悔いているが、まさに昼食会に代表される父の逸脱した価値観は、僕のそれまでをも麻痺させていて、あそこまでの大事になるとは思っていなかったのだ。

母が同席できなかったため、父は兄の母をつれて新嘗祭に参列した。その事実が火薬庫となり、陛下の御前に愛人を連れて現れるとは不敬極まりないとして、保守系の団体から批判が殺到したのだ。最も過激な活動が工事の妨害であったが、現場にいる作業員だけではなく、本社にいる社員も、鳴り止まない脅迫の電話や手紙の対応に頭を悩ませることになった。

右翼団体に関しては、父が執り成してくれる旧知に心当たりがあったおかげで、どうにか宥めることが出来たのだが、問題は、これまで縁もゆかりもなかった女性団体からの猛抗議だった。女性の人権を擁護することを掲げている彼女たちは、父の不道徳を痛烈に非難し、そのような人間が経営する会社が、青少年たちが夢中になるであろうオリンピックの会場建設に関わるべきではないと機関紙上で主張していた。噂によれば、女子選手たちにオリンピックをボイコットするよう呼び掛ける手紙まで送り付けているらしく、近いうちに城攻めが行われるだろうと身構えていたのだが、つい先日、彼女たちの事務所から「全国紙に記事を書かせるつもりなので知らせておく」という連絡が来た。

僕は秘書に呼ばれて、広報課の人間として対策の協議に加わった。この事態を招いた張本人である父は、悪びれもせずに「金を積めばいい」と豪語していたが、記者は手懐けられたとしても、女性団体は圧力に屈しないはずだし、それどころか、買収の事実を他社に報じさせようとするだろう。僕が何よりも危惧していたのは、今はまだ、しつこい蠅を煩わしいと思う程度の苛立ちに留まっている父が、一線を越えて爆発してしまいでもしたら、九年前の労働争議の時のように、個人的にヤクザを雇って片を付けようとしかねないことだった。博物館を作る前に会社が倒れてしまっては困るので、僕は「一任して欲しい」と伝えて、父の関心をこの件から逸らそうとした。その時は「そうか」という気のない返事だけだったが、あとになって秘書は、父が身に染みたように「あれは肝心な時に役に立つ」と言っていたと教えてくれた。

とはいえ、僕は妙案を思い付いていたわけではなかった。ひとまず、「話し合いがしたい」と先方に申し入れをしたところ、恫喝の危険を有する烏丸道隆氏を同席させないという条件で応じてくれることになった。こちらからは秘書と僕、多部さんが出席し、最上階の会議室に気の利いた茶菓子を用意したうえで、女性団体の面々が訪れるのを待った。向こうは八人の大所帯で、挨拶を済ませるなり、「こちらは団体の代表が来ているのに、そちらは課長風情に応対させるのか」と叱責された。「決して、あなた方を軽んじているつもりはない」と陳謝しながら、僕は彼女たちのなかに知った顔があるのを見付けた。飯嶋美雪《いいじまみゆき》さんという人で、早稲田の同窓生だった。学年はひとつ下だったと思うが、二つか三つ、どれも短歌を取り扱った講義で一緒していた。掃いて捨てるほど多く学生がいたにもかかわらず、飯嶋さんのことをしっかりと認識していたのは、教授から褒められた彼女の歌が、短歌を志す今時の若者にしては珍しく古風で、それが僕の趣味と合っていたから、すぐに名前と顔を覚えたのだ。団体内では若手のようで、端の方で書記をしているため、目が合うことはなかったし、そもそも向こうが僕のことを知っているかどうかも定かではなかった。

代表委員をしている水沢さんという四十過ぎの運動家が「先に連絡をした通り、全国紙にこの問題を取り上げてもらうつもりだ」と述べた。話し合いに応じてくれたということは、交渉の余地があるのではないかと僕は考えていた。記事にするのをやめてもらうのが、こちらの最終的な目標であり、その見返りとして何を差し出せばいいか、どうすれば溜飲を下げてくれるか、それを探らねばならない。

「この度のことは、どう弁明しようとも、僕たちの社長である烏丸道隆氏が間違っています。皆様から同席しないことを条件にして欲しいと言われる前から、こちらとしても、氏の謝罪が幾許かの価値も持たないだろうと理解しておりました。本日、皆様におかれましては、氏ではなく、僕たち烏丸建設の全従業員について、ご配慮をお願いできないかと思い、こうしてご足労頂いた次第です」

水沢さんは頷いてくれたが、通り一遍の謝罪に誠意を感じ取ってくれたというわけではなく、単に続きを促していた。

「新嘗祭の一件は、道徳的に決して許されることではありません。しかしながら、あれは烏丸道隆氏が私的に行ったことであり、烏丸建設の業務とは無関係と言えます。それが原因で烏丸建設が不埒な会社だと思われるのは、会社を支えてきた数千人の社員に対して、かなり不公平な物言いではないでしょうか。ぜひとも社内を見て回っていただきたいのですが、社員は皆勤勉な者ばかりで、オフィスビルから集合住宅に至るまで、日本人の生活を向上させるために日夜必死に働いています。その奮闘を、社長ひとりの不品行で帳消しにしようというのは、あなた方の理念である社会的な平等と果たして合致するのだろうか。……不躾ながら、そう考えております」

「あなたね、それは詭弁というものよ」

甲高い声を張り上げたのは、水沢さんの隣に座っている眼鏡の女性だった。

「烏丸道隆氏は、烏丸建設での功績を讃えられて、拝謁の資格を与えられたのよ。会社の社長として、私人ではなく公人として招待されているの。それを分かっていながら、会社は関係ないです、というのは道理が通らないわよね」

「仮にそうだとしても、会社が不祥事を行ったというわけではないんですから、彼だけが受けるべき非難を会社にも背負わせるというのは、やはり、道理が通っていないように思います」

「烏丸さんとおっしゃったわね？　あなた、息子さんなんでしょう？　烏丸建設が先代の烏丸組を引き継いだもの、要するに家族経営という形を採っていて、経営方針を定めているのが烏丸道隆氏である以上、彼の人格と会社が同列視されるのは当然だと思わない？」

「ある程度までは仕方ないとは思いますが、僕たち社員にも意思と人権があります。あなたの言い分では、まるで、父が不正を行ったから、妻や娘、家族まで切腹しろと迫られているようなものです」

「喩え話で誤魔化そうだなんて、いい根性してるわ」

それまで黙って聞いていた水沢さんは、過熱している眼鏡の女性を、彼女の膝の上にそっと手を置くことで穏やかに制してから、奥ゆかしさを感じさせる、目尻の垂れ下がった眼差しで僕を見つめた。

「烏丸さんは、まだ入社したばかりだそうですね」

「ええ、そうです。四月から広報課で働いています」

「それまでは学芸員をなさっていたと伺いましたが、なぜ四年間もお勤めになった職場を辞められて、お父様の会社で働こうとしたんですか？」

一体誰に訊ねたのかと、嫌な汗が滲んでいくのが分かった。彼女たちの背後には政治団体がいるので、その伝手を使えば案外簡単に分かることなのかも知れないが、彼女はどうして、関係ない僕の前歴までわざわざ調べたのだろう。

「個人的な理由ですので、この場でお話しするようなことではないかと……」

「あなたは烏丸道隆氏の本妻のご子息のようですね。ご自分の父親が堂々と愛人を連れて出歩いていたことをどのようにお考えですか？」

「身内として、心から恥ずかしいと思っています」

「大学をご卒業して学芸員になられたということは、お父様とは違う世界で生きていくことを選ばれたようにお見受けしますが、なぜ、今になって烏丸建設に入られたのでしょうか？　こうして私たちと話をしているのは、会社を支えている社員たちを守りたいと考えてのことですか？　それとも、会社を守ることによってお父様を守りたいのですか？」

「ひとりの社員として、他の社員を守りたいだけです」

「どうしてですか？　ここはあなたの会社ではないんですよ。これからお継ぎになるから、先になくなっては困るということですか？」

語調が変わることはなく、水沢さんは検事か何かのように淡々と切り込んでくる。一切合切の材料を並べたうえで、僕が烏丸道隆と利益を共にしている人間だから、この場に立つ資格もなければ、何を言っても虚しく響くだけだと言いたいのだろう。それで、もし僕が抗弁の最中に声を荒らげることがあれば、これ幸いと糾弾の理由に加えられる。話し合いに応じるというのは建前で、彼女たちの狙いはこちらを挑発することにあったのだ。渦中の人物の息子となれば、まさに格好の餌食だ。烏丸建設に入ることにした事情、すなわち祖父の話をしようにも、刀剣という極めて男性的な物品について、彼女たちが理解を示すはずはなかった。

返答に窮していた僕は、情けないと思いながらも、多部さんの助け舟を密かに期待していた。高橋君の一件で活躍してくれたように、泰然と構えたまま、しかし鋭く切り込んでくれるのを待っていたのだが、多部さんは腕をだらりと下げ、机上の湯呑みを熱心に眺めているだけだった。「だから行っても時間の無駄だと言ったのよ」と言ったのは眼鏡の女性で、隣に向けて耳打ちする形を取ってはいたが、わざと僕にも聞こえるような声量で話していた。記事にするのをやめて欲しいというのは至極分かりやすい頼みだったが、社員たちの拠り所である会社と社長とを切り分けて考えてくれないかという提案が平行線を辿っている以上は、どれだけ真摯に頼み込んでみても、彼女たちは一顧だにしないだろう。

座ってしまえば敗北を認めたと思われるのは必至で、しかしながら、迂闊な発言は心証を悪くしてしまうという雁字搦めに陥った僕が無様に立ち尽くしていた時、会議室のドアがノックされた。新たに誰かが来るような予定はなく、怪訝そうな表情をした秘書が静かにドアを開けると、そこには兄の姿があった。僕に向けられていた視線を一気に集めた兄は、猫背を治すことを意識し過ぎたせいか、行進する兵隊のような膝をまっすぐにする歩き方で女性たちの背後へと進んだ。

「お話を中断させてしまい、大変申し訳ございません。建築士の溝端《みぞはた》直生と申します。どうして無礼にもお邪魔したのかを先に申し上げれば、自分は烏丸道隆氏が新嘗祭に同行させた愛人の息子です」

兄の簡潔な自己紹介に、彼女たちは今のは聞き間違いではなかったかと確かめるように顔を見合わせ、一様に困惑の色を浮かべた。水沢さんだけが、すぐに僕を一瞥し、兄の行動が僕の与り知らぬところであると察したようだった。

「それで、溝端さんは何をしにいらしたんでしょう？」

「記事を書かせるのを止めてくれ。……そう言いに来たわけではありません。あの男の悪辣さを糾弾して欲しいと願う気持ちは自分も同じだからです。ただ、その記事が世間に出ることによって、深く傷付くことになる女性がひとりいるということを、皆さんに知っておいて欲しかったのです」

いつも気を遣ったように話してくる兄の母の顔がぼんやりと浮かび、僕は息を呑んだ。連座している八人をひとりずつ順に見つめてから、兄はこう続けた。

「間違いというのは、取り消すことができません。生まれてしまったものをなかったことにできないのと同じように。……ですが、取り消せない代わりに、正すことはできるのです」

「正す？」

水沢さんがそう訊ねるのよりも早かったか、兄は出し抜けに、その場に両膝をついた。

「今月のうちに、烏丸道隆氏には今の妻と別れてもらいます。そして、自分の母と籍を入れてもらいます。そうすれば、法的には陛下の前に愛人を連れて行ったことにはなりません。これでご容赦頂けないでしょうか」

提案するのと共に、兄は額を絨毯につけた。この部屋のなかで僕だけが、誰の目にも温情を呼び起こす、その涙ぐましい嘆願に潜む邪悪さを理解していた。水沢さんに「顔を上げてください」と言われても、しばらくの間、兄は平伏していた。それもまた、母を思う息子の献身という美徳によって巧妙に隠蔽された、おぞましい企みの一部であった。

「溝端さん、今月とおっしゃいましたね？」

「はい。すぐ氏に伝えますから」

「今週一杯が限度です。それでもよろしいですか？」

あえて明言せずとも、水沢さんは記事にさせるのを取り止めることを認めていて、異論を唱える者は誰ひとりとしていなかった。兄は注意深く頷き、用は済んだとばかりに水沢さんが席を立ったことで、取引の成立は示された。来た時とは打って変わって、彼女たちはしめやかに去っていき、下まで見送るために秘書がそのあとを追った。いそいそと立ち上がるなり、懐の煙草を咥えた兄を見て、僕は多部さんに「先に戻っていてください」と声を掛けた。気の回る彼がいなくなるのを待って、僕は兄に詰め寄った。

「一体、どういうつもりですか？」

「すべきことをしたんだ。あの様子じゃ、君は説得できなかったんだろう？」

「あなたは会社を守りたかったんじゃない。さっきのは、ただの私怨だ。そんなにも僕たちの家族が憎いんですか？」

「君という人間は、本当に子供だね」

オイルライターで火を点け、兄は顔を背けるように煙を吐いた。

「烏丸建設にとって、今は正念場だ。特に今回の件は長く影響しそうだったから、絶対に解決しておく必要があった。余計なことで足を引っ張られて堪るものか」

「こうなることを見越して、母親と結託していたんですか？」

「面白いことを言うね。あれが憎いと言ったのは君だったと思うが、そんなに必死になってまで、あれの息子でいたかったのか？」

襟首を摑んで押し付けようとしたのだが、思っていたよりもずっと華奢だった兄の体は、半ば投げ飛ばされるように壁にぶつかり、煙草から落ちていった灰が僕の胸元を汚した。手討ちなどという考えを持ち出す気はないが、彼が言った通り、名誉を傷付けられて黙っていられるほど僕は大人ではなかった。憂さ晴らしの方法を東大で学ばなかったらしい兄は、出自に対する劣等感を、父にそれをするのは怖いからという理由で、僕を侮辱することで紛らわせていた。そして、侮辱するだけでは飽き足らず、ついには閑古鳥《カッコウ》の雛のように僕を巣から追い出してみせた。優秀な兄の唯一の誤算は、今更追い出したところで死にはせず、それどころか、その雛は彼よりも体を鍛え上げているのだ。

食事会であれ、いつぞやの会議であれ、兄はいつも僕と視線を合わせることを避けていたが、今回に限っては逃げ場がなかった。敵意を込めて睨みながら、僕は両手をぐいと動かし、項垂れている兄の顔をこちらへ向けた。対峙することになったのは、酷く怯えた双眸だった。

「殴ればいい。あいつみたいにね」

弱々しく震えていたその声は、その弱さが弱さ以外の意味を持たない状況であれば、臆病者のそれとして扱き下ろされていたはずだったが、あるひとりの絶対的な強者を忌み嫌うことによって自尊心を確立してきた僕たちにとっては、その弱さはむしろ誇りであり、勝ったのが兄であるということを僕に、まざまざと思い知らせていた。襟首から離した指の腹には、きちんとアイロンを当てられたシャツの、わずかに強張ったような感触が残っていた。僕もまた、覆ることのない事実を、そこで生じた鬱憤を、暴力というより直接的な方法で晴らそうとしたに過ぎなかった。

僕と壁との隙間を縫うように体を捩《よじ》らせて脱出した兄は、服の乱れを直しもせず、一目散に出口へと駆けていった。しかし、ドアを開ける瞬間、どういうわけか、彼はこちらを振り返った。見たことがないはずだったのに、いや、見ることなどできないはずなのに、その目に見覚えがあった。父が母を殴り始め、息を殺してそっと部屋から逃げ出す時、あの男を非難しながらも、その暴力の矛先が自分に向かないことを願う目。憎むべき怪物に慈悲を乞わねばならないほど、自身が無力な存在であると認める敗北の目。幼い頃、丙種と呼ばれて揶揄われていた頃の僕が、僕を見返していた。必死になどならずとも、僕という人間は紛れもなく、烏丸道隆の息子だった。策略があったことは疑いようがない。しかし、あの母子が深く愛し合っているというのも事実で、僕は企みという言葉を用いることによって、兄が彼の母に抱いている愛を強く否定しようとしていた。怒りによって、暴力によって血縁を感じていた僕は、何ひとつ役に立てなかった無力さではなく、愛を羨むような虚しさに心を乱されていた。

7

関根さんたちの熱意溢れる説得の甲斐あって、年始に会った時には、高橋君は「マラソンにも本腰を入れるつもりです」と言ってくれた。三月に行われた中日マラソンで、初めてマラソン競技に挑んだ高橋君は、武士に二言なしという金言の通り、四位という好成績を残した。その翌月の毎日マラソンは、霞ヶ丘《かすみがおか》の国立競技場を出て甲州《こうしゅう》街道を走り、調布《ちょうふ》で折り返す本番と同じコースが採用されていて、オリンピックに出場する選手を決定するものだったのだが、高橋君はそこでも二位に輝き、すでに決定していた一万メートル走に加えて、マラソン競技の選手にも抜擢されることとなった。一位を飾ったのは八幡製鐵の菊池君であったが、たった二回の経験だけでオリンピックに出場するというのは異例中の異例らしく、スポーツファンの注目は高橋君に集まっていた。新聞のスポーツ欄には、スピードには目を見張るものの、巻き返しの機会を窺っていたらしい菊池君に終盤で追い抜かれたことから、経験不足を心配する声もあるようだと書かれていた。

僕は僕で、それなりに大きな仕事をひとつ終えていた。「そろそろ成果が見たい」と秘書を通じてせっつかれていた僕は、日の丸を大々的に使ったオリンピックのポスターに衝撃を受け、その発想を借り受けることを思い付いた。烏丸建設が手掛けた建築のなかに、世田谷《せたがや》の開けたところにぽつんと建っているオフィスビルがあって、そのビルと地平線が垂直に交わるように遠くから眺めると、富士のご来光ならぬビルのご来光を拝むことができた。僕はカメラマンと入念に下調べをして、日の出が最も綺麗に見える場所を探し出し、そこを撮影地点にした。

水色の空は、朝焼けの色がそこに溶けることで血色のような薄桃色を振り撒いていて、その下では、無機質な灰色のビルさえ生気を帯びて見えた。僕は舗装路でもいいんじゃないかと言ったが、質感の対比が欲しいというカメラマンの意見で、手前には芝生があるところを選んでいた。まだ朝露に湿っていて、写真越しにもその青臭さが伝わってきそうな芝生を高橋君がこちらに向けて走ってくるというのが、僕が描いていた青写真だった。遠景に日の出を配することで、日本国旗とオリンピックを連想させながら、来るべき新時代の夜明けというメッセージをも同時に発信する。高橋君をどこに置くかは、実際に走ってもらったうえで構図を検討することにしていたのだが、逆光のなかにいる彼の表情からは、途端にあどけなさが鳴りを潜め、死地に赴く前の兵士のような精悍な顔付きが僕たちを驚かせた。僕とカメラマンは無言のまま頷き合い、彼の顔がはっきりと分かるような写真にすることに決めたのだった。

左側をわざと空けてあり、そこに文字を入れてもらった。完成したポスターは重役会議で評判となり、さっそく社内や施工したマンションの入り口に飾られた。オリンピック本番を迎えれば、本格的に配布されることになる。高橋君にも一枚渡そうと思い、グラウンドまで持っていったのだが、けんもほろろに断られてしまった。「それでは、僕の部屋に飾ってても構わないか」と訊ねたところ、彼は熟考の末に頷いてくれた。

「せっかくだからサインをお願いしたいんだが、いいかな？」

「したことがありません」

「難しく考えないで、単に名前を書くのでいいよ」

サインペンを渡すと、彼は芝生の隅っこの方に小さく「高橋昭三」と書いた。丸っこい可愛らしい文字だなと思いながら、僕は「ついでに、何か一言書いてくれないか」と付け加えた。

「好きな言葉、座右の銘か何かを頼むよ。きっと君は、じきに嫌と言うほどサインをするだろうから、この一枚だけは特別なものにしたいんだ」

他人から訊ねられると途端に出てこなくなってしまうのが座右の銘というものの性質だったが、難題にもかかわらず、高橋君はすらすらとサインペンを走らせた。名前よりも大きな字で書かれた「大雨の感」という言葉は、ちょうど壮行会の翌日に読み返していたおかげで『葉隠』の教えであるとすぐに分かった。にわか雨に遭った時、幾ら器用に軒先を通ってみたところで、濡れてしまうことに変わりはないのだから、最初から濡れるものと覚悟を決めておけば、どれだけ濡れようが何ら苦ではない。彼は常に、その懐に覚悟を忍ばせていたのだ。かくして、僕の私室の壁には、狩野元信《かのうもとのぶ》の掛け軸の隣に、日の丸を背負った高橋君の勇姿が貼り出されることになった。

偉業を成し遂げてスタート地点に立ったという意味で、一九六四年の四月は高橋君にとって記念すべき、彼の人生に明確に刻まれる月であり、僕にとってもそうであった。正確を期すためには、烏丸家にとって、と言った方がいいだろう。去年のうちに父は兄の母と籍を入れ、水沢さんたちは兄との約束通り、烏丸建設への攻撃を中止した。社員たちは胸を撫で下ろし、何もかもが解決して無事に年を越せることを喜んだ。ただひとつの例外であった、僕たちの家庭を除いて。

社長の住まいという扱いになるので、年に一日でも寄って風呂に入ることがある家ならば、そこを維持するのに掛かる費用は全て会社の経費となっていた。東映のニューフェイスの家もそこに含まれていたはずだが、数ある別宅と違い、広大な敷地と頻繁な手入れを必要とする庭園、使用人がいなければ忽《たちま》ち立ち行かなくなる邸内、目白台の屋敷が必要とする経費は他とは一線を画していた。これまでは、本妻が住んでいるという事実が、莫大な金が消えていくことの大義名分となっていた。そして、その事実は、あまりにも呆気ないやり取りと、二、三の書類上の手続きによって永遠に失われた。一方的かつ理不尽で、何よりも性急過ぎる解雇だとは理解していて、父は使用人たちに、烏丸建設のそれと同等の退職金を支払った。また、次の職場を見付けられるようにと猶予を設け、それまでは給与を支払うと告げた。まとまった金が入り、ひとまずは郷里に帰ることにした者から徐々に辞めていき、三月が終わる頃には、十三人いた使用人は七人になっていた。

自身がまったく関与できないところで、自分の未来を左右する決定が、除籍されるという屈辱が、よりにもよって夫の手によって行われたことで、母は完全に心を閉ざし、往診を拒むだけではなく、慰めになるはずの陽子さえも遠ざけていた。食事も摂らず、あれだけ好きだった風呂にも入ってはくれず、一日中閉じたままの扉の前に立つと、我慢していた涙が溢れてしまいそうになった。片や陽子は、「これからは持ち回りで掃除でもすればいい」と楽観的に構えていて、連れて行けない母の代わりに、どこぞで知り合った大学生なんかを伴って映画や芝居に興じていた。少なくとも僕が知る限りでは、彼女は掃除など一度もやったことがなかった。

四月の末日が、彼らが烏丸家で働く最後の日となり、僕はささやかな餞別として名入りの万年筆を全員に渡した。最後くらいは、他所からシェフを呼んできて食事会でもと思ったのだが、「烏丸家の食堂を使うなどとは畏れ多く、最後まで使用人でいさせて欲しい」と固辞された。どこに何が仕舞われているか、どのような順序で掃除を行っていたか、何をどこで買っていたか、烏丸家の生活を成り立たせていた彼らの知見の全てを覚え書きにしてもらい、一緒に確かめて回ったあとで、僕は彼らを屋敷の外まで見送った。最低限の礼儀は持ち合わせていたらしく、正門の外には父の姿があった。

「こんな仕打ち、到底認められません」

「ああする他なかったんだよ。お前だって、それぐらい分かっているだろう？」

「兄は僕たち家族に復讐するために、あんなことを言い出したんです。あなたも分かっているはずです」

「俺とお前の関係は変わらないんだ、そんな深刻に考えなくてもいいじゃないか」

「しかし、母は違うでしょう。あなたは愛人を取ったんだ」

父を睨んでそう言った僕を他所に、使用人たちは深々と頭を下げて、敷地から去っていく。残っていた七人は皆、僕が生まれる前から勤めていた者たちばかりで、私的な感情を押し殺すのに長け、職務への忠実さを誇りにしていた。失業の原因となった騒動に対する興味を覗かせることはなく、「今まで大変お世話になりました」とだけ告げて、僕たちの前を通り過ぎていく。忠義ゆえの無関心が今だけは憎らしく、誰かひとりでも僕に味方して、父を罵ってくれればと思わずにはいられなかった。それが幼稚な考えで、彼らを恨めしく思うのは筋違いであることは分かっていた。彼らは、烏丸家の当主である父に仕えていたのだから。

「まだ独り身のお前には分からないだろうがな、妻というのは、どこまで行こうと他人だ。あれのことは信用しているが、その信用は架橋のようなもので、元来なかった場所に、これからはあると仮定してやっていくものだ。社員たちだってそうだ。……だが、血縁は違う。お前も直生も、俺の子供だ。このことは、何があろうと揺らぐことがない」

「そんな理屈で、長年連れ添った母を捨てられるんですね」

「人聞きの悪いことを言うな。あれには、きちんと資産を分け与えている。移り住むのにちょうどいいマンションもくれてやったし、この家を売れば左団扇で暮らせる」

「この屋敷を処分させるつもりですか？」

「これだけ広大な敷地があれば、どれだけ多くの人間が住居を持てるか想像してみろ。時代錯誤の屋敷というのは、この国を腐敗させてきた連中の狂態そのものなんだよ。そんなにあれを住まわせておきたいなら、お前が新たに使用人でも雇えばいい。あれがお前の母であることも、一生変わることのない事実なんだからな」

最後にやって来たのは、曾祖父の代から勤めている古株の使用人で、他の使用人たちとは違い、後ろ髪を引かれるように屋敷を振り返ることなく、きびきびとした足取りで門口へ向かっている。その手には鞄さえ携えておらず、彼は半世紀もの間、身ひとつでここにいたのだ。僕たちの前で足を止めると、彼は何も言わずに、ただ深々と頭を下げた。仕え続けた日々を濃縮したような端正な佇まいに、あの父ですら葉巻を吸うのを止めてしっかりと低頭し、僕もそれに続いた。彼が去っていくのを見届けると、父は車に乗り込み、喧《やかま》しいエンジンの音によって烏丸家の屋敷へ今生の別れを告げた。

言われずとも、すでに算盤は弾いていて、僕の給料では、屋敷を維持するのに十分な使用人を雇うことは不可能だった。働いたことのない母と、浪費家の姉とその子供たちを抱えながら、土地に掛かる税金も払わなくてはならないのだから、家の金も十年を待たずに尽きてしまう。肝心の屋敷を手放せば話は変わってくるのだが、少なくとも僕のなかには売却という選択肢はなかった。新たに建てるのではなく、屋敷の別館を博物館として使う見通しを立てていて、その約束まで不履行になったわけではないのだ。とはいえ、このまま何もしなければ、僕たちの家族が破綻することは目に見えていたから、早急に対策を練る必要があった。悩んでばかりだった学生の頃は、何かにつけて相談に乗ってくれる友人がいたのだが、その男は今、自分の家族に頭を悩まされているはずで、彼がいつの間にか一人前になっていたように、僕もいい加減、自分ひとりの力で答えを見付けなければならなかった。

悲観的な気分で屋敷に戻ろうとした時、今年で二十九歳になる僕のことを「坊ちゃん」と呼ぶ声が聞こえてきた。ダブルのスーツに身を包んでいる徒手空拳の老紳士は、先ほど大通りの方へ歩いていったはずの古株の使用人で、彼を洒脱に見せているそのグレンチェックは、洋装を好まない祖父が唯一仕立てていた背広とまったく同じ生地であった。

「何かお忘れですか？」

「はい。……ですが、持っていくものではありません」

珍しく持って回った言い方をした彼は、心を落ち着かせるように呼吸をしていて、その浅さは、彼の胸につかえているものの大きさを僕に悟らせた。

「私は、約束を破りました」

「約束？」

「道隆様から捨てるよう仰せ付かったものがございます。どうしてそうしなかったのか、背いてしまったのかは自分でもよく分かりません。もしかしたら、私がお仕えしていたのが道隆様ではなく誠一郎様だったからなのかも知れません」

懺悔するように言うと、古株の使用人は懐から紫の袱紗《ふくさ》を取り出して、僕の前ですっと開いてみせた。なかに入っていたのは四つ折りにされた紙片で、その正体にはおのずと見当が付いた。

「……読まれたのですか？」

「いいえ。誓って、読んではいません」

灯台下暗しとは、まさにこのことだろう。彼は祖父の遺書をふたたび袱紗で包み、胸に抱くようにして持った。

「お生まれになった日から、私は坊ちゃんのお傍におりました。無礼を承知で口にさせて頂ければ、我が子のように思っておりました。屋敷を去ることになっても、その思いは変わりません」

場当たり的な、聞き心地のよい言葉を用いて返礼することもできたが、あえて耳を傾けるに留めたのは、今更になって僕が、多少は回る軽率な口で何を言おうとも、堆積した彼の情念とは到底釣り合うはずもないと思ったからだった。しばらくして、彼が「だからこそ、お願いがあるのです」と言った時、僕の目には、彼の掠れた眼差しがほんの一瞬だけ屋敷の方を眺めたように見えた。

「知ることばかりが正しいとは限りません。過去に対してあまりに無責任だと罵られるかも知れませんが、それでも私は、陽子様のお子様たちには、あの戦争の記憶を何ひとつ受け継がず、苦しみを知らぬまま健やかに育って欲しいと思っています。それと同じことなのです。……読まない、という道もあります。勇気があってこそ進める道でございます。しかし、どうされるかは治道様が決めることです。ただ、もし読むと決められるのであれば、どうか好奇心に流されたりはせず、万全を期してお読みになってください」

手渡された袱紗は仄かな温かみを帯びていて、僕は彼が、今朝になって丁寧な手付きで包んだのよりも前に、それに目を通したのだろうということを看破した。主人に先立たれた忠臣が最後に見せた裏切りは、烏丸家の末裔である僕を情け深く案じていた。もう一度頭を下げると、古株の使用人は踵を返し、配膳に向かうような俊敏な身のこなしで灰色の道路を歩いていった。

僕は邸内の私室に戻り、粟田口久国の無銘が仕舞われている飾り棚を開けた。彼が言った通り、読むにせよ、読まないにせよ、途方もない勇気が不可欠で、今の僕にはそれがなかった。収蔵という行為は、物品の美しさを劣化から守るという効能の他に、外界から隔離することによって、その物が内側に有している時間をそのままにする、時間の流れを断ち切ってしまうという作用を併せ持っている。僕は白鞘の隣に袱紗を安置することで、父が闇に葬ろうとした祖父の言葉ごと、いずれ下すべき決断を僕だけの時間のなかに留保しようとした。

その晩は屋敷の静けさが気になって一向に眠れなかった。陽子なら「そもそも静かだった」と言って、気にもせずに寝入るのだろうけれど、僕たちにとっては一日の終わりでも、使用人たちは絶えず労働していて、屋敷は心臓さながらに、休むことなく鼓動し続けていた。それが当然のことだと思い込んでいたから、彼らの足音や息遣いにすっかり慣れ、何も感じなくなっていたに過ぎなかったのだ。そして、彼らが消えたことによって、邸内には完全な静寂が訪れていた。烏丸家は旧家としての資格を、またひとつ喪失したのだった。

8

七月には五千メートル走の最終選考会が控えていて、その翌月には札幌《さっぽろ》でマラソンが開催されることになっていた。高地での練習は足腰や心肺機能を鍛えるのに適しているようで、高橋君はマラソンが終わってからも二週間ほど北海道に残り、向こうの大学の競走部の練習に交ざるとのことだった。そうなれば息抜きをする暇もないだろうと考え、六月に入ってから、僕は高橋君に「うちへ遊びに来ないか」と提案した。客人を大勢招いて舞踏会をしていた頃のような豪奢なもてなしはもう望めなかったが、彼がそんなものを好まないことは知っていたし、野山を走り回っていた彼が起伏の乏しい庭園を散歩したがるとも思えなかった。ただ、『葉隠』の話を聞いて、思い付いたことがあったのだ。関根さんも一緒に招待していて、僕の我儘なので手土産は不要だと伝えておいた。

午前中に練習が終わる日を選んで東伏見までふたりを迎えに行き、車で屋敷へと向かった。買い物は僕の役目だったので、五月の中頃から運転を練習していたのだ。弘が小学校に上がり、衝動を発散する機会を家の外に得たおかげか、早朝の騒がしさはすっかり沈静していた。残された者たちで一致団結しなければならないと分かったのか、陽子の態度も幾らか軟化していて、大切な客人を招きたいと言ったところ、彼女は僕に気を遣い、子供たちを連れて出掛けてくれていた。

この歳になってようやく、門が独りでに開いたり閉じたりするものではないというのを知った僕は、一旦車を降りて自分で正門を開け、車寄せまで徐行した。使用人がいないことを指摘されないかと冷や冷やしていたのだが、ふたりは息をするのも忘れて屋敷に見惚れていたから、僕の不安は矮小な見栄に由来する取り越し苦労に過ぎなかった。

「遊びに来てくださいと言っておいて何ですが、たいしたお構いができないことを先に詫びておきます。その代わり、親戚の家とでも思って寛いでいってください」

「驚きました。存じ上げていたつもりですが、これほどとは……」

邸内に足を踏み入れた関根さんは、靴を脱ぐ前から早くも感服しているらしかった。彼が釘付けになっていたのは玄関ホールの壁で、内壁材の手前に石を積んだ石壁風の意匠が施されていて、なかでも、六角形の石を積み上げる亀甲積みの技法が使われている。大きさの違う石を組み合わせることによって、自然の働きが作り出したような歪さ、荘厳さが表現されていた。

「ピエト・モンドリアンの絵画のようだ」と言った外国人がいたらしいが、この意匠は江戸城の石垣を模したもので、本家本元と同じく、屋敷には何箇所か石壁があり、それら全てに違う積み方がなされている。わざわざ石工職人を呼んできて、手間の掛かるすだれ仕上げまでさせたのだから、祖父のこだわりは、もはや常軌を逸していると言っても差し支えなかった。

何日か掛けて抜かりなく掃除をしていたので、恥ずかしい思いをすることはないはずだ。ひとりでは到底手が行き届かないため、弘に「小遣いをやるから手伝ってくれ」と頼んだのだが、父と陽子の強欲さは目先の金で動く類のそれではなく、その血が流れている弘は見向きもしなかった。そこで僕は知恵を絞り、「喧嘩を強くする方法を教えてやる」と言ったところ、彼は初めて興味を示し、簡単に真似できるプロレスの技と引き換えに雑巾掛けに励んでくれた。

「一杯やるには少し早いでしょうから、まずは案内させてください」

スリッパに履き替えたふたりを連れて、まずは客間からぐるっと見て回ることにした。バスケットコートほどの広さの客間は、以前は父が書斎兼応接室として使っていたが、荻窪に入り浸るようになるのに合わせて引き払われ、かつての煌びやかな思い出に浸ることも難しい、物寂しい空間と化していた。客間は喫煙室に続いていて、そこから食堂に入り、廊下を進んで祖父の書斎に向かう。特に親しい数人を招いて刀剣の鑑賞会を開く時に使われたのがこの部屋で、彼らを退屈させないために蔵書や画集が置かれていて、高橋君は書棚に顔を近付け、背表紙の文字を熱心に読んでいた。

書斎の脇から内庭に出て、食堂を経由して玄関ホールへと戻り、今度は二階へと上がる。母と陽子の私室がある東側は避け、西側の和室とサンルームを見せたあとで、階段ホールから少し行ったところにある食堂へと案内した。この屋敷が陸軍に貸し出され、迎賓館と呼ばれていた頃は、一階の食堂で将校や政治家たちが密談に興じ、彼らの細君がここで休んでいた。当時は赤い天鵞絨《ビロード》のソファが四脚ほど置かれていたのだが、今は小ぶりな丸机と椅子に取って代わられ、姉と母がふたりきりで過ごす場所になっていた。菱形のステンドグラスが差し込む光に柔らかい色味を与えていて、僕はふたりを椅子に座らせ、冷蔵庫からパントリーに移しておいたビールと軽食を丸机に並べた。近所にある「関口フランスパン」でフランスパンを買い、横に切れ込みを入れ、そこにキャベツやらハムやらを入れたサンドを作っておいたのだ。使用人が夜食に持ってきてくれたことがあって、あれなら僕にもできそうだと思っていたのだが、実際ビールにもよく合ったので、関根さんは美味い美味いと頬張ってくれた。高橋君は好き嫌いをしないので、喜んでいたかどうかは判別しかねた。

「ずっとここに住んでいたくなりますね」

「いてくれて構いませんよ。部屋も余っています」

「いやいや、いずれは烏丸さんも所帯をお持ちになるでしょうから」

「それでも持て余します。今時、十人も子供を産む女性はいませんよ」

「なら、書生でも住まわせてみてはどうですか？　しかし、こんないい環境じゃ、かえって勉強には集中できないかも知れませんね」

関根さんは単なる思い付きで言ったのだろうけれど、僕にとっては一理も二理もある妙案だった。詰め所や仮眠室は元より、別館の奥にある家政所も、使用人たちが去ってからはもぬけの殻になっている。土地の無駄遣いという父の考えに触発されたわけではないが、たとえば、重森のように優秀で、しかし住まいを必要としている学生を呼んできて、部屋を貸してもいいかも知れない。戸山町のグラウンドが取り壊されていなければ、それこそ、高橋君をうちに住まわせてやることもできたはずだが、若い彼のことだから、何かとひとりの方が気が楽に違いない。

「そう言えば、君は交際している相手はいるのかい？」

つい気になって、ちびちびとビールを飲んでいる高橋君に声を掛けた。

「いえ、いません。自分は陸上一本槍ですから」

「おいおい、隠し事はよくないぞ」

些か上機嫌になった関根さんが疑義を呈すると、僕に詰問されるのを恐れたのか、高橋君は顔を背けてしまった。恥ずかしさを誤魔化すように固く結ばれている唇を見て、はは ぁと思った。「話したくないことならいいんだ」と僕は言ったが、関根さんは遠慮する必要はないという具合に顔の前で手を振り、「高橋君は合宿先のホテルのロビーで、熱心に手紙を書いているんですよ」と明かしてしまった。

「一緒に練習している連中は皆知っていますよ。なあ?」

逃げ場がないと観念したのか、高橋君はこくりと頷いた。文通ということは、その相手は郷里にいる女性なのだろう。若い肉体を持て余している青年が、情動を発散させることなく内に秘めたまま、清廉な手紙のやり取りに励んでいる。古風であるのは知っていたが、高橋君は恋愛においても極めてストイックな男であった。

「その人はオリンピックを見に来てくれるのかい?」

「はい。開会式はチケット次第ですが、沿道で応援してくれると言っていました」

「晴れ舞台を見てもらえれば、彼女の心を射止めるのは容易いだろうね」

関根さんはああ言ったものの、隠し事というのは若者の生活に欠かせないエッセンスであり、高橋君の恋路については、この辺りで打ち止めにするのがよさそうだった。

交流を持つようになったきっかけが仕事の依頼だったこともあり、関根さんとは高橋君の話しかしてこなかったので、今日は趣を変え、監督に抜擢されてからの苦労や、彼の家族についてなど、やや私的な話題を取り扱った。僕が作ったポスターの出来栄えについて訊ねてみると、どうやら、選手団の間でも大変な話題になっているらしく、「あのカメラマンに撮って欲しい」と申し出てくる選手が幾人もいると教えてくれた。進んで蚊帳の外に出ていた高橋君は、身を乗り出しはしないまでも、わずかに首を伸ばして階段ホールの方を気にしていて、僕は会話を中断し、「何が気になるんだい？」と訊ねた。

「この上にも部屋があるのですか」

「ああ、その通りだよ。見せたいものがあったから、後回しにしていたんだ」

大瓶はすっかり空になっていて、そろそろ頃合いだろうと僕は立ち上がった。こちら側の階段から上っていけば、進路は両開きの戸に阻まれることになる。把手にぶら下がっている拳大の南京錠を見て、関根さんがぎょっとした顔を浮かべた。

「入ってしまって大丈夫なんですか？」

「背筋が凍るような秘密が隠されているわけじゃありませんよ。姉の子供たちが遊び場にしてしまったら困るので、こうして入れないようにしているだけです」

先に南京錠を外してから、鍵を回した引き戸を左右に開いていく。祖父が誂えた木製の什器は高さがない分だけ収容能力にも乏しかったので、僕は引き戸の工事をする際に、思い切ってそれら全てをスチール製の棚と置き換えていた。僕の背に合わせて七尺のものを選んだので、以前よりも圧迫感は強まり、住人である僕でなければ、元来の部屋の広さを押し測ることは難しいはずだった。収容能力が増したことで、ただ仕舞うだけではなく、たとえば飾り絵皿なんかは皿立てに置いて鑑賞できるようにしていた。博物館を作る予行演習として、僕はこの倉庫をちょっとした陳列室へと変貌させていたのだ。

「僕の祖父は美術の愛好家でしてね、生前に蒐集した夥《おびただ》しい数の名品が屋敷に残されているんです。目を掛けられて育ったのもあって、僕にもその趣味が遺伝していて、休みの日はここに籠もってあれこれと手入れをするのが日課になっているんです」

　数が多いのと、保存状態が悪くなるのを恐れ、書画と西洋絵画は別館に残していた。祖父は刀剣の蒐集家として名高いが、刀と同じくらい中国陶磁にも精通していて、文化財保護委員会の人たちが揃って溜め息を漏らすほど優れた品ばかりが集まっている。近代の画家にも造詣が深く、高橋由一《たかはしゆいち》や田村宗立《たむらそうりゅう》の絵画も数点購入していたし、歌人としての執心だったのか、与謝《よさ》蕪村《ぶそん》などの句短冊にも熱を上げていた。

「こちらは、もしかして、烏丸さんのおじい様ですか？」

　関根さんが目を留めていたのは、親交のあった小出楢重《こいでならしげ》氏が描いた祖父の肖像だった。

「ええ。ほら、このステンドグラス」

「ああ、さっきの部屋ですか」

　祖父が自分を描いてくれと頼んだのではなく、屋敷を訪れた小出楢重氏があの部屋を気に入り、休んでいた祖父ごとモデルにしたと聞いているが、真偽は定かではなかった。よく特徴を捉えていたが、当の本人は「こんなに間延びしているかな」と不満を漏らしていた。博物館が完成した際は、入り口の正面にこの絵を飾ろうと決めていた。漢《かん》の銅盤や春秋時代の銅剣、粉彩で絵付けした古月軒、見るべきものは山ほどあったが、浅学非才の僕なんかでは到底語り切れず、彼らにも泊まり込みで付き合ってもらう必要がある。

　学芸員としては小型哺乳類の繁殖方法を専門分野にしていた僕が、祖父や石塚さんの受け売りを得意げに披露していたなかで、気を遣って耳を傾けてくれる関根さんとは違い、高橋君はさっさと順路を進んでいた。僕たちが追い付いた時、彼は奥の棚で足を止めていたが、その理由は、そこが行き止まりだからではなかった。飽き性の客人から好奇心を引き出すためには、どこに何を配置するかが肝心で、僕は彼が最も気に入るであろうものの存在を最後まで伏せていた。

「この屋敷のなかで、僕が最も大切にしているものだよ」

何の反応もなかったのは、一瞬にして興味が燃え上がったことの裏返しで、高橋君は食い入るように日本刀を鑑賞していた。短刀を含めた十四振りは、姿をしっかりと見られるように拵えを外した刀身を刀掛けに飾ってある。刃文や映りを見て欲しかったので、俄《にわか》仕立てではあったものの、什器にライトを取り付けていた。

「刀は好きかい？」

「はい。ですが、軍刀しか見たことがありません」

早口に言い終えると、高橋君は顔をぐいと寄せて、銘光忠《めいみつただ》の太刀を眺めた。刀剣に関して祖父から最初に教わったのは鑑賞の作法で、いつもは相手の理解を待つように喋る祖父が、こういう理由でこれをしてはいけないというのを一から十まで並べ立てていたのだが、あえて僕が、唾はおろか吐息さえ掛けてはいけないと伝えるまでもなく、高橋君は刀に近付く時に自然と息を殺していた。

「模様がありますね」

「刃文というんだよ」

棚板に置いていた白手袋を嵌め、茎に鎺と柄を付けてから目釘を入れる。僕は縦向きに持った太刀を高橋君に見せ、この刃文が丁子乱れと呼ばれるものであると説明した。

「丁子の蕾に似ていることから名付けられているんだ。この刀が打たれた鎌倉時代には蕾が大きい大丁子乱れが流行ったんだけれど、これは小さいから小丁子乱れという。板目が細かく約んでいるのもあって、離れたところからは直刃にも見える。身幅が広く、質実剛健という印象を受けるだろう？　まさしく祖父の好みで、僕もこういう刀が好きなんだ」

「どうやって模様を付けるんですか？」

「日本刀は玉鋼という鋼を材料にして作刀する。玉鋼を打ち延ばしては折り返し、また打ち延ばしてという作業を繰り返すことによって、不純物を取り除いたうえで均一にしていくんだ。そうやって作り上げた刀に、今度は焼き入れを施す。刀身を加熱したあと、水に入れて急冷する工程のことだ。そうすることで鋼の組成が変わり、よく切れる刃になる。しかし、脆くもなってしまう。だから、焼きを入れたいところには焼刃土を薄く、それ以外の箇所には厚く塗るんだ。その焼き入れの過程で、境目に刃文が生まれるんだよ」

かなり端折った解説ではあったが、マルテンサイトやトルースタイトといった用語は、かえって理解を妨げてしまうはずだ。初めて刀に触れ、身幅や長さのみならず、刃文という個性があることを知った高橋君は、他の刀に目を遣りながら、僕が握っている銘光忠の太刀と逐一比べている。

「時代や刀工によって刃文は異なるけれど、僕はそれらの差異だけではなく、生成の過程に興味を惹かれるんだ。そうなるように調整はされているけれど、画家が絵を描くのとは違って、沸《にえ》や匂は刀の表面に浮かび上がっていく、、、、、るんだ。僕はそこに、意識と無意識の境目のようなものを感じてしまう。たとえば、無我夢中で持ち上げた一回というのは、自分ではフォームを意識できないことが多い。しかし、他人の目からは、それが一番綺麗だったということもあり得る。これはトレーニングの話だけど、陸上競技だって、そういうことがあるんじゃないか？」

疲労が蓄積すれば、否が応でもフォームは崩れてしまうが、長距離走者たちの目的は、肉体の動きを芸術として審美してもらうことではなく、あくまで勝利にあり、溺れるように苦しみながらも懸命に走り続ける。外側の美に殉じた敗者を清々しいと言って讃える者もいるようだが、僕は苦しみ続ける選手たちの姿にこそ、虚飾を完全に取り払った真の美しさが宿ると考えていた。

「自分はこの刀を美しいと思います。……ですが、刀のことを少しも理解できていない自分には、美しいと思う資格はないのかも知れません」

「そんなことはないよ」

銘光忠の太刀を刀掛けに戻し、僕は続けた。

「祖父はよく、一目見て分からないのなら、あとになって知識を得たとしても、分からないのと同じだと言っていた。随分と突き放したような物の見方だと思ったけれど、おそらく、それは真実なんだ。美しいものというのは、誰の目にも美しいのだから」

反りがついて日本刀の様式が完成した平安時代から室町時代にかけて打たれた刀は古刀と呼ばれ、歴史的な価値のみならず、その完成度も最上とされている。江戸時代に至っては、古刀が打たれた時代とは作刀の技術に変化が見られ、古刀に対して新刀と呼ばれている。およそ技術というものは、時代とともに進歩していく性質を持っているが、日本刀だけは、一流の現代刀工の腕をもってしても、古刀の威徳を再現することは容易ではなかった。その喪失が、人智を超越した美しさに花を添えることで、神から与えられた宝剣という伝承が生み出されていったのだろう。賜物と見做すことが出来るほど優れた被造物は、紛れもなく人間の手が作り出したものであり、僕たちは鑑賞の最中、その作刀技術に畏敬の念を覚えるが、同時に、誇らしいような気持ちにもなる。僕と同じ日本人がこの刀を打ったという事実を、時の悠遠を飛び越えて誇りに感じているのだ。

しかし、その喜ばしい名誉は僕に、あるひとつの疑問と向き合うことをも課した。人間が、同じ人間が作り上げたものに矜持や自尊心を持つことができるのならば、なぜ僕は、ビルやマンションに対しては、これっぽっちも憧憬を覚えないのだろう。人間の叡智の結晶という点においては相違ないとすれば、やはり、東京の景観を破壊したことへの嫌悪が僕の目を曇らせているのだろうか。僕の子供たちの世代、かつての東京を知らない世代が過半数を占めるようになれば、あのビル群が美しいとされる価値観の時代が訪れるのだろうか。

「……さて、せっかく来て頂いたわけだから、興味本位で訊ねることにしよう」

取り留めのない思考を中断して、僕は刀を展示している棚から離れた。示し合わせたわけではなかったのだが、関根さんもそれに倣い、高橋君だけが棚の前に取り残される形になった。

「どの刀が一番好きだった?」

「どれも素晴らしいので、ひとつに決めるのは、他が劣っていると言うようで気が引けます」

「優劣と好みは別物だよ。愛する相手というのは常にひとりであるべきで、重婚はいけない。好きなものというのは、ひとつだけだから意味を持つんだ」

分かりやすく言い換えたつもりだったが、僕はふと、いつだったか、刀を女性に喩えられて不愉快になったことがあったのを思い出した。それでも、納得のいく説明には違いなく、高橋君は息を詰めて、棚の右上から順繰りに十四振りの刀を検分し始めた。刀剣の愛好家なら、まずは体配から入り、次に地鉄と刃文を仔細に眺めるが、先入観を持たない高橋君は、一体何を基準に見定めるのだろう。幼い頃の僕は、一種の変身願望のようなものに囚われていて、日本刀の姿に、あるべき身体の理想形を見出していたが、日々の弛まぬ訓練によって走法を体得していた高橋君なら、彼の肉体との共通点を見付け出すことがあるかも知れなかった。

やがて、吟味を終えた高橋君が僕の方を向いた。彼の目がきゅっと細くなっていたのは、刃文を眺めるためにはライトの光を利用しなければならず、その反射光を長く見つめていると眩しさにやられてしまうのだ。これが原因で刀剣愛好家は目を悪くする。

「どうしてこんなことを訊くのかと言うとだね、僕なりにオリンピックのことを考えていたんだ。菊池君を推す人もいるようだけれど、僕は君がメダリストになると確信している。後援者だからというだけではなく、君の姿勢や信念に感銘を受けたからだ。君に頑張ってもらうために協力は惜しまないつもりだが、一体何をあげようとも、君が獲るであろうメダルの価値には遠く及ばない。それで、何か敵うものはないかと……」

「烏丸さん！」

話しているのを遮って、関根さんは裏返ったような声を上げた。当の本人はまだ気付いていないようだったが、関根さんは呆然と僕を見つめ、「幾らなんでも、それぱっかりは」と呟いた。

「祖父は蒐集家でしたが、けちな鑑賞家ではなく、選りすぐりの名品たちを後世に受け継いでいくことを信条にしていました。まあ、烏丸家が栄えている限りは、自分の品も安泰だと考えたんでしょう。僕はその信条を受け継ぎながらも、さらに発展させたいのです。つまりは、より相応しい持ち主がいれば、彼が持っているべきだと。……高橋君、君が選んだ刀を譲りたいと思っているんだ。メダリストになった君に、持っていて欲しいんだよ」

「自分が刀を持つのですか？」

「ああ、君の刀になる」

主人でも何でもないから、彼を武士にすることはできないが、『葉隠』で文字を覚えて育った彼にこそ、彼の愛刀が必要だった。惜しい気持ちを否定はしないが、大義よりも尊重されるべき欲など存在してはいけなかったし、もし祖父が生きていたら、この譲渡に賛同してくれたはずだ。待ち兼ねていて、どれを選んだのかふたたび訊ねてみると、譲られることになるとは思ってもみなかったからか、高橋君は気を著けの姿勢のまま目蓋を閉じて、失礼だと思われないように意識しているのが窺える健気な躊躇を見せた。しかし、「大雨の感」を共有している僕たちは、一度決まった人間の覚悟を退けることは、たとえそれが善意ゆえであろうとも、相手の尊厳を容赦なく傷付ける行為に他ならないと心得ていた。

期待と落胆とは鏡合わせの関係にあり、他方で確信は、そうならなかった場合を少しも考えないのだが、僕はちょうどその中間に立っていて、相手ではなく自分の目を、審美眼を試されることは何よりも恐ろしかった。あの時の祖父も、果たして、こんな気持ちだったのだろうか。夜明け前に目覚めるようにぼんやりと目蓋を開いた高橋君は、対照的に、迷いなく視線を動かし、彼が選んだ刀を教えてくれた。僕は無銘の粟田口久国に一礼し、慎重に茎を持った。

「どうしてこれを？」

「刀らしい刀だと思いました」

「鎌倉時代の刀工、粟田口久国の刀だ。刀工一家の次男坊でね、活動の拠点は京都だったから、皇室や公家のために刀を打っていたんだろう。細身なのはそれが理由だ。腰反り、反りの中心が茎の方にあるだろう？　これに関しては、儀式の時に頭を下げても抜け落ちないようになっているという説があるらしい。粟田口派の特徴としては、美しい地鉄が挙げられる」

地鉄の表面を指差しながら、ひび割れのような黒い線状の模様が見えるか否かを訊ねると、高橋君は目を凝らしたのちに頷いた。

「この模様は地景というんだ。折り返し鍛錬の際に、他とは炭素の濃度や硬度が異なる部分が色味の異なる状態の鋼として表出することがあって、それが地景になるんだ。玉鋼というのは、そもそも不純物が混じっていて均一な組成ではないから、こういうことが起きる。僕がひび割れのようなんて言い方をしたせいで、作刀上の失敗か何かのように思わせてしまったかも知れないけれど、過去の刀剣愛好家たちは、この地景を模様の一部として評価したんだ」

「均一ではないのに評価されたんですか？」

「彼らは刀の表面に見える模様のなかの、均一ではない部分を美しいと感じたんだ。美しいと感じる感性を持っていた、という方が正確かも知れないね。枯山水なんかも非対称な配置が好まれていたし、日本人は不均一を尊ぶ美意識を持っていたんだ」

刀剣愛好家たちは、刀が持つ美しさを景色になぞらえて、その線状の模様を地景と呼んでみせた。江戸城を築き、東京の礎をも築いた太田道灌の刀が美しい地景を有していることは、決して偶然などではないはずだ。

「均一な体を資本にする君たちには分かり辛いかも知れないけれど、人を殺す道具でありながらも、そこに人間としての至上の美徳を常に掲げようとした武士たちの刀のなかで、不均一な美を有しているこの刀は、君の言う通り、殊更刀らしい刀だと思う」

彼の目は刀身に吸い込まれていて、僕の声が届いているかは分からなかったが、常人よりも自制心の強い彼が理性の外側へ踏み出ていることが、彼がこの刀を理解していることを証明していた。追い掛けてくる視線を感じながら、僕は手早く鎺と柄を付け、下段に置いていた白鞘に無銘の粟田口久国を収めた。幾らか名残惜しい方が、かえって鮮明に記憶できるというものだ。

「金メダルを獲った暁には、この刀を君に贈りたい。受け取ってくれるね？」

「足が止まりそうになった時は、刀のことを思い出すことにします」

誠実で、切れ味の鋭い返答だった。

その刀が烏丸家の家宝であると明かさなかったのは、忠節を重んじる高橋君のことだから、知られれば絶対に断られてしまうと思ったのだ。公正だったのはこの一点だけで、僕は卑怯な手を使っていた。「メダル」を獲ったら贈ると言うつもりだったのを、彼が粟田口久国を選んだことを受けて、咄嗟に「金メダル」と言い換えていた。銀や銅なら獲れても、金なら無理だろうから刀を失わずに済むと高を括ったわけではない。それほどまでに、彼に金メダルを獲って欲しかったのだ。自分本位の期待ではない、祈るような気持ちであった。

9

昨日までの荒天が一切の邪気を拭い去ったかのように、十月十日の空は晴れ渡っていた。その青さがあまりにもくっきりとしていたからか、内側から眺めた国立競技場は、円形をした巨大な生簀《いけす》のように見え、上から釣り針が降ってきて、場内を埋め尽くしている夥しい数の観客たちのなかのひとりが、ひょいと攫われていく姿を想像してしまった。満員電車で肩がぶつかるのを好む人はいないが、今日という日だけは特別で、肩どころか、他所見をしていたせいで頭同士を打ちつけようが、足の甲を思い切り踏まれようが、誰も腹を立てはしなかった。指定席はかなり上の方で、グラウンドにいる係員の姿など米粒同然だったが、選手たちが入場してくるゲートが対角線上にあるため、そこまで悪い席ではなかった。席と言っても、セメントのうえにビニールの座布団が敷いてあるだけの簡素な代物で、僕の尻には小さかったから、体格の近い外国人たちも相当に窮屈な思いをしているはずだ。

代々木の体育館を施工した甲斐あって、烏丸建設にも招待券が配られ、僕は多部さんと連れ立って開会式に馳せ参じていた。彼の家族、それこそ息子さんに僕の分を譲ると提案したのだが、多部さんは「きっと友達と見るだろうから」と決め付け、取り合ってはくれなかった。高橋君はすでに選手村に移っていて、邪魔をしては悪かろうと、関根さんを通じて電話で様子を訊ねていた。按摩師を同伴させていると言っていたので、もしかしたら膝の調子が芳しくないのかも知れない。

　ここが明治神宮外苑競技場という名前だった時、僕はまだ八歳で、母と一緒に学徒出陣を見送ったことを今でも覚えている。敗戦とともに進駐軍に接収された場所が世紀の祭典のメインスタジアムになり、僕はあの日戦地に赴いた学生たちよりも歳上になっていた。九十四カ国の選手たちが一堂に会することになるが、彼らは武器を持ってきてはおらず、政治思想まで祖国に置いてきたかどうかは分からないが、殺し合うために集ったのではなく、正々堂々とスポーツで競い合う。自衛隊のブラスバンドの演奏は、つい立ち上がって背筋を伸ばしたくなるほど勇壮だったが、僕のなかのナイーブな部分は、この平和は一体誰がもたらしたものなのかを、周りにいる人たちに片っ端から訊いて回りたいという気持ちに駆られていた。

　各国の選手団の入場は午後二時から始まることになっていた。この鮨詰めでは用を足しに行くのも気が引けて、無理にでも済ませておけばよかったと後悔していた僕は、勘違いではなかった尿意にそわそわとしていたせいで、後ろから肩を叩かれていることにも、しばらく気が付かなかった。

「やっぱりそうだ」

　二列後ろにいた飯嶋さんが身を乗り出していた。去年の末に女性団体との会合で同席して以来だった。何事かと振り返った多部さんにも当然見覚えがあるはずで、彼女が会釈すると、多部さんはやにわに席を立った。

「多部さん、そんなことをしなくても……」

「どうせ見ているだけなんだ、こういう縁は大事にするといいよ」

　そう言って、多部さんは後ろ側の席へと移っていき、彼と少し話をしてから、飯嶋さんは僕の隣へとやってきた。この前はまとめていた髪を下ろしていて、襟の付いた色鮮やかなグリーンのワンピースは、腰のベルトが女性らしい優美な細さを際立たせていた。

「おひとりですか？」

「ええ。本当は来る予定ではなかったんですけど、直前にチケットを一枚だけ頂けて」

「連絡をくだされば、ご家族の分も用意できましたのに」

「あら、わたしは独り身ですよ」

予期せぬ返答に対する驚きは、生理現象さながらに顔に出てしまったはずで、僕は即座に「失礼なことを言いました」と謝罪した。

「お気になさらないでください。婚約はしていたんですけど、向こうのご両親がわたしの活動に難色を示したみたいで、それで破談になったんです。おかしいでしょう？」

「相手の男性は何と言っていたんですか？」

「親が反対するなら仕方ない、ですって」

「皇太子だって身内の反対から美智子《みちこ》様を守ったのに、情けない男ですね」

飯嶋さんにおもねったわけではなく、ただ率直な感想を口にしたのだが、破談になったとはいえ、それまでは仲睦まじくしていた男性を馬鹿にするべきではなかった。短い間に失言を重ねてしまい、いよいよ不快にさせてしまったかと気が気でなかったのだが、それを聞いた飯嶋さんは愉快そうに口元を綻ばせていた。

「ユーモラスなのは学生の頃から変わりませんね」

「早稲田にいる時に僕を知っていたんですか？」

「講義が重なっていましたよね。背の高い人がいつも前にいるなと思っていました。それから、教室に残って討論をしていたことがおありでしょう？　零戦の話をされて、真っ赤になって出て行った人。わたしも『春は馬車に乗って』が好きだったので、すっきりしました」

「あの講義にもいらしたんですか。それは知らなかったな」

　こちらが一方的に認識しているだけだと思っていたので、嬉しいような、気恥ずかしいような気持ちにさせられた。入場が始まり、僕たちは一旦会話を止めて、オリンピック発祥の地であるギリシャの選手団が国旗を掲げて行進してくるのを眺めた。そこからはアルファベット順で、開催国である日本は最後に入場することになっていたのだが、近くに座っている紳士が自信満々に「最初に入ってくるのはAのアメリカだよ」と話していて、僕と飯嶋さんはつい顔を見合わせて笑ってしまった。

　アンツーカーは遠く、選手たちひとりひとりの顔までは見分けられず、用意周到な人は持参した双眼鏡を使って熱心に観察している。僕としては、わざわざ器具まで使って真剣勝負を控えている猛者たちの顔を覗き込むというのは、些かはしたない行為に思える。それに、高橋君は頭ひとつ小さいので、そんなものに頼らずとも、ここからでもよく分かるだろう。ロイヤルボックスの方へと向けているご婦人もいたが、周囲の人がその行為を咎めることはなかった。

「……烏丸さん、この前のこと」

　出し抜けに口を開いた飯嶋さんは、続けようとしていた言葉が適切ではないと判断したのか、見切り発車の前言が歓声に掻き消されていたことを望むように言い淀んだ。

「あんな結果になるとは思ってもいなくて、その、何て言ったらいいか……」

「気にしないでください。父は会社の社長として、すべきことをしたんです」

「でも、結果的に苦しむことになったのはあなたのお母様でしょう？」

「そもそもが異常な家系図だったんです。遅かれ早かれ、破綻していました。たまたま、あの出来事がきっかけになったというだけで、水沢さんたちを恨んでなんかいません」

　飯嶋さんが僕と母のことを気に病む必要はないと伝えたかったのだが、恨みという言葉を使ってしまったせいで、むしろ遺恨が残っているように思わせてしまったかも知れなかった。彼女は曖昧に頷くと、この場にそぐわない沈痛な面持ちを浮かべて、皆がそうしているように、おとなしく行進を見守った。外国人の選手たちは帽子をくるりと回して被る芸を披露していて、その動作が一糸乱れぬのに舌を巻いた。アメリカのあとにソ連が入ってくるのは皮肉めいていて、見ている側が勝手に緊張してしまい、客席の温度が二、三度は下がったような気がした。共産圏の選手らしく行儀よく歩いていたかと思えば、全員が突然にポケットから赤いハンカチを取り出してひらひらと振るものだから、これには僕も飯嶋さんも苦笑させられた。

開催国である日本が最後に入場してきて、僕は待ってましたとばかりに手を叩いた。こういう時こそ無闇矢鱈に叫ばないのが、礼節を重んじる僕たち日本人の美徳だが、誰しもが胸の内では、彼ら全員に金メダルを取って欲しいと熱望している。高橋君は最後尾の三列手前にいて、青年の自尊心を存分にくすぐる大歓声を物ともせず、まっすぐに前を見つめて歩いていた。全九十四カ国の整列が終わると、今度はお偉方の挨拶が始まった。ロイヤルボックスの天皇がオリンピック東京大会の開会を宣言し、いよいよ始まるのだと、全身の神経が張り詰めていくのを感じた。

「マラソンの彼の後援をなさってるんですよね？」

鼻先が触れ合いそうになるほど顔を寄せて、飯嶋さんが訊ねてきた。合唱が始まっていたから、声を届かせるためにそうしたのだと分かってはいたが、それでもたじろいでしまった。

「ええ。会社の広告塔になってもらう代わりに、というわけです」

「面白い試みだと思います。わたしも広告代理店に勤めているので、どういう反響があるのか、とても興味があるんです」

「何かご一緒できたらいいですね。彼は必ずメダルを獲りますから、オリンピックが終わる頃には出演料も上がります。唾を付けておくなら今ですよ」

「そういうことなら、すぐに上司に相談してみます」

運ばれてきた聖火がついに灯され、日本選手団の主将が選手宣誓を行い、僕は入学式以来の『君が代』を歌った。それが終わると、七万三千人分の高揚感を解き放つように、快晴の空へ向けて鳩が放たれた。飯嶋さんは鳥が苦手なようで、折り重なった影と羽音に竦み上がっていた。僕が「何千羽も集めないといけなかったので、上野恩賜公園から鳩が姿を消した」というどこぞで聞き齧った冗談を言うと、彼女はわずかながら安堵してくれた。

自衛隊のブルーインパルスが鳩が退場した空を飛行していて、自在に動き回る彼らがスモークを使って五輪の輪を描くと、割れんばかりの大拍手が鳴り響いた。選手団の退場がアナウンスされることによって、開会式は滞りなく終わった。思いがけない再会は、多部さんと黙って眺めるはずだった二時間余りを楽しいひとときにしてくれた。帰り際、飯嶋さんが「烏丸さんに何か送りたい時は、会社の広報部宛てでよろしいんですか？」と訊ねてきた。

「そうですが、どうして？」

「実はわたし、短歌会に入ってるんです。団体での活動も、そこで知り合った方に誘われて始めるようになったんです。もし、烏丸さんがまだ短歌に興味をお持ちでしたら、ぜひ参加して頂きたくて」

「僕のは下手の横好きで、飯嶋さんみたいにいい歌は作れませんが、それでもいいなら参加しますよ」

「わたしの歌？」

うっかり自白してしまった僕は、恥ずかしさを隠すために、教授に講評されていた歌を素晴らしいと思い、ひとりの歌人として貴女《あなた》のことを覚えていたのだと正直に明かした。飯嶋さんは初心《うぶ》な女学生のように喜び、「後日に案内を送る」と言ってくれた。代々木門で彼女と別れ、僕は多部さんと一緒に帰路に就いた。高橋君とは、四日後の一万メートル走の前に会えることになっていた。今日は話す時間も取れないだろうし、郷里から家族が駆け付けていると聞いていたから、団欒を邪魔するべきではなかった。多部さんは「盛り上がっていたようで何よりだ」と茶化してきたが、僕もいい歳なので、ああいうのが社交辞令だということをきちんと弁えていた。それに、才色兼備の彼女なら、一度破談しているとはいえ引く手数多だろう。

不幸な出来事ほど重なるのが世の常だが、嬉しい再会という稀有な偶然が立て続けに二度も起これば、そんなに日々徳を積んでいたか、それとも、運を使い果たしてしまってはいないかと不安になってしまう。僕は開会式の翌日から二日にわたって、重量挙げを観戦しに行った。球技の分からない僕が陸上競技以外で唯一楽しみにしていたもので、今回のためにテレビまで新調していたものの、急遽見に行けることになった。未完のままオリンピックを迎えることになった渋谷公会堂は、競技の前日まで工事が続けられ、烏丸建設も応援に駆り出されていた。そのご褒美として配られたチケットが僕にも回ってきたのだ。

初日は、若干二十歳の一ノ関史郎《いちのせきしろう》が銅メダルを獲り、次の日には、自衛隊体育学校の三宅義信《みやけよしのぶ》が金メダルの快挙を成し遂げた。三宅選手は僕よりも数段小柄だが、二百キロのスクワットを軽々とこなすらしく、今大会でも、二位のバーガーに十キロ以上の差を付けてみせた。元来小柄な日本人が重量挙げという、いわば強者のスポーツにおいて世界一になった瞬間に立ち会い、僕は思わず涙を流してしまった。日本中の男子が、明日からこぞってバーベルを持ち上げだすだろう。

すこぶる上機嫌で会場を去ろうとした矢先、飯嶋さんの時とは反対で、僕が彼を見付けた。激務がトレーニングに取って代わり、体の厚みは幾分衰えていたが、レスリングで鍛えた僧帽筋の逞しさは変わりない。近寄って声を掛けると、プレスの腕章を付けていた重森は驚きに目を見開いた。

「来てるんじゃないかと思ってはいたが、本当に会えるとはな」

「君こそ、神戸《こうべ》の支局にいたんじゃないか？」

「レスリングが分かる奴がいないと言うんで、特派員にしてもらえたのさ。ついでだから重量挙げも見せてくれとね。今日の記事は他の記者の担当だが、おれには書けないよ。言葉も出てこないんだからな」

「ああ、筆舌に尽くし難いというのは、まさしくこのことだよ。力が入って、こちらまで疲れてしまった」

呑気に観戦しているだけの僕とは違い、重森は仕事中の身だったので、彼の煙草休憩の時間を拝借して立ち話に興じることにした。彼は開口一番に、僕が作ったポスターを褒めてくれた。記念品として何部か送付していたのだが、なんと支局の壁に貼ってくれたらしい。

「高橋君のことで礼を言おうと思っていたんだが、こういうのは会って話すべきだから、結局先延ばしになっていたんだ。申し訳なかった」

「気にしないでくれ。僕も貴重な経験をさせてもらっているよ」

重森が関根さんに紹介してくれなければ、僕とオリンピックとの接点はブラウン管だけになっていた。これに限った話ではなく、彼の一言はいつも、僕の人生に多大な影響を与えている。彼は僕にとって、気の置けない同級生でありながら、先輩のようでもあった。

「君も随分と忙しそうだね」

「貧乏暇なしだ。来年には子供が生まれるから、稼がないといけなくてね」

「父親になるのか。それはめでたいな」

「いいや、気が重いよ。こんなことは妻にはとても言えないが、まだ心の準備なんかできちゃいない」

「心の準備が必要だと分かっているんだから、気合い十分だよ。僕の父親を見てみろ」

人生の階段を上がるたびに、烏丸家にまつわる冗談を楽しんでくれる人は僕の周りから減っていったが、重森という男だけは、昔と変わらず声を上げて笑い飛ばしてくれた。

「そろそろ行くよ。今回は長居できなくてな、次に上京する時は飲みに誘うよ」

「その時は、ぜひとも高橋君を紹介させてくれ」

軽く手を上げ、重森はNHKの建物の方へと歩いていった。早稲田通りで別れるような実に淡白な別れだったが、僕にはそれがありがたかった。挨拶というのは、疎遠になればなるほど、取り繕うように仰々しくなっていくものだから。

それから二日後、高橋君の初陣となる一万メートル走が行われた。出場していた外国人選手たちは僕くらいの身長で、高橋君は大人に交じった子供のように一際小さかった。レースが始まると、彼らは「これは本当に長距離走なのか」と思わずにはいられないほどのハイペースで走り出し、高橋君は出遅れる形になった。他を圧倒するスピードが彼の武器だったので調子の悪さを疑ったが、高橋君は先頭集団にぴったりと張り付き、背の高い選手たちを風除けに使いながら機を窺っているらしかった。三千メートルの時点では八位に付いていたのだが、残り半分を過ぎた頃から徐々にスピードを速めていき、七千メートル目前で四位へと躍り出た。スタンドからは「頑張れ高橋君！」の声援が飛び、僕も声を張り上げる。メダルは目前だが、先頭の三人はずば抜けて速い。歩幅は大きく、スタミナも温存しているように見えた。高橋君は無理には追い抜かず、あえて加速に制限を設けるように一定のスピードを保っていた。残り八百メートルのところで追い抜かれた高橋君は、自分を抜いた相手の後ろに張り付き、五位の座を維持したままゴールした。六位までが入賞となっていて、彼はその栄冠を見事に勝ち取った。実直な走りが持ち味であったものの、マラソンを経験することで老獪なペース配分の重要性を知った彼は、あえて加速し過ぎないことで、着実に好成績を出すという課題を達成したに違いなかった。マラソンに向けて戦術まで仕上げてきていることを踏まえれば、メダルこそないものの値千金の結果だった。

関根さんから電話で「千駄ヶ谷門で落ち合いましょう」と言われていたので、興奮冷めやらぬという具合で待っていると、彼は泣き腫らしたような顔で駆け寄ってきて、僕たちは何ともなしに男ふたりで抱き合った。聞けば、作戦を立てたのは関根さんだったが、ここまで上手くいくとは考えていなかったようだ。初対面の時に紛れもなく彼が口にした「高橋君は本番に強い」という言葉が脳裏を過ぎった。当の本人はインタビューを受けていて、その模様は後日にテレビで見られるはずだ。

「それで、高橋君の様子は？　膝を痛めたりはしていませんか？」

「体の方は絶好調ですよ。レースが終わって、一生懸命に真面目な顔を作っていましたが、相当喜んでいたはずです。三位を狙うこともできたでしょうが、今回はあれが正解でした」

「マラソンですね？」

「ええ、そちらが本命です。彼もそのことを分かっています。今回の入賞も嬉しかったはずですが、戦術が通用すると分かって自信を得られたことに彼は満足しているんです」

常人の足では辿り着くことの叶わない偉大な勝利に酔い痴れているのではなく、次の戦いに向けて武者震いしているというのか。恐ろしささえ感じ、「とんでもない青年ですね」とつい呟いてしまった僕に、関根さんは賛意を示すように頷いた。

「それで、またしても烏丸さんにお願いがあるんです」

「畏まらないでください。ここまで来たら、どんなことだってやります」

僕がそう返すと、関根さんは声を潜めながら「菊池君を含め、マラソン選手たちを選手村から他所に移したいんです」と言ってきた。マラソンが実施される二十一日まではかなりの日数があるため、自身の種目を直前に控えて苛立っている選手たちのなかにいては気が滅入ってしまう。そのため、選手村のように外界からは隔離されているという条件を満たしつつ、より静かな場所で練習に専念させたいのだという。「いい場所を知らないか」と訊かれ、僕はすぐに烏丸建設が持っている保養所を思い浮かべた。箱根の小涌谷《こわきだに》にある露天風呂付きの別荘で、父が連れ込み宿代わりに使っているかは知りたくもないが、僕も何度か泊まっていたし、社員を顕彰して招待することもあった。「明日にでも移れるように手配する」と伝えて関根さんと別れた僕は、公衆電話から父の秘書に掛けて仔細を話した。高橋君入賞の一報はすでに社内にも届いていて、秘書は「料理人は探しておくから、今からでも行ってください」と快諾してくれた。

僕は一旦屋敷に帰り、関根さんに電話をした。保養所の住所を教え、彼らには選手団用のマイクロバスで向かってもらうことにした。僕は車で行き、現地で落ち合おうというわけだ。荷造りと言っても、必要なのは数日分の着替えくらいで、留守にしていた陽子のために書き置きを残した。旅行鞄を車に載せた僕は、まだスリッパを履いていて、革靴に履き替える前に私室まで戻り、飾り棚を開けた。そこに封じ込めていたのは限りのない留保で、前もって決めていたわけではなく、高橋君の走りが勇気を授けてくれていた。さらに言えば、保養所に行く前に身を清めておかなければ、高潔な心の持ち主である彼らに申し訳が立たないと思ったのだ。

紫の袱紗を開き、遺書を手に取る。改めてしなければならないのなら、それはすでに覚悟ではなく、常にしておくべきものだというのが「大雨の感」の教えだ。四つ折りにされた遺書は三枚の紙が重ねられていて、僕は順に目を通していった。

そもそも遺書を読むという経験に乏しかったが、異風を好む祖父のことだから、遺書らしくないものにしただろうという予想は外れ、叙情的な文章など一行もなく、烏丸誠一郎が死去したあとで烏丸家の財産をどう処理すべきかが機械的に記されていた。知らなかったが、祖父は外貨や株をかなり保有していたらしく、誰とやり取りをすれば手続きを滞りなく進められるかが箇条書きになっている。それら全てが、父ひとりに向けられていた。二枚目には、葬儀の報せを出して欲しい知人が列挙されていた。そのうちの三分の一程度は知った名前で、彼ら全員と葬儀で会っていたから、父はしっかりと祖父の願いを聞き届けていたことになる。どちらも、父が遺書の存在を握り潰してまで隠蔽したいような事実ではなかった。拍子抜けだが、まだ一枚残っていて、僕は恐る恐る和紙を捲った。

三枚目は一行だけだった。これまでと同じく、祖父の字と分かる達筆で、誰かが祖父を騙って紛れ込ませたのではないと断言できた。それは辞世の句などではなく、烏丸誠一郎という人物の生涯を締め括る、最後の頼み事だった。

烏丸家の守り神の刀は、庶子である直生さんに相続させて欲しい。

そう書かれていた。

10

朝風呂から出てくる僕を見て、関根さんが「お互いに眠れなかったようですね」と言った。本人は笑ったつもりなのだろうが、顔の筋肉が硬直しているせいで、ほんの少しばかり目尻が下がっただけだった。彼のは本番当日を迎えた緊張のそれだが、僕はと言うと、保養所に移って以来ほとんど眠っていなかった。苦しみの源はオリンピックを離れた場所にあり、決して気取られまいと、僕はまったくの別人に、それこそ別荘の管理人か何かになりきり、努めて穏やかに振る舞うことによって、この一週間をどうにかやり過ごした。

一万メートル走での入賞と、選手村を出たことが功を奏し、高橋君は日増しに精気を漲らせていた。長閑な小涌谷の別荘地で激しい練習に打ち込むのは彼くらいだったが、露天風呂は気に入ってくれたようで、「湯治に行ってきます」と言っては何遍も浸かっていた。きつく締め過ぎて糸が切れてしまわぬように、彼は適度な緊張感を持って過ごしていたのだ。秘書の計らいで都内のホテルから料理人が派遣され、朝昼晩とご馳走を作ってくれた。腹を壊すといけないので好物の刺身は避け、火を通した海老や鮑、芦《あし》ノ湖で釣れたばかりのワカサギの天麩羅、ステーキは頼めば何枚でもおかわりが出た。高橋君たちは存分に英気を養い、万全の状態で当日を迎えた。

ステーキ百グラムと餅入りの雑煮を平らげ、高橋君は出発の準備に入った。渋滞に巻き込まれてはいけないから、彼らは電車で向かうことになっていて、九時ちょっと前に保養所を出ていった。マラソンが始まるのは午後一時で、僕はそれに間に合うように車で向かった。

どこで見るかというのが大きな問題だった。競技場のなかでは、始めと終わりにしか立ち会えず、最も辛い時に応援することができない。十キロ地点の桜上水《さくらじょうすい》あたりか、折り返しの飛田給《とびたきゅう》で応援することを検討していたが、沿道の大混雑を考えれば、競技場には到底戻れそうにない。多部さんにも意見を求めたところ、話を聞き付けた広報部の同僚たちが手を挙げてくれて、散り散りになって沿道から応援しようと持ち掛けてくれた。早稲田の競走部の学生たちも来てくれることになっていたので、高橋昭三応援団に不足はなかった。カメラマンに至っては「逮捕を覚悟で走り回って、とにかく色々なところから勇姿を撮る」とまで言ってくれた。僕は彼らの心遣いに感謝して、高橋君が一位で帰ってくるのを競技場で見届けることに決めたのだった。

空はどんよりと曇っていて、肌に纏わり付くような空気が湿度の高さを窺わせた。朝には小雨が降っていたようで、座席のビニールが濡れていた。見物する側からすれば、スポーツにはすっきりとした快晴が相応しいように思えるが、外を走る選手たちにとっては、曇天こそが絶好のマラソン日和だろう。

一時ちょうどに号砲が鳴り、六十八人の鉄人たちは一斉に走り出した。関根さんの読み通り、一万メートル走さながらの疾走だった。距離は違えど一万メートル走と同じ作戦を取ることになっていて、菊池君が先頭集団の七番目で競技場を出て行き、高橋君は中頃に留まっていた。あっという間に、アンツーカーは微風が吹くだけの場所になり、この事態を想定していたとは言え、観客たちはどうすればいいのかと互いに顔を見合わせていた。千駄ヶ谷門から出発した彼らは外苑橋を渡り、千駄ヶ谷駅前から新宿駅の南口の方へと抜け、跨線橋を越え、甲州街道をひたすらに走り、調布で折り返して戻ってくる。行きと違い、帰りは代々木門から競技場へ入ることになっていた。僕と多部さんがいるのは開会式とは違う席で、奇しくも、代々木門が正面にあり、一位の選手を最初に出迎える場所にいた。それが高橋君ではなかったらと思うと、居ても立っても居られない。

「やっぱり、外に行きましょうか」

「君が慌ててどうするんだね」

「しかし、ここで待っているだけというのも……」

「後援者なら、信頼して待つのが仕事だよ」

多部さんの素っ気ない一言が、かえって僕を落ち着けてくれた。後ろの方に大声で話している人がいて、揉め事かと思って聞き耳を立てると、どうやら、トランジスタ・ラジオを持ち込んだうえで実況中継を復唱しているようだった。黙って待つのが男らしいが、気にしないようにと思えば思うほど余計に聞いてしまう。高橋君は五キロ地点の初台《はつだい》を十九位で通過し、最後尾にいた優勝候補のエチオピアの選手が早くも追い上げてトップに立っていた。その後の十キロ地点では十二位になり、徐々に加速しているのが窺えたが、依然として先頭集団からは離されているらしかった。

これ以上は聞くまいと、僕は耳を塞いだ。雄々しさとは無縁の仕草だったが、目が合った多部さんは静かに頷いてくれた。僕は眼下のトラックを眺め、そこを独走する高橋君の姿を想像した。かつて僕は、自らが学徒出陣の隊列に並ぶことを夢見た。戦争のことなど何も知らない洟垂れ小僧は、国防の礎になりたかったのではなく、極めて自分本位な動機、自らの肉体の有用性を証明する手段を欲しがっていた。まったく同じ場所で想像力を働かせてはいたが、あの時と違うのは、自らがそこに立とうなどとは考えてもいなかった。あの場所は、強固な意志を持つ者だけが立つことを許される聖域であり、この二十年あまりで僕が学んだ数少ない見識のひとつが、ひとりの人間に与えられている領分についてだった。僕が後援者なる立場に就いたのは、偶然ではなく、当然の帰結だったのかも知れない。

塞いでいる手を突き破って、歓声が聞こえてくる。血相を変えた多部さんが電光掲示板を指差していて、二十キロの折り返し地点を通過した選手の名前が表示されることになっていたのだが、一位は件のエチオピアの選手、オーストラリアとイギリスが続き、四位に高橋君の名前があった。日本人選手が優勝争いに躍り出たと知って、まだ早いのに立ち上がっている者も見受けられた。場内の歓声に負けじと、中年男性は独自の声色で実況中継を続けている。ここまで来たら一丸となって応援する他なく、僕は耳を塞ぐのを止めて、隣席の男性がそうしているように後ろ向きで座った。

三十キロ地点の上北沢《かみきたざわ》を過ぎたところで、二位と三位の選手が徐々に失速し始めた。彼らは前半戦で飛ばし過ぎていたが、高橋君は飛田給で折り返してからが勝負だと考えていて、それまでは離され過ぎないようにある程度のスピードを保ちながらも、いたずらにスタミナを使うことを避けていたのだ。その甲斐あっての二位への浮上に、僕は両手をぎゅっと握り締めた。

「抜かされた！」

そう叫んだ中年男性は、興奮のあまり、実況中継の伝聞という役目を忘れ掛けていた。じれったくなり、僕は思わず「何があったんですか」と怒鳴った。

「三位の外人が根性を見せたんだな。抜いては抜かれを繰り返してる」

「残りはどのくらいですか？」

「もう少しで幡ヶ谷《はたがや》だ！」

熾烈な争いが繰り広げられているらしかったが、幡ヶ谷は三十五キロ地点であり、ラストスパートを掛けるのは早計だ。外国人は負けん気が強いから我を忘れているに違いなく、高橋君がそれに惑わされず、自分の走りを完遂してくれることを願うしかなかった。前列の観客は総立ちになっていて、僕も多部さんもそれに倣い、マラソンゲートをじっと見つめた。飛び込んできたのはエチオピアの選手だった。千日回峰行を満行した大阿闍梨《だいあじゃり》のような超然とした佇まいで、なおも跳躍する足からは凄まじい体力が感じられたが、さすがに振る腕には力がない。悠々とトラックを一周し、一位でゴールした彼は、掛けられそうになった毛布を断り、芝の上にごろんと寝転がった。

圧巻の優勝に気を取られていて、耳の方が先に「高橋昭三選手が只今入って参りました」というアナウンスを聞いた。高橋君が帰ってきていたのだ。その隣にはイギリスの選手がいて、ほとんど同時の入場だった。ふたりの顔が大きく歪んでいるのが遠くからでもよく分かり、僕は思い切り「高橋君」と叫んだ。競技場に詰め掛けた七万三千人が、彼を応援していた。子供のように小柄で、あどけない顔立ちをした、身ひとつで世界の強豪たちと戦う日本人青年の勝利を祈っていた。

トラックに入る瞬間、イギリスの選手は巧みに内側を取り、高橋君は不利な外側へと追いやられた。相手は僕ほどの身長で、その歩幅は高橋君の二倍近くあったから、彼は相手の倍以上速く足を動かしていることになる。その分、体力の消耗も一層激しいはずだ。ゴールまで百メートルを切り、高橋君はぐっと体を前傾させた。重心が右側に傾いてしまっているのは、左膝を手術した後遺症で、本当に辛い時は無意識に庇うのだろう。決して、綺麗なフォームではなかった。勝利を摑み取るため、自らの限界に打ち克つための走りは覇気に充ち、アンツーカーを覆う熱気を切り裂いていく。残りは二十メートルほどで、イギリスの選手は半歩前にいる。声援が後押しになることを信じて、僕は叫び続けた。

あと五メートルあるかないかのところで、高橋君が前に出た。あろうことか、追い抜きざまに内側へ行くことなく、外側を維持したまま走り抜け、高橋君は二位でゴールした。緊張の風船が破裂するような大歓声は、しかしながら、上がることはなかった。迎える準備をしていた関係者たちが慌てて駆け寄り、ゴールラインを踏み越えた瞬間に顔から倒れた高橋君を抱き起こし、彼の容体を確かめている。「よくやった」という声がちらほらと上がっていたが、僕はまだ、眼前の勝利を喜べずにいた。まるで、命を使い果たしでもしたような倒れ方だったのだ。ぐったりとしている高橋君は毛布で包まれ、半ば浴びせるように水を飲まされていたが、後続の選手たちが続々と入ってきていたため、芝の方へと移動させられた。高橋君を中心にして人集りができているせいで、ここからでは何も見えず、固唾を呑んで待つほかなかった。

僕の苛立ちを汲み取った多部さんが「下に降りてみようか」と言い出した時、前列から拍手が起きた。後ろの人には悪かったが、ビニールの座布団に乗って見下ろすと、高橋君が関根さんに支えられて起き上がっていた。雲が切れて晴れ間が覗くように、周囲の関係者が退いたことで高橋君の勇姿は衆目を集め、競技場は割れんばかりの拍手に包まれていった。一体どこを見たらいいか分からずに困惑していた高橋君は、ふと、ロイヤルボックスの方に向き直り、深々と頭を下げた。およそ一分ほど、そうしていただろうか。手を叩くのを止めた僕は、死力を尽くしたばかりの青年が見せた礼節に心を打たれていた。

関根さんの計らいで、僕は関係者のひとりとしての待遇、すなわち、表彰台に立った高橋君が首に銀メダルを掛けられるのをアンツーカーの端で見学することを認められた。どんな顔をするのか、ずっと気掛かりにしていて、血の滲むような努力をしてきたのだから、日頃の抑圧を爆発させ、清々しく笑って欲しいものだと思っていた。けれども、それが難しいのが、つまりは不器用さが高橋君の強さの根幹であり、何物にも代え難い彼の魅力であった。フラッシュを浴びながらも、表彰台の上にいる高橋君は、まっすぐに前を睨んでいた。まだ道は続いていて、そこを走るための足で自分はここに立っている。彼の眼差しは、確かにそう告げていた。僕は彼が辞めると決めるまで、最後まで彼のことを支え続けようと思った。

インタビューを受けた高橋君は、若さに由来する茶目っ気が顔を覗かせ、「次はもっといい色のメダルを獲ります。国民の皆様に約束します」と言ってのけた。次というのは四年後のメキシコオリンピックを指しているはずで、これには記者のみならず、監督陣からも歓声が上がった。僕は関根さんの肩を叩き、「引き続き、よろしくお願いします」と耳打ちした。

予想外だったのは、僕にもマイクが向けられたことだ。烏丸建設が後援者をしているという事実がオリンピック関係者を通じて記者たちに流れていたようで、後援するに至った経緯や、実業団にしなかった理由を訊かれた。突然のことにしどろもどろになってしまったのだが、高橋君の勝利の秘訣を訊かれ、出任せのつもりで「烏丸建設のマンションの一室を提供しているんです。壁が厚くて防音に優れているので、都会でも極めて静かに眠れるんですよ。スポーツ選手だけではなく、現代人に必要なのは質の高い休息ですから」と答えたのが、僕の意に反して大きな話題になった。購入の希望が殺到し、都内のマンションが飛ぶように売れていったのだ。反響はそれだけではなく、高橋君が国民的な英雄になるのに合わせて、あのポスターも一躍脚光を浴びることになった。日本全国、これまで付き合いのなかった会社からも発注の打診が後を絶たず、烏丸建設の名前を売るという目的を、僕は見事に達成していた。聞くところによれば、ポスターを盗もうとして得意先の社屋に忍び込んだ人が警察に逮捕されるという珍事件まで起きたらしかった。

有頂天になった僕は、あのカメラマンと組んで第二弾を作った。建設中のビルの前に銀メダルを胸に下げた高橋君が佇んでいるというもので、写真を見た重役のひとりが「むしろ金じゃなくてよかった。コンクリートの色とマッチしている」と呟いたのを参考にし、ポスターには「ここから金を目指す」という文言を入れた。こちらも好評を博し、広報課には「あのポスターを考案した人を紹介してくれないか」という電話が相次いだ。

まとまった金が動きそうだと踏んだ父は、前年に作った子会社へ僕を出向させることを決定した。烏丸ビルサービスという会社で、ビルを建てたあとの運営管理や修繕、テナントの誘致などを行っていたのだが、父の鶴の一声で、広報部の業務の一部がそちらへと移されたうえで、事業として独立することになった。ちょうど一週間後に京王百貨店の全館開店が控えていて、百貨店の人間が父に「息子さんに宣伝を任せたい」と頼んできたのだそうだ。ポスターもマンションの出任せも紛れ当たりの産物でしかなかったが、向こうはそう思ってはくれず、冴えた手腕を期待されていた。若輩者には荷が重いというもっともらしい方便で断ろうとしたのだが、父は忠誠に対する見返りとして、僕の仕事が一段落したら邸内に博物館を作ると確約してくれた。その証拠を見せなければと考えたのか、年が明けてすぐ、中央《ちゆうおう》区の銀座一丁目に烏丸建設歴史館が着工した。前身の烏丸組の創始者である烏丸誠二郎の功績を讃えるための施設で、大反対していた兄が渋々図面を引かされたと知って、すこぶる気分がよくなった。

オリンピックが終わり、慌ただしい日々がようやく終わったかと思えば、休息が訪れるどころか、僕はそれまでの人生で最も忙しくなってしまった。それは高橋君にも言えることで、どこへ行っても記者が付き纏うようになり、避難するつもりで正月に帰省しても向こうにまで現れる始末だったので、仕方なく早めに切り上げたとぼやいていた。少しくらい休養を取っても罰は当たらないと思ったが、二位の快挙を成し遂げた翌々日から、高橋君は一日も欠かすことなく練習に励んでいて、僕は仕事の合間を縫って東伏見に寄っては、互いの近況を報告し合った。記者たちに見付かれば変な噂を立てられて迷惑を掛けてしまうと考え、高橋君は帰省した時も文通相手には会わなかったという。その代わり、年明けに送られてきた手紙で「格好よかった」と褒めてもらえたのだと教えてくれた。僕は彼に「密会の日取りさえ知らせてくれたら、あとはこちらで上手くやるから、小涌谷の保養所をいつでも使っていい」と伝えておいた。オリンピックが終わって、僕は高橋君と幾らか打ち解けられたような気がしていた。彼は長い人生における最も大きな山場のひとつを乗り越え、僕はそれに立ち会ったのだ。

二月のある日、たまたま高橋君が練習を終えて帰るのと重なったので、関根さんと少しばかり話をしてから、僕は高橋君を乗せ、吉祥寺北町《きたまち》のマンションまで送ってあげた。「いつもありがとうございます」と言って降りていった高橋君を、彼がエントランスの扉の前まで歩くのを待って、大声で呼び止める。

「渡したいものがあるんだ。持っていくから、そこで待っていてくれ」

僕は車のトランクを開け、積み込んであった桐箱を持ち上げた。新しく誂えたもので、表には楷書で「高橋昭三」と入れてもらった。僕が脇に抱えているそれを見て取るなり、高橋君は忽ちに顔を強張らせた。長方形の桐箱は、収めるものに合わせて四尺ほどの長辺を持ち、その中身はひとつしか考えられなかった。

「受け取れません」

「いや、これは君の刀だ」

「金メダルを取ったら、という約束でした。自分は一位ではありません」

「君は次に金メダルを取るんだろう？　だから、いいんだよ」

高橋青年の頑なさは嫌というほど熟知していたが、今回ばかりは譲るつもりはなかった。胸にぐっと押し付け、すぐさま腕を離してやると、一流のスポーツマンの反射神経がなせる技か、それとも、落としてはならぬと狼狽えたのか、彼は即座に桐箱を抱きかかえる形になった。突き返されないように後ずさった僕を、粟田口久国の無銘をしっかりと受け止めたまま、高橋君は静かに見返した。

「手入れの方法を書いた紙を入れておいたから、じっくり読んでみてくれ」

そう言い残して、僕は足早に車へ戻った。バックミラー越しに見た高橋君は、国立競技場で起き上がった時のように深々と頭を下げていた。

遺書の一文が、僕に祖父を恨ませることは決してなかった。蒐集家として生きた祖父は、その理念を貫徹するべく、蒐集家として死ぬ方法を模索していた。彼らのような人間にとってのの命題は、その死後も蒐集品を完全な状態で残すことにあり、より確かな方法を選ばなくてはならなかった。すなわち、預けようとする先が幾つかあるなら、そのなかで最も繁栄が見込め、より長く生き残っている可能性がある者に預けるのが理に適っている。会ったことがあるのか、人伝に聞いていただけかは知る由もないが、祖父は僕の兄のことを僕よりも優秀だと判断し、烏丸家の守り神を継がせるに相応しい人物だと考えたのだろう。その決定は、祖父の性格や生き様と少しも矛盾しない。祖父には優秀な弟がいて、彼のおかげで烏丸家は旧家としての栄華を保つことができた。烏丸組がなければ、烏丸家はとうの昔に破産していたし、労働に不向きな祖父が高尚な趣味を続けられることもなかった。かけがえのない優秀な兄弟の存在は、生涯にわたって祖父の自尊心を苦しめ続け、その責め苦から逃げ出すために、浮世離れした風変わりな人間を演じることによって、彼は人生の負担を軽減しようと試みたのだ。

祖父は確かに、僕を愛していたと思う。そして、その愛の半分は、同情によって形作られていたに違いなかった。自分に似た薄弱児に、豊穣な趣味の世界を教え、高邁な生き方を教えはしたが、その宝剣を、自らが生きた証を受け継がせることはしなかった。

去来する感情はさて置いて、僕はひとりの美術愛好家として、祖父の蒐集品が有する無二の価値を理解しており、博物館を作りたいという思いが損ねられたわけではなかった。だからこそ、僕がやったのは復讐ではなかった。ただ、あの刀は、道を作れる人間こそが持っているべきなのだ。死んでからしか手放すことができなかった祖父の強欲さは、紛れもなく烏丸家の血統ゆえの罪悪であり、僕はそれに抗った。今ならば、孫ではなく、ひとりの対等な男として、祖父の隣を歩けるような気さえしていた。

11

国立博物館に採用されるのを待っていた頃は、一日が一年のように感じられたものだが、やり甲斐のある仕事に忙殺される日々は、一年を一日のように体感させた。一九六七年、僕は三十二歳になっていた。烏丸ビルサービスに出向してから早くも三年が経ち、僕は役員に命ぜられるという栄に浴することとなった。縁故には違いなかったが、実績が伴っていたおかげで後ろ指を指されることはなかった。取引の相手はデパートなどの商業施設が多く、僕の会社が先に契約をまとめ、本社へ持っていくこともあったのだが、丹下健三氏のような歴史に残る仕事、要するに巨大な建築物を好み、国の仕事に専念すべきだと考えている兄と僕との軋轢《あつれき》は、もはや隠し切れないほど深刻なものになっていった。兄は父の紹介で自民党の田中角栄《たなかかくえい》氏と懇意になり、いわゆる道路族の仲間入りを果たそうとしていた。

いつの間にか欲望に取り込まれていた兄とは違い、僕には僕の世界が、目的が存在していた。祖父の死から十三年の時を経て、ようやく去年の夏に博物館が完成した。僕は国立博物館の学芸員たちと話し合い、別館ではなく、手狭な家政所を使う方が管理がしやすいという意見を受けて、誰も住まずに傷み始めていた家政所を修繕させた。本邸の三階に置いていたスチール製の什器は処分し、国立博物館で使っているのと同じ展示ケースを導入した。毛髪式温湿度計なども取り寄せ、絵画と漆器では最適な環境が異なっているので、分けるために二、三部屋を増設した。およそ私設の陳列室とは思えない、徹底的な管理の行き届いた三階建ての博物館は、祖父の命日に合わせて完成とし、石塚さんを含めた数人の関係者を集めてお披露目をした。名前は宗寿《そうじゅ》文庫とした。『葉隠』の著者である山本常朝《やまもとつねとも》が出家後に移り住んだという宗寿庵から取ったもので、祖父の法名から借り受けなかったのは僕なりの決別の印だった。公開する予定はなく、こうして近親者に見せる以外では、小涌谷の保養所と同様に、顕彰された社員を招待するくらいに留めるつもりでいた。

博物館の完成からほどなくして、僕はとうとう既婚者になった。相手は取引先の部長から紹介された二十四歳の事務員で、理知的な喋り方をする女性だった。高いけれど静かな声で、仮に口論になったとしても、ヒステリックに騒ぎ立てたりはせず、風鈴のように涼やかな声色で議論してくれるだろうという確信を持てた。箸の使い方に育ちのよさが現れていたし、「籍を入れても今の仕事を続けたい」と口にしたことにも好感を覚えた。彼女が恐縮してしまうのと、とてもじゃないが陽子と馬が合いそうになかったので、僕は屋敷を出て、広尾《ひろお》のマンションに新居を構えた。宗寿文庫には仕事を名目に立ち寄ることができたので、慣れ親しんだ目白台を離れることにそこまでの感傷はなかったし、部屋の狭さや、書斎がないことには辟易したものの、地面のない空中生活には思いの外あっさりと慣れてしまった。

その後も、烏丸建設は高橋君の後援を続けていた。時代に即した新しい形のパトロンは社会的にも好ましく評価され、「自分のことも支援してくれないか」というスポーツ選手や画家、歌手、それらの卵が僕に連絡を寄越していた。高橋君の窓口になっているということは、当然ファンレターもこちらに届くので、数ヶ月に一度、まとめて転送していた。役員になってからは時間が作れず、高橋君に会うことはおろか、大会の結果に目を通せてもいなかったのだが、請求書の確認は今も僕が引き受けていて、治療に掛かる費用が大分減っていたのを見て、彼の膝がよくなっているのを悟った。会えない代わりに手紙を書くと、いつも三日以内に葉書が返ってきた。どういうわけか、高橋君はその週の練習内容を事細かに、たとえば、体を温めるために二十分のジョギングをして、それから九十分の持久走をし、ふたたび十分の軽いジョギングを行ったと教えてくれた。末尾には必ず、「約束を果たしてみせます」と書かれていた。居間で葉書を読んでいると、妻はいつも僕の向かい側に座り、読ませてくれとせがむわけでもなく、小さい文字に顔を近付けている僕のことを至極嬉しそうに眺めた。「何がそんなに面白いんだい？」と訊ねると、妻は僕が、高橋君からの葉書を読んでいる時が一番優しそうな顔をしていると言った。そして、急に真面目な顔付きになり、「きっと、息子が生まれても、こういうふうに愛情を注げる人なんだろうなと思ったんです」と続けた。僕と彼とでは歳はそこまで変わらないのだが、彼女にそう言ってもらえると、まだ遠い先のことに思えるものの、僕は子供を持つという大それた企てに対して、幾らか前向きになれた。

結婚してから迎える初めての夏、八月二十五日のことだった。午前中の打ち合わせを終えて会社に戻り、昼休みを返上して書類仕事に明け暮れていた僕のところに事務員がやってきて、「関根さんという方からお電話です」と伝えてくれた。最初に彼と話した時も、このようなやり取りがあったなと懐かしく感じながら、僕は卓上の受話器を取った。聞こえてきたのは啜り泣きだった。

「関根さん？　どうしましたか？」

掛けるのがやっとだったのだろうか。嗚咽を押し殺したような吐息が聞こえてくるばかりで、僕の耳は、その熱っぽさを感じ取っていた。

「今どちらですか？　手助けが必要ですか？」

〈高橋君が……〉

「高橋君がどうしたんです？」

〈部屋で、首を切ったんです〉

関根さんはそれ以上話すことができなかった。受話器を置いて、誰にも言わずに会社を飛び出た僕は、外堀《そとぼり》通りでタクシーを捕まえ、吉祥寺北町のマンションまで急いだ。両脇に定家葛《ていかかずら》が植えられたエントランスの前には二台のパトカーが停まっていて、制服姿の警官が入り口を固めていた。僕は身分を明かし、「高橋昭三君の部屋に行かせてください」と頼んだが、警官の態度は冷淡そのもので、「今は誰も通すわけにはいかない」と言われ、にべもなく押し返されてしまった。僕が持っている合鍵は、ごみ捨て場に続いている通用口の扉をも開けられるが、そちらの方にもひとり立っていた。ということは、関根さんは室内にいるのかも知れない。隙を見て飛び込んでやろうと考え、僕はエントランスの階段に座って待つことにした。庇もないので、じりじりと照り付ける陽射しで汗が噴き出してくる。近くを散歩していた住人がパトカーに気付いて足を止め、何事かとマンションを見上げている。歩哨の警官は微動だにせず、要注意人物か何かのように僕のことを監視していて、警棒を携えている彼には一分の隙もなく、何もできずに、時だけが無為に過ぎていった。

「烏丸治道さんですね？」

日が落ち始めた頃、後ろから肩を叩かれた。歩哨とは別の、屋内から出てきたらしい警官だった。

「ええ、そうです。一体何があったんですか？　高橋君は大丈夫なんですか？」

「貴方の名前が書かれていました」

そう言って、彼は僕に茶封筒を差し出した。表には丸っこい字で「烏丸治道様」と書かれていて、糊付けされていなかった。その手紙は、後援してくれたことに対する感謝から始まっていた。僕の助力がなければ、メダルはおろか、オリンピックに出場することさえも難しかったはずで、郷里の家族には「東京にも兄ができた」と話していたと、高橋君は綴っていた。直接話す時とは一転して、屈託のない饒舌な語り口だった。

去年の秋口から膝の痛みが再発し、立っているだけで激痛が走るようになった。医者からは、快復の見込みはなく、再手術によって歩けるようにはなるが、長距離走は不可能だと宣告された。しかし、高橋君はその事実を認められず、仲間内で融通してもらった痛み止めを飲んで練習を続けた。診断が下ってからも二度マラソンに出たが、結果は惨憺たるもので、高橋君はようやく、自分はメキシコオリンピックに出場することができないのだと理解したという。そこから、文字が乱れ出した。ペンを持つ彼の手は、躊躇いと悲しみに震えていたのだろう。

「金メダルを取るという約束を守れず、申し訳ございませんでした。ここから金を目指すとおっしゃってくださった烏丸建設さんに迷惑を掛けてしまい、申し訳ございませんでした。何よりも、治道さんのご期待を裏切ってしまい、申し訳ございませんでした。何も成し遂げられない恥ずかしい人生でしたが、治道さんのおかげで、最後は武士として死ぬことができます。御刀を下さり、本当にありがとうございました」

高橋君が僕に宛てた手紙は、そう締め括られていた。おそらくは暑さのせいで朦朧としていた意識は、胃液のように迫り上がってきた感情を、ほんの少しばかり溜まっていた唾液とともに飲み込ませた。マンションに入ろうとする僕の前に警官が立ちはだかったが、あとのことさえ考えなければ、体格で劣っている彼を振り払うことは容易かった。彼は僕の耳元で、この行為が何々という犯罪に相当するというような警告をがなり立てていたが、上階から聞こえてきた怒声によって屋内はにわかに騒がしくなり、そちらに注意が向いた。

静止する声が階段を下りてきていて、足を止めた僕の十メートルほど先に、草臥れた背広を着た初老の男性が現れた。面識がなくとも、輪郭と頰の丸みで、一目で高橋君の父親だと分かった。その手には、日本刀が握られていた。彼を追って階段を下りてきた警官が何かを叫んでいて、子泣き爺さながらにしがみ付いていた警官は、咄嗟に僕から離れ、腰元の拳銃に手を伸ばした。

目を向けると、すぐに視線がぶつかった。何をすべきかを決めた男の眼差しを前に、僕は覚悟したのではなく、恐怖に体が硬直してしまっていた。しかしながら、頭では、彼にはそれをする権利があるということを理解していた。ゆらゆらと歩を進め、斬り付けられる間合いまで来た高橋君の父は、結び合わせていた視線をさっと切ると、その場に膝を付いた。そして、両方の手のひらに載せるようにして、粟田口久国の無銘を恭しく掲げた。緊張し切った警官たちが、どう動くべきかを口々に囁き合っているなかで、高橋君の父と僕だけが、これから何が行われるのかを了解していた。僕はゆっくりと踏み出し、刀の柄に手を掛けた。

「農家の倅でよかったんです」

御影石の床を見つめたまま、高橋君の父は言った。

「農家の倅でいいから、あいつには生きていて欲しかった」

刀身は赤く濡れ、鶯茶色の柄巻にまで染み込んでいたが、そこだけが綺麗に拭き取られたかのように、丸形の布目象嵌《ぞうがん》の鍔だけは、血を浴びるのを免れて、抜けのない華やかな金色を湛えていた。高橋青年の未来のためなら、どんな力でも貸そうと意気込み、彼のことを実の弟のように愛おしく思っていた僕は、彼が自らその生涯を閉じることにも力を貸してしまったのだ。自分本位の期待というおぞましい刃を、その美しい体へ押し当てることによって。

第三部　一九七九年

1

霞《かすみ》が関《せき》から銀座までは車を使えば十分も掛からないが、このところ歩く機会も減っていたから、「あとで迎えに来てくれればいい」と送られるのを断った。昔から、企業の運転手に求められるのは運転免許と寡黙さのふたつだけだと言われていて、以前、その常識を破っておしゃべりな男を雇ったことがあったが、こちらが考え事をしている時でものべつ幕なしに喋り続けるので、鬱陶しくなって数日で辞めてもらった。それを知っているかどうかは分からないが、今の運転手は天気の話さえしてこないので、後部座席にいると、どうしても独りの時間というものを持て余した。歩いていても独りであることに変わりはないが、道を行き交う人々の談笑は近付き過ぎなければ心地よいものであるし、とりわけ夜の銀座は、幾人かの痴態に目を瞑りさえすれば、楽しさをお裾分けしてもらえる。気疲れしていればなおのこと、体力が保つかどうかは別にして、いつまでも彷徨ってみたくなる。祖父は闊歩を、もはや偏執的と言っていいほどに好んでいたが、その足を外に向けさせていた動機の最たるものは孤独だったのだろうと今なら理解できた。見ず知らずの他人の靴音を頼りに、自分の居場所というものを、一歩ずつ足の裏で確かめていたのだろう。

ひとしきり賑やかさを堪能し、花椿《はなつばき》通りから三原《みはら》通りへと曲がると、銀座でも古株の「ボルド―」が見えてくる。白洲次郎《しらすじろう》氏が行きつけにしていたというバーで、その外観ゆえに蔦《つた》の絡まる洋館と呼ばれ、戦前から続いていることにまさしく絡めて、扇情的なノスタルジーを求めて通う客が多かった。蔦のある家は病人が絶えないという迷信があり、祖父は蔦を蛇蝎のごとく嫌っていたのだが、僕は僕で、他の木から栄養を奪いながら育つという陰湿な生態を不愉快に感じ、視界に入るだけでも憂鬱な気分にさせられた。活力まで吸い取られてしまう前に店に入り、カウンターの方へ会釈してから二階へ上がる。チューダー様式を意識しているであろう店内は、修道院で使われていたという長椅子が持ち込まれ、落とした物を永遠に見付けられないほどの暗さに絞られた照明と相まって、教会の地下聖堂を思わせる。一方で、二階の天井は船底天井のような造りになっていて、下が教会なら、こちらは客船の一等客室を模しているのだろう。そこまで大きく外した推測ではないと思うが、この店は、あらゆる調度品は言うに及ばず、窓の金具ひとつにまでこだわりが行き届き、要するに、自分の理想というものを詰め込んだ空間に違いなかった。そして、理想を持たなくなった僕にとって、他人の理想は容易く寛げる代物だった。自分の理想には際限がないが、他人のそれには期待もないから、必然、落胆させられることもあり得ない。

今日はやけに客入りが悪いなと思いながら、二人掛けのテーブルに腰を下ろす。飯嶋さんはいつものように辛口のシェリーを飲んでいた。

「補習お疲れ様でした」

「何か習えればよかったんですけどね。実際のところは、廊下に立たされているようなものですよ」

僕の酒が運ばれてくるのを待って、彼女と乾杯する。ゴッドファーザーというカクテルで、同名のマリオ・プーゾの小説から考案されたものだ。杏仁を使ったリキュールにウイスキーを混ぜるだけの至って単純なレシピで、スコッチであれば何でも構わないらしく、僕は何が自分の口に合うか色々と実験し、ラフロイグを使うのを最も気に入っていた。イタリアとイギリスの酒を混ぜているのに、アメリカ製のシロップ薬のような味わいになるのが面白かったのだが、甘い味を好まない飯嶋さんは、試しに一口飲んだだけで顔を顰めていた。

「あの蔦、どうにかなりませんかね」

「このお店のですか？」

「僕だけかも知れませんが、どうにも気が滅入るんです。第一、ファサードというのは店の顔で、それを隠していては自信がないと言っているようなものです。これだけいい店なのに勿体ない」

「文学青年だった烏丸さんも、すっかり建築のお仕事が板に付いてきたんですね」

「僕が？　どうしてそう思うんですか？」

「建築を知らないわたしには、あの蔦は下ろした御簾《みす》のように見えて、慎み深さが感じられるんです」

「なるほど。それじゃあ、僕が来るのをあの窓から見ていたわけですか」

　そう返してみると、飯嶋さんはわずかに口元を綻ばせた。満面の笑みに出来るほどの答えではなかったというわけだが、彼女が言った通り、僕はこの数年で文学から遠ざかっていた。あれだけ話題になった村上龍《むらかみりゅう》もようやく先日読み終えたばかりだったし、読み止しの吉本隆明《よしもとたかあき》だの丸山眞男《まるやままさお》だのの本が机に積み上がっているというのに、つい楽をして、昔に読んだ城山三郎《しろやまさぶろう》なんかを内容を知りながら何遍も再読する始末だった。

　僕と彼女はさっきまで同じ場所に、文化庁の会議室にいた。四年ほど前に文化庁の長官によって設置された懇談会に出席していたのだ。その懇談会は行政がどのように文化政策を舵取りしていけばいいかを論じるもので、演出家の浅利慶太《あさりけいた》氏や主婦の友社の石川数雄《いしかわかずお》氏、国立博物館館長の斎藤《さいとう》さんなど、各界から有識者、とりわけ文化人と呼ばれる人々が集められていた。僕は文化庁の初代長官を務めた今日出海《こんひでみ》さんと親交があり、懇談会が立ち上がって間もない頃に、「よかったら出てくれないか」と声を掛けられていた。「ゼネコンの子会社のお飾り社長なんか、何のお役にも立てませんよ」と断ろうとしたのだが、「宗寿文庫の館長さんとしてご出席を賜りたい」と言われてしまっては顔を出す他なかった。

経済成長が永遠に続くものではないという歴然とした事実をやっと認めることが出来た政治家たちは、終戦後によく使われていた言葉、すなわち文化国家を再考するようになった。戦争では勝てなかったから次は文化でと息巻いたかと思えば、あれから三十年以上経ち、今度は経済的な豊かさでは心の豊かさは育たないから文化が必要だと言われ始めていて、まるで、情欲を満たしたい時にだけ呼ばれる妾のような扱いであった。出席者たちは真剣にこの国の将来を憂え、学校の教育だけで文化を育てることは難しく、文化活動に参加できるような環境作りや、芸術家の育成、さらには、その先の活動を行政が支援しなければならないと熱弁を振るっていた。しかしながら、僕にしてみれば、こういう話し合いもまた、どの産業を優先的に国に守ってもらうかという談合に過ぎず、結局のところは美辞麗句を盾にした金の取り合いに見えた。特に意見を求められることもなく、僕は彼らの議論を白い目で眺めていたのだが、去年になってから飯嶋さんが参加するようになった。広告代理店でコピーライターを務めていた彼女は、何度か仕事をしたことがある石川数雄氏の推薦によって招聘されたらしく、僕たちは奇妙な偶然を喜び合い、そこからふたたび交流を持つようになった。

彼女が口にした補習というのは、懇談会が終わると、僕は文化庁次長の松浦さんに必ず呼び止められ、彼が満足するまで昔話を聞かされるのが常だった。松浦さんは前身の文化財保護委員会時代からいる老公で、祖父や石塚さんの旧友でもあった。説教癖のある面倒な人物には違いなかったが、関西出身者に特有の、朗らかな押しの強さを持ち合わせていて、人と人とを引き合わせるのが上手だった。総裁選で大平正芳《おおひらまさよし》を勝たせるのに一役買っていたと噂されていたし、今の都知事とは大学の先輩後輩の関係に当たり、なかなか懇意にしているようだったので迂闊に無下にはできなかった。

霞が関にいては気が休まらず、懇談会がある時は、僕と彼女は銀座まで繰り出して食事をともにしていた。今日はお互いに腹も空いていなかったため、静かに飲める店に行こうという流れになっていた。

「女一人で来ると、色々と話し掛けられて、たまに面白いこともあるけれど、嫌な気持ちにさせられることの方が多いんです」

「こういうところを溜まり場にしているのは、酒の蘊蓄《うんちく》で格好付けたがる寂しがり屋ばかりですからね。美人相手に見栄を張りたいんでしょう」

「家庭をお持ちの烏丸さんが相手なら、その心配はないということ？」

「心配なさらずとも、僕が先に酔い潰れますよ」

空になったグラスのなかで氷が転がる音を聞き付けて、二杯目のゴッドファーザーが運ばれてくる。いつだったか、決まった酒を飲み続ける僕を一途と評した部下がいたが、もしそれが本当なら、洋酒はオールドパーしか飲まない父は誠実極まりない男ということになる。父はこだわりが強く、僕は冒険を嫌い、前者は保守的な態度を、後者は保身的な性格を象徴していた。

「それで、お仕事は順調ですか？」

この店の暗さは、嫌でも僕を内省的にする。会うのが夜であっても、天気のいい朝にする挨拶のような晴れやかな声で話し掛けてくれる飯嶋さんは、近くにいるだけで僕まで明るい気持ちになれた。ところが、あまりされたくない質問だったのか、彼女はグラスを浮かせたまま顔を強張らせていた。

「好きだったことを、文章を書くのを仕事に出来る天職だと思っていましたが、最近はこれでいいのかと悩むこともあるんです」

「というと？」

「服であれ、化粧品であれ、それを読んだ人が自信を持てるような、背中を押してあげられるようなキャッチコピーと言えば大層に聞こえますが、背中を押すというのは、つまりは、いかに財布の紐を緩ませるかということでしょう？　生活を切り詰めてでも着飾りたいと思わせるんです。文化の担い手を気取りながらも、結局のところわたしたちは、いかに消費させるかに腐心しているだけなんじゃないかと……」

「欺瞞的だと思うんですか？」

少し考えてから、彼女は頷いた。厚いが小ぶりな唇は、きゅっと結ばれていると、どことなく不満げに見える。自分の手番であれ他人の手番であれ、常にもっといい答えを探し求めているような口元は、相対する僕を試されているような気分にしたが、決して不快ではなかった。

「だとすれば、うちの会社はもっと酷いですよ。新時代の文化的な暮らしと嘯いてマンションを売り付けてはいますが、庭もなければ、窓から景観を楽しむこともままならない狭い部屋です。おまけに、夏は暑くて冬は寒い。東京の地価はひたすらに上がり続けていて、デベロッパーは狭い土地を奪い合い、そこに幾つも集合住宅を建てては、全国各地から人を集める。大手を振って、地方を衰退させているんです」

このことは懇談会でも度々言及され、東京中心の政策を改める時期が来たのだという提言が正式にまとめられていた。僕も同意見ではあったものの、それを論じ合っている全員が東京で活動しているのだから、本末転倒な気もしていた。

「マックス・ウェーバーじゃありませんが、僕たちは戦争に負けた惨めな国から抜け出すために金儲けを美徳にしてきました。その際に、これまではしたないとされていた金儲けを美徳だと感じられるように、自分たちを上手く正当化する術をも西洋から輸入したんです。士魂商才が和魂洋才にすり替わり、いつの間にか洋魂商才になってしまった。戦後に職に就いた僕たちは、はじめから欺瞞とは切っても切れない仲なんです」

「なら、烏丸さんにとっては、あの懇談会も欺瞞的に思えますか？」

「欺瞞だと自覚している人たちが集まって、少しはましになろうとしている会議だと思っています」

「その機会を、免罪符を頂けたということなんでしょうね。でも、本当のところ、文化庁の方々はわたしたちに意見を出させて何をしたいんでしょうか？」

「まあ、国が何かやるというよりは、あの会議を通じて参加者を奮起させて、僕たちの方にメセナをやらせたいんでしょう。現に、佐治《さじ》さんはサントリー文化財団を作ったわけですし」

初期の懇談会にはサントリーの社長である佐治敬三《けいぞう》氏が参加していて、メセナ、私企業による文化や芸術の支援の重要性を説いていた。氏は大の好角家で、企業によるスポーツ選手の後援について興味があるというので何度か助言を求められたことがあったが、僕からすれば今でもしたくない話題だった。

いわゆる文化人だけではなく、彼や僕のような経営者が呼ばれていたのは、暗に、国は有事以外ではポンと金を出すことができないから、君たちの方でどうにかしてくれないかと言われているように感じられた。ここでも和魂洋才が登場し、イギリスやフランスで盛り上がりを見せているメセナを日本でも流行らせたいのだろうが、国民が自国の歴史に敬意を払っている国とそうでない国とでは勝手が違うし、そもそもこの国は、文化とは何かさえ定義してこなかったのだ。僕に関しても、代表取締役社長という肩書きだけが立派なのであって、自由に金を使える立場ではなく、いい加減、僕を当てにするのは間違っていると伝えるべきかも知れなかった。率直にそう打ち明けてみたところ、飯嶋さんは首を横に振った。

「文化庁の方は、博物館での公開を拡充していきたいと考えているとおっしゃってました。きっと、烏丸さんにはそちらに加わって欲しいんだと思います」

「宗寿文庫を一般公開させたい、ということですか？」

「それだけの価値があるとわたしも思いますよ」

彼女が相手でも軽率には頷けず、僕はグラスを大きく傾けた。完成から十三年が経っていたが、宗寿文庫への入館を許したのは、国立博物館や刀剣保存協会の学芸員、文化庁の職員だけであり、どこまでも私的な施設のままだった。

「誰にも見せずに独りで楽しもうというのではないんです。後世のために、誰でも鑑賞できるようにすべきだというのは分かっています。……ただ、時期を逸してしまったというか、今更という気持ちがありまして」

「それなら、一度お試しになってみるのはいかがですか？」

「試す？」

訊き返した僕を見つめて、飯嶋さんは薄く微笑んだ。四十を越えて、彼女はさらに美しくなっていた。人当たりのよさは相変わらずだが、磨き上げられたガラスによって隔てられているかのような、向こう側との距離というものを意識させる気品をも備えていて、そこに手を伸ばそうというのは、よほどの自信家でなければ愚か者だろう。街中ですれ違ったとしても、振り返ることさえ躊躇われ、悶々としながら家に帰り、その一瞬を思い出しながら夢想させるような魅力が今の彼女にはあった。

「烏丸さんの博物館に行ってみたいんです。いけませんか？」

「もちろん、構いませんよ。一応は人を雇っているので、いつでもお越しください」

「ありがとうございます。でも、せっかくですし、烏丸さんがいらっしゃる時に伺います」

なるほど。確かに、彼女ならそう考えるだろう。僕としても、ややこしい説明をするのは本意ではなかったため、「事前に連絡をくれれば、その日には向こうにいるようにする」というもっともらしい誘い方をしておいた。お互いに話したいことは尽きなかったが、連日の寝不足が祟って眠くなってきたというので、彼女が飲み終えたところでお開きにすることにした。電車で寝ては危ないし、家まで送ると提案したのだが、「そこまでしてもらうのは申し訳ない」と言われ、せめてこれくらいはと、店の外に待たせていた車で銀座駅まで送った。降りていった彼女が見えなくなってから、僕は運転手に「自宅まで」と告げた。

鞄から黒革のシガーケースを取り出し、収められている葉巻を抜き取る。ポケットに入れっぱなしにしているシガーカッターで端を切り落とし、マッチで丹念に火を点け、窓をほんの少し開けてから葉巻を咥えた。嗜むようになって日が浅く、正確な表現ではないと思うが、郷愁を駆り立てる味だと思う。たとえば、子供の頃、余計な知識に惑わされることなく、純粋な感覚だけで世界を歩き回れていた頃に嗅いだ、うっとりするような土の香り。ほろ苦い甘さは、ラム酒を片手に吸うのもいいが、寝る前のコーヒーにもよく合った。僕の葉巻趣味は、烏丸建設と付き合いの長い二階堂進《にかいどうすすむ》氏という自民党の議員から勧められたことで始まった。元々は父への贈答品だったが、医者に不養生を咎められていた父は、酒は百薬の長と言って飲むことはあっても、叔父の早世の原因が喫煙にあったのを気にしているのか、葉巻だけは止めてしまっていて、同じく喫煙者の兄が一切興味を示さなかったので、消去法的に僕のところまで回ってきたというわけだった。煙の出るものとは縁がないまま四十を越え、上等な品であることは間違いなかったので、労いとして愛煙家の部下にでも譲ろうと思っていたのだが、ふと魔が差して、興味本位で一本吸ってみたのが運の尽きだった。葉巻を吸っている間は、他の全てが些事に変わり、煙を燻らすことだけに時間を費やせる。孤独の伴侶として、これ以上のものはなかった。ほどなくして自分でも集め出し、モンテクリストという銘柄を愛喫するようになった。言うまでもなくデュマの小説から取られた名で、葉巻職人たちが葉を巻きながら読み耽っていたという逸話が気に入っていた。吸い終えるまでの三十分という時間も、大抵の移動時間と同じなのがちょうどよかった。

リングを剝がしてから二、三センチほど吸ったところで目的地に着いた。僕は葉巻を灰皿に置き、運転手に明日の時間を復唱させてから車を降りた。門を開けて屋敷に入り、自室へ向かう最中、二階にまだ電気が点いているのが分かった。消し忘れたかと思って確かめに行くと、食堂に母がいた。椅子でうたた寝していて、円机にはワインの瓶が置かれている。陽子がふたたび出て行って以来、母は羞恥心さえも捨ててしまい、隠れて飲むことさえできなくなった。医師からは入院治療を勧められていたが、その言葉は母には届かず、身なりを整えていた頃の綺麗な母を知っている彼は、僕が生みの親を冷たい病室に閉じ込める決心を下すのを待っていた。

優しく肩を揺すりながら呼び掛けると、胃から逆流しているのか、母の口からは強烈な酒の臭いが漂ってきた。誤魔化そうとして纏っていた香水の匂いさえ掻き消すほどの悪臭は、彼女の肝臓がもはや機能していないことを素人の僕にも悟らせた。幾ら呼んでも一向に目を覚まさないので、僕は母の私室から持ち出したブランケットを掛けてやることにした。ワイングラスと瓶を片付けようとして、まだ一杯分は残っていることに気付き、流してしまうのも忍びなく、キッチンの流し台の前で一息に飲み干した。もし、母が夜中に目を覚ますことがあれば、この屋敷は一晩中、彼女の喘ぐような泣き声に苦しめられることになる。母の安寧は過去にしかなく、微睡のなかで見る夢がそれを遡らせてくれることを祈りながら、僕も眠りに就いた。

2

　懐古趣味というのは、あらゆる美しさは一過性のものでしかないと信じて疑わない厭世家たちの最後の拠り所で、僕はそうでないと思いたかったが、咲き誇る姿ではなく、散り行く花の不全さに風情を感じる態度もまた、儚さという瞬間的な魅力に取り憑かれているに過ぎなかった。時の流れというものが美しさに与える過酷な仕打ちと、それに対する嫌悪について学びたければ谷崎潤一郎《たにざきじゅんいちろう》の本を数冊読むだけでよかったが、この老いた屋敷を流れている時間は、ただ草花を枯らせるだけの情緒に欠ける自然の作用に毅然と抗い、その結果として、邸内には若返りの奇跡がもたらされていた。朝の七時きっかりに動き出す洗濯機やら掃除機やらが、その産声であった。

　背広に着替え、一階まで下りて食堂に入ると、すでに数紙の新聞が卓上に用意されていた。それらに目を通している間に、サンドイッチとコーヒーが運ばれてくる。各々トレーを持った四人の学生が着席し、僕に挨拶をしてから食事を始める。朝食に量を求めなくなった僕と違い、彼らは朝から山盛りの白米と焼き鮭、卵を三個は使ったオムレツ、煮物、味噌汁、新鮮な果物などをもりもりと平らげていく。清々しい光景で、まさしく若返ったような気持ちになる。彼らに負けじとチーズとピクルスの挟まったサンドイッチを頬張りながら、僕は近くに座っている三好君という学生に話し掛けた。

「最近、何か面白い小説はありましたか?」

「筒井康隆《つついやすたか》の新刊が傑作でしたよ。文芸賞に落選した作家が選考委員たちを殺そうとするって筋書きなんですが、単に露悪的なだけじゃなくて、昨今の文壇の腐敗を風刺しているんです」

「筒井ですか。僕はあまりいい読者ではなくてね」

「まあまあ、騙されたと思って読んでみてください」

僕はすぐさま手帳を取り出し、彼が勧めてくれた新刊を買うよう書き付けた。どうせしばらくは読まないだろうが、多少なり金に余裕のある人間が率先して単行本を文鎮代わりにしておかなければ、才能ある作家たちは路頭に迷ってしまう。

白米をおかわりまでして、しっかりと栄養を蓄えた学生たちは、慇懃に頭を下げて食堂を去っていく。彼らは分担して屋敷の掃除を行ってくれていた。卑ではない粗野を尊ぶべき男子学生なので、細やかな気配りは望めなかったものの、皆が烏丸家の由緒に敬意を払い、誠心誠意取り組んでくれていた。僕はコーヒーを飲み干し、詮無いことと知りつつも二階の母の私室へ足を運び、扉越しに「行ってきます」と告げて屋敷を出た。迎えの車が来るまでは時間があり、僕は車寄せに置いている揺り椅子に腰掛け、景気付けの葉巻を吸った。アメリカへ出張に行った時、都市部を離れて郊外の街並みを見物し、彼らが自宅の軒先に作っているポーチが目に留まった。軒先と言っても、日本家屋のそれとは異なり、屋根から長く伸ばした庇の下に椅子を並べて、談笑したり、一服して寛げる場所を拵えていたのだ。あの長閑《のどか》な過ごし方に憧れた僕は、帰国するや否や、屋上の揺り椅子をここに移していた。単に休むだけなら庭園のなかの飛び石の上に建てられている東屋がうってつけだが、葉巻を吸うとなると、灰が落ちでもしたら錦鯉が不憫だった。ここに座っていると、以前とは違う景色、たとえば、トレーニング用のべルトを脇に抱えて歩いていく学生たちの姿なんかを楽しむことができる。僕を認めて手を振ってきた彼らに、こちらも手を振り返す。見覚えのある顔で、三人とも新入生だったと思うが、彼らは四ヶ月足らずでみるみる体を大きくしていた。

　使用人が去ってからも孤軍奮闘を続けていたが、僕の独力では、どうにか本邸を維持するのが精一杯で、持て余していた別館の管理は無論のこと、庭園はおろか、敷地内の木々を整えることも困難だった。意地を張るだけでは解決しない物事があると認められる程度には歳を取っていた僕は、渋谷暴動事件が起きる一週間ほど前、敷地の半分近く、およそ四千坪を売却することに合意した。相手は機械製造業で身を立てた実業家で、以前から私塾や学生寮を作ることに関心を持っていたらしく、知人に紹介されて会ってみたところ、前途ある若者を金銭的な不安から解放し、のびのびと勉学に打ち込ませてやりたいという彼の理念が、以前から書生を住まわせたいと考えていた僕のそれと一致した。彼は敷地全てを買い取りたいと言って、相場よりも高い金額を提示してくれたが、本邸と宗寿文庫がある家政所、庭園だけは手放したくなかったため、残る半分を明け渡すことで話がまとまった。

　敷地のなかに新しく宿舎が建てられてから七年が過ぎ、別館も合わせておよそ二百人ほどの学生たちが寝食をともにしている。親元を離れて上京し、東大や早稲田で勉学に励む志の高い青年たちばかりで、僕は彼らが青白きインテリになってしまわないように、私財を投じてトレーニングのための設備を作り、自由に使わせていた。図《と》南鵬翼《なんほうよく》を略して図鵬塾と名付けられた私塾は、学生寮の運営のみならず奨学金の貸し付けも行っていて、僕は毎年ある程度まとまった額を寄付していたのだが、彼らはその返礼として、本邸の清掃や洗濯などを当番制でやってくれていた。こちらで指定したわけではなかったが、僕が先輩だと知ってか、手伝いに来てくれるのは早稲田の学生が多く、さっきの三好君は文学部の二年生だった。

若い血潮が隅々まで行き渡り、敷地全体が活気付いているこの場景は、本来の持ち主であった祖父の望んだものではなかっただろう。祖父は東京の地を歩き回ることを好んだが、常に接するのは億劫と見え、心地よい喧騒は外側に求め、敷地のなかに静寂以外の客人が立ち入ることを許さなかった。必要ではあるが、時として厄介になるものは遠くに置き、自らは安全な内側へと引き籠もるという祖父の態度は、一方的な論理で地方を踏み付けにする昨今の東京の政治と似通っていた。僕は今の在り方を好ましい変化だと捉えていて、若者たちの青春が放つ輝きが、母の気持ちをも明るくしてくれることを切に願っていた。

吸い終える頃に車がやってきて、僕は自分の会社ではなく、同じく神田にある本社へと向かった。呼び付けられてはいたが、今行われているはずの重役会議には参加を求められず、終わって数人が残り、そこに顔を出すのが通例だった。二十分ほどで到着し、最上階の会議室に入ると、すでに父の姿はなく、僕が入社したばかりの頃は土木本部の本部長だった常務の滝川さんと、社長付参与の安元さんが着席していた。鳥の巣のような癖毛の下で、ぎょろっとした目を光らせている筋張った滝川さんと、ハーフリムの眼鏡なんかを掛けているものの、引退した力士よろしくでっぷりとしている安元さんは、代替わりの前から烏丸道隆を支えている古株だった。入ってすぐの席に腰掛け、「父はどうしたのか」と訊ねてみると、安元さんは苦笑いを浮かべて小指を立てた。まだ明るいうちから情事に現《うつつ》を抜かすとは、呆れて怒る気にもなれない。

「治道君の気持ちは分かるが、あれが先生の活力の源なわけだから、大目に見てやってくれ」

「いい歳でしょう？　言葉は悪いけれど、社長が色惚け爺では会社の品位が疑われますよ」

「君はまだ若いから分からんだろうが、あの歳でお盛んなのはたいしたもんだ。英雄色を好むというが、近頃特に思うのは、人間の欲望というのは、そう細かく分かれてはいないんだろうね」

「どういう意味ですか？」

「欲望というのは、本質的には総体なんだ。その時々によって、勉学に打ち込みたい欲望や、別嬪を手籠めにしたい欲望になりはするが、必ずしもひとところに収まるような性質ではないんじゃないかと、先生を見ていると思うんだ」

プラスチックの容器から摘み上げた錠剤を三つほど飲み下し、安元さんは続ける。

「凡人の欲望は少ないから、出世や少しの贅沢、ひとりの女で満足できる。ところが、常人離れした欲望というのは、それを溜めておくためのバケツが何個も要る。バケツ自体は何だっていい。ただ、数が多くないと駄目なんだ。先生の欲望が会社をここまで大きく成長させたわけだが、それと同時に、幾人もの女が泣かされることになった」

「僕からすれば、やや肩入れし過ぎた物の見方に思えますけどね。まともな人間と違って、蛇口が壊れているだけです。それに、いつかは涸れる日がやってきます。きっとその時が、この会社の命日でしょう」

「縁起でもないことを言いなさんな。先生は健康そのものだし、仮に不幸があったとしても、直生君がしっかりと跡目を継いでくれる」

それを聞いて、ほんの一瞬、滝川さんが安元さんを睨み付けた。顔は正面を向いたまま、目だけを左側へ動かしていて、おそらくは僕に悟られないように目配せしたかったのだろうけれど、肝心の安元さんは気付いておらず、「彼がいれば烏丸建設は安泰だ」と気炎を上げていた。

兄は三年前から本社の副社長の座に就いていた。冷暖房の効いた会議室を行き来し、百貨店や広告代理店にいる小綺麗な人間とばかり会っている僕とは違い、入社から一貫して現場主義の兄は、管理職のみならず作業員たちからの信頼も厚く、次期社長として大いに期待を寄せられていた。

「……それで、松浦さんは何か言っていましたか？」

　煙草に火を点けた滝川さんは、今し方の安元さんの発言に関与しないことを選んだようだった。

「残念ながら、相変わらず昔話ばかりで、これといって収穫はありません」

「そうですか。先月に築地《つきじ》の料亭で鈴木《すずき》さんと会食しているのを見掛けた、という噂を小耳に挟んだものですから、何か進展があったんじゃないかと思っていたんですがね」

　滝川さんは誰に対しても敬語で話すのだが、彼の外見が与える印象を巧みに利用し、他人の顔色を窺わずにはいられない小心者を装って、物事を冷徹に観察することを得意としていた。探りを入れるような言い回しばかりする彼を、僕はあまり好いていなかった。名前の挙がった鈴木さんというのは、都知事の鈴木俊一《しゅんいち》氏のことで、ふたりは氏を執拗に調査していた。

　一九六四年に東京オリンピックが大盛況のうちに幕を閉じると、当時は副知事を務めていた鈴木氏は、陰の立役者であった烏丸建設に「五輪のあとは万博をやることになっている」と打ち明けた。世界に向けた博覧会であるところの万国博覧会は、アジアではまだ開催されておらず、日本をその第一号にするべく躍起になっていた彼らは、国立代々木競技場の建築設計で海外からも絶賛された丹下健三氏をプロデューサーとして起用する意向を固めていて、その伴走者を、引き続き烏丸建設に任せようと考えているらしかった。ところが、時の首相の池田《いけだ》勇人《はやと》から「東京は五輪をやったのだから、万博は大阪に譲った方がいい」と釘を刺されてしまったことで、東京万博は実現しなかった。その後の鈴木氏は、事務総長という立場で一九七〇年の大阪万博に参加していたが、根回しに出遅れた烏丸建設は、工事を落札することができなかった。このことは父のみならず兄をも激怒させ、敬愛していた丹下氏に袖にされたと思い込んだ兄は、大切に飾っていた競技場の図面の複写をびりびりと破り捨ててしまったという。

ところが、鈴木氏が都知事に当選したことで、都庁内に「万博に代わる何かが企画されている」という噂が流れ出した。奇しくも、文化政策が旬を迎えている時期と重なっていたため、信憑性はそれなりに高いと言えた。滝川さんは、文化庁の松浦さんが鈴木氏から何かしらの相談を受けているのではないかと踏んでいて、その情報を誰よりも早く摑み、今度こそ工事を落札するために、僕に密偵の真似事をさせていた。責任重大と思って、耳に胼胝《たこ》ができるほど聞かされた昔話にその日初めて聞いたように相槌を打つという苦行に耐えていたが、松浦さんの口からそれらしい話が出たことはなく、僕はここに来る度にふたりを落胆させていた。

二度目のオイルショックによる不況から少しずつではあるが脱してきていて、マンション建設の最前線は東京の職場に通うことができる関東近郊へと移っていた。二十三区と比べて地価が安いのも人気の一因だったが、サラリーマンたちがこぞって買い求めるほどに、戸建よりも便利と謳われるマンションの暮らしが市民権を獲得していたのだ。しかし、誰もが価値を認め、誰もが手にしてしまうという状況は、その先の飽和を意味している。ましてや、大多数の庶民にとって、住居というのは一生に一度の買い物で、二個も三個も買うものではない。近い将来の販売不振を予期した父は、社員たちに「冬の時代が来る」と訓告していた。

後ろ楯となっていた田中角栄氏が失脚したことで新たな活路を模索しなければならなくなった兄は、従来の百貨店やデパートではなく、小さな店舗を集合させた群体であるショッピングセンターという形態に関心を寄せていた。幹部を引き連れて幾度となく沖縄へ視察に行き、鳥丸建設はロッキード事件の翌年に、シーモール下関《しものせき》を竣工した。五万平方メートルの売場面積に二百を超える店が入居し、そのなかには大丸やダイエーも名を連ねていた。僕も見物に行ったが、単なる商業施設ではなく、ひとつの街が創出されたような印象を持った。丹下健三氏のメタボリズムに薫陶を受けた兄は、建築家の領分を遥かに超越し、巨大な都市を造り上げることに意識を向けていたのだろう。とはいえ、オイルショックの余波は大きく、入居しているテナント自体の売り上げは伸び悩んでいる。去年に新東京国際空港のターミナルビルを竣工したように、公共工事を落札できるか否かは、烏丸建設にとって死活問題であった。

　経済ではなく文化を大事にしようと嘯きながらも、実際の文化活動には端金さえ回されないが、万博のような一大イベントの開催が決まれば、国は重い腰を上げて大金を動かす。オリンピックに合わせて道路の工事を行ったように、これ幸いと社会資本の整備が行われることになる。それゆえに、滝川さんたちは都知事の動向に目を光らせているのだ。

「まあ、就任したばかりですぐに、というわけにはいかんだろう。首を長くして待とうじゃないか」

　わざわざ口にしなくてもいいような慰めだったが、がっかりしたと言わないだけ、安元さんは僕に多少の気を遣っていた。こちらも誠意として、「もう少し探りを入れてみますよ」と返した。

「どうせ僕は土建屋だとは思われていませんから、下心があるとは考えないでしょう」

「そうしてもらえるとありがたいです。こういうのは、直生さんよりも治道さんの方が頼りになります」

　見え透いたお世辞を言って、滝川さんは頭を下げた。何の進展もないと報告させるだけなら電話一本で済むはずだが、彼らとしては、横柄に呼び付けているのではなく、僕のために時間を割いているという認識なのだろう。大変ありがたい話ではあるものの、今回は僕からも訊いておきたいことがあった。

「基金の件ですが、考えてもらえましたか？」

「ああ、そうだったな」

椅子を軋ませながら座り直し、安元さんは続ける。

「君の気持ちはよく分かる。高潔な行いだということもね。先生も、やらせて構わないとおっしゃってるんだが、何たって、ほら、彼の名前を使うとなるとどうにも……」

「自殺した青年の名前を使っては不吉だと？」

声が大きくなるのを自覚した時には手遅れで、顔を伏せて萎縮しているふたりが視界に入った。本社で相応の地位に就いている彼らが、僕の権限に対して恐れをなすことなどあり得ない。ただ、烏丸建設の社員は、社歴が長ければ長いほど、父が振るう暴力への恐怖が刻み込まれていて、僕の怒声は、その恐怖心を呼び起こすのだ。

「不吉だなんて言ってないよ。ただ、万が一掘り返されたら、ねえ？」

「治道さんに謂れもないことで中傷を受けて欲しくないんです」

滝川さんらしい達者な宥め方だったが、謂れもないという表現は、かえって僕の心を波立たせた。高橋君の自殺を受け、烏丸建設はただちにポスターを回収した。父が手を回し、高橋君が僕の贈った日本刀を使って首を切ったという事実は握り潰され、各紙は「剃刀が使われた」という警察の発表をそのまま報道した。それでも、烏丸建設は批判を免れず、重圧の一因になったとして僕も名指しで批判された。「こうなることを一体誰が予測できたか」と言って庇ってくれる人もいたが、特定の個人、特に著名人を起用することによって起き得る危険性をまったく考慮していなかった僕の落ち度であり、汚名を返上するために必死に働くことになった。

そして、知恵を絞りに絞った末に、市井の人を使った広告というものを考案した。「これからは普通の人々の時代が来る」というのがスローガンで、不美人でも、スタイルが悪くても、じゃがいものような顔をしていても主役になれるのだと熱弁した。僕はセンセーショナルな事件の現場や、スキャンダラスな裸体ではなく、何の変哲もない街角の写真を撮ることを得意にしている若い写真家を海外から連れてきて、彼を東京に放って好きなように写真を撮らせ、それを広告に使った。社内の評判はさほどよくはなかったが、これが大当たりしてくれた。百貨店からも声が掛かり、彼らの要望に応じてコラージュを作ったり、イラストと組み合わせてはどうかと思って、新進気鋭の画家を呼んだりもした。息を吹き返した僕は、失った信頼を七年掛かりで取り戻し、それどころか、代表取締役社長にまで押し上げられることとなった。当初は建物の保守管理のために創設されていた烏丸ビルサービス株式会社は、事業内容の拡大を勘案して、僕の就任に合わせて烏丸テクストラクチャー株式会社という社名へ変更した。建築物を意味するストラクチャーと文脈を意味するコンテクストを掛け合わせた造語で、今の僕たちの方向性を示すのに、これほどいい言葉はなかった。

図鵬塾ができてからは彼らに寄付をしていたが、夢に向かってひた走りしている若者たちを見ていると、どうしても、アンツーカーを駆けていく青年の姿が脳裏に浮かび、僕は高橋君に詫びるために、苦難に耐えながら練習に励んでいるスポーツ選手を支援したいと思うようになった。さらに言えば、その名前を、人々の下卑た好奇心を煽り立てる死に方ではなく、生き方に結び付けて残したかった。高橋昭三基金の設立は半年近く先延ばしにされていて、拒む理由が納得のいくものとはいえ、僕のなかには忸怩たる思いがあった。それを察してか、滝川さんは「会社でやらずとも、個人的に作る方法はあるし、少額にはなるが、自分も幾らか支援したい」とまで言ってくれて、さっき声を荒らげたことを恥じながら、僕は頭を下げた。

「俺も金を出すよ。……高橋君には悪いことをした」

そう言うと、安元さんは眼鏡を外した。分厚いレンズ越しには分からなかったが、皮膚が弛み、随分と歳を取った目元だった。

「俺は先生と違うから、もう自分に金を使う気にはなれんよ。持っている分は、先の長い連中にやりたい。俺たちの代わりに、この国をよくしていってもらいたいからね」

力強く頷いた滝川さんは、同意を信じて疑わない目を僕に向けてきた。若者たちを支援したいという点においては志をともにしているかも知れないが、僕のそれは、後輩に腹一杯飯を食わせてやりたいというスポーツマンの考えに近く、代わりに何かをして欲しいというのには賛同しかねた。その気持ちは、もう自分では道を作れないと白旗を上げているようなものだ。未来に託すという年長者の言葉は、確かに聞こえはいいが、しかしそれは、責任の放棄であるように思えるのだ。

誰とも顔を合わせる気分になれず、僕は外で待っていた運転手を帰らせ、歩いて自分の会社まで戻り、社長室に籠もった。集中して仕事をするために、すぐ隣に応接室を作り、こちらから直接行けるように繋げたうえで、社長室には秘書以外の立ち入りを禁じていた。仕舞っておくのも、他の部屋に貼り直すのも筋違いな気がして、この部屋の壁には、屋敷の自室から剝がしてきた高橋君のポスターが二枚貼ってあった。一枚は彼の字で「大雨の感」と書かれ、二枚目には「ここから金を目指す」の標語が掲げられている。覚悟と大義は、そのどちらも、今の僕には欠如していた。宗寿文庫を作った時点で、僕は人生におけるひとつの目標を達成していて、あるいは、祖父の影響から脱することがそうだったのかも知れない。粟田口久国の無銘を高橋君に譲ったのも、逃れるための手段のひとつだったのかも知れない。

だが、刀は帰ってきた。

烏丸家の守り神は、若者の血に濡れて、それを手放した僕の元に帰ってきた。

清めた刀身を白鞘に収めた僕は、どこをどう歩けばいいのか分からなくなってしまった。ふと気が付いた時には、とても歩きやすい道を、先人に教えられた道をとぼとぼと歩いていた。

僕は最上階の部屋に踏ん反り返り、人を怒鳴り、葉巻を吸い、そして、妻子を顧みなかった。

3

敷地の一部を売却することについて、最後まで反対していたのは陽子だった。彼女は僕が家長として振る舞うことにさえ異議を唱え、結局は脅し文句だったものの、弁護士を立てるとまで言い放った。その時はまだ、僕は広尾のマンションに暮らしていて、実際に屋敷に住んでいるのは陽子と子供たちだったから、寡婦として、見知らぬ男子学生たちが敷地に入り込むのを嫌がったのだろう。また、僕が去ったことで、将来的に自分の子供たちが屋敷を継げると考え、その取り分を減らしたくなかったに違いない。会社の弁護士に依頼する手もあったが、身内のことは穏便に済ませたく、僕は上の姉の温子に仲裁を引き受けてもらい、売却の利益に加えて、祖父の遺した証券を現金化して譲渡することを条件に売却を認めさせた。

陽子はその金で神楽坂《かぐらざか》に家を買った。本邸と比べれば手狭だが今風の瀟洒な邸宅で、彼女はそこに、大学生の娘と、俳優志望らしい若い男性の三人で暮らしていた。籍も入れていない自分の恋人と結婚前の娘を同居させることは、どうあっても外聞が悪かったが、僕が何を言おうと彼女は聞く耳を持ってはくれないので、こちらも関心を持たないことに決めた。家の金ではなく、正式に彼女個人の資産となったことで、陽子の浪費癖には歯止めが効かなくなった。きちんとサラリーマンになったことで、これまで自分の送っていた暮らしが如何に浮世離れしたものであったかを理解したらしい彼女の息子の弘が、「叔父さんからも注意してやって欲しい」とわざわざ連絡を寄越してくるほどで、心配になった僕は一計を案じ、彼女を会社で雇うことを提案した。事務員の椅子は空いていたし、彼女が望みさえすれば、他の仕事も回すこともできた。父に散々連れ回されても、臆することなく、むしろ楽しんで社交界を渡り歩けた陽子なら、僕なんかよりも遥かに広告代理店の連中と馬が合うだろうと考えていたのだ。断られるのを覚悟で申し出てみたところ、意外にも、「少し考えさせて欲しい」と言われた。彼女なりに、自分の今後について思い悩んでいたのだろう。

ところが、陽子からはそれきり、何の連絡もなかった。こちらから突《つ》くのも気が引けて、そのままにしていたのだが、しばらく経ったある日、用事で来ていた社員が「陽子が本社に就職して、兄の下で働いている」と教えてくれた。陽子の方から頼んだのか、それとも、兄から誘いがあったのかは知る由もなかったが、僕と同じ嫡子であるにもかかわらず、兄は陽子を好いている節があったし、陽子もまた、兄に優しかった。要するに、彼らは僕を抜きにしてやっていくと決めたわけだった。

僕が一方的にその事実を知っただけで、依然として没交渉だったのが、先週になって突然、アポイントメントもなしに陽子が僕の会社を訪ねてきた。「今晩食事でもしないか」という誘いで、その日は文化庁の懇談会が入っていたうえに、夜は飯嶋さんとの約束があったから断ると、「では、来週はどうか?」と食い下がってきた。よほど話したいことがあるものの、社長室をその場にするには難しい内容なのだろうと考え、僕は渋々了承した。

陽子が予約を取ってくれたのは、神田明神《みようじん》の近くにある「喜川」という鰻屋だった。江戸っ子は鰻好きと相場が決まっていて、僕もそのひとりであった。腹を空かせて店に向かい、個室の座敷へと通された僕は、陽子の隣に座っている兄の顔を見て数日分の食欲を失った。驚きもせず、さも当然のように煙草を吹かしているということは、彼は前もって僕が来ることを知らされていたのだろう。回れ右で帰ることもできたが、そのような態度は兄を喜ばせると分かっていたので、僕は潔く下座に腰掛けた。鰻重でも平らげてさっさと帰りたかったが、陽子はこの宴席を盛り上げるつもりでいるらしく、僕に断りもなく人数分のコースとビールを頼んでしまった。もっとも、子供の頃から鰻重は好きだったが、白米が胃もたれするようになってきた今は、うざくや白焼きの方が嬉しい。先にビールが運ばれてきて、陽子の音頭で乾杯した僕は、一刻も早く酔うために日本酒を追加で注文した。

「そんな飲み方をして平気なの？」

「平気さ。僕らは三人とも、酒豪の血を引いているわけだから」

ふたりは、僕が現れるまでは会話をしていたのだろうか。陽子が注いでくれたビールを乾杯の時に一口飲んだきり、兄は無言のまま、紫煙の立ち昇るおしゃぶりを咥えている。彼のことは気にするだけ無駄で、僕は陽子に「仕事にはもう慣れたのか」と訊ねた。

「烏丸家の血のもう半分は、労働に適さない有閑階級のものだから、これまで何もしてこなかった姉さんには大変なことが多いんじゃないか？」

「久しぶりに会うっていうのに、のっけから嫌味？」

「心配してるんだよ。土木建築は男の世界だから、嫌な目に遭っていないかとね」

「いい人たちばかりよ。少なくとも、あんたよりはずっと」

嫌味として受け取られたようだが、僕は本心で陽子を心配していた。それに、彼女の罵倒が僕の心を揺り動かすこともなかった。彼女は弱い人間だが、その弱さは紛れもなく僕のなかにもあるもので、これまでに何度も口論を繰り広げてきた彼女を前にすると、愛憎入り混じった気持ちになるが、そこには確かな愛が存在していた。僕たちにとっては挨拶のようなやり取りだったが、それまで押し黙っていた兄は急に、「そう怒らないであげてください」と割って入ってきた。

「治道君は、陽子さんが自分のではなくこちらの会社に来たことを、お姉さんを取られたように感じているんでしょう。つまりは、美しい兄弟愛です」

「あなたが兄弟愛について語れるとは。……いやはや、来てよかったな」

いつものように逸らされるものとばかり思っていたが、兄は果敢に僕を見つめ返してきた。本社の副社長に就任したことは、僕の前で堂々と振る舞えるくらいには、彼に自信を与えているらしかった。

「曲解しないで欲しいね。そういうのをパラノイアと言うんだろう？」

「女性とはいえ身内なわけだから、猫を被る必要はありませんよ。ずっと我慢しているようですし、そろそろ本格的な雑言でも浴びせてみてはどうですか」

肝焼きを摘んでいた箸を置き、兄はビールで口内を湿らせた。

「前々から思っていたんだが、治道君は、俺が君を憎んでいるということにしたいらしいね」

「それまで否定されるつもりですか？」

「ああ、事実ではないからね。たとえば、できの悪い社員がいるとするだろう？　彼が会社に損害を与えたり、あるいは、他の社員に迷惑を掛けていれば、当然憎むことがあるだろうが、単にできが悪いだけなら、あいつはできが悪い奴だと思うだけで、それ以上何も考えたりはしない。君に対する俺の感情というのは、それに近しいんだよ」

この男が相手なら、僕は返歌の名人になれたが、陽子の「いい加減にしたらどうなの」という一言で、反論の機会を失ってしまった。

父は傲岸だが、必要とあらば頭を下げられる器量を持っていたし、何より、上に立つ者が自発的に背負うべき義務というものを理解し、実践していた。その後継者たる兄は、不遜な男に成長していた。父の厳しさは、人前で叱り、人のいないところで酒を飲ませるような昔気質のやり方で、おのれの間違いを認められる人間を高く評価していたのだが、兄はまったく違う価値基準の持ち主で、間違いを犯す人間そのものを許さなかった。副社長になった兄は、都内にある三百を優に超える建築現場を一日で見て回るために、ヘリコプターを購入していた。空は渋滞しないし、上から観察する方が細かいところまで覗き込めるという寸法で、双眼鏡を使って安全帽に書かれている名前を確認し、怠けている社員をリストアップしているという噂まであった。その冷厳さは、自身が能力に恵まれているからこそ取れる態度であり、実際に業績を上げているからこそ、兄が振り上げている白刃が正しさとして罷《まか》り通ってしまっているが、彼のやり方では、間違いを隠す人間が出てくるばかりか、隠すのが巧みな者ばかりが出世していくはずだ。最も恐ろしいことは、彼が間違った時、誰ひとりとして、それを指摘することができないのだ。今の兄ほど、裸の王様という言葉が似合う男は他にいないだろう。

「……まあ、君の場合は、ひとつ明確に迷惑を掛けていたね」

意外にも、兄は言葉を継いだ。陽子に諫められてもなお、僕を貶めたいというのか。その執着は、できの悪い喩え話とすでに矛盾していて、彼の僕に対する感情が尋常ならざるものであることの証明だった。

「高橋君の件なら、もう済んだことでしょう」

「ああ、代わりに詰め腹を切らされた人間がいたからね。彼のその後は知っているのか？」

「いいえ、存じ上げません」

「薄情な奴だね。社長の口利きで別の会社に移ったものの、すぐに退職してしまったらしい。どうやら妻子とは別れてしまったようで、郷里に帰って治療に励んでいるそうだよ」

得意げに教えられずとも、実際には知っていたし、それどころか、付き合いのある都庁の人間から多部さんが何故辞めたのかを聞き出していた。彼が知るところによれば、多部さんは優秀であることに間違いはなかったが、その身に降り掛かる多忙さが一定を越えた頃から、仕事に励むのに酒が欠かせなくなり、明け方まで痛飲して寝ずに出勤するという荒んだ生活を送っていたのが、ついには、朝に一杯ひっかけてから机に向かうようになったという。上役が注意しても一向に直らなかったものの、それでも仕事はきちんとできていたので、何とか目を瞑ろうという話になりかけていたらしいのだが、最終的には、隠し持っていたウイスキーを勤務中に飲んでいるのを目撃され、彼の功績に対する温情として依願退職という形が取られたというのが顚末だった。

満面の、しかし陰湿な笑みを浮かべた兄が「君はつくづく、依存症患者と縁があるね」と口走った時、僕たちの間に、どんと机を叩く音が響き渡った。僕が声を掛ける前に、陽子は座敷を飛び出していった。母を持ち出して僕を嘲れば、それは陽子にも飛び火するということを忘れていたのか、まだ口の端に笑みを残しながらも、兄は不味いという顔をしていた。それほどまでに、出自の違いを一旦思い出せなくなるほどに、兄は陽子に親しみを覚えていたのかも知れない。

白焼きが運ばれてきたので、僕は女給に「先にひとり帰るから、コースはここまででいい。料金はそのまま一人分で構わない」と伝えて三人分を支払った。せっかく鰻屋に来たのに、肝焼きと骨煎餅だけでは味気ないと思い、白焼きに箸を伸ばす。仲裁役がいなければ他にやることはなく、背中を丸めて食べ始めた兄に、僕は「次はご子息も一緒に食事をしましょう」と声を掛けた。僕の子供は娘だけなので、将来に烏丸建設の跡継ぎになるのは彼の息子だった。

「あなたに似て、さぞ優秀なんでしょう」

「贅沢はさせてやれないが、その代わり、教育には人一倍力を注いでいるからね。俺が同い年の頃よりも算数ができるんだ。君も教えてもらうといい」

「ぜひお願いしたいです。その代わりに、僕はご子息に箸の使い方を教えて差し上げますよ。幼いうちに身に付けた方が、大人になって恥を掻かずに済みますからね」

食事を終えて立ち上がると、僕の挙動を追い掛けてきた視線が、ようやく憎悪を剝き出しにしていた。血を分けた兄弟である僕たちは、お互いに何を言えば相手が最も傷付くのかを心得ていた。店を出ると、陽子は外で煙草を吸っていた。目の端に涙を溜めていて、僕が近寄っても拭おうとはしなかった。

「……こんなつもりじゃなかったのよ」

陽子の掠れた声は、夜の残暑に溶けていった。おのれの愚かさは自覚していたが、私怨に目を曇らせるほどの間抜けではなかった。父が僕と兄とを結び付けておくために、僕が不利な立場にならないように食事会を設けたと考えていた陽子は、きっと、同じことをしようとしたのだろう。兄と仲睦まじいのを利点に橋渡しを買って出た彼女は、これまでの人生を、善意が通用する場所だけで暮らしてきたがゆえに、苦しめ合うことでしか互いの存在を許せない関係性というものを想像したことすらなかったのだ。

「僕は先に帰るよ。姉さんだけは、彼と親しくしていてくれ。その方が、姉さんのためになるから」

そんなことをする柄ではなかったが、僕は陽子の肩にそっと手を置いた。愛憎の愛の部分だけを伝える方法が他に見当たらず、彼女の方も、その努力を理解してくれていた。

「ねえ、ママはどうしてる？」

「どうもしないよ。あのままだ」

「病院へは？」

「医者は、血縁者の僕が同意すれば、いつでも入院させられると言っていた。……だから、決めかねている」

ふたたび家を出る時、陽子は母を連れて行こうとした。生活環境が変われば、塞ぎ込んでいる母の気分も変わるはずだと考えてのことだったが、それを聞いた母は半狂乱になって暴れ、陽子に皿だの花瓶だのを投げ付けてまでも、あの屋敷から離れることを拒絶した。あの場所は母にとって、父が彼女に与えたものであり、彼女が正妻であったことの証だったのだ。

「姉さんは、どうすればいいと思ってる？」

やはり、陽子はその問いに答えなかった。この一件に関してだけは、たとえ何が行われたとしても、彼女は僕を責めたりはしないだろう。今の母には、もはや最善などというものはあり得ないのだから。

陽子と別れた僕は、蔵前橋《くらまえばし》通りまで歩いてタクシーを拾った。目白台の方が近いが、長らく帰っていない広尾のマンションへ向かうことにした。どうしてそんなことをしたのかは判然としなかったが、陽子の誘いに乗ったのは過ちで、おそらく、広尾へ帰るのも過ちであるとは分かっていた。負と負を掛け合わせれば正になるというのは、文学部出の僕でも知っている数学だが、計算式以外の使い方をされる場合、その言い回しは残念ながら間違っている。人間の生涯において、何かが掛け合わされることなど決してなく、負というのは常に足し合わされて、僕たちはさらなる負債を背負っていく。

神田から広尾へ行くのに首都高速都心環状線を使わないとなると、日比谷の方へまっすぐ、皇居を右手に走ることになる。霞が関を過ぎて六本木を走っていると、車窓に切り取られた遠景には、聳え立つ東京タワーが映り込み続けた。人を住まわせないという一点においては、古来からの塔の在り方を踏襲しているが、高さ以外でエッフェル塔に及ぶものは何ひとつなく、航空機の障害にならないよう紅白に塗り分けられただけの電波塔が東京の名を冠して、一種のシンボルとして持て囃されていると思うと、あれを見ずに逝けた祖父が羨ましかった。

外苑西通りで右折すれば、すぐにマンションに辿り着く。目と鼻の先に国立競技場があることも、この辺りに近寄るのを尻込みしてしまう一因だった。支払いを済ませた僕は、エレベーターに乗って四階まで上がり、長らく使っていない鍵でドアを開けた。ベージュの絨毯が敷かれた廊下を進んでダイニングに入ると、妻はソファに腰掛けてテレビを眺めていた。ここからでは聞こえないほど音を小さくしていたので、きっと、娘はもう寝ているのだろう。よもや帰ってくるなどとは思ってもいなかったのか、呆気に取られたようにこちらを振り返っていた彼女は、その人物が夢枕に立った亡霊でないことを時間を掛けてゆっくりと確かめ、絞り出すように「おかえりなさい」と呟いた。頷いた僕が椅子に腰を下ろすと、彼女は慌てて湯を沸かし、コーヒーを出してくれた。UCCのインスタントは、彼女はコーヒーを飲まないから、僕のために買い置いてあるようだった。彼女は斜向かいに座り、「今日はどうしたんですか？」と訊ねてきた。

「近くで食事会があったんだ。下の姉とね」

「陽子さんはお元気でしたか？」

「ああ、相変わらずだった」

喜びを伝えるのにちょうどいい言葉が見付けられなかったのか、妻は注意深く頷いて、僕もまた、彼女を見ずに頷き返し、それきりだった。キッチンに向かう際、彼女はわざわざテレビの電源を消してくれていて、そのおかげで僕たちは暗鬱な沈黙を楽しむことができた。わざわざ席に着いていたにもかかわらず、彼女が何かを切り出す気配はなかった。どのくらい会っていなかったか、ここに来れば答えられるようになると思っていたが、目の前にいる彼女は、僕の記憶のなかの姿と寸分も違わず、その不変さは、僕の時間感覚をさらに狂わせた。

妻はきっと、僕が何故ここに帰ろうとしないのかを知りたがっていて、しかしながら、彼女の方から訊ねるのは困難なはずだから、僕は夫として説明の義務を果たさねばならなかったのだが、幾ら考えを巡らせてみても、彼女を納得させられるだけの理由は思い当たらなかった。おそらくは、そんなものは存在しておらず、それらしい口実を並べ立ててみたところで、どれもそれらしいだけで、本当の説明にはならないだろう。強いて言えば、僕はここを、自分がいるべき場所と思えなかったのだ。多部さんの言葉を借りるなら、世界を共有することができる相手という条件を、僕は伴侶に求めなかった。一から十まで全てを分かり合えないのなら、いっそ知らないままでいてくれる相手の方が安らげるはずだという結論を出していた僕は、結婚生活の早い段階で、その安らぎの本質が、追い詰められるような孤独であることを思い知った。独りでいることが許されない孤独に対処する方法はひとつしかなく、家庭から逃げ出した僕は、妻と娘を養うという家長としての義務を、他所の家庭よりも裕福な暮らしをさせることで果たせると信じていた。その信仰は、多くの宗教がそうであるように、前提を疑いたくなる瞬間を献身によって放棄させてくれた。

「……あの子は元気にしてるか？」

「はい」

「学校は楽しそうか？」

「はい」

「そうか」

よかった、と言った。言ったはずだったが、僕は本当に、それを口にしたのだろうか。生まれてくるのが娘だと分かった時、僕は妻に、その子の名前を道子《みちこ》にしたいと相談した。女子に道の字を使おうとしなかった祖父とは違い、僕は烏丸家の末裔としての誇りを、長女になるその子に継がせたいと思っていたのだが、妻は猛反対した。あんなに興奮した妻を見たのは初めてで、直接的には口にしなかったものの、僕の父と同じ字を娘に継がせるというのが気に入らなかったらしい。彼女は最後まで考えを変えてくれなかったが、実際に子供を産むのは女性なのだから、僕もそれ以上意地を張りはしなかった。思えば、あの時すでに、僕の娘は僕の世界から出て行ってしまったのだろう。

妻はコーヒーを飲み干すのを待ってくれているようだったので、僕は急いでマグカップを空にした。風呂に入るかを訊ねられ、シャワーで済ませるから沸かす必要はないと返すと、「ベッドを整えてきます」と言って、妻は僕の部屋へと入っていった。タクシーで屋敷へ帰ること も視野に入れていたのだが、ここまで気を遣ってもらっては無下にするわけにもいかず、僕は熱いシャワーを浴びて、更衣室の籐籠に仕舞われていたバスローブを羽織った。ダイニングに戻ると、妻はテーブルの傍に佇んで僕を待っていた。

「少し前に、温子さんが来たんです」

「温子姉さんが？　聞いてなかったな。何の用か、言っていたか？」

「ただ会いに来ただけだとおっしゃっていました。せっかくだったので、お茶をお出しして一時間くらいお話ししたと思います。帰り際に、貴方に渡して欲しいと、これをお預かりしました」

彼女が差し出していたのは、函入の『アンナ・カレーニナ』だった。貸したのは随分前のことで、河出書房と講談社のものをひとつずつ持っていたから、あげると言って渡していたのに、わざわざ返すために足を運んでくれたというのは、なんとも温子らしい律儀さだった。役目を果たした妻は、「おやすみなさい」と頭を下げて、そそくさと寝室へ消えていった。

眠気はなく、文字を追っていれば少しは頭が疲れるだろうと思い、僕は私室に入って、グリーンの函から本を取り出した。栞にしていたのがそのままになっていたのか、折り畳んだような紙が挟んであった。なぜスピンを使わないのかと訝しみながらも、僕は紙を抜き取り、案の定畳まれていたそれを開いた。やや掠れた青色のボールペンで、「紅は移ろふものぞ橡《つるばみ》のなれにし衣になほ及かめやも」という和歌が、一文字一文字丁寧に書かれていた。万葉集にはまだ覚えがあり、その歌は確か、大伴家持《おおとものやかもち》が部下の浮気を咎めるために詠んだものであった。温子が何をもってそう考えたのかは見当も付かなかったが、兄弟の誰よりも強烈に、不道徳の権化であった父のことを憎んでいた彼女がこのような引歌をしてみせたという事実は、僕に宛てられた警告として捉えるべきなのだろう。

元通りに畳んだ紙を本に戻し、そのまま函へ仕舞った。衣を色で判断する人間は、まだ幾らか良心的なはずで、暖かさまで否定するのは、衣服というものの根本的な存在理由を否定するような、あまりに酷な仕打ちだった。そして僕は、橡で染められた甲斐甲斐しい衣が、しかしながら、僕の胸に吹き荒ぶ寒風をどうすることもできないのだと知ってしまっていた。

4

数日前から続いている鬱積を晴らすべく、僕は朝からトレーニングに没頭していた。手始めのストレッチで腿の裏側を入念に伸ばし、最後までしっかりとしゃがみ込むスクワットを五セット行い、そのあとは、高重量のレッグプレスに唸り声を上げげた。デッドリフトは百六十五キロを十回持ち上げていて、手首にストラップを巻けば、もう少し重量を増やせたかも知れないが、握力の尽きていく限界に挑んでいるような感覚に達成感を覚えていたため、あくまでも素手で握るようにしていた。図鵬塾の学生たちは大学の体育会には所属しておらず、スポーツの能力を向上させるというよりは、自己研鑽の一環として体を鍛えていた。しかしながら、厚い胸板や太い腕といった、何やら邪な目的を感じさせる青年たちが多く見受けられ、全ての土台になるのは地面を踏み締める脚なのだと力説して、僕は彼らにスクワットをやらせていた。父が作った柔道場を流用していた三十畳ほどのトレーニング室は、開放こそしているものの、僕にとっては私的な空間で、セットの合間に読書をしていても文句を言われることはなかったし、ここで汗を流している間は、あらゆる懸念を、噎せ返るような熱気の向こう側へと遠ざけておけた。もっとも、一時的な忘却というのは避難や疎開のようなもので、ふたたび直面しなければならない分、かえって辛い思いをさせられることも少なくなかったのだが、半時間ほど風呂に浸かり、セーターとスラックスに着替え、煩悩の待つ現実に回帰してからも、僕の精神は依然として高揚を続けていた。

遅い朝食に赤身肉のステーキを平らげた僕は、食堂を出てすぐの喫煙室で葉巻を吸って時間を潰した。昼の一時頃に、飯嶋さんが宗寿文庫を訪れることになっていたのだ。僕が家族と暮らさずに屋敷にいることを知らない彼女は、「土曜日に伺えないか」と連絡してきたはいいものの、休日の一家団欒を邪魔してしまわないかと心配してくれていた。「その予定はないので気にしなくていい」と伝え、僕は彼女の訪問を快諾した。汗臭くないかを気にして念入りにシャワーを浴びていた僕には、目に付くところだけ鍛えようとする青年たちを咎める資格などないのかも知れなかった。それに、僕は飯嶋さんに公然と嘘を吐いていて、会えるのを心待ちにしながらも、同時に後ろめたさを感じていた。

モンテクリストは灰皿の上で燃え尽きていて、宮本輝《みやもとてる》の『泥の河』をもう何頁かで読み終えようという時、宗寿文庫の管理人として雇っている英典君が僕を呼びに来た。彼は近所に住んでいる三十半ばの男で、難関の司法試験に一度で合格して弁護士になった秀才だったが、心身ともに疲れ果て、二年ほど前から実家に戻って静養していた。物腰は穏やかで芸術の心得もあり、小遣い稼ぎくらいにはなるだろうから、気分転換に働いてくれないかと誘ってみたところ、二つ返事で引き受けてくれた。英典君には「僕が案内するから、今日はもう帰ってくれていいよ」と告げ、本邸を出て宗寿文庫へと向かった。

三階建ての小作りな洋館の入り口には、一応の目印として看板を立ててある。伝手を辿って手島右卿《てしまゆうけい》氏に依頼し、宗寿文庫と書いてもらった半紙をアクリル板に挟んでいた。氏の幽艶な書は、生い茂る熊笹の頭上で異彩を放っていて、飯嶋さんはそれを鑑賞するように石囲いの手前に佇んでいた。エルメスかどこかの色鮮やかなショールを巻いていて、よく似合っているという賛辞を口にし掛けていた僕は、彼女の隣に腰の曲がった老公がいるのをすっかり見落としていた。白のソフト帽は、線の細い日本人が被ると頭だけ変に浮いてしまいかねないが、老人のそれは途端に茶目っ気が溢れ出る。洒落者のふたりは品のいい親子のようで、僕が挨拶すると、飯嶋さんは会釈をし、松浦さんは軽く帽子を上げた。そんなつもりはなかったのだが、飯嶋さんがばつの悪そうな表情を浮かべていたのを見るに、僕はきっと、それなりに険しい顔付きになっていたのだろう。松浦さんは年長者として気を利かせ、「彼女から行くと聞いて、お供させてくれと言ったんだ」と弁明した。

「今朝の話だ。無作法なのは私だから、そうカッカしないでやってくれ」

「無作法だなんて、とんでもありません。松浦さんを歓迎しなかったら、祖父に何と言われるか……」

怒るようなことではなく、怒っていると思われる方が恥ずかしい場面だったので、僕は得意のやり方、すなわち、祖父を引き合いに出すことで矢面から逃れようとした。何度か来ている松浦さんは館内の階段が急なことも知っていて、まだ手摺りを付けられていないことを謝ると、彼は「そこまで耄碌しちゃいない」と言って、杖を使わずきびきびと歩いてみせた。

僕は扉を開け、ふたりを宗寿文庫へと招き入れた。左手には簡素な受付を設け、来訪者に名前を書かせる台帳を置き、その上方には祖父の肖像画が飾ってあった。博物館としての名前を祖父に由来するものにはしなかった以上は、ここに飾ることが祖父への敬意の表明になると考えていた。

「二階と三階が展示室で、一階は事務室と応接室、収蔵庫になっています」

「館内も美しいですね。私邸を流用されているんでしたよね？」

「正確には、ここは家政所だったんです。烏丸組の創始者である祖父の弟が事務所として使うために、本邸よりも早く建てられたんです」

流用というと手軽に聞こえるかも知れないが、ただ単に本邸や別館の美術品を運び込んだわけではなく、たとえば、人の出入りが多くなるのを見越して廊下を補強するなど、外観には反映されない細々とした工事を重ねていた。こだわり始めたらきりがないのは祖父譲りの性分で、展示室の床にはコルクタイルを使い、階段には赤い絨毯を敷いていた。

記名を終えたふたりを連れて、二階へと上がる。後付けの扉によって一繋ぎになった五つの部屋には、書画と絵画、句短冊を飾っている。五掛け四の計二十枚の壁面には到底収まらず、大半は収蔵庫に眠っていて、国立博物館の学芸員に保全を依頼したうえで、定期的に入れ替えを実施していた。もっとも、僕の気分で見たいものを持ってきているだけで、一般公開に踏み切れば、何を展示するか、その時々に合わせて考える必要が出てくるだろう。説明書きの類は用意していなかったが、松浦さんも飯嶋さんも美術に造詣が深く、僕の余計な解説は、むしろ鑑賞の妨げになってしまうはずだ。

飯嶋さんが一点ごとに足を止めてじっくりと観察している傍らで、松浦さんは何かに気付いたように歩き進んでいた。こちらとしても、いわば館長冥利に尽きる反応で、彼が脇目も振らずに向かっている先には、横山大観《よこやまたいかん》の紙本墨画が飾られていた。生々流転図の習作であり、祖父のお気に入りだったが、ここに展示するのは初めてだ。

「喜んで頂けるんじゃないかと思っていました」

「これはね、石塚君が羨ましがっていたのを覚えているよ」

「石塚さんが？」

「そう、まさに垂涎の眼差しだった。殿は『譲ろうか』なんて言っていたが、石塚君は『こんなものが家にあったら、盗まれるのが怖くて二度と外に出られません』と狼狽えていたな」

天井のスポットライトから照射されている光のせいか、松浦さんのラムネ玉のような目が潤んで見えた。石塚さんは三年前に癌で亡くなっていたが、あちこちに転移し、全身を病魔に蝕まれた闘病生活が長かったのもあって、訃報を聞いて、「ああ、ようやく楽になれたのだな」と思わずにはいられなかった。最後に会った時は、自らの体を病気の博物館と評し、力なく笑っていた。ご子息に依頼され、僕は遺品の整理を手伝ったのだが、石塚さんの遺言は、家族に資産を残すために換金するものと、各所に寄贈するものとを厳密に指定していた。虎の子の青磁の香炉も遺言に従って売却されるはずだったが、ご家族の意向で位牌の隣に供えられることになったそうだ。蒐集家として、これほど端正な最期は他にないだろう。

踏ん切りをつけるように鑑賞を終えると、松浦さんは「お父上はここへは来るのか」と唐突に訊ねてきた。美術と名の付くものを毛嫌いする父が、こんなところへ足を運ぶわけがなく、そう教えたところ、松浦さんは盛大に鼻息を吐いてみせた。どういう時にやるのかは分からなかったが、それは松浦さんの悪癖に違いなく、懇談会の最中にも度々驚かされていた。

「もう時効だろうから打ち明けるがね、道隆さんは東博に多額の寄付をしてくれていたんだ。あそこを建てたのは烏丸建設で、立派な建物を作ってもらったうえにお金まで受け取れないと言ったんだが、どうしてもと譲ってくれなかった」

「他の方と勘違いしていませんか？　父は寄付嫌いで有名です。自分の力で稼げないならやるべきではないという信念の下に、一切合切断っていましたから」

「いいや、そんなことはないよ」

部屋を出て三階へ上がろうとしている松浦さんに手を貸すと、自尊心を満たすための無理というものが、その実、自分の首を絞めるだけだと心得ている老公は、意外にもあっさりと僕の腕に摑まってくれた。柱までは取り払えなかったが、壁を排したことで隅から隅まで見渡せるようになった三階には、祖父が何よりも愛した日本刀と中国陶磁を安置していた。ついこの間までは茶器も並んでいたのだが、修繕が必要なものが二、三点あったので、まとめて引き下げていた。

「寄付をする際、道隆さんはひとつだけ条件を出してきた」

この階の顔ぶれは前回から変わっておらず、目新しいものがないのを承知しているのか、松浦さんは入り口の椅子に腰掛けた。飯嶋さんは順路に沿って展示を眺めていて、僕は一瞬、どちらに付いていくかの判断を迷いそうになった。

「一体、どんな条件ですか？」

「君の名前にしてもらいたい、と言うんだ。何遍も念押しされたな。息子には黙っていてくれ、ともね。私たちの前では紳士的だったが、おっかない性格なのは知っていたから、ちゃんと約束を守った。まあ、君もいい歳になったから、もういいだろうと思って教えることにしたんだ」

いつ頃の話なのかを訊ねると、松浦さんは記憶の抽斗を探るように考え込んだ。どうして父は、そのような回りくどいやり方で善行を施したのだろう。料亭で宗寿文庫の構想を明かすまで、父とは博物館の話など一度たりともしたことはなかった。

「昭和三十二年くらいだったかな。ちょうど君が就職活動をしていた頃じゃないかね？」

「ええ、そうです」

「だとすれば、お父上にも思うところがあったんだろう。応えられなかったのは申し訳なかったが、もしそうなっていたら、君はここを作れなかったかも知れない。物事がどう転ぶかは、まったく読めないもんだ」

その推測を採用するならば、父は僕の身を案じ、東京国立博物館に潜り込めるように金を渡したということになる。それも、僕が不利にならないように、常套手段であった賄賂ではなく、彼にとって馴染みのない、寄付という極めて穏当な手段を用いたのだ。松浦さんが言った通り、結果的に父の目論見は上手く運ばなかったのだが、家宝の刀を他所にやってしまっておきながらも、父は自分のそれとは相容れない僕の将来を慮っていた。親が子に向ける恩情というのは得てして矛盾しているもので、何かしてやりたいとやきもきしながらも、いざ子供を前にすると、何をすべきか皆目見当が付かない。生活をともにすることから逃げ、娘には金銭的な支援だけを続けている僕は、この歳になってようやく、父の矛盾を幾らか近しい目線で眺めることができた。しかし、二十年越しに知らされた決して器用ではない助太刀は、こういう形で突き付けられると、嬉しさよりも困惑の方が優ってしまう。ひとりも知り合いのいないパーティーへ連れて来られたような、どこかへ行こうにも行けない、足元がそわそわとする感覚に苛まれていた僕は、助けを求めるように視線を向けた先で、ガラスの展示ケース越しに飯嶋さんと目が合った。好奇心の旺盛な彼女が、一連のやり取りに聞き耳を立てていないはずがなかったが、ようやく見知った顔に会えて安堵したはずの僕は、その顔に薄く浮かんでいる笑みの意味を測りかねていた。

「……さて、そろそろお暇しようかな」

「まだいらしたばかりでしょう？　せっかく来てくださったんだし、下でお茶でもお出ししますよ」

大和郷《やまとむら》に自宅がある松浦さんにとって、目白台はどちらかと言えば近場で、白々しいと思われるのを危惧していたが、彼は慇懃な所作で首を横に振った。処方された薬が体に合わなかったので、違うものを出してもらうために病院に行く必要があり、診察のあとは孫たちと会食をする予定があるのだそうだ。

「最初から顔だけ出すつもりだったんだ。あとは彼女に任せるよ」

それを聞いた飯嶋さんが恭しく頭を下げる。当然ながら、迎えの車が停まっているであろう門口まで送ろうと考えていたのだが、松浦さんは「子供じゃあるまいし」と僕の随伴を断り、独りで階段を下り始めた。

「それにしても、好事家の晩年ってのは悲惨だ。君も気を付けなさい」

「何故ですか？」

「何故って、そりゃ、同好の士が集まって話せば、こんなに面白いことはないよ。殿や石塚君と、ああでもないこうでもないと丁々発止の激論を交わすのは至上の喜びだった。そんなふたりが先に逝ってしまったんだから、寂しい限りだよ」

文化庁の次長として活躍し続けている松浦さんは、黄泉の国での再会を夢見ながら死の訪れを待つような惰弱な男には見えなかったが、あれほど楽しい時間が訪れることは二度とないという思いは、この場所だからこそ漏らさずにはいられない、掛け値なしの本心だったのだろう。

ゆったりと遠ざかっていく小さな背中は、追憶に耽りたいがために、僕が傍にいることを疎んだのだろうか。

どこか我関せずという具合に綽々と観覧を続けていた飯嶋さんは、銘吉光の短刀の前で足を止めていた。短刀の名手である藤四郎《とうしろう》こと吉光が打った刀身の厚い業物は、ガラスで隔てられているにもかかわらず、首元や手の甲といった、衣服に覆われていない肌にぴりぴりとした緊張感を与え、鋭い切れ味をも想像させた。僕が隣に並ぶと、彼女はまっさきに「ごめんなさい」と呟いた。

「前もって報せておくべきでした」

「急に来ると言い出したのは松浦さんなんだから、貴女が謝る必要はありませんよ」

「しかし、いい気分ではなかったでしょう？」

「面倒なご老公だとは思っていますが、嫌いというわけじゃありません。それに、祖父の友人ですからね」

憂いを帯びていた表情はにわかに柔らかくなっていったが、目先の嬉しさに我を忘れてしまうことはなく、「何か僕に話があるんでしょう？」と切り出してみたところ、やはり、彼女は頷いた。松浦さんと彼女の間には相談事があり、ふたりしてそれを僕の元まで運んできたのだろう。

「実を言うと、松浦さんがわたしを懇談会に呼んでくださったのは、ある仕事を依頼するためだったんです」

「それは、僕と似たような仕事ですか？　つまり、何かしらの後援者として？」

「いいえ、そうではないんです。……わたしは二年ほど前から、海外のキュレーターと一緒に仕事をしています。そのことを知った松浦さんが東博の課長さんを連れて会社にやってきて、

『力をお借りできないか』と打診されたんです」

立ち話で済ませられる話ではなさそうで、僕は入り口の脇に用意してあった椅子まで彼女を案内した。

「烏丸さんもご存じだとは思いますが、東博は以前から、海外の博物館に向けて収蔵品の貸与を行っています。文化交流という側面もありますが、それ以上に、海外で広まってしまっている誤った理解や受容の仕方を是正したい、という考えがあるようなんです。それで、松浦さんは、貸与だけではなく、海外の博物館で特別展を開きたいと相談してきました」

「具体的な場所は？」

「幾つか候補があって、一箇所だけではなく、数カ国で行いたいとおっしゃっていました。でも、一番初めに考えているのはメトロポリタン美術館だそうです。わたしが仕事しているのが、まさに、そこのキュレーターでしたから」

世界でも最大規模の美術館で、松浦さんたちの思惑を考慮すれば、国威を示す機会として、これほどうってつけの場所はないはずだ。しかしながら、彼らの崇高な計画に、僕の出番などないように思える。出資するのは構わないが、額などたかが知れていて、率直にそう伝えてみたところ、彼女は話を続けた。

「松浦さんはすでに特別展の内容を決められていて、助言者として烏丸さんが適任だから、わたしから話をして一緒に進めてくれないかと頼まれたんです」

「僕が適任というのは？」

「日本刀です」

僕が松浦さんなら、きっと、こういう時に鼻息を吐くに違いなかった。

収蔵品の貸与による交流など随分前から行われていたし、一九七二年にようやく、盗み出された文化財の返還を義務付けた、いわゆるユネスコ条約が発効したが、それ以前に取得されたものに関しては返還の義務が生じず、略奪者たちの神殿であるルーブルや大英博物館は、アジアの小国と交流するまでもなく、僕たちの文化を堪能してくれている。メトロポリタン美術館には二度行ったが、怪しげな解説とともに、数振りの日本刀が派手なライトの下にきちんと飾られていて、外国人たちは鏡面さながらに研磨された刃の輝きに見惚れていた。そんな現状を憂えた松浦さんは、特別展を開催するにあたって、目玉になるような何かを用意したいのだろう。たとえば、これまでに公開されたことのない代物、世間の目に触れさせることなく、一握りの親しい好事家の間だけで楽しんできた刀。すなわち、宗寿文庫が保有している日本刀を貸し出して欲しいというのが彼の本懐で、自分から頼んでも響かないと判断して、飯嶋さんにそれを託したのだ。

「話はどこまで進んでいるんですか？」

「わたしの一存で、先方にはまだ烏丸さんのことはお伝えしていません。烏丸さんのご意見を伺うまでは、そうするのが筋かと思いましたので」

筋や義理といった古風な言い回しは、今日ではもはや、腹に一物ある人間が好んで使う浮ついた言葉に成り果てていたが、飯嶋さんが口にすると、一転して好ましいものに聞こえた。性急に進めようとする老公と、僕に対する配慮を第一に考えてくれていた飯嶋さんの鍔迫り合いの末に、今日がその日になった、ということだろう。日本文化が被っている誤解を解き、正しい観念を教え込もうというのは、まさしく文化国家としての威信を懸けた挑戦だが、戦争の道具ではなく美術品ということにして延命させた日本刀を、その紆余曲折をもってして、外国人に理解させることは甚だ困難に思えた。祖父が生きていれば、彼以上の適任者はいなかったはずで、そのことを重々承知している松浦さんが僕を指名したというのは、何とも因果な話だった。

「助言者というよりは、貸主になってくれということですね」

「お借りするだけではなくて、烏丸さんには、わたしと一緒にメトロポリタンに来て頂きたいんです。わたしでは知識不足ですし、向こうのキュレーターたちも話を聞きたがると思います」

「英語はどうにも苦手なんです。学生時代に習った先生が悪くて、アメリカ人に発音を馬鹿にされて以来、公の場では喋らないようにしてきましたから」

「ひょっとして、寺澤先生ですか？」

あまりにも懐かしく、それでいて、懐かしさ以外の感情を微塵も呼び起こさない名前を出され、僕は開いた口が塞がらなかった。飯嶋さんは、自分も彼に教わっていたのだと告白してくれて、僕があの発音を、明らかに誇張されたイギリス風のアクセントを真似ると、女学生のように笑ってくれた。

この宝物庫は誰に対しても誇れる場所であったが、その矜持は、僕という個人に帰属しているものではなく、ここで彼女と話をしていると、自分が酷くいんちきな人間に思えて仕方なかった。展示品を観覧してもらうという当初の目的は果たしていたので、「一旦外に出ないか」と提案し、同意した彼女を連れて、僕は宗寿文庫をあとにした。出口としては西門の方が近かったのだが、正門へ向かって歩いた。遊びに出ている者が多いのか、図鵬塾の学生たちとは一向にすれ違わなかった。

「返事はいつまでにすればいいんですか？」

「遅くとも十一月までには、先方にお話をしたいと考えています。……でも、烏丸さんのお気持ちが大切なので、時期のことは気になさらないでください」

残りの距離にばかり気を取られていた僕は、小柄な飯嶋さんとの歩幅の差で、彼女に無理をさせていたことに大分遅れて思い至った。堂々とした立ち振る舞いが、彼女の存在を、実際のそれよりも数段大きく感じさせていたのだ。悟られないように少しずつ歩く速度を落としながら、このあとに予定は入っているのかを尋ねると、彼女は「帰るだけですよ」と淡白に答えた。そして、慎ましい口調で「気が向けば、映画館にでも行こうかと考えてはいましたが」と付け加えた。ただ単に遊びに来てくれただけなら、もっと気軽に誘えたのかも知れないが、松浦さんの件を聞いてしまったせいで、彼女が僕の元を訪れた理由のひとつが仕事であると明確になっていて、そのことが僕を足踏みさせていた。

だが、ひとつというのも、自分本位の期待に他ならない。理想を持たなくなったのは、砕け散ったそれが我が身を裂く痛みを何よりも恐れていたからであり、僕は仕事に邁進することによって、烏丸治道という個人を仕舞い込んでいた。

「宗寿文庫を開館するまでは、本邸の三階に陳列室を作っていたんです。がらんどうになってしまうのも寂しいから、今はその場所に、新しい展示品を置いています」

「お祖父様のではなく、烏丸さんのコレクションということですか?」

「ええ、そうです。まあ、本当に個人的なものですが……」

僕たちはとうとう、本邸の前まで辿り着いていた。結婚する前に妻を案内したのは、一階の書斎と食堂までだった。招き入れることのなかった三階は、僕の世界そのものであった。

「……もしよかったら、ご覧になって行きませんか」

聡明な彼女なら、屋敷に入って五分と経たないうちに、独身者ならではの生活の匂いを嗅ぎ取るだろう。ここに僕の妻子がいないのを見抜いたとしても、彼女は決して訊ねようとはしないはずで、だからこそ、説明の義務から逃れようというのは度し難い不道徳だった。その結果として、以前のような付き合い方が出来なくなるとしても、僕は包み隠さず全てを打ち明ける心積もりでいた。

「拝見したいです」

僕を見上げ、飯嶋さんは言った。その囁きを確かに聞き取った僕は、扉を開けて彼女を招き入れた。学生たちの手で掃除されていた邸内は、食堂かどこかの窓が換気のために開けられているのか、涼やかな風が流れ込んでいた。こちら側の階段から三階まで上っていくと、陽子の子供たちを締め出しておくために取り付けた引き戸に出会すのだが、収蔵品を宗寿文庫へ運び込むのに合わせて、床と天井のレールごと撤去していた。スチール製の棚も全て処分し、一挙に物寂しくなった空間は、青みがかった明るい灰色で壁を塗り直し、飾る場所を増やすために、同色のパーテーションを何枚か置いていた。

仕事を通じて写真に、ボディビルを通じて彫刻に関心を抱いていた僕は、新たに作り出した陳列室の中央に、長期に及ぶ商談の末に手に入れたオシップ・ザッキンの彫刻を配置していた。加《か》藤《とう》顕清《けんせい》など日本の彫刻家の作品がそれを囲み、さらにその外側にパーテーションが並んでいる。写真の区画は発展途上で、会社のカメラマンから勧められて知った須田《すだ》一政《いっせい》氏のポートレートを数点購入し、フィレンツェで集めた額縁に入れて飾ってあった。絵画の趣味は祖父と相通ずるものがあり、鶴岡政男《つるおかまさお》や野間《のま》仁根《ひとね》を好んで集めていた。野間仁根の絵画は陽子も大のお気に入りで、彼女が新居を構える際に二枚ほど譲っていた。数こそ雀の涙だが、七千点近い収蔵品がある向こうと比べても見劣りしない、上質な趣味だと自負している。自分の蒐集を始めたばかりの頃は、向こうにまとめた方が一覧性の点でも管理のしやすさでも都合がいいと考えていたのだが、写真も彫刻も、祖父がこれっぽっちも興味を示さなかった分野だったので、宗寿文庫とは異なった価値観を醸成するために、僕は改めてこの場所を必要とした。

「ささやかなものでしょう？」

「これがささやかだなんて、小さな町の美術館が聞いたら泣いてしまいます」

ポートレートを覗き込みながら、飯嶋さんは穏やかな声で言った。題材にもよるが、絵画のなかには、鑑賞と解釈の過程で現在を投影することができる余地を備えた、普遍性に富んだものも少なくなかったが、写真はそのような性質を持たず、切り取られた過去として永遠に存在し続ける。書斎での仕事に行き詰まると、僕はふらりとここに来て、彼女がそうしているようにポートレートを一枚ずつ眺めた。古びた木造の一軒家に入っていく坊主頭の少年の、その後ろ姿を前にして、僕はいつも、永遠に振り返ることのない彼の名前を知る術を探していた。

「……オリンピックの開会式でお会いした時に、破談になったというお話を聞きました。それから、ご結婚はされたんですか？」

「いえ、していません」

思い切って訊ねた僕に、彼女はさらりと答えた。

「どうしてそんなことを？」

「貴女のような佳人を、世間の男性が放っておくわけがないと思ったんです」

「あら、わたしは烏丸さんが考えてくださっているほどできた人間じゃないんですよ」

こちらを向いた飯嶋さんは、展示室のガラス越しに見たのとまったく同じ、感情を探り取ることが難しい笑みを浮かべた。蠱惑的なようでいて、突き放すような気迫も感じられた。

「結婚する手前まで行ったことは何度かありました。……でも、結局は上手くいきませんでした。どれも相手は悪くなくて、原因はわたしの問題です」

「問題というのは？」

「ひとえに、わたしの矛盾のせいです。添い遂げたいと思う相手に求めるものが矛盾しているんです」

軽やかな足取りでパーテーションの隙間を通り抜け、飯嶋さんはザッキンの彫刻の前まで躍り出た。女性の像だと言われているが、意図的に丸みを排した、直線に近い角張った体軀は、乳房がなければそうとは分からなかった。

「まず思うのは、勘のいい人であって欲しい、ということです」

「些細な変化に気付くような人ですか？」

「それは単に目敏い人ですよ。わたしが言っているのは、目には見えない機微に気付くことができる、気付くというよりも、未然に『こうなのではないか』と考えられる、想像力のある人です」

情動の移りゆく様を物語として捉えられる能力というのは、文学に慣れ親しんだ飯嶋さんが求める素養としては妥当に思えたが、それと矛盾する条件とは、果たして何なのだろうか。

「勘のいい男性は、言わずにはいられない人が多いんです。そういう賢さは、どうしても相手を下に見させてしまうから、よかれと思って相手に伝えてしまうんです。……けれども、わたしは、いざという時に見て見ぬ振りができる人を求めてしまうんです。他人に対して働かせる想像力を、どこか一箇所だけ欠落させられるような人を」

「急に難しくなってきたな……。申し訳ないけれど、僕にはよく分かりません」

「以前した欺瞞についてのお話ですよ。わたしたちは幻想を愛しながらも、正直さをも求めている。この世に本当というものがあると思って、自分だけはそれを手に入れられると信じているんです。……でもね、本当というものがあるという考えこそ、真に幻想ではなくて？」

やおら振り返った彼女の視線は、太刀ではなく短刀の鋭さをもってして、撫で斬りにするのではなく臓腑の奥深くまで突き刺さんばかりに、僕のことを強く見据えていた。

「……何もかもを曝《さら》け出すことなんてできないんです。だって、知って欲しいと願ってしまった瞬間には、その真実は脚色された別物へとすり替わっているから。それよりもわたしは、何もかも了解しているという幻想を抱いたまま、ほんの少しだけ、お互いのそれに触れ合う方が心地よいと感じるんです」

「互いに嘘を吐いてもいいと？」

「嘘かどうかさえ、確かめられないんです。それなら、自分で決めてしまえばいいじゃないですか」

彼女の眼差しは、僕をもっと近くに、一歩や二歩では済まない距離まで進ませることを求めていた。そこに要求があるというのもまた、僕の身勝手な解釈に過ぎないのかも知れないが、欲望の熱は、誤解と理解とを隔てている境目を忽ちに融解させてしまっていた。

「わたしは少しもできた人間ではありませんが、烏丸さんがそう思ってくださるのなら、そういう人間でいられます。その逆も然りです。わたしが何も訊ねないことを、烏丸さんがご自分のなかで納得してくださるのなら、ここでだけは幻想が本物になるんです」

僕は飯嶋さんのことを甘く見ていて、彼女はここに来る前から、僕の家庭が破綻しているのを看破していたのだ。別居しているとはいえ、僕は法的には妻帯者であり、公然と出歩くことによって、彼女を裏切りに加担させているのではないかという罪悪感があったのだが、彼女との逢瀬が裏切りに相当するという考えは、妻に対する後ろめたさに起因するものではなく、ここに正しさを持ち込みたいという試みに他ならなかった。だがしかし、誠実さの誇示によって救済を願うという態度は、虚構を信じ込むことと、一体どれほどの差異があるというのだろう。名もなき刀工が打った刀を天から授けられた神器と見做して敬うのを、その幻想に対する純愛を、僕は果たして欺瞞と断じてしまえるのだろうか。

抱き寄せた背丈に合わせるように頭を下げ、僕は彼女に唇を重ねた。預けられた体重は何もかも全てを僕に委ねていて、そこにお互いしかいなければ、幻想の硬度は最も強固になった。奥には私室があり、僕は彼女とともに扉を開けた。絡めていた腕を離してベッドに倒れ込むと、彼女は一言だけ、「カーテンを閉めて欲しい」と告げた。暗闇に覆い隠されていった室内には、僕と彼女の望む像だけが現れていた。

陽が沈む頃、僕は一旦下まで降りて、水差しとコップを手に私室へ戻った。飯嶋さんが喉を潤しているのを横目に、僕は窓際の飾り棚の戸を開けた。時間と、そこに付随する感情を留めておくための場所には祖父と高橋君の遺書が仕舞われ、僕はその隣に立て掛けていた粟田口久国の無銘に手を伸ばした。油塗紙で油を引くことを怠ってはいなかったが、手入れをする時はいつも心を殺していて、僕のそれは武士の自制ではなく臆病者の仕草だった。ベッドの傍まで歩くと、掛け布団を被った飯嶋さんが首を傾げた。

「その刀は？」

「烏丸家の守り神です。祖父が初めて購入したもので、彼はこの刀を命同然に大切にしていました。一族の人間以外に見せてはならないと言い付けられていて、これまで誰の目にも触れさせてこなかった刀です」

たとえ飯嶋さんであっても、高橋君の話はしないことにした。そのような告白は、彼と僕の間にあった出来事を矮小な苦痛に変えてしまう。

「これを持っていきましょう」

そう宣言した時、僕は初めて、真に、この刀を手にした。

宗寿文庫のような私的な施設ならともかく、美術館に展示するためには正式な鑑定を受けなければならなかった。刀剣保存協会への依頼は松浦さんを通した方が早いはずで、頼めるかを訊ねると、飯嶋さんは畏まったように頷いてくれた。「出前でも取ろうか」と訊ねたが、今日のところは帰らせてもらうとのことだったので、僕は彼女がシャワーを浴びている間にタクシーを呼んだ。

「またいらしてください」

「ええ、すぐにでも」

いつでもここにいるというのは、口に出すまでもないことだった。飯嶋さんを見送ってから私室に戻った僕は、ベッドの脇に彼女が忘れていったショールを見付けた。その色鮮やかさにあらためて魅了され、膝の上に置いたショールを眺めながら葉巻を味わった。

リングを剝がしながら、このあとは地下の遊戯室で学生たちと撞球でもしようかと考えていた矢先、書斎の電話が鳴った。飯嶋さんが無事に帰ったのを報せてくれたのかと思ったが、彼女ならきっと、名残惜しそうに掛けてくることはせずに次の逢瀬を待つはずだ。どうせ仕事絡みだろうと嘆息しながら出てみると、掛けてきていたのは僕の部下ではなく父の秘書だった。開口一番に「近くに誰かいるか」と訊ねられ、どきりとしつつも「ひとりです」と返すと、彼は息を詰まらせながら用件を伝えてくれた。烏丸建設の社員二名が、新東京国際空港で逮捕されたというのだ。

5

かれこれ一週間近く、調布のホテルに缶詰めにされていた。一昨年に烏丸建設が施工した特筆すべき点のないホテルだったが、都心からの手頃な避難場所としてはそれなりに優秀で、密談だの密会だのに使われているという噂を聞いていた。密談を好む建築業界の体質には辟易していて、ホテルに着くなり従業員用の通路へと案内されれば、もはや苦笑いを浮かべる気にもなれなかった。食事は室内で提供されるので、他の宿泊客と顔を合わせる機会はなかったし、電話機とファクシミリまで用意されていたおかげで仕事には支障を来さなかった。幾ら何でも大袈裟過ぎやしないかと呆れていた僕は、日々差し入れられる新聞を読むことによって、この対応が極めて妥当なものだったと考えを改めた。

十月六日の午後九時過ぎ、モスクワからロンドンを経由して新東京国際空港に到着した国際便には、三名の烏丸建設社員が搭乗していた。一足先に手続きを済ませた社長付参与の安元さんは、空港の外で待機していた社用車に乗り込んでいて、長時間のフライトで疲労困憊した乗客たちが右往左往する構内がにわかに騒がしくなったのは、残る社員二名が税関検査を受けていた時のことだった。素振りや返答に思うところがあったのか、税関職員が荷物検査を実施したところ、彼らの旅行鞄からは、事前に申告されていた量を遥かに上回る貴金属類、腕時計や宝石の付いた装飾品など、計四十点が発見された。その時点では、彼らの過失は過少申告に留まっていて、きちんとした手続きを行いさえすれば何ら問題はないはずだった。

問題は、社員のひとりが税関職員に現金を差し出し、買収を試みたことにあった。税関職員がそれを撥ね除けたところ、もうひとりの社員が声を荒らげながら無理やりに税関を通過しようとし、制止した職員の顔を二度殴打した。機内でたっぷりとシャンパンを楽しんだのか、かなり酔っていたらしいその社員は傷害の現行犯で逮捕され、もうひとりの方には贈賄の容疑が掛けられていた。空港内での派手な騒ぎは衆目を集め、翌日には一面を飾ることになったのだが、烏丸建設はすぐさま声明を出し、この件が社員の個人的な不祥事であると説明した。この時すでに、彼らは初動を誤っていたのだ。

各紙が躍起になって二名の社員の素性を暴こうとしていたなかで、毎朝新聞だけは異なった見地に立ち、安元さんが定期的かつ頻繁に出国し、常に二、三名の社員を同伴していたことから、今回の貴金属類の持ち込みが以前から計画的に実施されていたものなのではないかと報道した。取材を受けて立った安元さんが毅然とした対応で「国外の工事の視察だ」と弁解すると、毎朝新聞は即座に、当該の視察には別の社員が参加しており、安元さんが烏丸建設の工事とは関係のない国を訪れていることを写真付きで記事にした。十月七日の記事に使われた写真が空港内で撮られた鮮明なものだったのを踏まえると、どうやら彼らは、かなり前に情報を摑んだうえで綿密な調査を続けていたらしかった。贈賄の容疑に加え、一連の報道が契機となり、烏丸建設には警察の捜査が入ることになった。安元さんの軽率な発言を他山の石とした秘書は、それまでの遅れを取り戻すべく機敏に動き回り、烏丸建設とその関係会社の重役たちを雲隠れさせた。国内の、それも都下のホテルに匿ったのは、出国させようものなら疚しいところがあると認めることになりかねず、この判断は警察ではなくマスコミを遠ざけておきたいという思惑と時間稼ぎを兼ねていた。

少なくとも僕の元には、本社からは何の情報も届けられてはいなかった。警察関係者が事情聴取に訪れることもなく、幸いにして、烏丸テクストラクチャーとの業務提携の解除を申し出てくるクライアントもいなかったから、それもそれでおかしな話ではあるものの、僕は何事もなかったかのようにスイートの机で仕事を続けていた。図鵬塾の学生には「ほんの少しでいいから、母の様子を見ておいて欲しい」と頼んでおいた。飯嶋さんとは一度電話をして、「心配だから会いに行きたい」と言ってくれた彼女に、「面倒事に巻き込んでは申し訳ないし、どうせすぐに会えるはずだ」と伝えた。彼女の声を聞いている間は、幾らか気持ちが上向きになったが、しかし、いつまでこうしていればいいのかも分からなかった。僕をここに閉じ込めた秘書からも何の音沙汰もなかった。父と兄とで対応を協議しているはずだが、あのふたりが事態を好転させられるとは到底思えない。傷害と贈賄という動かし難い醜聞が出てしまった以上、烏丸建設の印象の悪化は避けられず、肝心なのは、どこまでの悪化を許容し、どこで食い止めるかであり、広告と宣伝によって企業の印象を作り出すことを生業にしてきた僕の出番に違いなかった。僕を疎んでいる兄はともかく、会社のためなら正常な判断が下せるであろう父のことを考え、僕は突然の呼び出しに備え、就寝時以外は背広で過ごし、酒も断っていた。慌てて持ち出した葉巻も数に限りがあったため、出所日が分からない分、やはり控えていた。

落ち武者は薄の穂に怖ずと言うが、孤立無縁の軟禁生活のなかで過ごす雨の夜は、いつにも増して心をざわつかせ、僕はついにルームサービスでヘネシーを頼んだ。窓を打ち付ける横殴りの大雨は、鼓動の早鐘を絶え間なく聞かされているようで、わずかでもその音が小さくなることを願って厚手のカーテンを閉める。ソファに腰を下ろし、シガーカッターを忘れてしまったため、品位に欠けるやり方、吸い口を噛み切って葉巻を燻らせた。

酒が運ばれてから五分ほど経って、ふたたびノックの音が聞こえてきた。不手際があったようには思えなかったが、戸口まで行くのも面倒で「鍵は開いている」と返す。部屋に入ってきたのは、ボーイではなく父の秘書と滝川さんで、彼らはドアを閉めるなり鍵を掛けた。

「押し掛けてしまって申し訳ありません。盗聴なんて大仰な真似はないと思いますが、用心のつもりで事前の連絡を避けたんです」

鏡を見て整える余裕もなかったのか、滝川さんの癖毛は湿気のせいでさらにボサボサとしている。悠長に酒を飲んでいたこちらの方が申し訳が立たず、僕はふたりを座らせ、よく冷えた水を注いだグラスをローテーブルに置いた。居ても立っても居られず、僕の方から「どうなっているんですか」と切り出してみると、滝川さんは率直に「芳しくありません」と答えた。

「安元さんの出張に同行したことのある社員全員が事情聴取を受けました。彼らは毎朝が報道した、会社ぐるみで密輸が行われていたという説を採用しているようです」

「逮捕されたふたりは？」

「腕のいい弁護士が付いてはいますが、公務員を殴ったのが不味かったんです。検察も本腰を入れて事に当たるつもりのようで、ふたりの自宅で家宅捜索が行われました」

「何か悪い結果でも出たんですか？」

伺いを立てるように秘書の顔を見てから、滝川さんは細い首を横に振った。ということは、既《すんで》の所で手を回せたのだろう。

「それで、会社ぐるみというのは、一体どういうことなんですか？」

すでに証拠を摑まれていて、安元さんが指示役だったのは明白な事実だ。彼は三年前から部下を引き連れて渡航を繰り返し、高価な貴金属類を申告せずに持ち帰っている。海外のマフィアが使う資金洗浄の手口だが、烏丸建設がそのような悪事に手を染める必要性はどこにも見当たらない。僕は納得のいく説明を、この一週間余りの鬱積が晴れることはないにせよ、黒い霧がどこから立ち込めているのか知れることを期待して待っていたが、ふたりは揃って口を噤み、グラスの底の辺りをじっと見つめていた。そうしていれば、水面から気の利いた言葉が湧き出すと信じているかのように。

「黙っていても何も始まりませんよ。警察は難しいですが、マスコミ相手なら僕も多少の顔は利きます。今からでも取れる策はあるはずです」

あえて淡々と述べたのは、彼らに対する配慮、憔悴している人間をさらに責め立てるのは酷だと思ったわけではなく、必死になり始めている自分を、僕自身が是認することができなかったからだった。学生の頃にはあれだけ蔑み、絶対に関わるまいと誓った父の会社のために、僕は助太刀を買って出ようとしていた。

「……そう難しい話ではありません。治道さんなら、一を聞けば十が分かるはずです」

「聞かせてください」

「ロッキード事件をきっかけに、田中さんの動向次第で何もかもが決まってしまう現状に危機感を覚えた私たちは、一本足打法の見直しを図ることにしたんです。安元さんが音頭を取って、烏丸建設はこの三年間で、田中さんたちとは違う派閥の政治家たちとも親睦を深めてきました」

滝川さんはがくりと項垂れ、両手で顔を覆っていた。その起源を豊臣秀吉《とよとみひでよし》の時代まで遡ることができる公共工事と談合の切っても切れない関係は、すなわち、政界と建設業界との蜜月を象徴していた。建設族のドンである田中角栄氏は、いわゆる官製談合にルールを制定し、手懐けている業者たちへ満遍なく工事を配分してやる代わりに、受注高の一部を上納させていた。この集金は飛鳥建設の植良祐政《うえらすけまさ》会長が仕切っていて、談合の総元締と呼ばれていた植良氏のことを父は不倶戴天の敵と見做していた。

「つまりは、抜け駆けを画策したということですね。それは社長の指示ですか？　それとも副社長の？」

密輸した貴金属類を政治家に贈賄し、その見返りとして受注を取っていたのだから、毎朝新聞が疑義を呈した通り、組織的な犯行と言わざるを得なかった。指を差すのを嫌がった滝川さんに代わって、秘書が「直生さんです」と告げたが、僕からしてみれば、訊ねたというよりは答え合わせをしたに過ぎなかった。合理的な兄らしいやり口で、その帰結も含めて彼のことは、自分がこの世で最も賢いと思い込んでいる暗愚な凡人と評するのが適当だろう。

僕は席を離れて窓の方へと歩き、濃褐色のカーテンを、裾を持ち上げるようにして開いた。

大粒の雨に濡れている窓ガラスは向こう側の景色を曖昧にしていて、目に入るのは点々と灯る赤い光ばかりであった。その正体は、眼下に立ち並ぶ不揃いなビルの屋上に設置された航空障害灯で、この国の夜景というものを世界で最も醜くしている元凶でもあった。強まる一方の雨は、こうして前に立っているだけで、窓ガラスから伝わってくる冷気が僕の額や頰から熱を奪っていった。

「……すべきことはひとつでしょう」

輪郭が溶け、炎のように揺れ動く赤い光を睨みながら、僕は語気を強めて言った。兄が僕の立場なら、必ず同じ言葉を口にしただろう。会社を守るためという動機から、そこに混じっている不純物まで、何から何までまったく同じ決断を下したはずだ。

「まさか、直生さんを差し出せというんですか？」

「検察と世間が納得する方法がそれ以外にありますか？　副社長は、差し出せる首としては十二分に価値を持ちます。それで手打ちにできれば、思っているほど痛手を負わずに済むかも知れませんよ」

「直生さんは次期社長ですよ。彼がいなくなったら……」

誰が烏丸建設を継ぐというのか。僕の手前、滝川さんはそう続けるのを躊躇ったようだった。もっとも、はじめから僕は期待されていなかったし、できるできない以前にやるつもりもなかった。兄の息子はまだ未成年で、陽子の息子はすでに証券会社で働いている。夫を婿養子にすることを拒んで父との縁を切った温子の息子たちが今更になって戻ってくることもあり得ない。創業家から後継者を出せないとなると、烏丸家の同族経営によって成り立っていた会社の性質は大きく様変わりすることになる。もちろん、重役のなかに相応しい人物がいないわけではなく、滝川さんもそのことは百も承知のはずだ。そして、副社長の兄を中心に据えた派閥に属している彼は、約束された地位に対する執着を忠誠心と呼んでいいかはさておき、別の主君に仕えることを望んでいなかった。

「なら、他に妙案がありますか。安元さんごときの首で、どこの誰が万事解決したと思ってくれますか？」

脚付きのストレートグラスにコニャックを注ぎ、席へ戻る。秘書はお得意の、自分はあくまでも追従者に過ぎず、不遜にも意思を表明できるような立場にはないと言いたげな、つんと澄ました顔を貼り付けていた。何しろ彼は、生涯を通して見て見ぬ振りを貫くことによって生き残ってきた男なのだ。顔を覆うのをやめていた滝川さんは、体の前で両手の指を組み合わせ、貧乏揺すりに励んでいた。兄におもねっているうちに、その悪癖まで乗り移ってしまったのだろうか。

「ひとつだけ、あります」

グラスの水を半量ほど飲んでから、滝川さんは言った。そもそも、それを話すためにここに来たはずで、僕を見上げた彼の瞳は卑しく輝いていた。

「ほう、ぜひとも伺いたいですね」

「現社長の引責辞任、というのはどうでしょうか」

踏み出した右足の脛がローテーブルにぶつかり、つんのめりそうになるのを堪えながら、僕は滝川さんの胸倉を掴んで持ち上げた。痩せぎすの体は自立する意思を持ち合わせておらず、やけに重く感じられた。

「本気で言っているんですか！」

「本気でなければ、こんなこと言いませんよ」

いつぞやと違い、僕の怒声が滝川さんを竦み上がらせることはなかった。彼の僕に対する恐怖は、僕が血を引いている父に対する畏怖の借り物であり、つまりは、それさえも失われていたのだ。

「恩義を忘れたんですか？」

「道隆さんも分かってくれるはずです。古株の重役にも何人か退いてもらったうえで、直生さんが社長に就任し、新体制になったことを喧伝する。烏丸建設が生き残る方法はこれしかないんです」

「それで、あなたは？」

「私なんかが辞めたって、何の責任も取れませんから。取れるのなら、潔く辞めますよ」

確かめようのない狡猾な仮定だ。こうして同席しているということは、父の秘書もすでに鞍替えしていると見え、兄の派閥に属する人間たちは、今回の騒動に乗じてクーデターを実行したのだろう。首尾よく運ばせるために、避難というそれらしい名目の下、関係者の身動きを取れなくしていたのだ。そんな彼らが僕の元を訪れる理由などひとつしか考えられず、口に出すのも不愉快だったが、他人の内面を読み取るのに長けていた滝川さんは、僕と目を合わせたまま、わざとらしく苦しげに頷いた。

「直生さんでは説得することは不可能でしょう。私たち社員にとって、道隆さんは現人神《あらひとがみ》です。退陣を迫れる人がいるとしたら、同じ社長であり、息子である治道さんしかいないんです」

「こういう時だけ持ち上げるわけですか」

「どうして怒るんですか？　あなたは道隆さんを、あなたの母親を冷酷に切り捨てた男のことを憎んでいらっしゃるはずです。あの時の復讐として、千載一遇の機会ではないんですか？」

それとこれとは話が違うと一蹴できなかったのは、意固地になって否定すればするほど、僕の言葉が本心から遠ざかっていくのを、滝川さんに看破されることを恐れたからだった。僕は彼の胸倉から手を離し、飲まずじまいだったコニャックを呷ろうとしたが、確かに注いだはずのそれは、いつの間にか空になっていた。摑み掛かった際にローテーブルに衝突し、グラスが倒れたのを失念していて、せめてもの手慰みに秘書が拾い上げたようだった。

「……今日のところは帰ってくれませんか」

「確約して頂けるまでは帰れません」

滝川さんは跪き、秘書もすぐさま追随してみせたが、私利私欲を押し通すための土下座など見たくもなかった僕は、彼らが低頭する前に顔を背けた。

「僕にだってね、説き伏せることなんか不可能ですよ。会社を大きくしたのは父で、烏丸建設は父の所有物です。あの強欲さをご存じなら、諦めさせることなんて誰にもできやしないと分かるでしょう？」

「金でも女でも、必要なものがあれば何でも準備します。ほとぼりが冷めたら、会長という形で戻って頂けばいいんですから。……とにかく、一度降りて頂くだけでいいんです。上手くいった暁には、治道さんにも相応の見返りを用意します。身売りしたご自宅を買い戻すお手伝いもさせてください」

「帰ってくれ！　今の話をマスコミへ垂れ込んでもいいんだぞ！」

僕が電話機に駆け寄ると、ふたりは慌てて立ち上がり、脱兎のごとく部屋から出て行った。鍵を閉めた途端に体から精気が抜け、ベッドに倒れ込む代わりに、僕はドアに額を付け、その硬さに頭を預けた。僕を頼ったということは、兄の差し金ではなく、滝川さんを筆頭とした派閥の人間たちの独断と考えていいはずだ。しかし、何から何まで得をするのは兄で、僕の母から夫を奪うだけでは飽き足らず、父から会社を奪うことで、彼は完璧な復讐を成し遂げられる。それを阻止するのは極めて容易く、さっき滝川さんたちに浴びせた脅し文句を実行に移すだけでよかった。密輸を指示していた兄は関税法違反で罪に問われるばかりか、贈賄罪やら談合罪やら、複数の容疑で取り調べを受けることになる。営業停止処分と莫大な課徴金で済めば御の字だが、社長の息子の犯罪に大勢の幹部が加担していたとなれば、烏丸建設は傾き、勤勉な社員たちが路頭に迷う。滝川さんの言う通り、全ての責任が旧体制にあったことにして、諸悪の根源である社長と数人の重役を差し出せば、会社が被るであろう損失や印象の悪化を最小限に抑えられるかも知れない。

社長の座を明け渡すことは父にとっては死同然であり、引導を渡すことは、父の介錯を務めるのと同義であった。そして、僕はそれを望んでいたはずだった。母を苦しめ続けた男に、同じだけの苦しみを与えることを。当人にとって最も大切なものを奪われることしか罰になり得ないというのが、骨の髄まで我欲に支配された烏丸家の人間としての哀れな宿命だった。僕はネクタイを緩め、瓶の口から直接コニャックを飲んだ。酒の力を借りなければ、眠ることも、あるいは、まともに起きていることも叶わなかった。

日参は逆効果になると、さすがに僕の性格を理解しているようで、あれ以来、秘書も滝川さんもやって来なかった。とは言え、油断はできなかったため、自然とノックの音に過敏になってしまい、食事を運んでくれるボーイに「定刻にドアの前へ置いておいてくれ」と厳命していた。新聞には毎日欠かさず烏丸建設の名前が出ていて、ほとほとうんざりした僕は、読むこともせずドアの脇に積み上げていた。打ち合わせには部下を代理で出席させ、僕は来年に行われる小田急百貨店別館のリニューアルと、松坂屋高槻《たかつき》店の屋上遊園、二件の広告案に知恵を絞っていた。こうした宣伝に関する企業間取引だけではなく、八年前の建築基準法改正を機に、本社で施工した建物以外の管理業務を実施するようになっていたため、万が一、本社に何かあったとしても烏丸テクストラクチャーは維持していけるという自負があった。今後次第では、社名から烏丸の名前を消してもいいとさえ考えていた。

僕が行動を起こすのを待っているのか、それとも、同時進行で何か別の方法が模索されているのか、いずれにせよ、この不気味な軟禁生活をいつまでも続けるわけにはいかなかった。一度、ホテルを抜け出そうと思って下まで降りたのだが、さほど混み合っていないロビーに目を遣ると、入り口を背にした、宿泊客の出入りを見渡せる位置のソファに見覚えのある男が座っているのが分かった。名前は忘れたが社長室の若い社員で、柔道と剣道の高段者だと聞いていた。滝川さんの自供のおかげで、僕は責任の所在を知ってしまっていて、仮に従業員用の出入り口を使ったとしても、刺客じみた若い彼が僕を追い掛け回し、是が非でも押し戻そうとするのだろう。抜かりないと感心しながら、僕は回れ右で部屋へと戻ったのだった。

腕立て伏せや上体起こしなど、器具を使わないトレーニングをやってはみたが、やはりバーベルやダンベルの刺激がないと物足りず、得られなかった充足感を補うために酒量が増えていった。どうせ支払いは本社が持つだろうと、ボーイに葉巻を買いに行かせもした。懇談会は欠席せねばならず、飯嶋さんと顔を合わせられないのだけが残念だったが、その一点を除けば、ほとんど自宅にいるのと変わりない生活を送るようになっていた。

また幾日かが過ぎて、僕は熱いシャワーを浴び、二、三杯飲んでから横になっていた。うつらうつらとしている間に、気が付けば眠りに落ちているのが常だったが、大体、この生活に時間など関係なかった。それでも、就寝前にカーテンを少しばかり開けておき、健やかな陽光に起こされることで辛うじて人間らしさを保とうとしていたのだが、今の僕を目覚めさせたのは、やけに整然と刻まれる、しかし鳴り止むことのないノックの音だった。部屋は真っ暗で、枕の下に置いていている腕時計に手を伸ばすと、蓄光の文字盤は四時二十分過ぎを示していた。火事なら火災報知器が鳴るはずだから、おおかた、ろくでもない報せを携えた秘書と滝川さんに違いない。今度ばかりは胸倉を摑むくらいでは済まさないと腹を決めた僕は、バスローブの前をきつく閉め、一呼吸置いてからドアを開けた。廊下に向けて怒鳴る準備をしていた僕の前に現れたのは、かつて屋敷に勤めていた使用人のひとりだった。あの日、父と僕に見送られて屋敷を去っていった時、確か今の僕と同い歳くらいであった彼は、すっかり髪が白くなっていた。深夜の訪問という無礼を詫びるべく、当時と微塵も変わらない恭しさで頭を下げた彼を、僕は暖かい室内へ招き入れようとしたのだが、彼はそれを固辞するばかりか、「すぐに着替えて欲しい」と告げてきた。過度に抑制されているのが窺える平坦な声色に、僕はただならぬものを感じ取った。

「何があったんですか？」

「道隆様が倒れられました。東大病院にいらっしゃいます」

「このことを知っているのは？」

「私と、治道様だけでございます」

僕は急いで背広に着替え、従業員用のエレベーターで下まで降りて、駐車場に停められていたセンチュリーに乗り込んだ。本郷までの道中、彼は経緯を説明してくれた。烏丸家を解雇された彼は、父の口利きで軽井沢《かるいざわ》のホテルで働いていた。おそらくはここで定年を迎えるのだろうと考えていた彼は、二年前に突然父から連絡を受け、専属運転手への転職を打診されたという。はじめのうちは辞書通りの意味合い、すなわち運転のみを任されていたのが、徐々に細々とした雑用や伝令役を命じられるようになり、ここ最近では、秘書には嘘の予定が吹き込まれ、彼だけが本当の行き先を知らされていた。勘の鋭い父は、秘書の裏切りに気付いていただろう。

昨晩のこと、会食を終えた父を愛人の元まで送り届けた彼は、どうせ四、五時間後に乗せることになるのだからと、路上駐車したセンチュリーの車内で仮眠を取っていた。最終地点が愛人宅になる時はそうするのが習慣になっていたらしいのだが、一時半頃、件の愛人が血相を変えて駆けてきて、「社長が息をしていない」と叫んだ。意識を失っている父を後部座席に乗せて東大病院まで運んだ彼は、誰に伝えるべきかを考え、おのずと僕を思い浮かべたらしかった。省かれたおのずの理由を問い質《ただ》すことはしないが、賢明な判断だった。愛人の家で倒れたということは、八十を越えてもなお不貞に励んでいたはずで、腹上死ほど父に相応しい死に方はないと言えたが、今そんなことをされては困る。

車窓を開け、冷気を流れ込ませる。調布から甲州街道を直走《ひたはし》るのは、オリンピックでのマラソンの折り返したコースそのもので、東大の敷地に入る頃にはすっかり目が冴えていた。しかし、現実との区別が困難な、生々しい夢のなかにいるような気分もしていた。内田《うちだ》祥三《よしかず》氏が設計した、連綿と連なるファサードが特徴的な巨大建築である東大病院は、施工を務めたのが烏丸建設だったからというわけではないにせよ何かと縁があり、石塚さんと祖父も度々入院していたし、僕自身もここで盲腸の手術を受けている。

「意識はあるんですか？」

「私が病院を出た時は、まだ昏睡されていました」

道路に駐めてもらい、僕たちは夜間の受付へと歩いた。警備員に案内されて院内に入り、彼の指示を受けてエレベーターの前で待っていると、どこからともなく年嵩の看護婦がやってきて、あえてこちらとの距離を保ったまま、遠慮がちな手招きで使用人を呼んだ。僕とは目を合わせてくれなかったので、彼だけに話がしたいのだろうと思い、付いていくのを控えた。少し経って戻ってきた彼は、感情を押し殺した声で「先ほど、目を覚まされたそうです」と教えてくれた。

「命に別状はない、ということですか？」

その問い掛けに、使用人は返事をしなかった。今なら少し話ができるということだったので、僕はぜひとも会わせて欲しいと頼んだ。使用人は諸般の手続きを済ませるために別の部屋へと通され、僕は年嵩の看護婦に連れられて集中治療室へと向かった。人間を生かすための装置であるにもかかわらず、無機質に由来する不吉さが、どこか死の使いという言葉を連想させるあの大量の機器と管が用意されたベッドの上に父は寝かされていた。年老いた父の姿と、そこから滲み出す哀愁は、晩年に差し掛かることで寛容さを手に入れた文学者たちが好んで用いる題材だったが、烏丸道隆という男の場合は、その逞しさはいつまで経っても衰えず、こうして倒れていても小さくなったという感じはしなかった。僕の前にいるのは、幼少期に刻まれた記憶のなかの像と寸分も変わらない強大な家長で、口元を覆っている酸素マスクだけが、病人としての唯一の証であった。「ほんの二、三分が限界だと思う」と釘を刺したうえで、看護婦は存外に大きな声で父の名前を呼び、「息子さんが来ましたよ」と告げた。徐々に目蓋が開いていき、僕は後ろから背中を押されるように近寄った。

「お前、なんでいるんだ……」

最初に出てくるのがそれかと呆れながらも、僕は父に、あなたの運転手がわざわざ報せに来てくれたのだと教えた。不規則な呼吸は、看護婦が忠告した通り、いつまた眠りに落ちてもおかしくはなさそうで、僕は「誰か呼んで欲しい人はいますか?」と訊いた。そして、「すぐにでも連れて来ますよ」と付け加えて返事を待った。悩んでいるのか、それとも声を発するまでに時間を要するのか、僕は身を屈め、父の口元に耳を近付けておいた。

「お前にひとつ、頼みがある」

「はい。何でもおっしゃってください」

「あれは俺がやらせたことだ。皆にそう伝えてくれ」

上手く呑み込むことができず、僕はその真意を、いや、聞き間違いであったと確かめるために、ゆっくりと首を動かして父の顔を覗き込んだ。倒れたことと関係する症状なのか、その双眸は靄《もや》が掛かったように濁っていたが、それでも、父の視線は確かに僕へ向けられていた。

「兄とそう決めたんですか？」

「俺は辞める。あとのことはお前たちに任せる」

この場所に似つかわしくない流暢さは、父が正気でそれを語ったことを裏付けていた。逆賊の意思を汲み取ってやるなど、父の人生には一度としてあり得ない出来事のはずだったが、過程や思惑がどうであれ、両者は熟慮の末に、まったく同じ結論に辿り着いていたのだ。

その存在理由を捻じ曲げてまでも日本刀を延命させた祖父は、自らが何よりも愛したものを後世へと受け継いでいくことを第一に考えていた。永遠の美しさを、殉死ではなく価値観の存続に見出した烏丸誠一郎の、その息子は、烏丸建設を生き永らえさせる方法として、自身を切り捨てることを決意したのだ。僕が父の人生そのものだと思っていた会社は、父にとっては、もはや人生をも超越した、ひとつの巨大な建築物だったのだろう。それも、外観のみに拘泥した狂態ではない、大勢の人間を良好な状態で収容することのできる、極めて理想的な集合住宅に違いなかった。

「……本当に、それでいいのですか？」

「ああ」

そのあとにも何か言ったようだったが、聞き取ることはできなかった。想定されていた時間をとうに過ぎていて、これ以上の無理は禁物と考えたらしい看護婦は、自発的に打ち切ることを求めるように、僕の背後に立って緊張感を差し出してきた。

「少しお休みになってください。僕は近くにいますから」

「お前は俺の息子だ。これからもあいつを支えてやってくれ」

ベッドの柵の下側で、シーツが幽かに動いていた。ちょうど右手のあたりで、もし力が入るのならば、父は僕の手を取りたかったのだろうか。生まれて初めて目にする弱々しい所作は、僕の胸に、いつか父にぶつけようと考えていた問いを去来させた。祖父の遺言を握り潰した理由を。父は祖父の願いを撥ね除け、粟田口久国の無銘を兄に渡さなかったが、その代わり、僕の元からも奪い去った。どうしてそんなことをしたのか訊ねたいと思いながらも、祖父の遺書がそうであったように、真実を解き明かすことを恐れた僕は、私室の飾り棚に仕舞うようにその機会を先送りにしていた。だが、今はその時ではなかった。欲深い父の慎ましい頼みは、言外に安堵を待ち望んでいるように聞こえ、それによって苦しみから解放されるのならば、僕は父に、求められている言葉を掛けてやらねばならなかった。僕は父の耳元に口を寄せ、「約束します」と言った。

「僕が直生さんを支えます」

それを聞いて、父は静かに目蓋を閉じた。看護婦と入れ替わるように父の元を去った僕は、院内を歩き回って電話機を探し、秘書の自宅に掛けた。僕と違って常に備えているのか、驚くほど早く電話に出た彼に「父から引責辞任する旨を引き出した」と伝え、醜悪な感謝を聞く前に受話器を置いた。その翌々日、烏丸道隆は心筋梗塞で帰らぬ人となった。八十六歳だった。

喪主は兄が務めることとなったが、兄の母の温情により、僕たち家族は参列を許された。なし崩しに軟禁生活は終焉を迎え、ほぼ一ヶ月ぶりに屋敷に帰った僕は、固く閉ざされた扉越しに、父が亡くなったことを母に伝えた。そして、部屋から飛び出してきた母を羽交い締めにして落ち着かせ、葬儀には出られるから安心して欲しいと話した。ただし、済んだら入院するのが条件であると。絶え間ない酩酊に錯乱が加わった精神状態では、物事を正しく理解できているかどうかは分からなかったが、長く伸びた爪で僕の腕や自分の頭を掻き毟りながら、母は啜り泣くような声で「分かっている」と繰り返した。

烏丸建設の二代目社長であった烏丸道隆の葬儀は、先代と同じく青山葬儀所で執り行われた。同業者はもちろんのこと、政財界のお歴々から、酒宴やゴルフで顔を突き合わせていた知人に至るまで、八千人を超える参列者が父の死を、少なくとも遺影の前では深く悼み、彼がいかに傑出した人物であったかをあらためて僕に認識させた。案内状は送られていたはずだが、温子の姿はどこにもなかった。兄の母の隣に座っていた陽子は、出棺の際に棺の傍に倒れ込み、「パパ」と泣き叫んでいた。飯嶋さんと松浦さんも来てくれていて、僕を気遣ってくれたのか、仕事の話はせずに挨拶だけで去っていった。火葬場まで同行することはできたが、僕と母は社長室の社員の慇懃無礼な門前払いを受け、母は骨上げをすることも、骨壺を抱くことも許されなかった。

憎んでいればこそ、役目を放棄するという道もあっただろう。僕が嫌なら陽子か、多忙を理由に秘書へ丸投げすることもできたはずだ。にもかかわらず喪主の務めを果たした兄からは、復讐者の節度のようなものが感じられた。兄は新社長として、私怨と体面という矛盾を克服していた。復讐と超克は、その対象と同一の地平でしか成し遂げることが叶わず、誰しもが認めているように、兄こそが烏丸家の正統な当主であった。抑え切れない怒りと、その粗野な発散ばかりが父と似ていた僕は、こうまでされてようやく、自分が兄に敗北したのだということを実感した。

火葬が行われた桐ヶ谷《きりがや》斎場の近くでタクシーを拾い、僕は母を連れて屋敷へ帰った。一晩断っただけでは十数年にわたって内臓の深部まで染み込んだ酒の匂いは薄まらず、母はそれを糊塗するために、慣れ親しんだゲランの香水を体中に浴びるように掛けていた。閉め切られた車内には鼻が曲がるような甘さが瞬く間に充満し、僕たちは家に辿り着くまでに二度も違う車に乗り換えなければならなかった。

久しぶりの外出が体に障ったようで、玄関から階段まで歩くことさえ難儀していた母を背負い、二階の私室へと運んだ。水差しを置いて部屋を出ようとした時、母が「治道」と呼んだ。随分と久しぶりに名前を呼ばれた気がして、冷静に今日を終えられると思っていた僕は、瞳の奥から流れ出そうになる涙を感じていた。

「どうなさいましたか？」

「もう、終わったのよ」

「何がです？」

「これでもう、気にする必要なんかないの」

振り返ると、ベッドの縁に腰掛けた母が僕を睨んでいた。生活そのものを厭うように食事に手を付けなくなり、栄養失調寸前まで痩せこけた母の体は、その輪郭が喪服の黒によってしたたかに引き締められ、痛ましさをより一層増していた。

「あの男に復讐して。あなたならできるわよね？」

取り違えることはあり得ず、あの男というのは兄を指していた。

母は烏丸道隆を愛していた。保身のために自分を捨てた男を、家庭を顧みず、気分次第で手を上げ、情欲の捌け口同然に扱い、彼女に対して不義理の限りを尽くした男を、それでも、その生涯を捧げてしまえるほどに愛していたのだ。そして、裏切りの主体を父ではなく兄だと考え、兄を罰することを望んでいた。理解しようと努めたかったが、僕には母の思いを受け入れることは到底できそうになかった。

「……今は眠ってください。またあらためて話をしましょう」

「私の子供なら、できるわよね？　ねえ？」

母はそう言い、僕が応えないと、もう一度繰り返した。彼女は覚えていないかも知れないが、明日から入院すると決まっていて、念のために、先生や看護婦が屋敷まで迎えに来てくれることになっていた。

僕は一階のキッチンまで降りて、赤ワインとグラスを手に部屋まで戻った。何かしらの、幸福な祝い事のために買っていたシャトー・マルゴーを開栓し、ふんだんに注いだグラスを母に手渡した。正常な判断を下せる状態にあれば騙されまいと捨てたかも知れないが、母のなかには躊躇も葛藤も存在せず、ただ、渇きを癒すように嚥下してくれた。体のどこかから、人生を占めていた大切な何かがその分だけ押し出され、溢れ出たそれは、永久に元には戻らない。無意識の仕草でこちらにグラスを向けている母に、これが最後だと自分に言い聞かせながら、僕は給仕のようにワインを注いだ。僕の左手は、一緒に飲もうと思って持ってきていたグラスを、空のまま握り締めていた。

6

烏丸直生新社長は、一連の密輸が前社長を中心とする勢力によって画策されたことを公表し、関与していた重役たちに懲戒免職の処分を下した。無論、会社として刑事責任を負わねばならず、烏丸建設の本社を含めた数箇所、当然、烏丸テクストラクチャーも家宅捜索の対象となった。重役たちがおとなしく退くばかりか、取り調べの際にも余計なことを言わなかったのは、おそらく、恥辱の見返りとして相当な金額が支払われたからだろう。ただひとつ意外だったのは、懲戒免職者のなかに安元さんの名前があったことだ。兄の派閥に属し、滝川さんとともに暗躍していたにもかかわらず首を切られたのは、かつては父の腹心と呼ばれていた安元さんの翻意を兄は信用せず、手元に置いておきたくなかったのだろう。その合理的な判断は、間もなく裏目に出ることとなった。

新年早々、三箇日が明けた一月四日、安元さんは用賀《ようが》にある自宅で首を吊って自殺した。在宅起訴されていた密輸の指示役の死は、沈静化の兆しを見せ始めていた烏丸建設を取り巻く報道に新たな燃料を注いだ。烏丸テクストラクチャーには、烏丸建設の出身者ではない新規採用の従業員が多く、今回の事件を引き金に「烏丸建設の傘下から抜け出すべきだ」という声が社内で強まっていた。僕もそうすべきだと考えていたが、そのためには株主たちを納得させる必要があり、役員を集めて話し合い、離脱に向けた算段を立てていた。

昼食を済ませた僕は、「気分転換に少し散歩をしてくる」と言って、部下たちを先に戻らせた。気分転換と言っても、神田や丸の内は、そこを歩いて心が晴れるような街並みをしておらず、僕は目と鼻の先にある万世《まんせい》橋まで行って神田川を眺めることにした。東京オリンピックの前後で、都内を流れている川は随分と数を減らしてしまった。世紀の祭典に託《かこつ》けた大規模な公共工事は、江戸の地を流れる河川を、スムーズな交通を阻む障害と見做し、容赦なく埋め立てて道路へと変えていった。未来へ進むための道の完成によって、水辺の景観や情緒は完膚なきまでに失われた。まだ学生だった頃、父が僕に、「そこに住む人間の活動こそが、都市に色合いを与える」と言ったことがあった。ある瞬間で止められた時間に美しさを感じるのは蒐集家の性で、祖父が行っていた闊歩とは、目の前を移りゆく風景を楽しんでいたのではなく、ただ、その似姿を起点にして過去を思い出す作業だったのかも知れない。それが土地に対する愛なのかは、僕には分からなかった。しかし、ドブ川とも死の川とも蔑まれるこの川を見て、水辺の情緒などというものへの憧憬を思い起こすのが僕くらいならば、この郷愁にさしたる価値はないのだろうか。

そう長い橋ではないものの、欄干に肘をついて川を覗き込みたければ他に幾らでも場所はあったが、その男性はわざわざ僕の隣で煙草に火を点けた。クーデターの功労者であった滝川さんは、今や専務取締役になっていた。暗い顔をしてはいるが、安元さんの死を悲しんでいるとは思えなかった。

「僕なんかを捜すなんて、随分と暇をしてるんですね」

「そんな言い方をしないでください。身投げでもするんじゃないかと心配になって、少し離れたところで見守っていたんですよ」

「杞憂でしたね。あなた方より先に死んだら、一体どんな罪を着せられるか分かったもんじゃない」

陰鬱な横顔よりはドブ川を眺めている方がよほどましで、僕は視線を下に投げていた。適当に歩いて出会したわけではなく、定食屋を出るところから尾行していたとなれば、急ぎの用事があるに決まっている。

「やることはやりましたよ。無駄にしたのは兄の落ち度です」

「いえ、無駄になるのはこれからです」

川に向かって吸い殻を投げ捨て、滝川さんは続けた。

「安元さんは狡い人間だったんです。密輸の仕切り役を買って出て、一番得をしていたのは彼です。向こうでも、会社の金で散々女遊びを楽しんでいましたからね。不用意なことを喋った時点で、残れるはずがなかったんです。それなのに、最後まで駄々を捏ねる始末で、手切れ金の額にも納得してはくれず、一切合切暴露するとまで言ってきました」

「まさか、殺したって言うんですか？」

「そんなことはしませんよ。あれは自殺です。……ただ、とんでもない置き土産を残していったんです」

「遺書ですか」

「そうです。はっきりと、直生さんの指示でやったと書かれていました。直生さんは用心深くて、証拠が残ると不味いものは全て頭で覚えてしまう人です。しかしながら、安元さんは盆暗もいいところで、会食の日時や場所、誰が同席して、何を命じられたか、全て手帳に書き付けていたんです。原本は回収しましたが、どうやら、その複製を遺書に同封していたらしいんです」

「らしい、というのはどういうことですか？　読んだんじゃないんですか？」

「内容は全て、安元さんの奥さんから聞き出したんです。夫婦仲が上手くいっていなかったのが幸いして、彼女の方はどうにか収めました」

つまり、遺書は第三者に持ち去られてしまったのだ。警察なら手詰まりのはずで、こうして粘れる相手ということは、十中八九記者だろう。

「どこの誰かは分かっているんですか？」

「毎朝の若い記者です。しつこいのがひとりいて、空港で張っていたのも奴です。安元さんを狙い撃ちしていたようで、奥さんの悲鳴を聞き付けて家に押し入るなり、遺書があれば買い取らせて欲しいと迫ってきたそうです。……もっとも、あれだけでは、まだ紙面には出せないはずです。裏を取って、確実に仕留めるつもりなんでしょう」

僕に話し掛けるまでの間に整頓していたのか、滝川さんは発散させている悲壮感に反して、やけに滑らかに説明した。マスコミの真の目的は、烏丸建設の贈賄の相手、すなわち政治家を告発することにある。空港で逮捕された社員や安元さんが立件されている以上、捜査の手は受け取った側にも及んでいるはずだが、彼らは身の守り方をきちんと心得ている。同じく国家に奉仕する人間として、検察を宥めればいいのだ。まかり間違っても、記者を潰すなどという危険な橋を渡ることはないし、むしろ、迂闊な真似をして自分たちの顔に泥を塗った烏丸建設を切り捨ててしまいたいはずだ。だからこそ、共助は期待できず、滝川さんは血眼になって自助の手段を探している。

「この辺が潮時でしょう。あなた方はそれだけのことをしたんです」

「道隆さんの死が無駄になりますね」

先ほど僕が、あえて明言するのを避けたことに勘付いた滝川さんは、この言い方なら僕を刺激することができると考えたようだった。

「道隆さんは烏丸建設を守るために、七千人の社員を守るために、男らしく切腹したんです。どこの馬の骨とも知れない記者の安っぽい功名心のせいで、その死は無駄になってしまうんです。見届けた治道さんなら、分かってくださると思っていたのに……」

咥えた煙草に火を点け、滝川さんは秋葉原《あきはばら》の方へと歩き去っていった。ホテルの時みたく土下座でも見せられるかと身構えていたので肩透かしを食ったが、幾ら往生際の悪い彼でも、さすがに万事休すだと理解しているのだろう。今更になって記者を買収するのも困難だし、昔のようにヤクザでも雇ってどうにかしようものなら、今度こそ会社は破滅する。彼らに残された道は、記者の裏取りが終わり、断頭台に兄の首が乗せられるまでの数日間を神妙に過ごすことだけだ。真実が報道されれば、汚名を被って死んだ父の名誉は回復に向かい、また、兄が逮捕されたことを心の底から喜んだ母は、もしかしたら、元の正常な精神を取り戻してくれるかも知れない。だがそれは、父の望むところではなかった。

滝川さんは知る由もなかったが、僕は伝手を、そんな無粋な言葉では言い表したくない、僕だけの関係性を持っていた。早足で会社へ戻り、僕は電話を一本掛けた。代わりに出た若い女性が「今は会議中で離席している」と教えてくれたので、「終わり次第掛け直して欲しい」と伝えた。仕事をして隙間を埋めるような気分にはなれず、抽斗に入れていた木箱から葉巻を摘み上げた。火を点けたはいいものの、吸い込んだ感触がやたらに重く、僕は長い針を取り出し、吸い口から奥に向かって突き刺した。こうすることで空気の通り道が生まれ、ドローの悪い葉巻も吸いやすくなる。中心部分の葉を少しばかり引き抜くという芸当を教えてもらったこともあるが、何度試しても上手くいかなかった。キューバに行ったことのある知人は、針を使うことを蛇蝎のごとく嫌い、「そう焦らずとも、ちびちびとラム酒を舐めながら待っていれば、いずれは吸いやすくなる」と言っていたが、たとえ邪道だとしても、ただ待つ以外の手段が存在しているのならば、僕はそれを選びたかった。モンテクリストの五番ではなく三番を選ぶほどに時間が掛かると思っていたのだが、およそ十五分ほどで手元の電話が鳴った。折り返してくれていたのは、毎朝新聞の東京本社で編集局長を務めている男だった。

「久しぶりだね、重森」

〈おまえからだと聞いて、奇遇だと思ったんだ。……いや、ちょうど最近、おまえがどうしてるか気になってたんでな。親父さんのことは残念だった。葬儀にも行けず、申し訳ない〉

「気持ちだけでもありがたいよ。好き勝手に生きたんだから、大往生だったはずだ」

そうか、と言った重森の声は、なおも悔やむような暗さを含んでいた。世間に広める側の彼が、父が何をしたかを知らないわけがなく、突然に僕と話すことになって、自分をどの立場に置けばいいのかを決めあぐねているようだった。

〈それで、どうしたんだ？　誰かの訃報だったら困るぜ。お互い、まだそんな歳じゃないと思

いたい〉

「今晩会えないか？」

回りくどい切り出し方は、彼の好むところではなかった。僕たちが共有していた以上の時間が流れてしまっているとしても、その一点に関しては今も昔も変わっていないはずだ。

「時間も場所も合わせるよ。ほんの数分でいい。必要なら、僕が車を出すから」

卑屈にならないように意識して、軽やかに握手を求めた僕の手は、その実、驚くほど無様に、沈黙が支配する空を切った。どうして僕が今すぐに会いたいのか、勘の鋭い重森ならぴんと来ているだろう。僕は烏丸建設の子会社の社長で、彼は毎朝新聞の記者たちの棟梁で、僕たちはもう、トレーニング室で汗を流す血気盛んな若者ではなかった。居心地の悪さから逃れるように葉巻を咥えた時、長く伸びていた灰がぼとりと落ちて、スラックスの膝の辺りを汚した。下手に手の甲で払えば、かえって崩れてしまうので、そのままにしておいた。

〈……時間は何とも言えない。もしかしたら、間に合わんかも知れない。それでもいいか？〉

「ああ、構わない」

〈それなら、渋谷のライオンで待ち合わせよう。分かるよな？〉

「百軒店だね。もう長いこと行っていない」

〈東急のせいで味気なくなったよ。まあ、店に入ればあの頃のままだ〉

お互いが相手の声に懐かしい響きを聞き取り始めた頃に、僕たちは電話を切った。多少付き合いのある記者も徹夜してばかりで、帰りたい時に帰れるような職業ではなかったから、重森は本当に、閉店までに行けるかどうかという瀬戸際にいるのだろう。だが、もっともらしい言い訳を頼りにして、行くべきか否かを直前まで悩もうとしている可能性もあった。その判断を責めることなどできやしなかったし、これから僕がやろうとしていることを考えれば、むしろ、会ってくれない方がいいとさえ思えた。待ち惚けを食らった挙句にとぼとぼと帰る方が、よほど幸せなのかも知れなかった。本社絡みの急用があると言って今すぐに出掛けることは容易かったが、来て欲しくないと願いながら友人を待つなどという虚しい時間は短いに越したことはないので、閉店の間際、十時頃に訪れようと決心した。

いつも通りに仕事をし、九時半過ぎに下まで降りて、呼んでおいた運転手に行き先を伝えた。渋谷まではたいした距離ではなかったが、ここ最近の睡眠不足が祟って気絶するように眠ってしまった僕は、運転手の控えめな揺さぶりによって起こされ、道玄坂の中頃で車を降りた。百軒店にはテアトルと名の付く映画館が三つもあったのだが、五年前に閉館したテアトルＳＳを最後に全て潰れてしまった。精気と時間を持て余した若者が屯する街という印象が覆ることはないものの、戦後の混乱の中で思春期を過ごした僕たちと今の子供たちとでは、記憶のなかの最も古い風景や、生まれながらにして持っているものが幾分異なっているように思える。相変わらず猥雑さは認められるが、それは、かつてのような心地よい逸脱ではなく、再開発が行われなかった場所として、打ち捨てられた結果としての、あくまでも現象に過ぎない猥雑なのだろう。

今の僕は、かつての自分がぼんやりと毛嫌いしていたサラリーマンで、何というわけでもなく顔を伏せながら歩道を進み、「名曲喫茶ライオン」のドアをくぐった。二、三度来たことがあり、名物の巨大なスピーカーの方へと向けられている座席は観光列車の客席を彷彿とさせる。目的地は優れた音楽で、僕はあまりいい乗客ではなく、ここ以外でも、ジャズ喫茶なんかには寄り付かなかった。人付き合いが得意ではない癖に、僕は独りで楽しむことを落ちこぼれの強がりのように感じていて、人の集まる場所に繰り出しては、ボウリングだの撞球だのに興じている時期があった。時間が時間だけに独りで来ている客が多く、今の僕が通えば、少しは絵になるだろうという気がした。クラシックに耳を傾けながら葉巻を燻らせる紳士を見て、自分もいずれはああなるのかと、将来に思いを馳せる青年がいるかも知れない。

店の奥、レコード棚に近い席に座ろうとしていると、腕組みをしてリストの『愛の夢』に聴き入っていた男性が顔を上げた。眼鏡を掛けていたが、重森だった。灰皿にこんもりと積み上げられていた吸い殻は、一本五分として計算するのを挫折させるほどの量で、僕は彼の向かいに腰を下ろしながら「一体いつ来たのか」と訊ねた。

「遅く来るんじゃなかったな。てっきり、君は来られないのかと思っていたから……」

「会いたい時に人と会えないのなら、出世した意味がないだろ」

そう返した重森の微笑みは、人生の然るべき段階をきちんと歩んだ人間に特有の風格のようなものを備えていた。この笑みには価値があり、その向かい側にいる者は、それを享受するに値するのだと。

「ここへは通ってるのかい？」

「昔は妻と一緒に来たりしていたけれど、最近はご無沙汰だな。誰かと飲もうとなっても、渋谷になることはまずないから、この辺りに来たのも久しぶりだ。……いや、去年の秋頃に宇田川町で一度飲んだかな。知り合いがバーを出したって言うんで挨拶に行ったけれど、大分酔っていたから場所も覚えてない」

「宇田川町か。……彼は今、どうしてるんだろうか」

「彼？」

「藤永だよ。松島組の」

運ばれてきたコーヒーを飲んだ僕は、その名前をおおっぴらに口にしても、店員が少しも反応を示さなかったことに少し驚いた。松島組は東京オリンピックの年に解散し、区の講堂では解散式が行われた。渋谷の街を仕切っていた男たちは堅気になり、彼らが嫌悪していたところの一般社会という大海に漕ぎ出していった。

「実を言うと、拳銃の件でまた強請られやしないかと、冷や冷やしていたんだ。そうなったらどうしようと思いながらも、彼が訪ねてくるのをどこか心待ちにしている自分もいた。ああいう大人を見たのが初めてだったせいか、憧れのようなものがあったのかも知れない」

呆れられるのを承知で告白した僕を、やはり重森は、きょとんとした顔付きで見返していたのだが、その表情が思っていたよりも青褪めていたものだから、双方の心情がすれ違っているのが徐々に明らかになった。

「おまえ、冗談で言ってるんじゃないよな?」

「何のことだい?」

「本当に知らないのか。藤永の奴はとっくに死んでるよ」

ピアノの旋律が高らかに響いているなかで、その一言は僕の胸に、静かに突き刺さっていった。重森は啞然としていた僕に、藤永は撲殺されたのだと教えてくれた。犯人は薬物常用者の青年で、藤永との間に面識や利害関係はなかったという。松島組が解散した翌年の八月のことで、藤永は医薬品か何かを売り込む仕事をしていて、その日も大きな鞄を持ち歩いていた。日差しの強い日だったのか、煙草を吸おうとして路地裏に入った際、藤永は物陰に隠れていた青年によって、コンクリートのブロックで頭を数回殴打された。松島組のそれとは比べ物にならない小さな記事だったそうだが、一応は報道されていたため、重森は僕がそれを知っているものだとばかり思っていたらしい。老齢であった父とは違い、生命力に漲る若者だったからこそ、あの藤永が十何年も前に殺されていたという事実に、僕は強い衝撃を覚えた。

「因果応報だ。散々悪事を働いておいて、明日から更生しますと言って、はいそうですか、となるはずがなかったんだ」

　重森が冷たく言い放ち、僕は小さく頷いたが、一体何を肯定したのかは判然としなかった。隣席の学生と思しき青年が会計のために立ち上がり、重森は「さて」と呟いた。

「おれもおまえも、話したいことは幾らでもあるだろ？　だから、ここを出て朝まで痛飲する前に、用事を片付けてしまいたいんだ。異存はないよな？」

「ああ、ないよ」

「よし、じゃあ話してくれ」

「君のところにいる記者が出そうとしている記事を差し止めてもらえないか？」

　途中で閊《つか》えでもしたら、もう二度と口にできない気がして、僕は一息に言った。テーブルの下では右手の拳を、五本の指が真っ白になるほど強く握り締めていた。

「烏丸建設の密輸事件は知っているね？　新社長はあれが前社長の犯罪だと公表して、関与していた重役たちを懲戒免職にした。……ところが、それは真実ではなかった。密輸を指示していたのは新社長で、前社長はその罪を被って死んだ。一月四日に自殺した重役のひとりが、そのことを遺書で告発した。遺書には証拠となるような文書が同封されていて、君のところの若い記者が、それを奥さんから買い取ったんだ。今頃、事実確認を行っているはずだ。その記事が世に出れば、今度こそ烏丸建設は破滅する」

「そうならないために、揉み消して欲しいということか？」

「ああ、その通りだ」

「それは、おまえが出した結論か？　それとも、おまえとおれの仲を知っている奴がいたのか？」

「僕の独断だよ。会社の人間は、僕が今ここにいることを誰ひとり知らない」

計略を巡らした、小狡い言い方をするつもりはなかった。どう取り繕おうとも、僕が彼らの口を封じようとしている事実と、重森に頼まなくてはならない内容に変わりはない。何と言われるかは予想も付かず、強いて言えば、黙って去っていく重森の後ろ姿だけは簡単に思い浮かべられたのだが、意外にも彼は、さほど間を空けずに「見返りはあるのか」と訊ねてきた。

「会社の存亡が懸かっているからね。大抵の要望には応じられると思う」

「その若い記者は岩崎という名前でな、三十になるかならないか、時に礼節に欠けるところもあるんだが、真面目で優秀な男だよ。見当違いのことを言った上司に食ってかかったり、高慢ちきな取材相手に喧嘩を売ったり、お世辞にも器用ではなくてな、何となく、若い頃のおれやおまえを思い出すんだ。自分が正しくあろうとしていれば、世界の方がちゃんと変わってくれると期待しているんだよ」

三杯目か四杯目なのか、それとも、入店してから少しも口を付けていなかったのか、重森はグラスを縁まで満たしているアイスコーヒーを喉を鳴らしながら飲んだ。

「岩崎に、どうして記者になったのかを訊いたことがあった。あいつは長々と熱弁を振るったが、要するに社会正義のためという青臭い話で、おれは揶揄うつもりで、それなら警察官にでもなればよかったじゃないかと言ったんだ。そうしたら岩崎は、自分の叔父さんの話をしてくれた。……その人は知的な障害を持っていて、昔から誤解されやすい人だったそうだ。ある時、公園のベンチに荷物が置き去りにされているのを見て、交番に届けようと拾ったことがあった。しかし、公園を出る時に持ち主に見付かって、置き引き犯だと誤解されてしまった。彼の叔父さんは弁解することができず、警察を呼ばれることになった。結局、その持ち主が私的に制裁を加えたのもあって、彼の叔父さんは放免になったんだが、目も開けられないほど殴られていたことについては、警察は何も言わなかったらしい。この出来事に、岩崎の親父さんたちは憤りながらも、仕方ないと諦めてしまったんだそうだ。仕方ない、とね。岩崎は、それを認めることができなかった。仕方ないと思わざるを得ない人間がいることが許せなかったと言っていた。そして、現状を是正するためには、強い人間の声ばかり聴く公権力ではなく、弱い人間に耳を傾けられる記者にならなくてはならないと決意したそうだ。その話を聞いて、まあ、そこまで珍しい話じゃないと思うが、おれも仕方ないと言うのを控えるようになったんだ。若い奴の意見を採り入れたと知られるのは癪だから、岩崎本人には伝えていないけれども」

会ったこともない岩崎青年の、おそらくは愛嬌のある三枚目という風貌や、朴訥としていながらも、奥に秘めた闘志を感じさせる話し振りを、それこそ、ふたりの近くに座って耳を傾けていたかのように想像しながらも、僕はこれほど自分が恥知らずな人間だと思ったことはなかった。疚しさのあまり顔を上げられずにいるのに、その一方で、僕は重森の話が早く終わることを望んでいた。一丁前に良心の呵責を感じている癖に、喉元過ぎれば熱さを忘れるとも信じていたのだ。空想の産物である岩崎青年の面影が、僕の脳裏から完璧に消え失せる瞬間が、決して遠い先ではないということを。

「岩崎はおれを好いてくれていてね、おれも彼に目を掛けている。もう少し落ち着いてくれたらいいとは思うが、ああいう愚直な男が新聞記者をやってくれていると思うと嬉しい気持ちになる。そういうわけだから、もしもおれが彼の机に行って、烏丸建設の記事をもう書くなと言えば、彼はまず、おれが脅迫を受けているのではないかと心配するだろう。そして、そうではないと分かれば、今度はおれを蔑むだろう。こいつも仕方ないと呟いてしまうような人間だったと思われるはずだ。おれの立場なら、適当な理由を付けて記事を差し止めることは難しくないし、彼が拒もうが、握り潰すことはできる。……それがどういうことか、分かるか？　岩崎は新聞記者という仕事に幻滅することになる。岩崎だけじゃない、おれもだ」

「何も、記者を辞めさせたいわけじゃないんだ。ただ、この件に関してだけ目を瞑って欲しいんだよ。三十になるかならないかということは、新婚か、そろそろ結婚を考える歳だろう？都心に広い一軒家があれば子育てには困らないし、地価は上がる一方だから、老後は売るなり貸すなりして、郷里に帰って悠々自適に暮らせる。君にだって、きちんとお礼をする。君の実家だって、色々と入り用だろう？」

重森の実家は代々養鶏場を営んでいて、オイルショックの打撃を受け、その経営状態が芳しくないことは調べてあった。無論、本気で心配していたし、僕が他意を持てるような人間ではないことは嫌というほど分かっているはずだったが、それでも重森は、傷付いたような眼差しで僕を見つめた。会うべきではなかったという、愚かな自分を慰撫するためだけの後悔は、ここで何もかもを取り止めにして僕を帰らせるほどの膂力を持ち合わせてはいなかった。粟田口久国の無銘を返還するために屋敷を訪れた藤永は、馬鹿は大勢いるし、金のために馬鹿になる奴はもっといるが、友情のために馬鹿ができる男はそうそういないと言っていた。そして僕は、その誇るべき友情に金を持ち込んでいた。縁の太い鼈甲の眼鏡を外し、重森は口を開いた。

「早稲田にいた頃、彰義隊の墓の前で会った時におまえが言ったことをよく覚えてるんだ。おれはあの時期、懐郷病ってわけじゃないが、このまま東京にいていいのか、他の連中みたく過去なんか引き摺らずに前を向いた方がいいのか思い悩んでいた。そんなおれに、おまえは何て言った？」

「抵抗だよ。……僕も、あの日のことはよく覚えてる」

「そう、抵抗だ。おれはその時、東京でやっていく覚悟を決めた。ただし、器用にやってる他の連中とは違って、最後までここで抵抗してやるぞと決めたんだ。……おまえのことを得難い友人だと思ったのは、あの時だった。それまでは、一緒にいて苦にならない木偶の坊だと思っていたのが、志をともに出来る盟友だと考えを改めたんだ」

煙草の箱を開け、中身がないのを悟って握り潰すと、重森は厳かな低い声で「一日二日の猶予はある」と告げた。しかし、そのあとに続いた「それまでに、もう一度だけ考えてくれ」という言葉は、懇願するような響きを含んでいた。

「もし、それでもおれに記事を差し止めさせたいと思ったなら、昼間の番号に掛けてくれ。会社にいることは少ないから、代わりに誰かが用件を聞くと思うが、おまえが掛けてきたことだけ分かればいい。ただし、身分は明かすな。烏丸建設の人間がおれに電話を寄越して、そのあとに記事が差し止められれば、便宜が図られたことは明白だ。……だから、おれだけに分かるような伝え方をするんだ」

灰皿を重しに千円札を置いて、重森は店を出て行った。彼は報酬のためではなく、僕たちの間に友情があったことの証として、僕の頼みを聞き入れてくれる。これを最後に失われる友情と引き換えに。鈍行を続ける店内には、マーラーの『交響曲第九番』が流れていた。会計を済ませた僕は、酔客のまばらな歩道を引き返して、路肩に駐まっている車へ戻った。

道玄坂を登り始めた時、母はどうしているだろうかと一瞬考え、彼女はもう屋敷にはいないのだという事実をあらためて噛み締めた。明治通り沿いには、オリンピックを境目に、その後の長い不況にもかかわらず、まさしく雨後の筍のように高層の建物が増えた。狭い土地を上方に拡大することで大勢の人間を収容する高層建築は、フロアや部屋という個人的な世界によって空間を細切りにし、街という共同体を瓦解させ、色のない都市では、誰もが過密のなかで孤独に生きていくことを課せられている。僕にとって東京とは、もはや、ここから皇居の外濠を通って目白台に入り、烏丸家の敷地へ帰還することのみを意味していた。

何かしらの予感めいたものがあったわけではなく、単に心を落ち着けるために正門から本邸までの道を歩きたかったので、屋敷の外で降ろしてもらった。図鵬塾の寮舎には、ちらほらと明かりが点いていた。元々は消灯時刻が厳しく定められていて、堪え兼ねた学生たちが「何とかしてもらえませんか」と泣きついてきたことがあった。宵っ張りの気持ちはよく分かったので、僕が寮母に「蛍雪の功じゃないけれど、遅くまで勉強したい者もいるでしょうから」と掛け合い、部屋に集まらないことや音楽を流さないことを条件に、夜間の点灯が認められたのだった。実際には、どこかの一室で麻雀に興じているのかも知れないが、規律を上手く破れる男ほど、あとになって大成するものだ。

本邸の前まで来ると、ふと、車寄せに置いている揺り椅子に誰かが腰掛けているのが分かった。掃除当番の学生は合鍵を持っているため、酒に酔って寮の自室まで辿り着けなかった者が、砂漠のオアシスさながらに寝場所を見出したのかと思ったが、暗がりのなかにいるその人は姿勢よく座っていて、それどころか、僕に向かって小さく手を振ってくれた。驚きを隠すのも不自然で、僕は「一体どうしたんですか？」と声を上げながら飯嶋さんの元へ駆け寄った。

「会社にもご自宅にもお電話したのですが繋がらなかったので、こうして待っていればお会いできるかと思ったんです。いけませんでしたか？」

「寒かったでしょう？　風邪を引く前に入ってください」

急いで邸内に入り、暖まるのが早い電気ストーブが置いてある二階の食堂まで飯嶋さんを案内した。彼女がコーヒーを好まないのは知っていて、ちょうど歳暮で贈られてきたハロッズの紅茶を淹れ、小判盆で上まで運んだ。ティーカップから立ち上るセイロンの香りは僕に、かつて屋敷の内庭で開催されていた、温子や陽子とその学友たちの、少し背伸びしたあどけない茶会の歓笑を思い起こさせた。

「掛けてくださっていたのにすみません。今日は、色々と忙しかったんです」

「事情は存じ上げているつもりです。お会いできたとして、何と言ったらいいか分からなくて、それでも烏丸さんに会いたかったんです」

そのいじらしい声と、帰るべき場所に飯嶋さんがいてくれていることを僕は幸福に感じた。会いたかったのは僕も同じだと返すと、彼女は僕に、とびきりの優しい表情を向けてくれた。

「松浦さんから、鑑定が終わってこれからのことを話したいと連絡があったんです。近々東博に来てくれないか、って。烏丸さんさえよろしければ、明日にでも一緒に行きませんか？」

「治道さんと呼んでいただけませんか」

「え？」

「烏丸家を背負い続けるのには、僕はもう疲れてしまったんです」

祖父の教えは、僕を背筋のよい人間へと導いてくれた。その教訓は、祖父にとっては達成することのできなかった自己実現の仮託でもあったのだが、彼のもうひとつの望みを、僕が成就させることはなかった。もっとも、教訓を授けた張本人が、どうすれば折れることのない強い人間になれるかをこれっぽっちも知らなかったのだから、仕方のないことなのだろう。

唐木の椅子にもたれかかって目蓋を閉じると、息が詰まるほど寒々しい暗闇の外辺で、飯嶋さんが僕を「治道さん」と呼んだ。僕は「もう一度呼んで欲しい」とせがみ、彼女は僕の手を取って「治道さん」と囁いてくれた。しかし、そこにもまた、受け継がねばならなかったものが存在していることに、僕はしばらくの間、気付かないふりをしていた。

7

国立博物館までの道すがら、飯嶋さんは僕に、陽子がどうして離婚したのかを訊ねてきた。どうやら、葬儀で会った時に少しだけ話をしたらしくて、誰に対しても朗らかに接する陽子に好感を持ったそうだった。

もう十何年も前の話だったが、陽子の前夫は婿養子として烏丸家に迎え入れられ、それまで働いていた会社を辞めて烏丸建設に入っていた。元々経理畑の人間だったらしく、引き続き経理として働いていたのだが、創業家の身内となったことで気が大きくなったのか、結婚してから二年と経たないうちに、彼は経費を懐に入れるという典型的な悪事に手を染め出した。もっとも、生まれつき小市民的な性格をしていた前夫は、悪事と呼ぶには慎ましい少額しか掠め取っておらず、発覚する恐れは極めて低かった。発端となったのは別の要因で、彼が新入社員の女性に手を出していたことを陽子に知られてしまい、陽子から訴えると脅されたその女性は、死なばもろともという具合に経費の件を暴露したのだ。烏丸建設の金がふたりの密会に使われていたのは言うまでもなく、それが離婚の引き金となった。はじめから、陽子の夫になることで得られる財産に目を付けていたのか、それとも、途中から何かが狂い始めたのか、彼のことを学生の頃から知っている陽子から、その答えを聞いたことはなかった。

「彼は本当にその新入社員の方を好きになったのではなく、陽子さんに嫉妬していたんだと思います」

貴女はどう思うかと訊ねてみたところ、飯嶋さんは、まるで陽子とは旧知の仲であったかのように、きっぱりとそう断言してみせた。

「嫉妬？　異性に、それも自分の妻にですか？」

「恋人の頃は、陽子さんの明るさに惹かれていたのが、いざ夫婦になってみて、その明るさに翳りがないことに嫉妬したんです。人として勝ち目がないと思ったのかも知れません。男性は女性に、月のような、昼間には他所へ消えてくれる明るさを求めますから」

僕もそういう類の劣等感を持った男なのかどうかは、彼女に訊ねるのも、自身に問い掛けるのもやめておくことにした。噴水広場を抜けて国立博物館のエントランスホールに足を踏み入れると、「松浦さんを呼んできます」と言って飯嶋さんは階下へ駆けていった。等々力《とどろき》に刀剣博物館が完成したことで、刀剣保存協会は地下の仮住まいを解消していた。今でも儀礼的に鑑定会の案内状が届いてはいたが、僕は現在の会長が誰なのかも知らなかった。入り口に突っ立っているのは迷惑だろうと、掲示物が貼られている西側の壁際に移動した僕は、十五日から開催される特別展で唐招提寺の鑑真和上像が公開されるという案内に興味を惹かれた。ちょうど井上靖《いのうえやすし》の『天平《てんぴょう》の甍《いらか》』を読み返したばかりで、せっかくだから会期が始まったら飯嶋さんを誘って見に行こうなどと考えていたところ、ミンクのハーフコートを腕に掛け彼女が戻ってきて、「下の部屋にいらっしゃるみたいです」と教えてくれた。

認定書を見せてもらうために石塚さんを訪ねて以来だと思いながら、大理石の階段を下りていく。宗寿文庫の手本にすべく、東西のあらゆる博物館を見学した僕は、いずれの場所にも共通して、図書館などとは一線を画する独特の冷気が流れているのを知覚した。ローマで訪れたカタコンベに通ずる、過去と現在の空気の混流とでも言うべき寂寥が。

ドアが開け放たれている一室があり、飯嶋さんに続いてそこに入った。広さは六畳ほど、床はグレーのビニルで、連なった二台の長机と黒革のオフィスチェアが置かれた、いかにも来客時にしか使われないという趣の部屋だった。松浦さんは例のソフト帽を被っていて、老公の背後には、白手袋を嵌めた三十代半ばくらいの男性が立っていた。僕が名刺を差し出すと、彼はこのうえなく恐縮したような態度で受け取り、自分のそれを渡してくれた。その肩書きが刀剣保存協会に所属する学芸員だったことから、先日預けた宗寿文庫の日本刀十四振りの鑑定を行ったのは彼なのだろうと推察された。

「礼を言うのが遅くなってしまったが、感謝の念に堪えないよ。こうして殿の愛刀をお借り受けできる日が来るとは夢にも思わなかった」

「文化国家の海外遠征の一助になるなら、こんなに光栄なことはありませんよ」

「まあ、大平さんがどうなるかは分からないけれど、私の目の黒いうちは、是が非でも遣り遂げるから安心してくれ」

着席を促され、僕と飯嶋さんは手近な椅子に腰掛けた。僕か学芸員の彼に頼めばいいものを、松浦さんはのろのろと歩き進み、自分の手でドアを閉めた。

「それで、鑑定が終わったと聞きましたが……」

「言うまでもないが、どれも素晴らしい品だった。君も実に丁寧に手入れをしてくれていたね。殿も、さぞや鼻が高いだろう」

向かい側ではなく僕の右隣に腰掛けて、松浦さんは言った。謙遜は美徳ではあるものの、彼の言葉に疑いを挟まず完全に是認してしまうことは少しも傲慢には当たらなかった。あの十四振りは、烏丸誠一郎の人生そのものなのだから。もう三、四言は賛辞を聞きたかったが、しかし、松浦さんはどういうわけか悶々とした様子で、人差し指と中指を灰色の口髭に押し当てて行ったり来たりさせていた。飯嶋さんが気を遣って、「これからのことを烏丸さんにお伝えするんですよね？」と口を挟むと、おもむろにソフト帽を脱いでから、松浦さんは僕を見上げた。

「ひとつ、治道さんに訊ねたいことがある」

「何でしょうか？」

「殿が最後まで私たちには見せてくれなかった例の一振り。あの刀の出所を、殿は何と言っていた？」

粟田口久国の無銘。飯嶋さんからメトロポリタンへの貸与の話を聞き、国家の威信を懸けた遠征を企画しているのならば、ぜひともその目玉にしてもらいたいと考えた門外不出の名刀。藤永から取り返し、高橋君に譲った、僕個人とも因縁の深い鳥丸家の守り神。

「祖父が十五歳の時に立ち寄った鑑定会で出会い、どうしても欲しいと頼み込んで買ってもらった、蒐集家としての最初の一振りだと言っていました」

「うむ、その話は聞いたような覚えがある。それで？」

「戦勝祈願のために菊一文字《きくいちもんじ》と粟田口久国を神社に奉刀した太田道灌が、最後まで手放さなかった一振りだと聞いています。祖父は道灌を敬愛していましたから」

祖父の在りし日を思わせる道灌の名を聞いて、松浦さんは得心したように頷いた。粟田口派には久国を含めた六人の兄弟がいて、全員が卓越した刀工だったが、そのなかでも久国の技量は突出し、後鳥羽《ごとば》上皇に選抜された御番鍛冶《ごばんかじ》のひとりであったと言われている。銘のある太刀は希少で、無銘さえ国宝に値するだろう。

「確かに、太田道灌は菊一文字と粟田口久国を所有していた。菊一文字は駒込《こまごめ》の妙義《みょうぎ》神社に奉納されたが、空襲で焼失してしまった。久国は、六本木の久国神社に奉納されている。公開はしていないが、私は見せてもらったことがある。して、殿の言った通りなら、道灌は久国を二振り持っていたということになる」

「それほど気に入っていたのでしょう」

松浦さんの目配せを合図に、所在なげに佇んでいた学芸員は、対面の椅子に置かれていたらしい桐箱を長机の上へと移動させた。彼の両手は、慎重さと滑らかさを兼ね備えた熟練の動作で箱を開け、収められている白鞘をすっと取り出した。

「もっと早く、私が殿に無理を言っておけばよかったんだ。そうすれば、どうしてこんなことになったのか説明が付いたはずだ」

「何の話ですか？」

「落ち着いて聞きなさい」

「だから、あなたは何を……」

「結論から言えば、その刀は粟田口久国ではないのだ」

松浦さんは凜然とそう言い放った。覚悟とは、理性と感情の摩擦の先にある、あり得るかも知れないとは思いながらも到底受け入れ難い悲劇に処するための手段であり、その可能性を露ほども考えなかった僕のなかには、当然、用意されてはいなかった。傍から見れば、それを聞いた僕の表情には何の反応も浮かんでいなかっただろう。生きている人間を死んでいると言われても、事実として生きているのだから、あえて嘘だと糾弾する必要すらないのと同じように、学芸員の手が掲げているのは粟田口久国であり、八歳の僕の背中に押し当てられた烏丸家の守り神なのだ。

「本歌となったのは、おそらくは本当に粟田口久国だったのではないかと思われます」

白鞘から抜いた刀身を蛍光灯の光に当てながら、学芸員はよく通る声で説明した。

「ですが、鎌倉時代の刀であれば、地鉄の様相は一段と奥深いはずです。この刀の材料となっているのは江戸後期の鉄で、粟田口、とりわけ久国の作風に近付けるために丹念に作られています。特定するまでには至りませんでしたが、極めて腕の立つ刀工によって打たれた写しです」

「これが、写しだと？」

「極めて精巧な写しです。本歌ではないというだけで、十分に価値を持つ刀です」

彼は事実だけを述べることを意識していたようだったが、プロフェッショナルとしての誠実さがゆえに、差し出されていた配慮は冒瀆的な慰めに成り果てていた。本物ではないにせよ、そう邪険にしたものではないと。あるいは、見誤っていたことを恥じる必要はないと。

「仮にそれが事実だとして、なら、どうして祖父は……」

「そこだよ。そこが私にも分からないんだ」

刀を仕舞わせ、松浦さんは僕に向き直った。

「殿が幼かった頃というのは、刀剣を扱っていた商人は海千山千で、口八丁手八丁で贋作を売り付ける輩《やから》も少なくはなかった。そこで騙されてしまったというのなら、理解できる。しかし、殿はそれからも、この刀を後生大事にしていた。半世紀にわたって鑑賞し続けたというわけだが、殿ほどの審美眼の持ち主なら、これが写しだと見抜けないはずがないんだよ。愛ゆえに目が曇るというのも考えられるが、殿に限って、そんなことは考え難い」

僕よりも先にこのことを知った松浦さんは、独りで思い悩んでいたのだろう。だが、幾ら考えようとも先へは進めず、答えが分かるのを期待して僕を呼び出した。亡き友人が遺した謎が解けることを。虚を突かれたのは、単なる取り巻きのひとりだと思っていた松浦さんが、祖父の性格を的確に見抜いていたことだった。彼が言った通り、烏丸誠一郎は愛ゆえに目が曇るような人間ではなかった。初めて買ったという愛着だけで、本来の価値を持たない写しを後生大事にするようでは、あれほどの蒐集家は務まらない。祖父にとっての価値判断の基準は、絶対的な美とその存続に置かれ、僕のことを孫として愛してはいても、家宝を受け継がせようとはしなかったのだ。

だからこそ、この謎は振り出しに戻ってしまう。幼い頃は本当に見抜けなかったのかも知れないが、体系的な美術の知識を身に付け、殿と持て囃されるようになるまでの間に、その刀が精巧な写しであると気付いたはずだ。そのうえで祖父は、この刀が粟田口久国の無銘であるということにしていた。嘘だと知ったうえで、事実であると信じ込み、この刀に込められた矛盾ごと、烏丸家の家宝にしていたのだ。道灌を愛していた祖父には、そのような嘘が必要だったのだろう。幼少期に偶然出会った刀が、人生の模範にすべき偉人の愛刀だったという物語に縋らねばならなかったのかも知れない。もしくは、幾度も繰り返し諳んじているうちに、いつしか、虚構と真実がすり替わる瞬間があったのかも知れない。

　だが、僕は違った。僕にとっては初めから本物であり、真贋を疑った瞬間など一度たりともなく、この刀に最上級の敬意を払い、忠義を尽くしてきた。藤永から命懸けで取り返し、約束を果たそうとしてくれた高橋君に譲渡し、この刀は僕の人生とともに在り続けてくれた。

　どうして祖父は、自らを騙し続けたのか。

　僕をも欺き、そうまでして、この刀に何を託していたのか。

　堪え切れずに立ち上がり、僕は桐箱のなかの白鞘に手を伸ばした。祖父が僕を選ばなかったと知ってもなお、この刀は僕にとって、あまりにも個人的な宝だった。初めて目にしたそれは、ひとつの美しい肉体のような姿をしていて、背筋のよい刀は、僕という人間を人間たらしめている背骨そのものだった。

　手に取ろうとして、寸前で怖気付き、僕は部屋を出た。慌てて追い掛けてきた飯嶋さんに「少し独りにしてください」と告げ、国立博物館をあとにした。足元に越前《えちぜん》水仙が咲く上野恩賜公園を歩き、彰義隊の墓を横目に不忍通りまで出る。湯島《ゆしま》の方へと進み、ひたすらにまっすぐ歩き続けると、万世橋の上流側に位置する昌平《しょうへい》橋が見えてきて、それを渡ればもう神田まで来ている。ふらりと社屋のドアをくぐり、エレベーターで上階に向かった僕は、社長室に入るなり鍵を閉めた。この部屋が僕の到達点だった。

　自分の足で歩いてきたつもりだった。どこに続いているのかは分からずとも、この歩みには確かな意味があると考えていた。祖父の道や父の道に出たこともあって、僕は葛藤と安堵を感じながら、踏み固められていた地面を一歩ずつ踏み締めた。途中、妻や娘と手を繋ぎ、しかし、独りで歩くのが心地よいと思って離したこともあった。僕は、これまでの道程を振り返ることを恐れていた。距離の長短や、自分がどこにいるのかを気に掛けたことはなく、ただ、歩くことそれ自体に価値があったのか否かを確かめるのを酷く恐れていた。前に進むというのは最も楽な方法で、隣や後ろを見つめる苦労から解放されたままでいられる。僕は生涯、それが背筋のよさなのだと信じて止まなかった。

真意を確めることはできなかったが、僕は父が、祖父の影響下から僕を脱却させるためにあの遺書を破棄したのではないかと考えていた。現実的な達成がその人の価値を定義すると信じていた父は、他者に与えられた美徳に縋るのではなく、それがどんなに矮小なものであれ、僕なりの何かを建てさせたかったのだろう。

最後に言葉を交わした時、父は兄を「あいつ」と呼び、僕のことを「俺の息子」と言った。彼の多くを理解しているとは言い難かったが、それでも、父は僕を愛していた。そして、その父は烏丸建設に身を捧げた。僕は父に、最も憎んでいる男を支えると約束していた。兄を、烏丸建設を、約束を守るための方法はひとつしか存在せず、それは命を差し出すことと比べて、どれほど苦しいことなのだろうか。

ダイヤルを回して毎朝新聞の本社に掛けると、この前とは違う女性が出た。編集局長に繋いで欲しいと頼むと、案の定彼は外出していて、お定まりの文章を読み上げるように「戻ったら掛け直させるので、名前と用件を教えて欲しい」と言われた。電話があったことだけ伝えてもらえればいいと返すと、彼女は些か困ったように「もちろんそうするから、名前を教えて欲しい」と繰り返した。僕は目一杯息を吸い込み、呼吸を止めた。あと一回に辿り着けなかった時、彼は音もなく近寄ってきて、バーベルを持ち上げる補助をしてくれた。「坊ちゃんにしては上出来だ」と笑って、励ますように肩を叩いてくれた。

「盟友からだと伝えてください」

そう告げて、受話器を置いた。

僕の良心は、背骨に差し込まれた一振りの刀が鞘走るのを感じていた。

エピローグ　二〇〇二年

今日はやけに挨拶をされるなと訝しみながら、そこにさしたる親しみは感じられず、こちらも漫然と会釈を返す。実際の角度は随分と浅いのかも知れないが、ただでさえ腰の曲がっている老人が会釈すると、どうしても深々と頭を垂れているように見える。すれ違い様にその表情を窺えぬほど俯き、生気が抜け落ちたように窄まっている肩は、挨拶どころか謝罪されているように錯覚させ、あまりにも見苦しいと思わずにはいられなかった。高齢者の背中が曲がっているのは、正式には後彎症と言うのだと、掛かり付けの整形外科の院長を務めている高山という医師が教えてくれた。姿勢が悪いままで暮らしていると、全身の骨と筋肉がその歪んだ形のまま固まってしまい、本来の正常な姿に戻すためには、手術は元より、積み重なった悪癖を、それまでの生活習慣ごと根本から変革せしめようという不断の決意が必要になるという。慢性的な膝の痛みを相談しに行ったのだが、僕よりも一回りは下の高山先生は、診察椅子に腰掛けている僕のことをあらゆる角度から徹底的に観察し、「お手本のような背筋ですね」と感心していた。何のお手本なのかは分からなかったが、よほどのことがない限りは、十年後にああいう腰の曲がった老人にならないで済むと思うと、九死に一生を得たような気分になった。

思うに五月というのは、東京において最も過ごしやすい時期で、僕はクリーニングから戻ってきたばかりのリネンの背広を着ていた。人と会う機会は年々減っていたが、今でも年に一度は銀座のテーラーで背広を仕立て、季節が移り変わるのを待たず、頻繁にクリーニングへ出していた。独りで暮らしていることの弊害のひとつに、おのれの変調を自覚するのが困難になるというのが挙げられ、僕は意識して自らが発散させる臭いに、特に体臭に気を配っていた。若い頃、体に染み付いた葉巻の匂いがさほど悪臭にならなかったのは汗腺の働きによるところが大きいはずで、以前と比べて汗を掻かなくなっていた分、体内からの自浄には期待せず、洗濯なり洗身なりに細心の注意を払うよう心掛けていた。高山先生からはサウナを勧められていたが、見ず知らずの人間と狭い個室に押し込められ、彼らの弛んだ肉体から汁が溢れ出すのを間近で鑑賞するような趣味はなかった。「それではウォーキングがいいでしょう」とも言われたが、そもそも僕は膝の不調を訴えて通院しているのだ。曲げるのにも伸ばすのにも痛みが生じる有り様で、重りを持ち上げる体力というのが別の部門にも応用が効くものなのかはともかく、トレーニングに難儀するようになって以来、少し歩くだけで息が切れた。今もできることなら立ち止まって休憩したかったが、そんなことをした日には、手に持っている手桶だの柄杓だのを「持ちますよ」と言って奪われてしまう。くだらない矜持に思えるが、これを捨てた時、僕はいよいよ自らの劣化を認めることになる。

「花が取り替えてありましたね。陽子さんかな？」

「命日でもないのに来やしないよ。物好きがいたんだろう」

「なら、お祖父様のお世話になった誰かでしょう。何年経っても会いに来てくれる人がいるというのは、本当に幸せなことですね」

真人《まさと》、兄の息子は、胸に響くものがあったというよりは、瑞々しい墓花が供えられていた事実に対する適切な感想を口にしていた。なおかつ、彼は皮肉を受け流すのが上手で、荒れ模様になる手前で会話を穏当に終わらせることにも長けていた。兄はそのような技量を持ち合わせていなかったから、きっと、母親の方がよくできた女性なのだろう。その時にふと、墓参りを終えてからすれ違った老人たちが、僕ではなく彼に挨拶していたのだと気付いた。よくよく考えてみれば、皆独りきりで来ていた老人で、僕の傍らにいる真人のことを孝行息子だと感心し、同時に羨んでいたのだろう。

　真人は三十三歳で、兄と同じく東大の建築学科を出て一級建築士の資格を取り、当然のごとく烏丸建設で働いていた。会社での評判を確かめたことはなかったが、小学校から高校までサッカーに明け暮れ、結婚式には大学や会社の人間よりも、その頃の友人の方が多く招待されていたと陽子から聞いていた。口元こそ瓜二つだが、兄のように陰鬱な歪ませ方をしないので、快活な少年という第一印象が覆ることはなかった。兄の子供だからというわけではなく、僕は真人のことが苦手だった。過度の日照が植物を干涸びさせるように、彼の明るさは僕を疲労させた。

　青山霊園は桜の名所として知られているが、五月にもなれば生い茂る緑が目に優しい。河津《かわづ》桜《ざくら》だの染井《そめい》吉野《よしの》だのは、花といえば桜か梅しか知らないうえに、その区別さえできないような連中をいたずらに刺激するから、苔筵《こけむしろ》のような色合いの方が霊園という場所には相応しいのだ。地番によって細かく区分けされた墓地は、骨壺に収められた死者たちに、なおも規律を求めていて、彼らは生きている人間と違って文句を言わないから、いずれはここも、より効率的な収容というものを実現すべく二階建てや三階建てになるのかも知れない。

　並木道を歩き、管理事務所の前まで辿り着いた。盆や彼岸には臨時の駐車場が開放されるが、平時は数台しか停められず、真人が昨日のうちに電話をして一台分を押さえてくれていた。不調を抱えているのが右膝であったため、いざという時にブレーキを踏めないことが恐ろしく、ここ最近はタクシーに頼り切りの生活になっていた。ホンダの不細工な四輪駆動車は真人の私用車で、後部座席には赤ん坊を固定するシートや空気で膨らませるプール、三輪車などの先客がいて、助手席に乗らざるを得なかった。

「あ、煙草を吸ってから行きますか？」

そう訊ねられ、僕は首を横に振った。彼は吸わない人間で、葉巻と紙巻き煙草の違いも知らなかった。社長の座を退いて会長になってから、僕は月命日に父の墓参りをすることを習慣にしていた。愛情ゆえの行動ではなく、決まった日に決まった場所へ行くという予定がひとつでもなければ、忽ちに精神の均衡を失ってしまうだろうと考えたのだ。海上自衛隊では毎週金曜日にカレーを食べるという話を聞いたことがあったが、それと似たものに違いない。驚くことに一度も欠かしたことがなく、僕は年に十二回もここを訪れていたが、喪主を務めたはずの兄は、一度たりとも墓参りをしていなかった。烏丸組の創業から今年でちょうど百十周年を迎え、重役たちから先代の墓詣を勧められた兄は、「下見なんぞご免だ」と言い放ち、父の頃からいる社員を激怒させたらしかった。この件に関してだけは、兄の気持ちは分からなくはなかった。死の匂いが立ち込める場所を訪れることを下見と評する感性は、奇遇にも僕と共通していて、しかし僕は、物言わぬ御影石の墓石を洗い流すことによって、自分が生きているのを確かめていた。

「休日だから多少混むと思いますが、二十分も掛かりませんよ」

霊園から出ると、真人はカーラジオを点けた。フィリピン共和国の大統領が訪日し、小泉《こいずみ》純一郎《じゅんいちろう》との首脳会談を行ったというニュースが読み上げられていた。政治家らしくない風貌と、外見通りの変わった性格の持ち主で、過日に新橋《しんばし》の料亭で鉢合わせした時は、同席した人から指摘されるまで当人と気付けず、これが一国の首相だとはとても思えなかった。真人はすぐに局を変え、音楽を聴くことを選んだようだったが、僕は日本人の若い歌手をまったく知らず、そのよさも分からずにいた。

「本音を言うと、断られるんじゃないかと思ってたんです」

音量を幾らか下げながら、真人は言った。左手には根津美術館が見えていて、僕が「叔父と親父が揃って偏屈では、君も辛いものがあるだろう」と返してみると、彼は快活に笑った。

「父さんは僕たち家族にはあまり話そうとはしませんでしたが、大体のことは知っているつもりです」

「興味はあったのか？」

「ないわけじゃなかったけど、訊かずとも教えてくれる人が会社にいましたから」

烏丸家の骨肉の争いは、周囲の人間が向ける好奇心に反して、それほど苛烈なものではなかった。三代目社長の烏丸直生は堂々たる経営手腕で烏丸建設を発展させ、一方の僕は、烏丸テクストラクチャーの仕事を淡々と続け、最も意欲的に付き従ってくれていた部下を後継者に指名した。退任の際、親会社であった烏丸建設には持ち株のほとんどを手放させ、社名はいつでも変更してくれていいと伝えてあった。

「君のお祖母さんは？」

「父さんと同じで、昔のことを話すのは好きではないようです。……ただ、その、治道さんのお母さんのことは今でも申し訳なく思っていると言っていました」

突然差し出された謝意に応えるように、僕は深く頷いた。感情までは涸れていなかったが、その取り扱いには一段と器用になっていた。歳を取るということの唯一の利点は、かつて知り合った全員を、善人か、善人になろうと必死に務めた愚か者だと思えることにある。

「知らなくていいことだ。君たちには何の責任もないわけだから」

「そうは言っても、自分の出自を確かめておきたいというのは当然の欲求ではないですか？」

骨董《こっとう》通りを進み、首都高速三号渋谷線に入ると、視界の左右は壁高欄によって下側を塞がれ、腰から上のビル群と、果てしなく続く灰色の道路しか見えなくなった。この風景のなかでは、移動という行為は、物理的に移動すること以外の意味を持たなかった。ソビエト連邦では、国民の移動の自由を制限するために、自動車の値段が高額に設定され、生産台数にも制限が設けられていた。今の日本は、彼の国とは比べ物にならないほどの自由を謳歌しているが、そこで営まれている暮らしが真に人間的かどうかと訊かれれば、答えるのに窮してしまう。

昨日の夕方、真人は僕に電話をくれていた。どこから仕入れたのか、彼は僕の習慣を知っていて、「よければ一緒させてくれないか」と申し出てきた。電話が掛かってくるのを青天の霹靂に感じるくらいに、彼と僕との間に交流と呼べるような交流はなかった。陽子を通じて大学の入学祝いや結婚祝いを贈り、簡素なお礼の手紙が返ってくるというのが僕たちの付き合い方で、結婚式に招待されなかったのは、兄が頑なに僕の参列を拒んだからだった。彼が烏丸建設に入ってからは、何かの折に出会した際に、二、三分程度の世間話に興じていたが、そこで墓参りが話題に上ったことはなく、僕はすぐに裏があると判断した。

ただ、腹の探り合いなどというものは人並み以上に、うんざりするほどやってきていて、ましてや、倍ほど歳の離れた青年を相手に緊張を孕んだやり取りをするのは御免被りたかった。そこで僕が単刀直入に真意を訊ねると、そもそもが竹を割ったような性格の彼は、ずばり「見せたいものがある」と言ってきた。

真人によれば、兄は二、三年ほど前に狭心症の診断を受け、転ばぬ先の杖に薬を処方されていたものの、突然の発作に襲われ、勤務中に意識を失ったことがあったという。絶縁状態にあるとはいえ、僕の元にその情報が伝わって来なかったのは、兄にはどうしても遣り遂げたい仕事があり、それが片付くまでは一線を退きたくないという強い思いから、現場に居合わせた者に箝口令が敷かれていたからだった。

電話越しに躊躇いながらも、やがて真人は、「その仕事が終わって、父さんは明確に変わったんです」と述懐した。一度命じたことを数分おきに口にしたり、あるいは、自分が話したことを相手が理解しているか、何度も執拗に確かめたりするのは以前からも見られた言動だったが、その回数が異常なほど増えたばかりか、行き先を間違えたり、まったく違う相手に電話を掛け、話が嚙み合っていないのを気にも留めず一方的に捲し立てるといった失態を重ねるようになった。兄の妻は、張り詰めていた糸が切れて精神的に混乱しているだけだと考えていたが、真人を含めた兄弟たちは、いわゆる痴呆症の可能性を疑っていた。

彼らの家庭に、当の本人が置いてけぼりになった騒動が巻き起こっているなかで、先日、兄がふと、「治道君はどうしているか」と呟いたという。そして、確かにそれを聞き取った真人は、父が遺り遂げた仕事を弟の僕に見せることを決意したのだそうだ。仲を取り持ちたいと思うのではなく、建築物を見せたいというのもおかしな話だが、兄は竣工の際、「治道君が見たらどう思うだろうか」と漏らしたことがあったらしい。自らの生涯を、ゼネコンの社長として打ち立ててきた功績の掉尾を飾ることになるかも知れない建築物を前にして、兄は僕の存在を思い出したのだ。

気が付けば、僕は真人に「案内してくれ」と懇願していた。兄がそうだったのかは分からなかったし、これからさらに痴呆症が進行すれば、確かめるのは困難になる。だからこそ僕は、自分が兄を憎んでいるのかどうかを確かめようとしていた。

祖父も、父も、最期までおのれの在り方を貫徹し、蒐集家として、経営者として、自身の質量を遥かに超える大きな存在に殉じた。果たして、僕にはそれが、確固たる在り方というものがあっただろうか。その時にたまたま適当な場所にいて、そこでできることに自身の能力を発揮してきたというのが、僕が自身に下している、ある程度は妥当な評価だった。もちろん、幾らかは成し遂げられたはずで、幸いにして、実力で勝ち取ったのではない社長の座を退いてからも仕事は続けられていた。取引のあった企業から社外取締役になってくれないかという声を掛けてもらえていたし、宣伝会議や大学から講師として招かれることもあり、つまりは、多少なりと価値を認められていた。そのおかげで、金銭的にも困窮とは程遠かった。大体、図鵬塾からの借地料だけでも、何ら不自由のない老後を送ることが可能だった。娘はすでに嫁ぎ、妻は広尾のマンションに独りで暮らしていて、彼女たちにも、長過ぎる不在の償いとしては申し分のない資産を残してやれた。

身辺整理をするには些か早過ぎたが、書斎の椅子に腰掛け、散らかっている卓上をゆっくりと片付けていった時、最後に残ったのは私怨だった。母の一生を狂わせ、父に汚名を着せ、地獄の業火に焼かれるような決断を僕にさせておきながら、何食わぬ顔で呑気に生き続けた兄に対する憎しみは、その最後の仕事とやらを拝んでやろうという好奇心と容易に結び付いた。互いに否定し合うことでしか互いを肯定することができなかった兄弟として、僕はただ、彼が信奉し続けた価値が無為であると断じたかった。卑しい出自に抱いた劣等感を克服しようとするがごとく、巨大な建築物に執心し続けた兄を。僕や父を蔑んでおきながら、東京の地を自らの強欲さで埋め尽くそうとし続けた烏丸家の血族を。

分岐している首都高速都心環状線に入ると、上方の電光掲示板が渋滞を報せていた。青山霊園で合流しようと決めていただけで、真人からはこのあとのことを何ひとつ聞かされておらず、僕は彼に、「一体何を見せてくれるつもりなのか」と切り出した。「心の準備をしておかなければ、あまりの壮大さに心臓が止まってしまいかねないからね」という冗談が出掛かったが、極めて誠実な態度で接してくれている彼の手前、それだけは胸に納めておくことにした。

「五年前に旧国鉄の汐留《しおどめ》跡地が複数の街区に分割されて、その公開入札が実施されたことはご存じかと思います。烏丸建設は、A街区を落札した企業から本社ビルの代表設計者に選定されたんです。というのも、以前の社屋を施工したのがうちで、ひとまず試案を作ってくれないかという打診があって、そこからとんとん拍子に話が進んだんです。まあ、これには色々と事情があって……」

ベルが鳴るような電子音が会話を中断させ、真人はドアポケットに入れていた携帯電話を開き、画面を見てから元に戻した。出なくていいのかと訊ねると、彼は晴れ晴れとした声色で「今日は治道さんを案内すると言ってありますす」と答えた。

「以前の社屋を設計したのが丹下健三さんでして、先方としては、一度丹下さんを起用した手前、他の人を指名するのはどうにも外聞が悪いというわけです。それで、基本設計と実施設計を烏丸建設に委託して、烏丸建設の方で新たにデザイナーを見繕ったということにすれば軋轢が生まれないだろうと考えたんです。頓智みたいな話だけど、この経緯が父さんに火を点けました」

「彼は丹下さんを敵視していたからね」

「敵視というか、越えたいという気持ちなんでしょうね。実際、かつてないほど張り切ってましたよ。フランスとイタリアまで足を運んで、直接建築家を口説いてコンペに参加させて、デザインパートナーが決まってからも、肝心のデザインが固まるまでは毎日が侃々諤々《かんかんがくがく》の議論でした。着工してからは、一日も欠かさずに現場へ通っていました」

「あのヘリコプターで？」

皮肉ではなく純粋な疑問だったのだが、真人は彼の父のことをほんの少しだけ嘲るように笑ってみせた。やはり知る由もなかったが、兄は昨年の九月に世界貿易センタービルに衝突する航空機の映像を見てからというもの、空を飛ぶ乗り物には一切乗らなくなったのだという。

「それで、丹下さんに勝つためには建築だけではなく都市計画で挑むしかないと考えていた父さんにとって、この件は、まさに最後の大仕事に相応しいものだったんです。頭を下げるのが大嫌いな父さんが、官公庁や地元の住人に頭を下げて回ったり、建築家の機嫌を取ったりと、なりふり構わずに全力疾走していたんです」

無粋な壁高欄に阻まれていたが、カーナビには右手に広がっている浜離宮《はまりきゆう》恩賜庭園が表示されていた。浜御殿と呼ばれた徳川家の別邸は、明治維新のあとで皇室の離宮となり、敗戦の翌年からは都立公園として公開された。その向こう側には東京湾があり、海水を引き込んだ潮入の池は、平成の世になってもなお、江戸の情緒を残している。

「おのれの威信を懸けたわけだから、さぞ見事なビルなんだろうね」

「実際にデザインしたのはフランス人の建築家ですから、必ずしも父さんの理想を体現しているというわけじゃないですよ。それでも、納得はしていました。はじめからお互いの意見が合っていたのも大きかったんでしょう」

「まさか、あの人と一体どんな意見が合ったんだ？」

「汐留では、A街区が最も早く計画が進んでいました。だから、隣の街区にどんな建物が出来るのか、僕たちには知る術がなかったんです。それを聞いた建築家は、隣り合うことになるビルとの関係は無視して、独自のコンセプトを押し立てればいい、と。父さんもまったくの同意見でした」

調和を蔑む兄の利己的な感性が早くも表出していて、どのような狂態が僕を待ち構えているのか、期待に胸を膨らませずにはいられなかった。汐留ジャンクションで環状線を降りて、海《かい》岸《がん》通りに入る。少しばかり走ってからウィンカーを出し、真人は敷地のなかに車を停めた。ここで降りるということは、目の前のビルがそうなのだろう。

「航空写真の方が見やすいでしょうけど、治道さんには実物を見て欲しくて……」

背の高い僕がうんと顔を上げても、それでも天辺まで見るのが困難な巨大建築は、しかしながら、摩天楼という言葉を想起させはしなかった。緩やかなカーブを描き、中央でこちら側へと迫り出す、三日月のような形をしたファサードは、ガラスによってその全面が隙間なく覆われている。オフィスビルというよりも、牛久大仏《うしく》のためにでも作られた屏風か、あるいは空から降ろされた天蓋と捉える方が理に適っていて、形の良し悪しを品評するのよりも先に、圧迫感を覚えずにはいられなかった。

「ガラスにはセラミックプリントが施されていて、白、グレー、透明とグラデーションが掛けられているんです。今日は雲がないけど、雲や陽光の映り込み次第で見える景色が変化するんです」

僕のすぐ背後で、真人はそう説明してくれた。海水を引く潮入の池さながらに、そのビルは、ガラスを通して天色を体内に取り込んでいて、空に向けて聳え立ちながらも、他方では、そこへ溶け込んでいくかのように存在していた。圧倒的なまでの質量を誇っていながらも、その繊細な輪郭は、自己を喪失するように揺らいでいる。自らの分身を残すことに執心した兄の最後の仕事としては、すこぶる奇妙な建築だった。真人が言っていた通り、周囲との調和はこれっぽっちも考えられておらず、それどころか、このガラス屏風が人間と共存する様を、少なくとも僕は思い浮かべることができなかった。同様に、どうして兄がこのビルを僕に見せようとしたのかも判然としなかった。

「このビルの見所は、眺める角度によって表情が変わることなんです。今いるのが南側で、ちょっと歩きますが、歩行者デッキからは西側が見えます。父さんが最も好んでいるのが西側からの見た目です」

ちょっと歩くと聞いて、気取られぬように息を整えた僕は、若さに溢れている真人の足取りに食らい付きながら、道幅の広い歩道を進んだ。傾斜の緩やかな階段を上っている間も、視界に入るのは無機質なビルばかりで、やたらに奥行きの広い踏面に難儀しつつも上り終えると、彼が話していた歩行者デッキに出た。落下を防止するためのフェンスにはガラスが使われていたが、ここから見下ろせるのは道路の混雑くらいで、青信号を待つ車列を眺めたい者がいるとは到底思えなかった。汐留駅方面に何十メートルか歩いたところで、真人は足を止めた。振り返った彼が遠くを仰ぎ、まだ追い付けていなかった僕は差を縮めることを放棄して、彼が指差している方に視線を向けた。

一振りの刀がそこにあった。

それ以外に、相応しい言葉は見当たらなかった。

鋭角を形成しているビルの側面が、研がれた刃をこちらに向けていた。ファサードのガラスは、彼が言うところのグラデーション、刃先から平地《ひらじ》、そして鎬地《しのぎじ》へと塗り分けられ、その境目は陽光を受けて、刃文のごとき輝きを放っていた。雲が掛かったように白く彩られた西端の最上部は、品よく小丸に返る鋒として、その精悍な姿を一層締まらせていた。覇気に溢れた一振りの刀が、僕の眼前に直立していた。

「元々が三角形の土地でしたし、浜離宮との位置関係や、東京タワーからの電波を遮らないようにという要請でこういう形になったんです。北側からもまた違う表情が見られますが、この西側からのエッジが一番特徴的だと思います。東京湾も近いですし、クライアントは、世界に漕ぎ出していくための船の帆先に見えると言って喜んでいました」

彼の声が、遥か彼方から聞こえたようにも、首筋にその吐息が掛かったようにも思え、手を伸ばせば届くようなその刀は僕に、自分の居所や大きさを完全に見失わせていた。圧迫感が生じさせた一種の敵愾心は、いつしか、畏怖の念へと変貌を遂げていた。

あの兄が、これを打ったのだ。

烏丸建設に骨を埋め、建築に捧げた一生の締め括りとして、東京の地に、誰ひとり握ることのできない美しい刀を突き立てたのだ。

「なぜ兄は、これを僕に見せようとしたんだろう」

「それを直接訊いて欲しかったから、こうして治道さんをお連れしたんですよ。おふたりが久しぶりに話をするきっかけになってくれればいいなと思って……」

真人が惜しみなく振る舞う、僕を草臥れさせるような明るさも、今は少しも気にならなかった。他の一切が些事になり、いつまでも鑑賞していたいという欲望を抱かせながらも、その冒しがたい威容に平伏したいと心の底から思えるような、背筋のよい刀だった。当然ながら、兄がその人生のなかで刀に思いを馳せたことなど一瞬たりともないはずで、そこにあったのは、真人が挙げていた条件の重なりが生み出した偶然の産物だった。その美しさは、まさしく刃文さながらに、意識と無意識の狭間から浮かび上がっている。

「ビル自体はいいけれど、やはり周囲からは浮いていると評する人もいます。それどころか、おたくのせいで汐留の景観は台無しになったと息巻く人も。……でも、父さんはこう言っていました。東京では、それぞれの建物の独立性が尊重されていて、そこに住む人々がコラージュのような風景に情緒を認めている。混じり合わないことが、この街においてはひとつの調和なのだ、と」

そうするつもりなのかは分からなかったが、僕は彼よりも先に、透明なフェンスの恩恵を受けながら、僕を取り巻く景色の全てを見回そうとした。そこに一貫した計画などなく、無数の思惑の結果として建てられた卒塔婆の群れは、高さや大きさ、色や形に至るまで、およそ統一性を持たず、他人同士が関わりを持たぬまま平然と同居し、彼らの道程を平行に歩んでいる。

不揃いが出来上がったのではなく、不均一が街を形作っていた。

それこそが、東京の地景だった。

祖父はよく、一目見て分からないのなら、あとになって知識を得たとしても、分からないのと同じだと言っていた。そして、僕はその地景を美しいと感じることはできなかった。僕の知る美しさはすでに、過ぎ去った時のなかに眠っていた。その瞬間に、僕はようやく、自らの道が途絶えていたことを悟った。

家に寄らないかという真人の誘いを、僕はにべもなく断った。結局のところ、僕は兄を憎んでなどいなかったのだと思う。憎しみさえ、抱き続けることができなかったのだ。「時間は幾らでもありますから」と、彼は励ますように言った。時間は限られているというのを教えるには、彼はまだ若く、希望に満ち溢れていた。それから彼は、タクシーで帰ろうとした僕のことを、わざわざ屋敷まで送り届けてくれた。車を降りて、トランクに載せてもらっていた荷物を肩に掛けていると、真人が興味津々の視線をこちらに向け、「それは何なんですか?」と尋ねてきた。

「大したものじゃないよ」

「でも、わざわざ墓参りに持ってきたんでしょう?」

「本当に大したものじゃないんだ。知ったところで、がっかりするだけだ」

肩紐が落ちそうになり、咄嗟に筒状のケースを背中側へと回したのだが、その所作は、どうしても彼の視線を避けたような形になってしまい、僕にその気がないのを悟った真人は、「教えてくれたっていいじゃないですか」と少しばかり責めるような口調で言った。若者の抗議を適当にはぐらかしてしまえるのは年長者の特権だったが、彼の真剣な、それでいて、どこか無邪気さも感じられる声は、対峙している僕の精神を何十歳も若返らせてくれていた。僕は彼に、あくまでもひとりの対等な個人として、誠実な人間だと思ってもらえることを望んでいたのだ。それで、「君にあげようと思っていたものだ」と教えると、険しい顔をし始めていた真人は、途端に目を丸くした。

「しかし、やめておこう。多分、君には必要ないんだ」

「それが何なのか教えてもらわないことには、必要かどうかも分かりませんよ」

「いや、必要ないさ。僕にも必要のないものだからね」

日本刀を美術品として愛しながらも、祖父にとって、この刀は武器に過ぎなかったのだと思う。弱い肉体で生きていかなければならないことを強く恐れた祖父は、誰よりも切実に、武の象徴を欲していた。他の人間が努力によって満たす空白を、偽りの神話で満たしたのだ。そして僕は、その在り方を部分的に受け継いでいる。

「僕は何度か、大きな過ちを犯した。どれも取り返しのつかないものばかりで、その度に、大切な人たちを傷付けてしまった。僕がこんなものに執着していたせいだと後悔したこともあった。……でも、違うんだよ。これは、ただの物なんだ。過ちの原因も、そうなるような選択をしたのも、全ては僕の意思なんだ。それを認めたくないから、妄執という都合のいい考えに縋ってしまう。今日だって、そうだ。僕は今更になって、祖父の遺言を守って、これを兄に渡してしまおうと考えていたんだ。でなければ、息子である君に持っていてもらおう、と。そうやって、自分本位に助かろうとしたんだ」

「よく分からないけれど、それで治道さんが楽になるなら、喜んで引き取りますよ」

日に焼けた真人の腕は、とても優しい手付きで肩紐へと伸ばされていた。僕はその善意を損ねてしまわないように、筒状のケースをゆっくりと下ろしてから、首を横に振ってみせた。ある時は、守るという大義に陶酔し、またある時は、忌むべき存在として持て余し、愛していたと嘯きながらも、僕はこの刀に、自分が背負うべき苦しみを押し付け、生涯にわたって呪い続けていた。

「その心遣いだけで十分に嬉しいね。……けれども、これは僕のものなんだ。君にとっては価値がないし、僕が持つことでしか価値を持てない。烏丸道隆にとっては会社が、烏丸直生にとっては先のビルがそうだったように、真人君にも、これから先の長い人生のなかで、築き上げていくものがあるだろう。形として残るものかも知れないし、そうでない場合もある。しかし、出来上がるのが何であれ、それ自体が君の信念なんだ。目には見えないが、現実のものだ。それが何よりも美しいんだよ。長いこと審美眼を磨いてきたはずなのに、僕はこんな歳になるまで、そのことをずっと見落としていたんだ」

判然としない面持ちの真人を横目に、僕は車のトランクを閉めた。休憩していくことを勧めたのだが、夜に子供たちを連れて友人の家を訪れる約束があり、それまでに仕事を片付けなくてはと言って、彼は颯爽と去って行った。もしかしたら、兄はいい父親をしていたのかも知れない。

本邸に入った僕は、階段を上がらずに一階の書斎を目指し、一脚だけ残したロココ調のソファに腰を下ろした。少しばかり体を休ませ、えいと立ち上がれる気分になったら、コーヒーを淹れるか葉巻を吸うかしようと考えていたものの、いつの間にか眠りに落ちてしまった。しかしながら、障子越しの柔らかい日差しを浴びながらする午睡のような穏やかさはなく、到底睡魔とは呼べない、もっと暗い、恐ろしい何かが僕の鼻と口を塞いでいた。それはまさしく予行演習のようで、いつか行われるのであろう本番は死と呼ばれていた。書斎の奥には使用人が仮眠を取るための居室があって、長らく無用の長物になっていたのと、階段を上がって三階まで行くのが億劫だったから、僕は何年か前にそこを、シャワーブースを備えた寝室へ改築していた。湯船に浸かる習慣はなかったし、海外のホテルのような、湯が天井から降り注ぐシャワーを取り付けていたおかげで、屈んだりせずに全身を洗うことができた。丹念に汗を流し、部屋着として使っているコットンの背広に着替える。楽なのだろうと分かってはいたが、浴衣を着てしまえば一気に年寄り臭くなってしまう。書斎に戻ってあれこれと支度してから、僕は屋敷をあとにした。

幾ら蓄えがあるとはいえ、庭園の管理は馬鹿にならなかった。かと言って、庭師でもない学生たちに手伝ってもらうわけにはいかず、僕は図鵬塾の運営者と相談し、昭和天皇が崩御した年の夏頃、一般公開に踏み切った。本邸へ続く道は塞いだうえで、訪れた人々から入園料を徴収し、それによって維持費を賄うことにしたというわけだった。烏丸庭園と名付けられ、園内には見取り図まで掲示されている。現存する数少ない池泉回遊式の日本庭園として、都外から鑑賞に訪れてくれる好事家が後を絶たなかったが、なかには、砂利道に吸い殻を捨てていく不届き者もいて、僕は彼らの扱いに頭を悩ませていた。開園時間は朝の十一時から夜の八時までと決めていて、静かに散策するのには早朝が適していた。もっとも、昔と違って早起きが得意になっていたから、むしろ都合がよかった。だからこそ、こうして夜に訪れるのは初めてだった。

淡い月光が木々を濡らし、葉の緑に青みがかった陰影を与えていた。かつては、東屋までの途上に祖父が僕を鍛えた茶室があったのだが、使われることなくひっそりと傷んでいたその場所は、一般公開の少し前に解体され、今はそこに図鵬塾の運営者の趣味であった盆栽が飾られている。彼が僕に話をしたがっていることには気付いていたが、盆栽というものが自分も没頭しやすい分野に思えていたがゆえに、あえて深入りしないように努めていた。

池の中へと迫り出すようにして飛び石の上に建てられている東屋は、来園者が最も気に入って長居する場所なのだと聞いていた。錦鯉の世話だけは自分でやっていたが、学生たちも気紛れに餌をやっているのか、以前よりも肥え、泳ぐのが下手になったように見える。僕は脇に抱えていた筒状のケースを腰掛けに置き、ぽんと蓋を外して、そのなかから白鞘を取り出した。祖父が蒐集した刀は全て刀剣博物館に寄贈し、その分だけ寂しくなってしまった宗寿文庫の三階には、僕のコレクションを移していた。本邸の三階は文字通りがらんどうと化し、邸内にある美術品は、この精巧な写しだけになっていた。

　足元には、飛び石とは明らかに異なる色味のブロックが置かれている。東屋の修繕を行った際に、ビニールシートを固定していた重石がそのままになっていたのだ。僕は用意していた麻紐を使って、そのコンクリートブロックに白鞘を括り付けた。力を振り絞って幾重にも固く巻き、絶対に解けないのを確かめてから、僕は池の前に跪き、両手で持ったブロックを水面に触れさせた。静かに手を離すと、重石を括り付けられた白鞘は音もなく沈んでいった。壇《だん》ノ浦《うら》に消えることによって永遠の偶像となった宝剣とは違い、この刀は存在し続けることによって、その象徴性を確固たるものにしてしまう。だとすれば、この刀を祖父と僕とが与えた意味から解き放ち、安らかに眠らせてやる方法は、これ以外には考えられなかった。池に向けて深く一礼したあとで、僕は腰掛けに座った。

　石塚さんは、祖父が闊歩の途中で彼の家に立ち寄り、書斎を借りて辞世の句を書き付けていたと言っていたが、祖父の死期から逆算すれば、その頃に八重山吹は咲いていないはずだった。つまり、祖父は特定の場所についてではなく、ぼんやりとした総体、祖父にとっての東京を詠んだというのが僕の推測である。優れた歌人だったから、僕に代わって詠んでもらえないかと、飯嶋さんに頼もうとしていた時期もあったのだが、彼女とはメトロポリタンに十三振りの刀を貸与して以来、一度も会っていなかった。重森との縁を断ち切った時、僕は幻想に夢を見る資格を喪失していた。

いつか下の句を詠む日が来ると理解していたが、自刃するつもりも、それを可能にする勇気もないことも承知していて、今晩を死期と定めたわけではなかった。何より、これはあくまでも祖父の歌であり、完結させることによって、すでに薄れ始め、けれども、常に僕の周囲を漂い続けていた祖父との思い出を、ついに仕舞うことが許されるのだ。

「さびしさに　うつろひにけり　山吹の」

黄色の花を付ける八重山吹は、祖父の敬愛した太田道灌にまつわる有名な歌からの借用だ。現代の言葉遣いに直せば、山吹の花が、あまりの寂しさに散ってしまったという意味合いになる。

祖父は現実を憎むために、幻想を愛した。

なればこそ、この上の句は、永遠にその姿を留めて欲しいという願いを意に介さず、勝手気ままに時間を進んでいく東京という土地への、祖父からの呪詛に他ならなかった。かつての僕なら、その思いに殉じてやれたかも知れない。しかし、すでに祖父とは道を違え、その歩みを終えていた僕は、僕たちの本性が、諸行無常を嘆くばかりで何も生み出そうとしなかった没落者に過ぎないのだということを悟っていた。理念こそ相容れなかったものの、郷土の発展に尽力し続けた父や兄とは違い、祖父も僕も、東京の景色に対して、何ひとつ寄与してはいなかった。そんな人間が遺した、あまりにも滑稽な呪詛は、かつて彼を敬愛した者として、こう締め括るべきなのだろう。

「花の香ぞする　実はならねども」

実がなることはなく、その残り香も、いずれは消えゆく。

参考文献

・安藤昇 著『激動 血ぬられた半生』（双葉文庫）
・有森隆＋グループK 著『脱法企業 闇の連鎖』（講談社＋α文庫）
・石井正己 編『１９６４年の東京オリンピック「世紀の祭典」はいかに書かれ、語られたか』河出書房新社
・石田頼房 編『未完の東京計画 ―実現しなかった計画の計画史』（筑摩書房）
・伊藤博 訳注『新版 万葉集』一～四（角川ソフィア文庫）
・岩下秀男 著『日本のゼネコン――その歴史といま――』（日刊建設工業新聞社）
・大岡昇平 著『武蔵野夫人』（新潮文庫）
・小笠原信夫 著『復刻版 日本刀の鑑賞 基礎知識』（雄山閣）
・桶谷秀昭 著『昭和精神史』（扶桑社）
・桶谷秀昭 著『昭和精神史 戦後篇』（扶桑社）
・貝塚爽平 監修 東京都地学のガイド編集委員会 編『東京都 地学のガイド』（コロナ社）
・貝塚爽平 著『東京の自然史』（講談社学術文庫）
・梶谷善久 著『聖と俗 塔と広場の思想』（玉川大学出版部）
・隈研吾 清野由美 著『新・都市論ＴＯＫＹＯ』（集英社新書）
・黒田基樹 著『中世武士選書 太田道灌と長尾景春――暗殺・叛逆の戦国史』（戎光祥出版）
・児玉博 著『堤清二 罪と業 最後の「告白」』（文春文庫）
・酒井利信 著『日本精神史としての刀剣観』（第一書房）
・陣内秀信 著『東京の空間人類学』（ちくま学芸文庫）
・鈴木哲也 著『セゾン 堤清二が見た未来』（日経ビジネス人文庫）
・鈴木博之 著『シリーズ日本の近代 都市へ』（中公文庫）
・鈴木博之 著『東京の地霊《ゲニウス・ロキ》』（ちくま学芸文庫）
・土子民夫 著『戦後日本刀事件史』（イカロス出版）
・堤義明 著 上之郷利昭 責任編集『堤義明は語る 休日が欲しければ管理職を辞めろ』（講談社）
・中谷礼仁 著『国学・明治・建築家』（波乗社）

・中林啓治 著『らんぷの本 記憶のなかの街 渋谷』(河出書房新社)
・中村泰三郎 著『日本刀精神と抜刀道―「斬る!」戦慄の真剣刀法』(BABジャパン)
・新渡戸稲造著 岬龍一郎 訳『武士道』(PHP文庫)
・細川護熙 編『美に生きた細川護立の眼』(求龍堂)
・本田靖春 著『疵――花形敬とその時代』(ちくま文庫)
・本間順治 著『日本刀』(岩波新書)
・松下茂典 著『円谷幸吉 命の手紙』(文藝春秋)
・三島由紀夫 著『葉隠入門』(新潮文庫)
・向谷匡史 著『安藤昇と花形敬 安藤組外伝』(青志社)
・山口昌男 著『「挫折」の昭和史』上・下(岩波現代文庫)
・山口昌男 著『「敗者」の精神史』上・下(岩波現代文庫)
・山本常朝 田代陣基 著 水野聡 訳『葉隠 現代語全文完訳』(能文社)
・吉見俊哉 著『東京復興ならず 文化首都構想の挫折と戦後日本』(中公新書)
・吉見俊哉 著『敗者としての東京――巨大都市の隠れた地層を読む』(筑摩書房)
・渡邉妙子 住麻紀 著『日本刀の教科書』(東京堂出版)
・ヴァルター・ベンヤミン 著 野村修 編訳『ボードレール 他五篇 ベンヤミンの仕事 2』(岩波文庫)
・レム・コールハース 著 鈴木圭介 訳『錯乱のニューヨーク』(ちくま学芸文庫)
・レム・コールハース 著 渡辺佐智江 太田佳代子 訳『S,M,L,XL+ 現代都市をめぐるエッセイ』(ちくま学芸文庫)
・『写真で綴る「文の京」 歴史と文化のまち』(文京区)
・『新建築 2002年12月号』(新建築社)
・『東京人 2013年11月号』(都市出版)
・『日経アーキテクチュア 2002年11月25日号』(日経BP)
・歴史群像編集部 編『図解 日本刀事典――刀・拵から刀工・名刀まで刀剣用語徹底網羅!!』(学研プラス)
・「刀剣ファン」編集部 編『日本刀が見た日本史 深くて面白い刀の歴史』(イカロス出版)
・日本マンション学会 編『マンション学事典』(民事法研究会)
・「渋谷の東京オリンピックと丹下健三」展覧会図録(白根記念渋谷区郷土博物館・文学館)
・「渋谷駅の形成と大山街道」展覧会図録(白根記念渋谷区郷土博物館・文学館)
・「美の探究者 細川護立」展覧会図録(永青文庫)
・「ぶんきょう写真帖―時を感じる―」展覧会図録(文京ふるさと歴史館)
・市川崑 総監督『東京オリンピック』

初出
本書は書下ろしです。
本作はフィクションであり、実在の個人、団体とは一切関係ありません。

荻堂 顕（おぎどう　あきら）
1994年３月25日生まれ。東京都世田谷区成城出身。早稲田大学文化構想学部卒業後、様々な職業を経験する傍ら執筆活動を続ける。2020年、「私たちの擬傷」で第７回新潮ミステリー大賞を受賞。21年１月、新潮社から同作を改題した『擬傷の鳥はつかまらない』を刊行し、デビュー。23年、第二作の『ループ・オブ・ザ・コード』が第36回山本周五郎賞候補に。24年、第三作の『不夜島』で第77回日本推理作家協会賞（長編および連作短編集部門）受賞。

飽《あ》くなき地景《ちけい》

2024年10月２日　初版発行

著者／荻堂《おぎどう》 顕《あきら》

発行者／山下直久

発行／株式会社KADOKAWA
〒102-8177　東京都千代田区富士見2-13-3
電話　0570-002-301(ナビダイヤル)

印刷所／旭印刷株式会社

製本所／本間製本株式会社

ISBN 978-4-04-115067-2　C0093